영원의 불꽃

THE ETERNAL FLAME

MERLIN 11

영원의 불꽃

THE ETERNAL FLAME

토머스 A. 배런 지음 | 김선희 옮김

T. A. BARRON

arte

사면초가에 몰렸지만 아름다운
어머니와 같은 지구를 위하여.

디날리 배런과 퍼트리샤에게 특별히 감사의 마음을 전합니다.
이들은 아발론을 가장 먼저 항해하고, 별에 가장 먼저 도착한
사람들입니다.

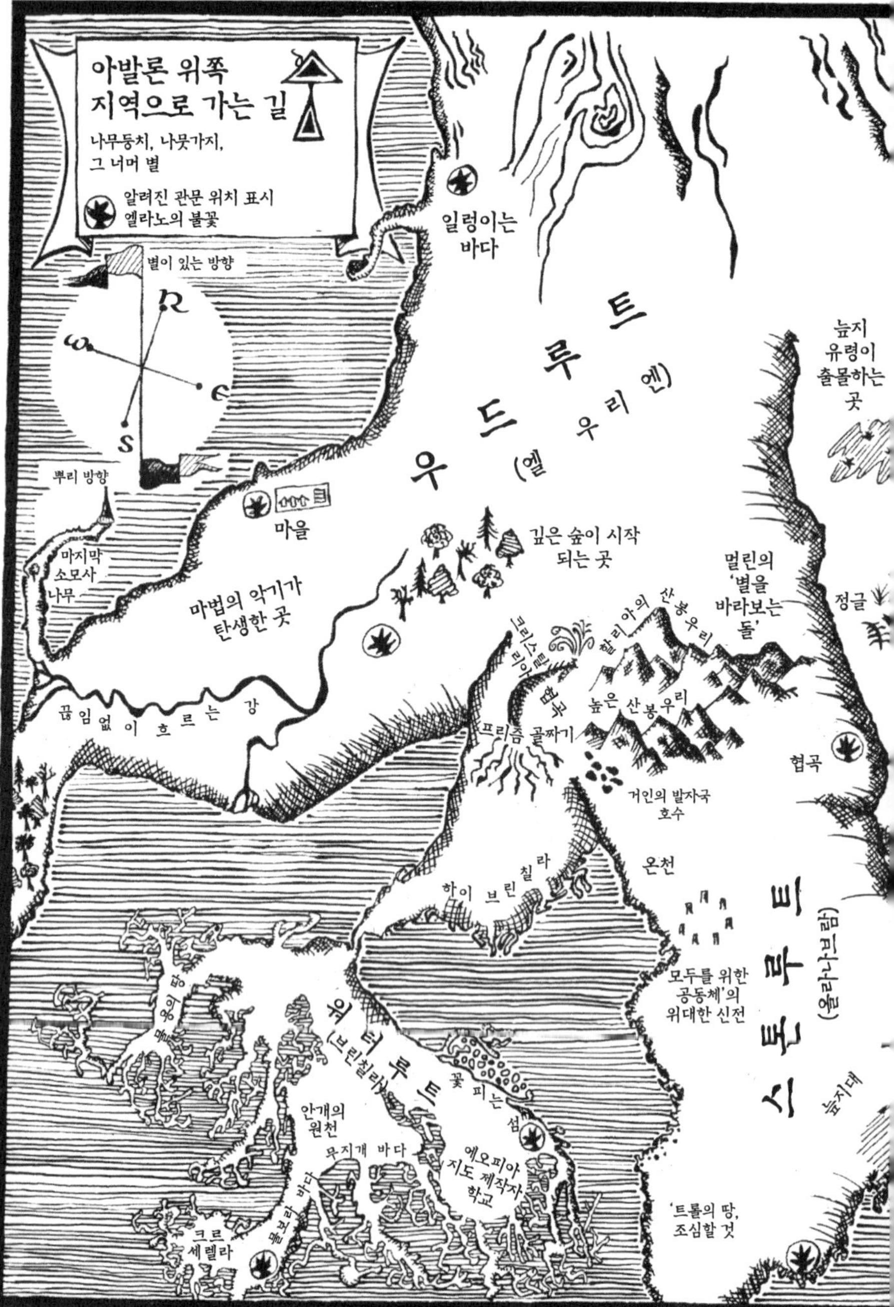
아발론 위쪽
지역으로 가는 길
나무둥치, 나뭇가지,
그 너머 별
알려진 관문 위치 표시
엘라노의 불꽃
별이 있는 방향
뿌리 방향
일렁이는
바다
우드루트
(엘 우리 엔)
늪지
유령이
출몰하는
곳
마을
깊은 숲이 시작
되는 곳
마지막
소모사
나무
마법의 악기가
탄생한 곳
멀린의
'별을
바라보는
돌'
정글
크리스털 피아
할리아의 산봉우리
협곡
높은 산봉우리
프리즘 골짜기
끊임없이 흐르는 강
협곡
거인의 발자국
호수
온천
하이 브린 칠라
모두를 위한
공동체'의
위대한 신전
스톤루트
(울라 나 모르)
위더루트
(브린칠라)
꽃 피는
섬
늪지대
안개의
원천
무지개 바다
에오피아
지도 제작자
학교
'트롤의 땅,
조심할 것
크르
세렐라
물보라 바다

위대한 나무 아발론의
일곱 뿌리-영토
멀린이 '잃어버린 핀카이라'에 심은
마법의 씨앗에서 탄생했다
에버나이트 봉우리
죽음의 몽상가들을 조심할 것
섀도루트
(라스트라엘)
핏물 호수
메아리 골짜기
곱스켄 요새
'불꽃이 이는 보석'의 동굴
T.A.B. 2003
어둠의 요정들이 여기 있다
빛을 잃어버린 도시
화산 땅
독수리 종족이 여기 있다
파이어루트
(라나윈)
불용의 불타 버린 언덕
불의 강
플레임론 대장간
플레임론 궁전
요정들의 구름 정원
안개 소녀들이 춤추는 땅
훌라의 고향
신비의 소용돌이
에어루트
(이스윌라나)
무세오의 고향
하프랜드
머드루트
(멜록)
진흙 언덕
이센위 평원
머드메이커가 여기 있을까?
구름 다리
환영의 장막
로리란다 신전
바람의 회랑
공기 폭포
할라드의 비밀의 섬
위험한 절벽
공기 요정의 출생지
아발론 1002년,
에오피아 지도 제작자 학교에서 최신 자료를 바탕으로 만듦

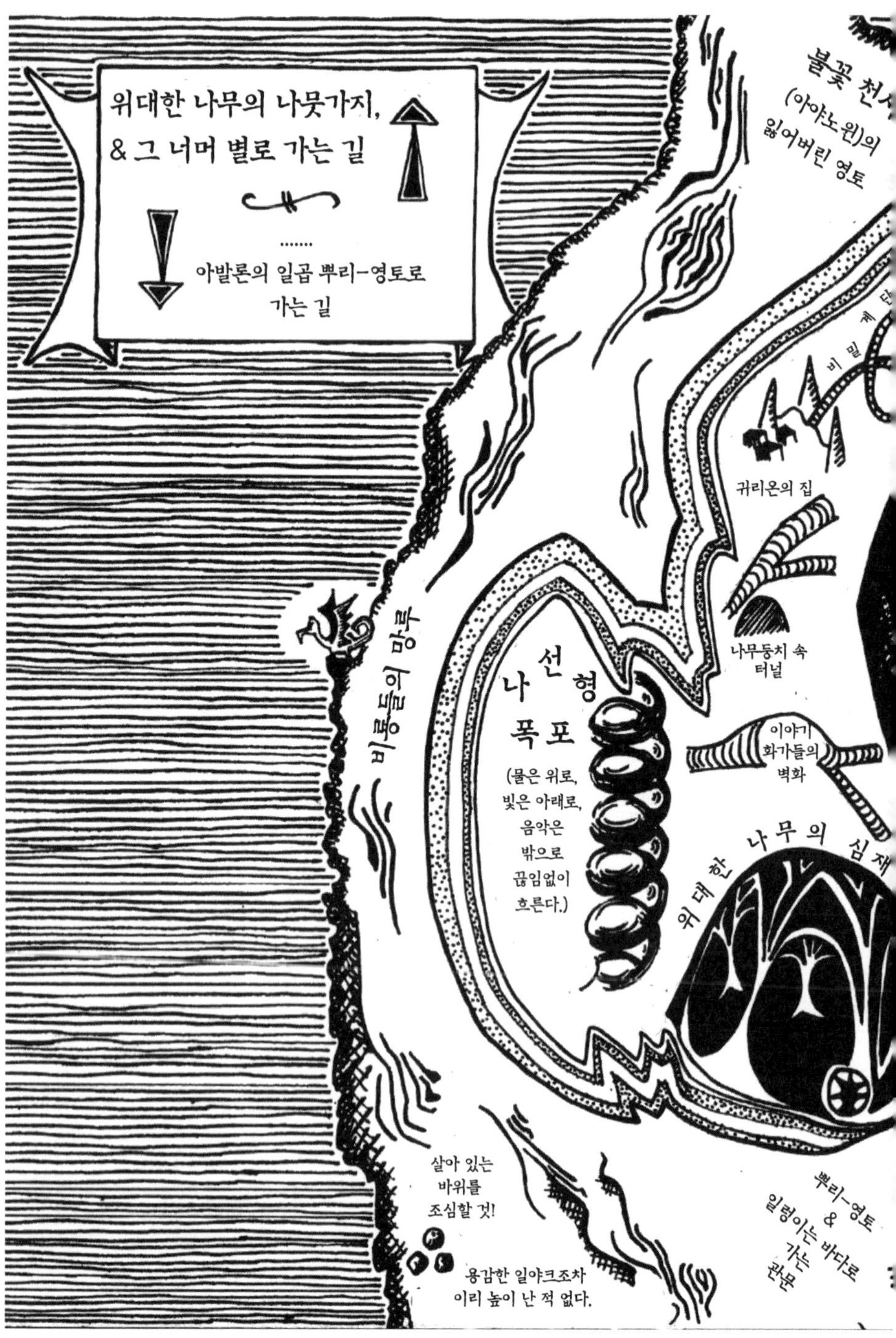

위대한 나무의 나뭇가지,
& 그 너머 별로 가는 길
아발론의 일곱 뿌리-영토로
가는 길
불꽃 천
(아야노원)의
잃어버린 영토
비밀 계
귀리온의 집
나무둥치 속
터널
비룡들의 망루
나선형
폭포
(물은 위로,
빛은 아래로,
음악은
밖으로
끊임없이
흐른다.)
이야기
화가들의
벽화
위대한 나무의 심재
살아 있는
바위를
조심할 것!
용감한 일야크조차
이리 높이 난 적 없다.
뿌리-영토
&
일렁이는 바다로
가는
관문

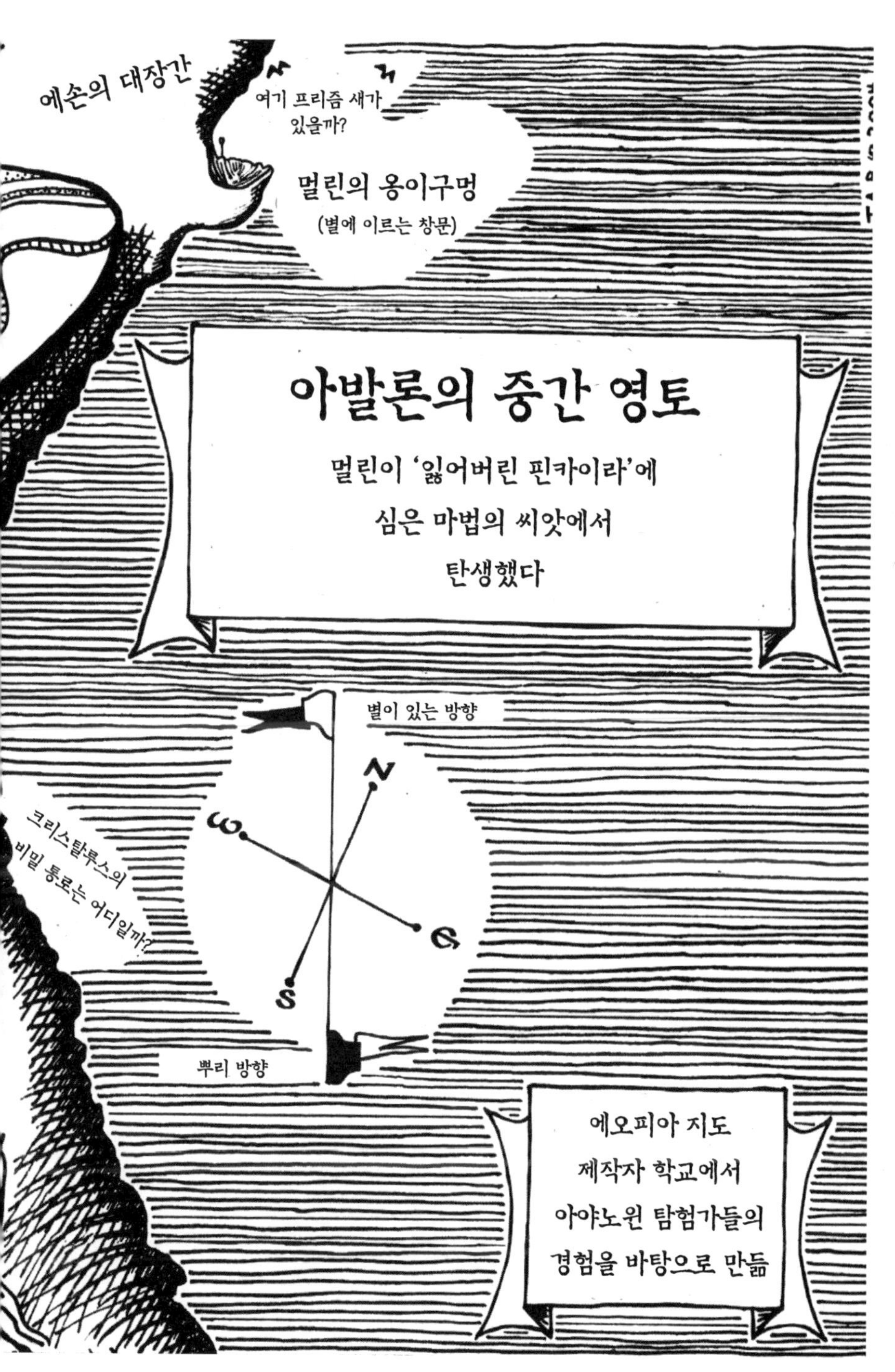

에손의 대장간
여기 프리즘 새가 있을까?
멀린의 옹이구멍
(별에 이르는 창문)
아발론의 중간 영토
멀린이 '잃어버린 핀카이라'에
심은 마법의 씨앗에서
탄생했다
별이 있는 방향
N
W
E
S
크리스탈루스의 비밀 통로는 어디일까?
뿌리 방향
에오피아 지도
제작자 학교에서
아야노윈 탐험가들의
경험을 바탕으로 만듦

시간의 강
페가수스
미스터리
('서클'이라고도 부름)
마법사의 지팡이
황금가지
별 & 그 너머로 가는 길
나무둥치 영토 & 나무뿌리 영토로 가는 길
별이 있는 방향
뿌리 방향
N
W
E
S

위대한 나무 아발론의
별이 있는 영토
멀린이 '잃어버린 핀카이라'에
심은 마법의 씨앗에서
탄생했다
TAB ~ 2005
오갈라드의
불꽃
홀로사르
바깥쪽
앵거스 오게가
별을 바라본 곳
별빛
팔레트
(투명한 호수)
홀로사르 : 탈리온
종족의 '가장 낮은 영토'
멀린의
봉우리
공예가이자 수집가,
팰리미스트의 천막
드루마링을 조심할 것!
크리스탈루스의 아들
탬윈 에오피아와
동료들이 만듦
좁은 협곡
송진이
끓는
구덩이

탬윈은 움츠러들었다.

"네 힘이 얼마나 보잘것없는지 알겠군. 이런, 네 등에 있는 저 횃불에 불을 밝힐 마법조차 없잖아."

용이 가죽 날개를 천천히 움직이며 공중에 떠서 비웃었다.

탬윈은 그 말이 사실이라는 걸 알고 움츠러들었다.

"너는 마법사로서는 안됐지만 정말 형편없어. 하지만 네가 이렇게 살아남아 있어서 정말 기뻐. 지금 당장 이곳에서 널 죽이면 정말 큰 즐거움이 될 테니까."

용은 천둥처럼 으르렁거리고는 목소리를 낮추어 이어 말했다.

텅 빈 눈구멍 깊은 곳에서 불꽃이 일렁이더니 재빨리 하나로 합쳐졌다. 탬윈은 이제 몇 초 뒤면 시커먼 번갯불에 목숨을 잃을 것이다. 아발론을 구하려는 희망은 사라질 것이다.

이렇게 높은 곳까지 올라왔다. 이렇게 멀리까지 여행했다. 그리고 정말 많은 어려움을 견뎌냈다. 그런데 이렇게 죽어야 하나? 마음이 다급했다. 자신이 할 수 있는 그 모든 가능성을 생각했다. 하지만…… 달아날 방법이 보이지 않았다. 탬윈은 맞서 싸울 마법이 없었다. 최고의 무기, 멀린의 지팡이도 잃어버렸다.

잠깐. 지팡이가 내 유일한 무기는 아니야.

용의 눈구멍 안의 불꽃이 이글거리며 막 공격에 나서려 했다. 탬윈은 펄쩍 뛰어내리며 동시에 칼집에서 단검을 뽑았다. 단검은 그 자체의 깊은 빛에다가 별빛을 받아 더욱 밝게 빛났다. 잃어버린 핀카이라 땅에서 오래전 요정 금속 장인들이 만든 단검에는 멀린의 진정한 후계자만이 쓸 수 있는 힘이 들어 있었다. 폭군 리타 고르에 맞서 싸울 운명을 타고났다.

탬윈은 마지막이 될지 모를 함성을 지르며 돌진했다. 시커먼 번갯불이 나오기 직전, 탬윈은 용의 눈 한가운데에 단검을 푹 찔러 넣었다.

차 례

온 세상의 아침이
사방에서 깨어나는 소리를 들어라.
마음속 새벽의 불꽃을 느껴라.
새날이 그대를 찾았느니라.
- *대사제 리아*

벤젤라노, 어둠의 힘,
이 그릇을 마법의 스파크로 채워라.
이것이 '파괴의 칼'을 휘두르도록 하라.
베고, 찌르고, 투쟁의 씨앗을 뿌려라.
삶의 심장을 도려내라!
- *주술사 쿨위크*

아름다운 아발론, 나는 작별을 고한다,
내 안의 죽음이 깨어난다.
나는 너무나도 많은 세월을 거치며 살았다,
경이로움이 영원히 향하는 곳에서.
넌 내 고향이다! 내 최고의 목표다,
그 모든 흔들림에도 꿋꿋이 버텨내기를.
네 안개는 언제까지나 내 영혼을 각성시킬 것이다,
멀리서 음악이 흘러나온다.

주술사 쿨위크의 웃음에는 분명 득의만만함이 가득했다. 물론 그 소리는 동굴 벽 아래로 톡톡 떨어지는 시냇물보다는 크지 않았다. 쿨위크는 창백한 손을 쓱쓱 비볐다. 옆에서 흘러나오는 수정 빛을 받아 상처 난 얼굴이 기대감으로 빛났다. 그것은 섀도루트 지하 동굴을 비추는 유일한 빛이었다.

"곧, 그래, 아주 곧."

쿨위크는 나지막하게 혼잣말을 했다.

어두운 돌벽을 가로질러 기어가는 작은 딱정벌레 한 마리를 발견하고는 손을 위로 뻗어 확 낚아챘다. 딱정벌레를 천천히 짓뭉갠 뒤, 그 껍질과 내장을 모조리 먹어 치웠다.

"널 이렇게 해주겠어, 데스 마콜."

쿨위크는 오랫동안 기다려온 암살자를 죽일 기회를 상상하며 유쾌하게 중얼거렸다. 데스 마콜은 곧 돌아와, 분명 순수한 엘라노를 훔쳐 온 대가를 요구할 게 뻔했다.

주술사는 남은 딱정벌레 찌꺼기를 망토에 쓱 문질렀다. 이윽고, 손가락의 부드러운 살점을 살펴보고는 자신 있게 고개를 끄덕였다.

"그래, 감히 내게 도전하는 자는 누구든지 이렇게 해주겠어. 난 아발론의 새로운 통치자란 말이야."

쿨위크 옆, 석조 받침대에 놓인 수정이 불그레한 빛으로 고동쳤다. 쿨위크의 얼굴을 가로지르는 비뚤배뚤한 상처에 그 빛이 어른거렸다. 움푹 파인 눈구멍 안에 딱지와 퉁퉁 부은 핏줄이 번들거렸다. 쿨위크는 다시 한 번 유쾌하게 낄낄 웃었다.

자신의 주인, 정령의 전사 리타 고르가 엄청난 힘을 약속했다. 심지어 '아발론의 통치자'라는 표현도 썼다. 일주일만 지나면, 지금 거대한 용의 모습을 한 리타 고르가 '페가수스의 심장'이라고 부르는 고동치는 별을 없애 버릴 것이다. 페가수스의 심장은 보이는 것보다 훨씬 더 중요한 별이다.

그러고 나서, 위대한 승리의 순간에 리타 고르가 하늘에서 불멸의 전사로 이루어진 군대를 이끌고 내려올 것이다. 군대는 유한한 생명체들로 이루어진 오합지졸 동맹군을 짓뭉개 버릴 것이다. 요정, 독수리 종족, 거인, 그리고 아직도 '모두를 위한 공동체'에 충성을 바치는 어리석은 인간들. 이들은 지금 이센위 평원에 모여 있다.

리타 고르는 세상 중에서 가장 소중한 세상, 아발론을 차지하고 나면 다음 정복지, 유한한 지구로 방향을 돌릴 것이다. 그러면 쿨위크 혼자 아발론에 남아 지배하게 될 것이다. 아발론에서 멀린의 역겨운 악취를 영원히 없애 버릴 것이다. 그리고 자신이 원하는 대로 아발론을 다시 만들 수 있게 해줄 것이다.

쿨위크는 하나 남은 눈으로 받침대에 놓인 수정을 유심히 살펴보았다. 그 수정은 무척 작지만 헤아릴 수 없이 무궁무진한 힘을 품고 있다.

리타 고르는 이 오염된 엘라노의 수정에 '벤젤라노'라는 이름을 붙였다. 어떤 생명체든 파괴할 수 있고, 어떤 물이든 오염시킬 수 있으며, 어떤 돌이든 부술 수 있다. 무엇보다 이 수정이 리타 고르가 데려온 정령의 전사들을 이끌 수 있다. 장군은 이 수정을 통해 부하들을 소집하고, 부하들에게 수정의 힘을 연결시켜줬기 때문이다.

"그리고 지금, 넌 할 일이 하나 더 있어."

주술사가 속삭였다.

쿨위크는 망토 주머니 속에 손을 넣어 무시무시해 보이는 발톱 하나를 꺼냈다. 그것은 리타 고르가 별을 향해 떠나기 전에 준 선물이었다. 그 발톱은 용의 비늘처럼 검게 빛났다. 쿨위크의 손바닥 크기였지만, 사실 발톱 조각에 불과했다. 굽은 발톱 끝은 단검보다 날카롭고 뾰족했다. 발톱 아래 이빨 자국이 있었다. 리타 고르가 자신의 앞다리 발톱을 입으로 잘라냈기 때문이다.

쿨위크는 발톱에 가죽 줄을 능숙하게 묶어 목걸이를 쉽사리 만들었다. 매듭을 단단하게 묶는 주문으로 목걸이를 고정했다. 그러고 나서, 주인이 가르쳐준 말을 떠올리며, 오염된 수정에 온 정신을 집중해 발톱을 들어 올리며 노래했다.

벤젤라노, 어둠의 힘,
이 그릇을 마법의 스파크로 채워라.
이것이 '파괴의 칼'을 휘두르도록 하라.
베고, 찌르고, 투쟁의 씨앗을 뿌려라.
삶의 심장을 도려내라!

마치 발톱 깊숙한 곳에서 뭔가가 타오르기라도 하는 것처럼, 탁탁 튀는 소리가 희미하게 들려왔다. 소리는 시간이 갈수록 커졌다. 끊임없이 계속 커져갔다. 마침내 동굴 가득 울려 퍼졌다. 그러다 불쑥, 그 모든 소리가 잠잠해졌다. 시뻘건 불꽃이 발톱 표면에 자그맣게 나타났다. 그 불꽃은 용암이 녹아내리듯 재빨리 퍼지며, 까맣던 빛이 붉은빛으로 흐릿하게 바뀌었다.

"아주 좋아. 여기 위대한 전사, 위대한 통치자에게 딱 어울리는 무기가 있어."

주술사가 만족스럽게 낄낄거렸다. 주술사는 물결치는 빛 속에 이 빛나는 발톱을 빙글빙글 돌리며 들여다보았다.

1부

1
바람을 타고

'뛰어내려? 내가 정말 구름 밖으로 뛰어내려야 한다고?'

엘리는 자신의 어리석음이 믿기지 않았다.

갑자기 불어온 사나운 바람에 몸이 앞으로 획 쏠렸다. 엘리는 두 팔을 휘저어 가까스로 균형을 잡았다. 뉴익과 함께 쉬고 있는 촉촉하고 폭신폭신한 구름 속에 잠긴 두 다리에 힘을 줬다. 엘리는 한순간 숨죽인 채 가장자리에서 건들건들 움직였다. 마침내 다시 단단히 서 있을 수 있었다. 하지만 심장은 계속 요동쳤다.

왜냐하면 저 아래에 뭐가 있는지 흘끗 보았으니까. 끝 모를 안개, 증기, 무의 소용돌이……. 사실, 엘리는 구름 밖으로 뛰어내리려 했다. 끝 모를 추락을 막을 수 있는 건 안개밖에 없었다.

"흠, 엘리, 뛰어내릴 거야? 아니면 우리 둘 다 날개가 나올 때까지 여기서 죽치고 계속 기다릴 거야?"

발 옆에서 산봉우리 요정이 날카롭게 소리쳤다. 요정이 맑은 보라색 눈으로 의심스럽게 흘끗 쳐다보았다.

"뛰어내릴 거야, 뉴익. 하지만 아직 때가 아니야."

엘리가 어렵사리 침을 꼴깍 삼키며 말했다.

“흠. 기다리는 동안 허브 정원이라도 가꿔야겠네.”

뉴익이 대답했다. 살갗이 짙은 잿빛으로 점차 어두워졌다.

엘리는 대꾸하지 않았다. 그저 저 앞에 끝없이 펼쳐진 안개 자욱한 에어루트를 들여다볼 뿐이었다. 한 손으로 허리띠를 꽉 잡고, 대사제 코에리아의 찢어진 실크 가운 옷자락을 매만졌다. 옷자락이 산들바람에 나부꼈다. 엘리의 소박한 드루마디안 옷과 두꺼운 갈색 곱슬머리도 함께 나부꼈다.

안개로 이루어지기는 했지만, 눈앞에 펼쳐진 저 아래 모습은 땅의 영토와 마찬가지로 수많은 모양과 색을 품고 있었다. 초록색, 황금색, 연보라색 안개가 빽빽한 구름을 리본처럼 구불구불 감쌌다. 저 멀리, 수많은 나선형 형상이 높이 솟구쳐 끝없이 빙글빙글 돌았다. ‘안개 여인들이 춤추는 땅’이다. 저 투명한 모습 너머, 거대한 새 떼가 몇몇 물안개 요정과 함께 눈부신 파란색 하늘을 향해 날아갔다. 그 모습은 마치 별빛이 총총히 박힌 사파이어 같았다.

엘리는 그 모습을 지켜보며 사방에서 끊임없이 불어대는 바람 소리에 귀 기울였다. ‘실마논의 공기 폭포’에서 흘러나오는 깊고 묵직한 소리. 저 멀리 떨어진 큰 소용돌이에서 빨아들이는 소리. 바람의 하프에서 흘러나와 잔물결을 일으키며 길게 퍼지는 소리……. 하프 소리를 들으면 언제나 탬윈이 떠오른다. 꿈속에서의 짧은 만남 그리고 더 짧은 입맞춤을 생각하며 엘리는 한숨을 길게 내쉬었다.

하지만 두려움에 쿵쾅거리는 자신의 심장 소리가 그 무엇보다 더 또렷하게 들려왔다.

‘뛰어내려? 저 속으로?’

엘리는 고개를 가로저으며 생각했다.

불현듯, 데스 마콜의 날카로운 비명이 떠올랐다. 그 암살자는 바로 이런 구름 밖으로 떨어져 내렸다. 죽음으로 뛰어들었다. 본능적으로, 엘리는 끝에서 주춤주춤 뒤로 물러섰다. 아주 조금밖에 움직이지 않았는데도 뉴익은 알아차렸다. 아무 말도 하지 않았지만, 피부색은 폭풍 구름처럼 시커멓게 변했다.

바로 그 순간, 바람이 잦아들었다. 이제, 끊임없이 불어오는 강한 바람 대신, 이마를 간지럽히는 산들바람이 느껴졌다. 마치 포옹하는 것 같았다. 그 순간, 엘리는 불쑥 나타났던 늙은 음유시인을 떠올렸다. 불어오는 바람에 대한 감동적인 노래를 떠올렸다. 음유시인의 눈동자는, 꽤나 나이가 들었지만 또한 너무 젊었는데, 신뢰하고 싶은 마음이 들었다. 구름 밖으로 뛰어내려 바람을 탄다는 그 사람의 생각이 완전히 터무니없는 것처럼 보였지만 말이다.

지금도 그건 어리석은 생각처럼 보였다.

산들바람이 엘리의 턱을 간지럽혔다. 깜짝 놀랍게도, 엘리는 마음으로 음유시인의 말을 들었다. 그 소리는 마치 귀에 속삭이는 듯했다.

아주 간단해, 정말이야. 네 마법의 수정을 꽉 잡고 구름 끝자락에 서 있기만 하면 돼. 바람이 널 어디로 데려가 주기를 원하는지 생각을 집중하기만 하면 된단다.

아주 간단하다고? 엘리는 고개를 절레절레 저었다. 정말이지 터무니없이 어리석었다.

하지만…… 웬일인지 늙은 음유시인의 말이 맴돌았다. 그 말은 늙은 심술쟁이 뉴익도 넘어가게 했다. 무엇보다도, 그 음유시인이 한 영토에서 다른 영토로 그렇게 빨리 돌아다니는 건 그 방법 말고는 달리 설명할 방법이 없을 듯했다.

엘리는 곱슬머리를 만지작거리며 궁금해했다. 자신의 상식과 뛰어난 판단력은 그 생각이 완전 어리석다고 말했다. 그래도 어쩌면 제대로 될지도 몰랐다. 결국, 자신과 뉴익이 지니고 있는 수정에는 엄청난 힘이 깃들어 있다. 호수 여인 리아의 의견에 따르면, 그 수정은 아발론의 그 어떤 물건보다 더 큰 마법을 품고 있었다. 어쩌면 전설적인 오니알레이, 그러니까 멀린의 지팡이를 제외하고 말이다.

아니 어쩌면, 이제 리타 고르를 떠받드는 살인자 쿨위크의 손에 들어간 엘라노의 수정을 제외하고……. 엘리는 엘라노의 수정을 떠올리며 몸서리쳤다. 그 수정은, 자신이 지닌 순수한 수정과 달리, 끔찍한 무기로 바뀌었기 때문이다. 그 수정을 휘두르는 자를 막을 수 있을 거라고 감히 누가 말할 수 있을까?

하지만 그것이 바로 자신의 임무라는 걸 엘리는 알았다. 가장 어두운 영토의 깊숙한 광산 어딘가에 숨어 있을 쿨위크를 찾아, 자신과 자신의 수정이 지닌 힘을 발휘해 그자가 아발론을 파괴하지 못하도록 막는 임무.

하지만 엘리가 그 모든 일을 해내기에는 시간이 너무 부족했다! 채 일주일도 남지 않았다. 탬윈이 별까지 가는 길을 찾아 리타 고르를 막기까지 시간이 터무니없이 부족한 것처럼 말이다.

저 멀리, 하프 줄에서 흘러나오는 음악 소리가 두둥실 실려 왔다. 이제 그 음색은 훨씬 더 청명했다. 더불어 더욱 다급했다. 엘리가 귀 기울여 듣는 동안, 하프 소리는 커지며 필사적으로 애원하는 듯했다.

탬윈에 대한 기억이 마음속에 스쳐 지나갔다. 탬윈은 미완성의 하프를 엘리에게 보여줬다. 둘 다 임무를 완수하고 살아남는다면, 엘리에게 그 하프를 주고 싶어 했다. 엘리는 쿨위크의 수정을 파괴하는 게 탬윈의 성공을 돕는 길이라는 확신이 들었다. 결국, 쿨위크가 리타 고르의 도구인 것처럼, 오염된 수정은 쿨위크의 도구였다. 어쩐지, 엘리는 자신이 임무를 성공하면 어느 정도 탬윈에게 도움이 될 것 같았다.

엘리는 심호흡을 하고 구름 가장자리로 다가갔다. 단호한 표정으로 뉴익을 내려다봤다. 뉴익은 초조하게 고개를 끄덕였다. 마침내 엘리는 뛰어내렸다.

한순간, 엘리는 허공에 둥둥 떠 있었다. 뉴익이 구름에서 뛰어내리는 모습을 볼 수 있을 만큼 넉넉한 시간 동안. 그러다 이윽고 추락하기 시작했다! 머리가 다리 위로 휙 올라가며, 점점 빠르게 아래로 곤두박질쳤다. 바람이 휙휙 스쳐 지나 옷을 펄럭이고 머리카락을 헝클어뜨렸다. 눈에서 눈물이 줄줄 흘러내렸다. 갑자기 공포가 가득 밀려와 생각을 모조리 집어삼켰다.

단 하나만 빼고. 목소리 하나가 들려왔다. 음유시인의 목소리였다.

생각을 집중해. 바람이 널 어디로 데려가기를 원하는지 생각을 집중해.

의지를 모조리 끌어내 공포에 맞서 싸우며 영원한 밤의 영토, 섀도루트에 집중했다. 어둠의 요정과 죽음의 몽상가 그리고 이제 자신이 찾아가는 주술사를 제외하고 누구도 섀도루트에 살지 않으려 했다. 그곳의 유일한 관문을 닫아 버리고 '빛의 도시'를 파괴한 싸움 이후로, 감히 그 영토를 탐험하려고 시도한 사람은 극히 드물었다. 어둠이야말로 그 영토의 영혼이었다. 어둠은 그곳의 신비를 영원히 숨겨 버렸다.

아직도 추락하고 있었다! 한순간, 엘리의 집중력이 흐려졌다. 아래로, 아래로 떨어져 내리며 공기가 사납게 후려쳤다. 아무 생각 없이, 자신의 수정을 감싸고 있는 나뭇잎 부적을 꽉 움켜잡았다. 남은 힘을 다해 자신이 간절히 완수하고 싶어 하는 임무와 섀도루트만 생각했다.

갑작스레 몸이 흔들리더니 추락이 멈추었다. 바람이 완전히 사라진 듯했다. 이윽고 엘리는 상승 기류에 놓인 깃털처럼 몸이 둥둥 떠다니는 느낌이 들었다.

즉각, 엘리는 어찌 된 일인지 깨달았다. 바람은 사라지지 않았다. 아니, 바람이 엘리의 몸을 받쳐주고 있었다. 보이지 않는 팔로 몸을 감싸줬다. 바람이 엘리를 편안하게 싣고 갔다.

엘리는 바람을 타고 있었다.

그리 멀지 않은 곳에서, 뉴익이 둥둥 떠다녔다. 뉴익은 작은 손으로 갈라토를 꼭 붙들고 있었다. 만족스럽다는 듯, 피부는 파란색으로 바뀌어 있었다. 뉴익은 엘리를 향해 얼굴을 찌푸리며 웃었다. 엘리는 뉴익의 걸걸한 목소리가 이렇게 말하는 걸 들을 수 있었다.

너무 오래 걸렸잖아, 엘리.

바람이 엘리와 뉴익 아래에서 일렁이는 파도처럼 붕 떠올랐다. 바람에 실려 구름 사이로 바람이 잘 통하는 길을 따라, 어른거리는 안개 장막을 따라 재빨리 나아갔다. 이들이 다가가자, 안개 장막은 불쑥 둥그런 무지개가 되었다. 둘은 구름 위로, 구름 아래로 바람을 타고 가며, 때로는 위로 솟구치고, 때로는 아래로 내려앉았다. 그렇게 북쪽을 향해 계속 움직였다.

하프랜드 위를 날며, 이제 아이의 웃음소리처럼 경쾌한 멜로디에 귀 기울였다. 동쪽으로 구불구불 일렁이는 거대한 구름이 보였다. 지평선 위, 보라색과 진홍색 반점이 보였다. 엘리는 저곳이 그 유명한 요정들의 '구름 정원'이 아닐까 의아해했다.

천천히, 주위의 안개 뭉치가 흐려지기 시작했다. 공기는 이제 보송보송해지고 청명해졌다. 상한 달걀 같은 유황 냄새가 흐릿하게 풍겨왔다. 이들은 바람에 실려 구름 위로 올라갔다. 갑자기 저 아래 화산이 보였다.

파이어루트! 이제 저 멀리, 불에 시커멓게 그슬린 산등성이가 눈에 들어왔다. 절벽은 오렌지색 용암으로 번들거리고, 정상에는 붉은색과 회색 재가 구름처럼 소용돌이쳤다. 화염 구덩이에서 뿜어져 나오는 독한 연기가 하늘로 마구 솟아올랐다. 불에 그슬린 풍경을 가로지르며 절벽에 시뻘건 불이 어른거리고, 협곡 사이로 짙은 연기가 뿜어져 나왔다.

바람이 붉은 구름 사이로 이들을 싣고 갔다. 이들은 재를 새까맣게 뒤집어썼다. 까맣게 탄 외딴 산등성이 위를 지나갈 때, 비뚤어진 바위 뾰족탑에 둘러싸인 분화구 하나가 눈에 들어왔다. 저기가 스크리가 말해준 바로 그곳인지 엘리는 궁금했다. 어린 시절 스크리와 탬윈의 고향이었던 분화구. 엘리는 탬윈을 생각하며 움츠러들었다. 엘 우리엔의 숲을 너무나 사랑했던 사람이 초록이라고는 하나도 없는 이곳에 살았다니. 엘리는 자신이 나무, 줄기, 꽃 하나 없이 살아온 시절을 떠올리며 다시 움츠러들었다. 땅의 요정들의 노예로 살며 허비한 시간들. 부모님을 죽이고, 자신을 땅속에 포로로 가둬두었던 땅의 요정들.

엘리는 목구멍에서 그 고약한 맛을 뱉어내려 기침을 했다. 유황 구름 때문에 눈물이 났다. 엘리는 뉴익을 피해 고개를 돌렸다. 자신이 왜 뉴익을 바라보지 않으려 하는지 잘 몰랐다.

이윽고, 분화구 너머, 녹아내린 '불의 강'(River of Fire)이 보였다. 그리고 그 너머, 거대한 탑들이 보였다. 원뿔형 모양의 탑은 화산을 꼭 빼닮았다. 그 위로 작은 탑이 있었는데, 마치 솟구치는 용암처럼 하늘을 향해 아치 모양을 이루었다. 반짝반짝 빛나는 붉은색 돌탑은 그 아래 거대하고 강렬한 불꽃이 포효하며 울부짖듯 내뿜는 빛을 비추었다. 저것이 바로 엄청나게 공들여 무기와 건축 자재를 만드는 호전적인 플레임론의 대장간일까? 아니, 혹시 그 유명한 플레임론 궁전일까? 만약 음유시인들이 들려준 이야기가 사실이라면, 저 건물에는 아발론 그 어디서도 볼 수 없는 경이로운 발명품이 수없이 많이 있을 것이다.

불현듯, 하늘이 어두워졌다. 별빛이 흐려지고, 공기가 순식간에 싸늘해졌다. 저 아래 풍경은 사라졌다. 라나윈(파이어루트)의 밝은 불꽃조차도 깜빡거리더니 사라져 버리고 말았다. 엘리는 뉴익을 향해 고개를 돌렸다. 하지만 뉴익은 보이지 않았다. 소리쳐 불러봤지만 아무런 대답도 들려오지 않았다.

엘리는 끊임없이 불어대는 바람에 실려 깊어가는 어둠 속으로 날아갔다. 저 아래 풍경은 하나도 보이지 않았다. 구름 한 점 보이지 않았다. 서서히 방향 감각을 잃은 듯했다. 움직이기는 하는 걸까? 뉴익이 아직 옆에 있기는 한 걸까?

막연한 공포감이 가슴속에 차올랐다. 사실, 엘리가 섀도루트에 들어선 거라면, 어떻게 길을 찾아 나아갈 수 있을까? 어떻게 살아남을 수 있단 말인가?

갑자기 바람이 출렁거렸다. 강렬한 돌풍이 옆구리를 뒤흔들었다. 또 다른 돌풍이 얼굴을 내리쳐, 엘리는 시커먼 어둠 속에서 빙그르르 공중제비를 했다. 바로 그때, 주변에서 공기가 마구 소리치는 게 들려왔다. 엘리는 자신이 추락하고 있다는 걸 깨달았다. 엄청난 속도로 추락하고 있었다. 비명을 지르기도 전에, 또는 수정을 더 꼭 단단히 움켜쥐기도 전에, 엘리는 땅으로 떨어져 내렸다.

그리고 그곳 어둠 속에 꼼짝 않고 누워 있었다. 영원한 밤의 어둠 속에서…….

2
어둠 속의 속삭임

엘리는 어둠 속에서 뒹굴었다. 등을 쭉 펴봤다. 흠씬 두들겨 맞아 온몸에 멍이 든 느낌이었다. 욱신거리는 팔다리를 움직여봤다. 주변은 온통 어두컴컴했다. 공기, 땅은 억센 이끼 같은 것으로 덮여 있었는데, 느낄 수는 있지만 볼 수는 없었다. 손을 들어 얼굴을 더듬었는데, 손 또한 보이지 않았다.

"내 눈이 멀었나? 아니면 섀도루트에 있어서 이런 건가?"

엘리는 혼자 속삭이듯 중얼거렸다. 이 불가해한 어둠은 왠지 모르게 움직이지 않고 잠자코 있고 싶게 하는 힘이 있었다.

멀지 않은 곳, 억센 이끼 위에서 뭔가가 움직이는 듯했다. 이윽고 사납게 중얼거리는 소리가 들려왔다.

"넌 눈이 먼 게 아니야, 이 멍청아."

"뉴익! 네가 살아남아서 난 너무 기뻐. 아직 몸뚱이가 제대로 붙어 있는 거지?"

엘리가 숨 가쁘게 물었다.

"제대로 붙어 있기는 해. 한 군데 부러졌어. 하지만 곧 다시 걸을 수 있을 것 같기는 해."

엘리는 그 말이 크게 다친 데는 없다는 뜻이라는 걸 알았기에 기분 좋게 안도의 한숨을 쉬었다. 온몸이 쑤시고 아팠지만 일어나 앉았다. 동료를 돌아보고, 얼굴을 찌푸리며 속삭였다.

"적어도 우리는 서로를 바라볼 필요는 없네."

"흠."

"널 보지 않고도 네 피부가 무슨 색인지 난 알아차릴 수 있어. 칠흑처럼 새까맣겠지."

"말도 안 돼. 난 연분홍색으로 빛나고 있어. 내 기분에 맞춰서 말이야."

엘리는 킥킥 웃으며 알겠다는 듯 손뼉을 쳤다.

"뉴익, 너는……."

엘리는 말을 하다 말고 멈칫했다. 자신의 손뼉이 울리는 소리가 들려왔다. 소리는 계속 이어졌다. 전혀 줄어들지 않았다. 오히려 점점 더 커지는 것처럼 들렸다. 이윽고 손뼉 10개, 그러고는 100개가 어둠 속에 가득 울려 퍼졌다.

그때 엘리는 소리가 굵게 바뀐 걸 알아차렸다. 마치 쿵 소리처럼. 쿵쿵, 쾅쾅, 소리는 커져갔다. 계속 증폭되었다. 시간이 지날수록 가까이 다가오는 것 같았다.

발걸음 소리!

엘리는 이끼 위에서 몸을 앞으로 숙였다. 뉴익 또한 엘리 옆에서 꿈틀거렸다. 둘 모두 바짝 긴장한 채 어찌할 바를 몰랐다. 군대가 모두 한꺼번에 이들을 향해 성큼성큼 걸어오는 것 같은 소리였다. 거인의 군대가…….

"우리 어쩌면 좋지? 보이지도 않으니 맞서 싸울 수도 없잖아!"

엘리는 당황스러워 물었다. 점점 커져가는 발소리 너머로 들리게 고함을 질렀다.

주변에서 목소리가 갑자기 커졌다. 서로 고함치고 있었다. 마치 싸움터에서 외치는 것 같았다. 연신 '싸움'이라는 단어가 들려왔다. 엘리는 한 손으로 뉴익을 끌어안았다. 뉴익이 자신이 묻는 말에 대답했다 할지라도, 엘리는 그 대답을 듣지 못했을 것이다.

나는 제대로 봐야만 해. 언제 달아나야 할지 알기 위해서라도.

엘리는 생각했다. 마음이 요동쳤다.

발소리가 더 커지며 목소리를 집어삼켰다. 쿵쾅대는 소리에 귀가 찢어질 지경이었다. 생각조차 제대로 할 수 없었다.

수정.

호수 여인을 처음 만났을 때, 수정이 반짝반짝 빛나던 때가 갑자기 떠올랐다. 엘리는 참나무, 물푸레나무, 산사나무 잎사귀 부적을 움켜쥐었다.

제발 날 위해 빛나줘! 내게 빛을 줘.

수정에서 희미한 불꽃이 나타났다. 불꽃은 몇 초간 미약하게 너울거렸다. 마치 빛나야 할지 말아야 할지 상황 파악이 안 되는 것처럼. 하지만 엘리가 계속 소원을 빌자 불꽃은 빛을 냈다. 천천히, 수정의 힘이 커져갔다. 마침내 파란색과 초록색이 오묘하게 섞이며 부드럽게 하얀색으로 빛났다.

엘리가 손을 펴자 빛이 퍼져 나갔다. 호수 여인을 위해 강하게 빛난 것만큼 수정이 밝게 빛나지는 않았지만, 동료와 주변을 비추기에는 충분한 빛이었다. 그런데 엘리와 뉴익은 눈앞에 펼쳐진 광경을 보고 숨이 멎는 듯했다. 두려워서가 아니었다. 깜짝 놀랐기 때문이다.

이끼 낀 들판을 가로질러 자신들을 향해 성큼성큼 다가오는 건 군대가 아니었다. 수비대도 아니었다. 몇몇 군인 무리도 아니었다. 사실, 군인과는 전혀 닮지 않았다.

그건 새끼 곰 한 마리였다.

아니면 통통하고 배가 툭 튀어나온 곰을 닮은 동물이었다. 진파랑 털이 덥수룩했다. 뉴익보다 그리 크지 않은 생명체가 이들을 향해 느릿느릿 발을 질질 끌며 다가왔다. 넓적한 발이 땅을 쿵쿵 밟는 것처럼 보였다. 주변에서 끊임없이 들려오는 희미한 발걸음 소리에 이 발소리는 묻혀 버렸지만 말이다.

수정에서 뻗어 나온 빛이 새끼 곰에 이르자, 곰은 갑자기 발걸음을 멈추었다. 고통스럽게 울어대며 털북숭이 발 하나를 얼굴에 들어 올렸다. 분명 눈을 가리려는 것 같았다.

엘리는 손으로 부적을 좀 더 단단히 가려, 빛이 새어 나가지 못하게 했다. 새끼 곰은 천천히 발을 내렸다. 파란 눈동자로 이들을 두려운 눈초리로 바라보았지만, 뒤돌아 달아나지는 않았다.

엘리는 당혹스러운 표정으로 뉴익을 내려다보았다. 저 털북숭이 생명체가 무엇을 할 수 있는지, 무엇이 저 쿵쾅거리는 발걸음 소리를 냈는지 물어보기도 전에, 뉴익은 손가락을 입술에 가져다 댔다. 뉴익이 집중해서 발소리를 듣고 있다는 걸 표정으로 알 수 있었다.

발소리가 차츰 줄어들었다! 이윽고 몇 분이 지나자 소리는 완전히 사라졌다. 들판은 이제 서서히 조용해졌다. 마침내 침묵이 찾아왔다.

엘리가 말을 하려 하자 뉴익이 작은 손을 들어 올렸다. 조용하지만 다급하게 뉴익이 속삭였다.

"메아리 계곡(Vale of Echoes)에 온 걸 환영해, 엘리. 몇 세기 동안 새도루트(라스트라엘)의 어두운 영토에 안 와봤더니, 이곳을 까먹고 있었어. 하지만, 흠, 확실해. 그러니 네 목소리를 조심해. 이곳에서는 바스락거리는 풀잎보다 큰 소리는 모두 산사태처럼 시끄럽게 들리니까."

"그렇다면, 저 발소리는……."

엘리가 속삭였다.

"저기 저 파란색 털 뭉치가 낸 소리였어. 그리고 저 녀석이 보이는 것처럼 어리석다면, 녀석은 자신이 내는 발소리에 겁을 먹은 게 분명해."

산봉우리 요정의 짙은 파란색 피부에 은빛 핏줄이 살짝 비쳤다.

엘리는 환하게 웃으며 새끼 곰을 바라보며 말했다.

"하지만 난 저 아이가 마음에 들어."

엘리에게 아이디어가 번쩍 떠올랐다.

"음, 저 아이가 '빛을 잃어버린 도시'를 찾아가게 도와줄 것 같지 않아?"

"설마. 저 녀석은 돌대가리 어리석은 어릿광대보다 더 멍청해 보여. 게다가, 도움을 얻으려면 무엇보다 저 녀석과 대화가 통해야 하는데, 그건 쉽지 않을 거야. 저 녀석이 공용어를 알지 않는 한 말이야. 아니면, 네 친구 탬윈처럼, 네가 생각으로 다른 생명체들과 말할 수 있지 않는 한 말이야."

산봉우리 요정이 투덜거렸다.

탬윈의 이름을 듣는 순간 엘리의 웃음기가 싹 가셨다. 엘리는 탬윈이 만들어준 팔찌를 흘끗 내려다보았다. 노란색 별 모양 꽃줄기를 엮어 만든 팔찌는 지금 갈색으로 변해 금방이라도 바스러질 것처럼 보였다.

"흠, 좋아. 네가 시도해볼 수야 있겠지. 하지만 기적을 바라지는 말라고."

뉴익이 안쓰럽다는 듯 속삭였다.

엘리는 새끼 곰을 향해 돌아섰다. 한 손으로 빛나는 부적을 꼭 감싸고 있어서, 아주 약한 빛이 켜켜이 쌓인 어둠을 살짝 밀어낼 뿐이었다. 다른 손으로는 작은 짐승에게 손짓했다.

한참 동안, 새끼 곰은 엘리를 유심히 지켜보았다. 고개를 한쪽으로 까딱 움직이며, 주저하듯 허공에 대고 코를 킁킁거렸다. 마침내, 엘리와 뉴익을 향해 살짝 한 걸음 옮겼다. 하지만 발이 땅에 닿자마자 쿵쾅거리는 울림이 다시 시작되었다.

천천히, 이 새끼 곰은 조심스럽게 킁킁거리며 이들을 향해 발을 질질 끌며 다가와 마침내 엘리 옆에 섰다. 한동안 둘은 그저 서로를 바라보았다. 누구도 움직이지 않았다. 이윽고, 아주 조심스럽게, 엘리는 손을 내밀어 새끼 곰의 귓등을 긁어줬다. 새끼 곰이 몸을 움츠렸지만, 그렇다고 물러나지는 않았다. 희미해져가는 메아리 너머로, 이 새끼 곰이 만족스럽게 한숨을 토해내는 소리가 들렸다.

다행스럽게도, 새끼 곰은 엘리 옆에 누워 털투성이 등을 엘리의 발에 비벼댔다. 이윽고 하품을 하더니 혀를 날름거리며 웅크려 낮잠에 빠졌다. 곧, 숨소리가 새근새근 들려왔다.

“거봐, 내가 뭐랬어? 저 녀석은 열매를 먹고 낮잠 자는 거 말고는 아무 생각도 하지 않는 게 분명해.”

뉴익이 언짢은 듯 짜증스레 투덜거렸다.

엘리 또한 늘어지게 하품을 하며 대답했다.

“음, 잠깐 눈 좀 붙이는 것도 그렇게 나쁘지 않은 것 같아…….”

말을 끝마치기도 전에 엘리는 깊은 잠에 빠져들었다. 너무나도 깊게. 뉴익은 뭐라 말도 하지 못했다. 산봉우리 요정 또한 달콤한 잠에 빠져들었기 때문이다.

엘리는 드넓은 파란 바다 위에서 웅크리고 누워 있는 꿈을 꾸었다.

잔잔한 파도가 주변을 에워쌌다. 바다는 둥글게 에워싼 수평선까지 사방으로 끝없이 펼쳐졌다. 하지만 그 어떤 배도 엘리를 받치고 있지 않았다. 엘리는 물 위에 둥둥 떠 있었다.

정말 이상했다. 하지만 엘리는 전혀 불안하지 않았다. 사실, 이처럼 편안하고 만족스러운 기분을 느낀 적이 없었다. 엘리는 눈을 뜨고, 부드러운 파도가 밀려왔다 빠져나가는 모습을 지켜보며 그냥 누워 있었다.

친구 브리오나와 함께 헤엄치러 갔던 무지개 바다처럼, 끝 모를 파란색 바다 한가운데에서 흘러나오는 은은한 빛으로 물이 출렁거렸다. 수면 저 아래, 무지개 빛깔 심홍색, 황금색, 초록색 물결이 일렁이며 모여들어, 별빛이 물처럼 뒤섞였다.

모두 너무 아름다워. 너무 평온해. 내가 이 바다에서 헤엄칠 수 있기를 진정으로 바라……. 저 바다와 완전히 하나가 될 수 있도록 진정으로 헤엄치기를…….

엘리는 꿈결에 생각했다.

이윽고, 놀랍게도 엘리는 자신의 갈망이 실현되는 걸 똑똑히 보았다. 파도를 어루만지자, 몸 일부가 씻겨 나가 빛나는 바다에 녹아들었다. 당황스럽지 않았다. 오히려 기쁨으로 가득 찼다. 엘리는 끝 모를 바다와 하나가 되었다. 지금껏 아는 가장 평화로운 곳으로…….

천천히, 조금씩, 파도가 엘리의 발가락을 적셨다. 이윽고 발, 발목, 무릎. 또 다른 파도가 다가왔다. 전보다 큰 파도가. 그러고는 어깨와 한쪽 팔을 집어삼켰다.

엘리는 평온하게 미소 지었다. 욱신거리고 피곤에 지친 몸, 걱정 근심, 의심, 심지어 숨 쉴 필요까지도, 모든 것이 사라지고 있었다. 곧 파도 속에는 희미한 빛깔만 남고 아무것도 남아 있지 않았다.

또 다른 파도가 밀려왔다. 지금껏 그 어떤 파도보다 컸다. 파도는 저 멀리서 다가왔다. 엄청난 속도로 엘리를 향해 밀려왔다. 이 파도가 남아 있는 모든 걸 가져가리라고 짐작했다.

재빨리 파도가 엘리를 향해 밀려와 얼굴 위로 높이 솟구쳤다. 평온하게, 엘리는 파도를 올려다보았다. 빛나는 물보라가 수천 개의 프리즘처럼 빛났다. 파도는 더 밝게, 더 밝게 빛났다, 마침내…….

걱정스러우리만치 환하게 빛났다. 엘리는 몸부림쳤다. 빛을 막으려 해봤지만 잘 되지 않았다.

커다란 파도가 높이 솟구치며 요란하게 으르렁거렸다. 엘리를 덮쳐 모든 걸 쓸어가기 직전, 그 안의 빛이 갑자기 그 어느 때보다 밝게 빛났다. 마치 폭발하는 별처럼…….

엘리는 잠에서 깨어났다. 물 위가 아니라 억센 이끼 위에 누워 있었다. 목에 걸린 수정이 밝게 빛났다. 팔, 어깨, 발 모두 바위처럼 단단하게 굳어 버린 느낌이었다.

혼란스러워, 자리에 일어나 앉아 눈을 깜빡거렸다. 바다는 어디에 있었지? 여전히 포효하는 소리가 들려오는 파도는 어디에 있지?

이윽고, 저만치 어슴푸레한 곳에서 화난 듯 으르렁거리는 털북숭이 새끼 곰이 눈에 띄었다. 즉각, 엘리는 알아차렸다. 꿈을 꿨구나! 엘리는 꿈을 꿨다. 빛은 수정에서 나오고 있었다. 파도 소리는 바로 메아리 계곡에서 증폭된 새끼 곰의 으르렁거림이었다.

엘리는 몸을 돌려 뉴익을 바라보았다. 그러다 숨이 멎을 뻔했다. 뉴익은 분필처럼, 백지장처럼 새하얬다. 전에 한 번도 본 적 없는 색이었다. 피부가 얼음에 뒤덮인 것처럼 보였다. 엘리는 몸이 뻣뻣했지만 뉴익을 들어 올렸다. 정말로 끔찍한 무언가 때문에 몸 색깔이 변했다는 걸 알아차렸다.

뉴익의 눈이 깜빡거렸다. 이윽고 엘리에게 초점을 맞추었다.

"수정이……."

뉴익이 거칠게 속삭였다. 사라지는 메아리 너머로 가까스로 알아들을 수 있을 정도로 크게.

"수정이 우리를 깨웠어."

엘리가 말을 이어받았다.

"아니, 아니야. 수정이 우리 목숨을 구했어."

엘리는 당혹스러운 표정으로 뉴익을 바라보며 속삭였다.

"우리 목숨을 구했다고? 어떻게?"

작은 요정은 몸을 부르르 떨며 진저리쳤다.

"수정의 힘은 생명과 관련되어 있어. 생명을 창조하거나 보호하는 것. 어떤 면에서, 수정이 우리에게 닥친 위험을 알아차린 게 분명해. 저 귀여운 작은 생명체는 분명…… 죽음의 몽상가가 틀림없어."

뉴익은 엘리를 침울하게 바라보았다.

엘리의 두 눈이 왕방울만큼 커졌다.

"죽음의 몽상가들은 그렇게 사람들을 죽여. 너도 알다시피, 죽음의 몽상가는 온갖 모양과 크기로 나타나. 녀석들의 유일한 욕구는 잠자는 주문을 걸 수 있도록 먹잇감에게 가까이 다가가는 거야. 흠, 난 정말 멍청한 늙은 얼간이였어. 그걸 의심하지 못했다니. 이렇게나 늦게까지!"

엘리는 이끼 위에서 불안하게 몸을 꿈틀거리며, 발을 구부리려 낑낑거렸다.

"먹잇감이 잠들면? 산 채로 잡아먹히는 거야?"

"아니, 엘리. 그 녀석들은 먹잇감을 먹어 치울 준비를 하는 데 훨씬 더 조용한 방법을 써. 먹잇감이 치명적인 꿈을, 너무나도 유혹적인 꿈을 꾸도록 해. 그래서 먹이가 스스로 삶을 끝마치기를 바라는 거야."

뉴익의 피부색은 수정 빛 너머의 어둠처럼 어두워졌다.

엘리는 방금 꾼 꿈을 떠올리며 침을 삼켰다.

"그렇게…… 자살을 하게 되는 거구나."

뉴익은 대답하지 않았다. 어쩌면 자신이 꾼 꿈을 생각하고 있었을지도 모른다.

엘리는 딱딱하게 굳은 어깨를 움직이며, 작은 불빛 너머 어렴풋이 보이는 시커먼 어둠을 흘끗 살펴보았다. 저 너머는 밤보다 더 어두워 보였다. 왠지 더 짙고, 묵직해 보였다. 마치 독을 탄 무슨 스튜처럼……. 그리고 저기 어딘가에 그 천진해 보이는 생명체가 살았다. 엘리한테 스스로 목숨을 끊도록 만들려던 생명체. 엘리는 브리오나가 작별하며 격려해준 말을 떠올렸다. 섀도루트 어딘가에는 아직도 은빛 불빛이 남아 있을 거라는 말……. 그 생각을 하니 온몸이 오싹했다.

이 적막한 곳에 멍청하게시리 뭔가 선한 게 있으리라고 착각하다니! 이 영토를 가로질러 '빛을 잃어버린 도시'로, 그리고 쿨위크의 동굴로 가는 길을 찾을 수 있다고 생각했다니 정말이지 터무니없는 바보 같으니라고!

산봉우리 요정 뉴익은 몸을 꼼지락거려 엘리의 손아귀에서 벗어났다. 땅에 발을 디디고는 허리를 숙여 시커먼 이끼를 꼼꼼하게 살펴보았다. 잠시 뒤, 몸을 똑바로 세우며 기분 좋게 속삭였다.

"적어도 내가 이 영토에 대해 잊지 않은 게 하나 있어."

엘리는 미심쩍어 눈썹을 치켜떴다.

뉴익은 다시 허리를 숙여 시커먼 이끼 다발을 한 움큼 움켜쥐더니 입 안으로 톡 집어넣었다. 힘차게 씹고 나자 피부색이 밝아졌다.

"밤의 담요. 페퍼민트 맛이 나. 어서 먹어봐."

뉴익이 말했다.

"내가?"

"기운을 차리고 싶으면 그렇게 해봐. 여기에는 영양소가 풍부해. 먹어 보면 알게 될 거야."

엘리는 고개를 저었다.

"뉴익, 넌 정말 대단해. 한순간 넌 죽음의 문턱까지 갔었어. 그런데 이윽고 내게 이 지역에서 나는 식물을 알려주고 있잖아."

"흠, 빛을 잃어버린 도시까지 줄곧 내가 널 부축해서 가고 싶지는 않거든."

뉴익이 걸걸한 목소리로 속삭였다. 그러더니 엘리를 향해 눈을 깜빡였다.

"우리는 어쨌든 그곳으로 가는 거잖아, 안 그래?"

이 모든 것에도 불구하고, 엘리는 환하게 웃었다. 이윽고 손을 아래로 뻗어 이끼를 한 움큼 움켜쥐었다.

3

나팔수선화

브리오나는 발걸음을 멈추고 길게 땋은 꿀색 머리카락을 매만지며 푸릇푸릇 우거진 숲을 살펴보았다. 머리 위, 커다란 너도밤나무 아래쪽 나뭇가지에서 나비 한 쌍이 날아다녔다. 연두색 너도밤나무 새싹이 봄이 돌아왔음을 알려줬다. 파란색 은빛 나비 날개가 별빛을 받아 빛났다. 나뭇가지에 똬리를 튼 뱀의 노란 점박이 등에도 빛났다. 멀지 않은 곳에서 들려오는 발굽 소리를 듣자 하니, 암컷과 새끼가 무성한 고사리밭 사이를 달리는 게 분명했다. 브리오나는 숲 냄새 가득한 공기를 깊이 들이마셨다.

하지만 어린 나팔수선화, 갓 피어난 독버섯, 신선한 클로버로 만든 둥지의 익숙한 향기조차 전혀 위안이 되지 못했다. 이 봄날이 자신의 마지막이 될지도 모른다는 걸 알고 있었다.

요정들이 그리하듯, 브리오나는 꼼짝 않고 서서, 마치 묘목이 땅과 한 몸이 되듯 숲과 완전히 한 몸이 될 수 있었다. 자신의 종족에게는 엘 우리엔으로 알려진 이곳 우드루트의 깊은 숲속에서, 왠지 고향에 있는 느낌이 들었다. 하지만 머지않아 마침내 자신도 뿌리째 사라질 것이다.

옷 안으로 손을 뻗어, 요정의 레시피로 만든 빵 한 조각을 꺼내 한 입 베어 물고는 생각에 잠긴 채 꼭꼭 씹었다. 표정이 어두워졌다. 삼나무로 만든 활에 손을 가져다 댔다. 나무껍질로 만든 헐렁한 옷에 실로 매달아놓은 활 손잡이를 톡톡 두드렸다. 지난 몇 주는 재앙이 연달아 일어난 것 같았다. 사악한 주술사 '하얀 손'한테 잡혀 포로가 되었지, 사랑하는 할아버지가 돌아가셨지, 게다가 지금 이센위 평원에서 벌어질 무시무시한 전쟁의 위협에 직면해 있다. 그 전쟁으로 아발론의 운명이 결정될 것이다.

브리오나는 한숨을 내쉬었다. 바로 이 순간에도 군대가 모여들고 있었다. 이제 전쟁은 피할 수 없었다. 오늘 아침, 아발론의 적들이 이미 이센위 평원에 모여 있다는 소식을 다른 요정들이 전해왔다. 며칠만 더 있으면 더 힘센 군대가 거기에 합류할 거라는 소식도. 어쩌면 그 '하얀 손'이 직접 나타날지도 모른다. 그래서 요정과 그 동맹군이 적들을 최대한 빨리 처리하기 위해 선제공격을 준비하고 있었다. 그 계획이 성공하면, 적들에게 지원군이 도착하기 전에 승리를 거머쥘 수 있다. 그러고 나서 필요하다면 다시 싸움에 나설 것이다. 하지만 전쟁 계획이 빗나간 할아버지의 수많은 비통한 이야기를 들어왔기에, 브리오나는 희망이 솟지 않았다. 그 대신에, 가슴 깊숙이 공허함이 차올랐다. 자신의 종족과 자신이 발붙이고 있는 세계에 대한 통렬한 두려움.

또한 친구 엘리에 대해서도. 엘리는 이미 자매와 같은 존재가 되었다. 어떻게 인간과 이렇게 친하게 되었는지, 도무지 설명할 수 없었다. 황소 두뇌의 독수리 종족, 스크리에 끌리는 이유를 설명할 수 없는 것처럼……. 어찌 됐든, 브리오나는 이들이 걱정스러웠다. 인정하고 싶지 않았지만 정말 걱정스러웠다.

지금쯤이면 엘리는 섀도루트에 가까이 도착했을 거야. 거기야말로 아발론에서 내가 유일하게 정말이지 가고 싶지 않은 곳이지. 내가 지금 가고 있는 곳, 벨라미르의 마을보다는 덜하지만……

브리오나는 자신이 죽을 뻔한 그 어두운 영토에 친구가 있다는 생각에 몸이 움츠러들었다.

발아래 나뭇가지에서 탁탁 소리가 들려왔다. 류가 가까이 다가오고 있다는 걸 알 수 있었다. 돌아서서 보니, 빽빽한 가문비나무 숲에서 키가 크고 호리호리한 사제가 모습을 드러냈다. 어깨 위에는 류의 메리스, 카타가 앉아 있었다. 은빛 날개의 매. 두 눈은 발톱보다 더 날카로웠다.

"기다려줘서 고마워. 숲을 이렇게 빨리 걸어본 적이 없어서."

류가 숨 가쁘게 말했다.

브리오나의 진초록 눈동자가 류를 바라보았다.

"나는 이렇게 느릿느릿 걸어본 적이 거의 없어요."

류는 너도밤나무 아래, 브리오나 옆으로 걸어왔다. 잠시, 브리오나를 유심히 살펴보았다.

"나와 함께 벨라미르한테 가기로 한 걸 후회하나?"

브리오나는 한숨을 쉬었다. 땋은 머리를 어깨 너머로 툭 넘겼다.

"요사이 며칠 동안 후회하고 있는걸요. 그런데 발걸음을 옮길 때마다 뭔가가 떠올라요."

브리오나는 늙은 너도밤나무를 고개로 가리켰다. 연한 잿빛 나무껍질이 번들거렸다. 거대한 나무둥치는 물론이고 그 위의 가지 모두다…….

"저 나무를 보면 엘나 레브람(Elna Lebram)이 떠올라요. 요정의 언어로는 *깊은 뿌리, 긴 기억*이라는 뜻이에요. 그곳에 할아버지를 묻었거든요."

류는 브리오나를 친근하게 바라보았다.

"트레시미르는 위대한 학자였어. 게다가 위대한 사람이었고."

브리오나는 어깨를 쫙 폈다. 채찍에 맞은 상처가 아직도 욱신거렸다. 그 상처를 생각하면 할아버지의 마지막 날들이 떠오른다. 할아버지의 죽음에 대한 책임도 떠오른다. 브리오나는 류를 바라보며 침울하게 말했다.

"할아버지는 여전히 살아계셔야 해요."

"어쩌면 그분은 지금 벌어지고 있는 일을 차라리 보지 못하는 게 나을지도 몰라. 그분의 온 세상이 위협받고 있잖아. 그분의 백성들이 전쟁을 하게……."

"그리고 그분의 손녀가 벨라미르 앞에서 비굴하게 굴고 있는 것도요. 벨라미르의 인류 우선 운동은 요정을 열등한 종족으로 여기잖아요."

"우리는 비굴하게 구는 게 아니야, 브리오나. 우리는 벨라미르를 설득하려고 그 마을에 가는 거잖아. 사람들이 이센위에서 낡은 질서에 대항해 싸우도록 격려하는 일이 쿨위크, 그리고 더 무시무시한 공포의 대상, 리타 고르를 도와주는 꼴이라는 사실을 벨라미르에게 이해시키려는 거야."

류는 희망에 부풀어 눈썹을 들어 올렸다.

"우리가 성공하면, 수많은 생명을 구할 수 있어. 그리고 어쩌면, 벨라미르의 군대가 이센위로 가는 걸 막을 수 있다면, 끔찍한 전쟁이 애초에 일어나지 않을 수도 있어."

브리오나는 코를 훌쩍거렸다.

"내가 이 계획을 기꺼이 실행에 옮기는 유일한 이유가 바로 그거예요. 그렇지만 그 야비한 인간을 보러 가는 것만으로도 여전히 비굴한 느낌이 든다고요."

류의 어깨에 앉은 카타가 동의하듯 휘파람을 불었다.

"벨라미르는 사악하지 않아. 그저 지독하게 잘못된 길로 가고 있을 뿐이야. 그저 한낱 늙은 정원사에 불과하지. 인간이 우월하다는 생각에 넘어간 것뿐이야."

류가 가문비나무 솔잎 한 무더기를 발로 툭 걷어차면서 말했다.

브리오나가 눈을 가늘게 떴다.

"벨라미르를 따르는 사람들이 드루마디안 주거지에서 한 짓을 번연히 보고도 어떻게 그렇게 말할 수 있어요? 코에리아에게 한 짓을 보고도 어떻게요?"

류의 시선이 흔들렸다. 나지막한 목소리로, 으르렁거리듯 말했다.

"주거지에서 일어난 일은 결코 잊을 수 없을 거야. 아니, 절대 용서할 수 없을 거야. 하지만 벨라미르가 그 일에 대해 알고 있는지 나는 잘 모르겠어. 지금 벨라미르의 측근으로 있는 리니아는 우리가 그 이야기를 꺼내기 전까지 그 일에 대해 알지도 못했어."

브리오나의 목소리 또한 나지막해졌다.

"당신처럼, 몇몇 요정들은 그자가 진짜 사악하지 않다고 믿어요. 하지만 그자가 누군가의 밑에서 움직인다는 건 다들 믿는다고요. 인간의 모습으로 나타나는 누군가의 영향력 아래 있다고요."

"설마……."

"맞아요. 체인질링(changeling)이에요."

브리오나가 그 단어를 언급하자 카타는 미친 듯이 비명을 지르며 날개를 곤두세우고 안절부절못했다.

브리오나가 침울하게 고개를 끄덕였다.

"엘 우리엔에는 체인질링이 많이 남아 있지 않아요. 하지만 아직 남아 있는 체인질링들은 그 조상들, 그러니까 잃어버린 핀카이라의 속임수의 유령(shifting wraiths)보다 훨씬 더 위험해요. 훨씬 더 잔인하다고요."

류가 얼굴을 찡그리며 덧붙였다.

"그 짐승들이 멀린과 리아를 어렸을 때 죽일 뻔했어."

"맞아요. 그래서 벨라미르를 만나러 당신과 함께 기꺼이 가면서도 활과 화살을 내 손에서 놓지 못하는 거예요. 당신도 알다시피, 체인질링은 숨길 수 없는 육체적 결함을 늘 지니고 있어요. 뭔가 매우 부자연스러운 것 말이에요. 나는 그걸 찾고 있어요."

"이런 맙소사! 제발 명확한 확신이 있을 때만 쏘도록 해."

"숲의 요정은 꼭 필요한 경우가 아니고는 절대 아무것도 죽이지 않아요. 그래서 벨라미르의 생각을 바꾸도록 노력하는 게 가치 있는 거예요."

브리오나가 대답했다. 그러고는 활을 다시 톡톡 두드렸다.

"하지만 만약 우리가 실패한다면, 난 곧장 이센위 평원으로 갈 거예요."

"나도 그럴 거야."

가문비나무 숲에서 뭔가 쿵 떨어지는 소리가 났다. 이윽고, 곧장 뒤이어 고통스러운 비명이 흘러나왔다. 뭔가 뿌리에 걸려 넘어지는 소리였다. 휘었던 나뭇가지가 앞으로 튕기며 누군가를 아주 세게 내리쳤다. 중얼중얼 욕을 내뱉는 소리, 그리고 또다시 쿵 소리.

브리오나와 류는 무슨 일인지 감 잡은 듯 눈길을 주고받았다. 그사이

매는 침울하게 휘파람을 불었다.

"심이 우리를 따라잡은 것 같네."

류가 말했다.

브리오나가 고개를 절레절레 저으며 말했다.

"저렇게 작은 생명체가 어떻게 저렇게 요란한 소리를 내는지 정말 알다가도 모를 일이에요."

바로 그때, 소인이 된 심이 나뭇가지 사이에서 불쑥 튀어나왔다. 흰 머리털 뭉치에서부터 헐렁한 레깅스에 이르기까지, 부러진 잔가지, 솔방울, 솔잎, 잎사귀, 고사리 잎 게다가 거미줄까지 잔뜩 뒤집어썼다. 심은 감자처럼 생긴 주먹코에서 축축한 잎사귀를 닦아내며, 동료들을 향해 다가왔다. 하지만 묘목에 걸리는 바람에 너도밤나무 아래 자라는 나팔수선화 위에 벌러덩 넘어지고 말았다.

"공평하지 않아! 옛날에는 어디든 아무 문제없이 걸어 다닐 수 있었어. 난 엄청 컸다고. 가장 높은 나무만큼이나 컸단 말이야. 작은 나팔수선화에 걸려 넘어질 일은 전혀 없었다고."

심이 투덜거렸다.

브리오나는 성큼성큼 걸어가서 심을 일으켜 세워줬다.

"고마워, 로와나. 넌 착한 여자야. 게다가 내가 좋아하는 조카이기도 하지."

심이 눈빛을 빛내며 말했다.

브리오나는 실없는 농담에 눈살을 찌푸렸지만, 그다지 기분이 상하지는 않았다.

"다치지 않아서 정말 다행이에요."

"닥치지 않아서 절망스럽다고? 무슨 말이 그래? 어쨌든 내가 근사한 거 하나 알려주지. 적어도 나는 다치지 않았어."

심이 브리오나를 향해 코를 찡긋해 보였다.

"귀도 참 밝군요."

브리오나는 얼굴을 찡그리며 덧붙였다.

"귀도 참 발그레하다고? 로와나, 너 오늘 참 이상하게 말한다. 네 귀가 어떻게 된 거야?"

심이 브리오나를 유심히 살펴보았다.

브리오나가 미처 다시 말을 꺼내기도 전에, 심은 하얀 머리를 흔들었다. 그 바람에 잔가지와 솔잎이 사방으로 튀었다.

"아니, 아니. 난 확신해. 제대로 되지 않은 건 옛날의 심이야. 그 거인, 본로그 마운틴 마우스가 왜 나를 이렇게 줄어들게 만들었을까? 본로그가 너무나도 역겹게 침을 질질 흘리면서 나한테 입을 맞추려고 해서 나는 그냥 도망쳤을 뿐인데."

브리오나는 심의 어깨에 손을 얹고 살며시 힘을 주었다.

하지만 심은 그저 얼굴을 찡그리며 중얼거릴 뿐이었다.

"본로그가 그렇게 하다니, 정말 야비했어! 확실히, 분명히, 완전히."

바로 그 순간, 근처에서 올빼미 울음소리가 들려왔다. 브리오나는 바짝 긴장했다. 하루 중 이맘때에는 올빼미가 사냥에 나서지 않는다. 카타 또한 날개를 곤두세우며 떨고 있는 듯했다.

바로 그때, 초록색으로 뒤덮인 남자 여덟이 화살을 메긴 활시위를 겨눈 채 숲에서 걸어 나왔다. 브리오나와 동료들은 순식간에 포위되었다! 브리오나는 가슴을 겨눈 치명적인 화살을 노려보며 한순간이나마 경계를 늦춘 스스로에게 저주를 퍼부었다.

"우리는 평화를 위해 왔소."

류가 이의를 제기했다.

"아니, 넌 아니야."

남자 하나가 으르렁거렸다. 그 남자는 브리오나와 류 바로 뒤에 서 있었다. 그래서 둘은 그 남자를 볼 수 없었다.

"사실이오. 우리는 한완 벨라미르를 만나러 왔소."

류가 당당하게 말했다.

"정확히 말해, 죽이려고 왔겠지. 우리는 번영의 마을 가까이 온 자는 누구도 믿지 않아. 특히 이런 시기에는. 더러운 요정과 소인과 함께 여행하는 자라면 특히나 더."

그 남자가 뒤에서 지껄였다.

활시위만큼이나 긴장한 브리오나는 분노로 몸을 떨었다.

"넌 네 종족이 삼림 지대에서 트래킹과 사냥을 최고로 잘한다고 생각하지? 안 그래? 음, 너 실수한 거야, 요정-소녀! 이제 활과 화살통을 벗어 내려놔. 아주 천천히 조심조심. 등에 화살을 박은 채로 널 데려가고 싶지는 않거든."

남자가 비웃었다.

브리오나는 불현듯 생각이 스치듯 지나갔다. 죽기 전에 이 무례한 인간의 목에 화살 한 방을 날릴 수 있을지도 모른다. 하지만 그 욕망을 꾹 눌러 참았다. 그런 경솔한 행동은 분명 친구들의 죽음을 불러올 게 뻔했으니까. 마지못해, 화살과 화살통을 벗어 내려놓았다.

"착한 요정이로군. 지금부터 모리곤이 시키는 대로 하면, 하루나 이틀 정도 더 살 수 있을지도 몰라."

남자는 자기가 한 말이 우스운 듯 낄낄거렸다.

"이제 뒤돌아. 그리고 날 따라와. 네가 마을에 들어온 걸 열렬히 환영한다.”

남자가 명령했다.

브리오나는 뒤돌아 그 남자를 마주 보고는 숨이 멎는 듯했다. 턱은 물론이고 귀 위의 머리 양 옆에 흰 털이 덥수룩한 그 남자가 퍽이나 나이가 들어서 놀란 게 아니었다. 게다가 비뚤배뚤 고목처럼 가느다란 그 남자가 무척 허약해 보여서도 아니었다.

아니다. 브리오나가 놀란 건 그 남자의 오른쪽 눈 때문이었다. 눈은 심하게 충혈이 되어 있어서, 거의 연분홍빛을 띠었다. 너무나도 부자연스러웠다.

4
날개의 힘

스크리는 천천히 몸을 일으켜 세웠다. 옆구리에 난 아픈 상처 때문에, 또 용암이 뿜어 나오는 화산에 둘러싸인 파이어루트 마을의 모습 때문에 얼굴이 찌푸려졌다. 이곳은 브람 카이에 부족이 사는 마을이다. 스크리는 그 마을의 지도자를 방금 죽였다. 자신이 죽인 그 지도자가 하나밖에 없는 아들이라는 걸 뒤늦게 알았다.

큰 키에 험상궂은 얼굴의 스크리는 주변에 몰려든 마을 사람들 앞에 섰다. 젊은이와 늙은이, 남자와 여자, 호리호리한 사람과 뚱뚱한 사람. 몇몇은 스크리처럼 인간의 모습으로 서 있었다. 또 다른 사람들은 발톱과 커다란 날개를 달고 있었다. 깃털이 시뻘건 구름으로 붉게 빛났다. 사람들이 계속 몰려들었다. 독수리 종족 사람들은 둥지에서 내려와 흑요석을 깔아놓은 거리로 서둘러 몰려왔다. 비상하는 모습의 화려한 독수리 조각상 그리고 실크 깃발이 달린 깃대 위에도 자리를 잡았다. 모두들 자신들의 지도자에게 무모하게 도전해 승리를 거둔 전사 스크리를 지켜보았다.

유황 냄새 풍기는 바람이 불에 그슬린 산등성이 위로 불어와, 마을 사람들을 시커먼 재와 돌조각으로 뒤덮었다. 하지만 사람들은 신경 쓰지 않았다. 서로 밀치며 가까이 몰려들어, 목을 길게 빼고 날개를 치켜세웠다. 그러는 내내 스크리에게서 일정한 거리를 유지했다. 모두 아무 말도 하지 않고 스크리가 어서 말하기를 기다렸다.

스크리는 얼굴을 찡그리며 두 손으로 피 묻은 각반을 매만졌다. 옆구리의 상처에도 불구하고, 당당하게 몸을 꼿꼿이 세웠다. 화산 땅의 적갈색 붉은빛이 단단한 맨 가슴을 비추었다.

"난 스크리다. 난 너희의 새 지도자다."

스크리가 당당하게 말했다.

그러자 은밀한 수군덕거림, 탄식 그리고 어설픈 대화가 용암이 끓어 넘치듯 주변으로 퍼졌다. 사람들은 초조하게 날개를 접었다 펴며 발톱으로 땅을 긁어댔다. 스크리는 잠시 기다렸다가 다시 입을 열었다. 자신이 무리를 이끌겠다는 선언이 방금 살아남은 싸움만큼이나 위험하다는 걸 알았다. 이 마을 사람들 일부는 자신들을 이끌려고 하는 이방인에게 저항할지도 모른다. 약탈과 노략질을 일삼던 과거와 완전히 다른 방향으로 이끌려는 것은 둘째 치고 말이다.

하지만 그것이 스크리의 목표였다. 그 이상도 이하도 아니었다. 그것이야말로 자신이 아발론은 물론이고 탬윈, 엘리, 브리오나를 도울 수 있는 유일한 방법이었다. 이제 이 세상의 운명은 저 멀리 각기 다른 두 곳에서 벌어지고 있는 일에 걸려 있었다. 탬윈이 정말로 살아남았다면 저 하늘 위의 별 어딘가에서, 그리고 곧 엄청난 전쟁이 벌어질 이센위 평원에서……. 그리고 만약 스크리의 뜻대로 된다면, 이 독수리 부족은 이센위에 가서 아발론 동맹군의 편에 설 거다.

스크리는 주변을 에워싼 마을 사람들을 훑어보았다. 사람들은 다시 잠잠해졌다. 하지만 사람들의 얼굴을 쳐다보면서도, 다른 얼굴을 생각했다. 다시는 볼 수 없으리라는 걸 잘 아는 얼굴들. 거기에 탬윈도 있었다. 마침내 찾은 형제. 하지만 이제 다시 잃게 되었다. 브리오나도 있었다. 브리오나의 기이한 요정의 방식이 스크리에게는 무척이나 매력적이었다. 비록 자신이 브리오나를 밀어내려 한 것처럼 보였을지라도 말이다. 그리고 독수리 종족 여인, 아르크 카야도 있었다. 아량과 사랑을 아낌없이 베풀던 그 여인은 잔인하게도 죽음을 맞았다.

거기에 결코 잊을 수 없는 또 하나의 얼굴이 있었다. 호킨이라는 이름의 황금빛 눈 독수리 소년의 얼굴. 그 젊은이와 더 많은 시간을 보낼 수 있기를 바랐다. 스크리는 그 젊은이를 보고 있으면 어린 시절 자신의 모습이 생생하게 떠올랐다. 하지만 호킨을 뒤에 남겨두고 헤어질 수밖에 없었다.

불쑥, 우람한 독수리 종족 사람 하나가 군중을 밀치고 가까이 다가와 따지듯 물었다.

"어떻게 당신이 우리를 이끌 수 있다고 생각하는 겁니까?"

스크리는 그 질문을 한 남자를 단호한 표정으로 쳐다보았다. 이 독수리 종족은 인간의 모습으로 서 있었지만, 언제든 날개를 펴고 날아오를 준비가 되어 있는 것처럼 보였다. 가슴에 난 수많은 상처와 전사임을 나타내는 다리에 찬 붉은 밴드로 보아하니, 몇 차례 전쟁터에 나섰던 게 분명해 보였다.

전사는 뾰족한 창끝으로 시커멓게 탄 땅바닥을 쿵 내리치며 먼지를 일으켰다. 이윽고 냉소하듯 덧붙였다.

"왜 그렇게 생각하는 겁니까? 당신은 우리 부족 사람도 아니잖소."

스크리는 노란색 테두리의 커다란 눈을 가늘게 떴다.

“맞는 말이다. 하지만 난 이곳과 똑같은 불과 바위의 영토에서 태어났다. 그리고 나 또한 너희 종족, 아발론의 독수리 종족 사람이다.”

전사는 스크리를 회의적인 표정으로 바라보며 뾰족한 턱을 어루만졌다.

“그렇다 하더라도, 당신이 우리 브람 카이에 부족에 대해 뭘 안다고 나서는 겁니까?”

“난 너희가 지도자를 잃었다는 것 그 이상을 안다. 너희는 독수리 종족으로서의 삶의 방식을 잃었다. 너희는 길을 잃었다. 너희의 잔인한 행동으로, 스스로는 물론 독수리 종족 모두를 수치스럽게 만들었다.”

전사는 몸이 뻣뻣해졌다. 어깨에 잔뜩 힘이 들어갔다. 그 남자 뒤에서 마을 사람들이 동요하며 서로 웅성웅성 말다툼을 벌였다. 누군가 외쳤다.

“저 녀석을 죽여 버려!”

반면, 어떤 여자가 외쳤다.

“저 사람 말이 맞아. 우리는 길을 잃었어.”

바로 그때 스크리 근처에 있던 젊은 독수리 종족 사람 둘이 서로를 거칠게 밀쳤다.

“너는 배신자야. 저 녀석 편에 서다니!”

그중 하나가 외쳤다.

“넌 도둑질이나 일삼는 겁쟁이에 불과해.”

다른 하나가 되받아쳤다.

즉각, 둘은 날개를 단 독수리의 모습으로 변했다. 그중 하나가 갑자기 빙그르르 돌며, 또 다른 사람의 얼굴을 뾰족한 날개로 내리쳤다. 젊은이의 뺨에 난 상처에서 피가 흘러나왔다. 둘은 발톱을 치켜세우고 서로를 공격하려 했다. 그때 스크리가 그사이로 과감하게 들어가 둘 모두의 어깨를 잡고 싸움을 말렸다.

"기다려."

스크리가 명령했다. 근엄한 목소리가 불에 그슬린 산등성이 위로 메아리쳤다. 젊은이들은 천천히 발톱을 내렸다. 아직 독수리의 모습으로 남아 서로를 향해 이글거리는 눈빛으로 노려보고 있었지만, 스크리의 손아귀에서 빠져나오려 하지는 않았다.

"너희끼리 싸우는 건 해답이 되지 못해. 너희에게 묻겠다. 한 몸에 붙어 있는 새의 날개 두 개가 각기 다른 방향으로 날 수 있나? 아니다! 같은 종족의 두 부족 또한 결코 다르지 않다. 다른 방향으로 날고자 한다면, 둘은 결국 서로 갈라지기만 할 뿐이다. 왜냐하면 우리는 모두 같은 몸의 일부니까. 같은 날개를 타고 태어났으니까."

스크리가 읊조렸다.

몇몇 사람들이 고개를 끄덕였다. 스크리는 젊은이들에게서 손을 떼었다. 잠시 멈추어 서로 다시 공격하지 않으리라는 걸 확인하고 이어 말했다.

"너희 부족은 지도자 퀘나이카 아래에서 엄청난 부를 모았다."

스크리는 몸을 돌려 둥지 사이의 흑요석 거리, 금박 입힌 조각상, 참나무와 마호가니 나선형 계단 그리고 버려진 깃털처럼 여기저기 흩어져 있는 약탈품을 손으로 가리켰다.

"하지만 너희는 그보다 훨씬 큰 수치를 얻었다."

스크리가 선언하듯 말했다.

다시 화가 나 투덜거리는 소리가 들려왔다. 하지만 이제 더 많은 사람들이 스크리의 말에 귀 기울이며, 생각에 잠겨 고개를 끄덕였다.

"너희는 결국 독수리 종족이다. 아발론에서 가장 용맹하고 자부심

강한 자들이다! 살인을 저지르고 도둑질을 일삼는 게 너희의 영광스러운 전통에 어울린다고 생각하는가? 일곱 영토에서 그 어떤 생명체보다 높이 날아올랐던 너희 조상들에 걸맞다고 생각하는가? 너희 날개의 힘이 아닌, 도적질한 날개로 하늘을 나는 것이 과연 어울린다고 느끼는가?"

스크리는 목소리를 낮추었다.

"나는 너희가 길을 잃었다고 말했다. 하지만 난 또한 너희에게 말한다. 브람 카이에 사람들이여, 너희는 너희의 길을 다시 찾을 수 있다."

스크리는 상처투성이 전사를 흘끗 쳐다보았다. 그 남자의 표정은 이제 그 어느 때보다 진지했다. 이윽고 스크리가 선언했다.

"머드루트의 이센위 평원에서 조만간 전쟁이 벌어질 것이다. 만약 주술사, 곱스켄, 사악한 인간들의 군대가 승리를 거둔다면, 우리는 자유 아발론을 잃게 될 것이다. 하지만 다른 편, 독수리 종족의 편이 승리하면, 아발론을 구하게 될 것이다."

스크리는 마치 팔이 커다란 날개라도 되는 것처럼 두 팔을 머리 위로 들어 올렸다.

"나는 그곳으로 싸우러 갈 것이다. 그렇다, 만약 그래야 한다면 그곳에서 죽을 것이다. 나를 따르겠는가? 독수리 종족의 편에서 싸울 것인가? 너희 부족의 명예를 회복하고 세상을 구하는 데 함께할 것인가?"

군중은 숨죽인 채 침묵에 싸였다. 독수리 깃털 하나가 둥지에서 날아와 사람들 머리 위로 둥둥 떠다녔다. 하지만 누구도 스크리의 질문에 대답하지 않았다. 단 한 사람도 스크리의 부름에 대답하지 않았다.

바로 그 순간, 홀로 서 있던 독수리 소년 하나가 마을 사람들 틈을 비집고 앞으로 나와 스크리 옆으로 성큼성큼 다가왔다. 스크리는 젊은

이를 돌아보았다. 이윽고 깜짝 놀랐다. 바로 호킨이었다. 아르크 카야의 고향에서 보았던 황금빛 눈의 독수리 소년!

호킨의 밝은 눈동자가 빛났다.

"당신을 따라 이곳까지 왔어요. 아발론을 위한 전쟁터에 당신을 따라가겠어요."

호킨이 당당하게 말했다.

스크리는 아무 말 없이 독수리 소년을 눈여겨보았다.

"멍청한 짓은 그 정도면 됐소."

상처투성이 전사의 걸걸한 목소리가 쩌렁쩌렁 울려 퍼졌다. 전사는 창을 옆으로 획 던졌다. 창은 시커먼 산등성이에 덜커덕 떨어져 내렸다. 동시에, 독수리의 모습으로 변신하며 강력한 날개를 쭉 폈다. 그러고는 깃털을 곤두세우고 스크리를 향해 달려왔다.

스크리 또한 그 모습을 보자마자 변신했다. 두 날개를 쭉 펴고, 곧장 하늘을 향해 날아오를 준비를 했다. 턱을 앙다물었다. 또다시 죽을 때까지 싸워 이길 충분한 힘이 남아 있는지 궁금했다. 날카로운 발톱을 땅바닥에 질질 끌며 말했다.

"원한다면 나랑 싸워라. 하지만 나는 진실만을 말했다."

전사는 한 걸음 더 전진하며, 스크리를 냉정하게 노려보았다. 이제 창 하나 정도의 거리에서 날개를 접고 멈추어 섰다.

"저는 쿠타이카입니다. 부족 최고 파수꾼입니다. 당신과 싸우려는 게 아닙니다. 당신과 합류하기 위해 왔습니다."

스크리의 눈이 커졌다. 쿠타이카가 군중을 향해 돌아섰다.

"제발 멍청한 짓은 그 정도면 됐다고 했잖소! 이 용맹한 전사의 외침을 듣지 못했습니까? 이분의 계획이 얼마나 정당한지 느끼지 못했습니까? 서두릅시다, 여러분 모두. 이분과 함께 합시다."

쿠타이카는 스크리를 흘끗 바라보더니 덧붙였다.

"이분이 우리의 지도자이니까요."

5

오르고 또 오르고

탬윈은 흙으로 덮은 소박한 무덤을 마지막으로 바라보았다. 자신이 직접 단검으로 무덤에 문장을 새겨 넣었다. 그 문장은 이렇게 시작한다.

여기 우리 아버지, 크리스탈루스 에오피아 잠들다.

'멀린의 옹이구멍' 주변으로 바람이 거세게 불어와, 홀로 서 있는 탬윈의 찢어진 옷자락을 흔들어놓았다.

"별까지 가지 못하셨군요. 하지만 아버지 아들은 갈 수 있을지도 몰라요."

탬윈은 세차게 불어대는 바람을 맞으며 나지막이 말했다.

이윽고 등 뒤로 손을 뻗어 배낭끈에 단단히 묶어둔 나무 막대에 손을 가져다 대보았다. 제대로 묶여 있는지 확인하고, 결심한 듯 고개를 끄덕였다.

"아버지 횃불은 제가 가지고 갈게요."

탬윈은 가파르게 높이 솟은 바위투성이 갈색 절벽을 향해 몸을 휙 돌렸다. 안개 때문에 절벽 끝이 제대로 보이지도 않았다. 그 위에, 별이 환하게 빛나고 있었다. 물론, 시커멓게 변한 마법사의 지팡이 별자리의 일곱 개 별을 제외하고. 하늘의 그 어두운 구멍 옆, 또 다른 특이한 것이 탬윈의 시선을 잡아끌었다. 자신과 별 사이에 놓인 넓고 어두운 줄무늬. 탬윈은 자신이 별이 있는 곳, 위대한 나무의 정상을 바라보고 있다는 걸 확인하기 위해 주머니 안에 든 특별한 나침반을 들여다볼 필요도 없었다. 저 줄무늬는 확실히 누구도 가보지 못한 위대한 나무의 거대한 나뭇가지였다.

나는 지금 그곳으로 가고 있어.

탬윈은 숨을 깊이 들이쉬었다. 자신의 최종 목표를 달성할 수 있을지 궁금했다. 저 나뭇가지를 올라, 그 너머에 있는 별까지 이르는 것. 그냥 아무 별이 아니었다. 탬윈은 저 시커멓게 변한 마법사의 지팡이 일곱 개의 별에 이르러야 했다. 그 별들은 이제 정령의 사후 세계와 이어진 열린 출입문이었다. 저 출입구를 통해 리타 고르의 불멸의 전사들이 이미 쏟아져 나오기 시작했다. 놈들은 지금 저 위에서 모여 리타 고르가 아발론을 공격하라는 명령을 내리길 기다리고 있다. 그 명령이 떨어지기까지 일주일도 남지 않았다. 그렇기에 그 군대를 출입구 너머로 쫓아내버리고 어떻게든 리타 고르를 물리치는 게 탬윈이 해야 할 임무였다. 너무나 어려워 불가능해 보이는 임무.

그러고 나서 정말 어려운 일이 남아 있을 거야. 나는 저 별들을 다시 빛나게 해야 해. 저 출입문을 닫아야 해. 지금껏 멀린 말고는 누구도 해내지 못했던 일을 내가 해내야 한다고.

탬윈은 침울하게 생각했다.

이윽고 어깨를 들썩여 등에 매달린 횃불의 위치를 조정했다. 평범한 횃불과는 조금도 비슷하지 않다는 건 확실히 알았다. 불을 밝힐 때, 그 횃불은 단순히 불의 원천이 아니라 마법의 원천이기도 했다. 왠지, 자신이 그 횃불에 불을 붙일 만큼 힘을 키우거나 현명해질 수만 있다면, 분명 저 출입문을 닫을 수 있는 힘을 진정으로 갖게 될 것이다. 그러면 리타 고르와 맞설 수 있을 것이다.

탬윈은 마른침을 꿀꺽 삼켰다. 아버지의 횃불을 가지고 가기로 결심한 이유가 또 하나 있었다. 크리스탈루스가 살아생전, 이 횃불은 크리스탈루스의 영혼처럼 환하게 불타올랐다. 그래서 어쩌면, 정말 어쩌면, 만약 탬윈이 횃불을 밝힐 방법을 찾을 수만 있다면…….

나는 아버지에게 좀 더 가까이 다가가게 될 거야.

그 생각을 하며, 하늘을 향해 가파르게 솟은 절벽을 향해 발걸음을 옮기기 시작했다. 굳은살이 박인 맨발에 딱딱한 땅이 닿았다. 절벽을 오르며 발걸음을 내디딜 때마다 단단한 바위가 느껴졌다. 거친 갈색 바위. '위대한 나무'의 나무껍질.

무척이나 힘겨운 등정이 될 것임을 잘 알았다. 가장 낮은 나뭇가지에까지 이르는 것조차 버거울 것이다. 너무 늦기 전에 별까지 이르는 건 가망이 없을지도 모른다. 더 빨리 오르는 방법을 찾아야만 한다. 이를테면 비밀 계단 같은 것. 귀리온의 불꽃 천사 마을에서부터 위대한 나무의 나무둥치 위, 이 숨어 있는 계곡까지 줄곧 자신을 이끌어준 계단. 하지만 도대체 어떤 방법이 있을까?

탬윈은 느슨한 바위 무더기를 가로질러 올랐다. 저 위 절벽에서 떨어져 내린 잡석이 가득했다. 때로는 두 손으로 몸의 균형을 유지해야 했다. 끝이 날카로운 바위가 덜렁거리며 발아래에서 흔들릴 때, 떨어지지 않게 조심해야 했다. 최대한 빨리 움직이던 탬윈은 곧 땀에 흠뻑 젖고, 지쳐 헉헉 숨을 거칠게 몰아쉬었다. 그래도 여전히 빨리 움직이지 못하고 있다는 걸 알았다.

임무를 완수하기까지 시간이 턱없이 부족했다. 머지않아, 리타 고르는 또 다른 별도 꺼 버릴 거다. '페가수스의 심장'이라고 알려진 별을. 그렇게 되면, 정령의 장군이 직접 말했던 것처럼, 위대한 말은 죽을 것이다. 별의 불꽃이 사라지면, 다른 게 무슨 의미가 있을까? 별의 불꽃이 사라지면 불멸의 전사들은 그것을 아발론을 공격하는 신호로 삼을 것이다.

내가 어떻게든 저들을 막아야 해. 마법을 좀 부릴 줄 알아도, 외로운 황무지 길잡이에게는 정말로 터무니없는 요구야.

탬윈은 혼잣말을 했다. 마음속으로 그 생각을 하는 것만으로도 한숨이 절로 나왔다.

디디고 있던 바위가 갑자기 와르르 무너져 내렸다. 탬윈은 비틀거렸다. 가까스로 옆 바위로 펄쩍 뛰어오를 수 있었다. 다행스럽게도, 그 바위는 견고했다. 바위에 무릎이 긁혀 피가 뚝뚝 떨어졌다.

하지만 마음이 급해 상처를 알아차리지도 못한 채 계속 올라갔다. 마침내, 바위 지대 끝자락에 이르렀다. 이제 정말 가파른 절벽이 시작되었다. 탬윈은 횃불을 다시 확인했다. 칼집에 넣어둔 지팡이도 살펴봤다. 버드나무 껍질로 직접 만든 지팡이였다. '위대한 나무의 심재'에서 가져온 영양이 풍부한 달콤한 물을 한 모금 마시고, 물통을 도로 집어넣었다. 그러고는 다시 오르기 시작했다.

한 손, 한 손, 몸을 위로 끌어 올렸다. 절벽 위에서 거미처럼 움직였다. 손에 잡히는 것은 무엇이든 붙잡으며 새끼발가락보다 넓지 않은 홈이나 틈에 발을 박았다. 얼굴에 바위 조각이 자꾸 떨어졌다. 하지만 꽉 붙잡은 손을 떼고 돌조각을 털어낼 수는 없었다.

계속해서 위로 나아갔다. 점점 더 높이 올라갔다. 그래도 바위 절벽이 여전히 위에 우뚝 솟아 있었다.

몇 시간이 지났다. 절벽은 여전히 위에 솟아 있었다. 팔다리가 이제 바윗덩이처럼 무겁게 느껴졌다. 그래도 계속 올라갔다. 이마에서 흘러내린 땀이 눈으로 들어갔다. 탬윈은 붙잡을 곳을 찾아 손을 위로 뻗었다. 툭 튀어나온 평편한 바위가 손에 잡혔다. 버둥버둥, 바위 가장자리 위로 몸을 끌어 올렸다. 마침내 가슴을 들어 올렸다. 다리 하나, 이윽고 나머지 다리를 바위 귀퉁이에 올렸다. 그러고 나서 바위 위에 그대로 널브러졌다. 등을 대고 누워 헉헉 거친 숨을 몰아쉬었다.

눈을 감았다. 땀 때문에 눈이 따가웠다. 하지만 더러운 손이나 옷으로 닦으면 더 따끔거릴 거다. 게다가, 거기에 볼 게 뭐가 있단 말인가? 소용돌이치는 짙은 안개를 뚫고 여기까지 올라왔다. 안개는 사방 어느 곳이든 모든 것을 전부 뒤덮어 버렸다. 별마저 물안개 속의 흐릿한 점처럼 아주 희미하게 보일 뿐이다.

차라리 잘됐어. 위에 뭐가 있는지 볼 수 있다 하더라도, 영원히 뻗은 절벽만 있을 게 뻔해. 별은 아직도 까마득히 높이 있을 거야.

탬윈은 툭 튀어나온 바위에 누워 거칠게 숨을 고르며 침울하게 생각했다.

몸을 옆으로 돌려 등을 쭉 폈다. 그러자 허리에 찬 작은 석영 종이 딸랑 자그맣게 울렸다. 안개 자욱한 허공에 울리는 종소리를 듣자 종의 땅, 스톤루트가 떠올랐다. 그 친숙한 영토가 너무나도 그리웠다! 이제 끔찍한 가뭄도 끝났으니, 그곳에서도 샘물이 샘솟고, 이슬 머금은 허니그라스(honeygrass) 향이 대기에 가득 찰 것이다. 토실토실하고 달콤한 문베리(moonberry) 그리고 톡 쏘는 스컹크위드(skunkweed). 그것으로 정말 기막히게 맛있는 차를 만들어 마셨었다.

그 향기와 맛을 다시 느낄 수 있을까? 알 수 없었다.

단검 손잡이에 허리가 찔렸다. 탬윈은 다시 몸을 뒤척였다. 배낭 안에서 소리가 들려왔다. 종소리보다 부드럽고 깊었다. 탬윈은 그 소리를 잘 알았다. 그건 하모나 널빤지에서 나는 소리였다. 자신이 직접 하프 모양으로 깎다 만 것이었다.

엘리를 위해 만들다 만 하프. 그 나지막하게 떨리는 멜로디에 귀를 기울였다. 뼈 마디마디에서 그 소리가 진동하는 것 같았다……. 둘이 서로 나누었던 꿈, 그리고 한 번의 짧은 입맞춤에 대한 기억과 함께.

다시 만날 수 있을까? 살아남기 위한 원정도, 구원할 세상도 없는 곳, 이것 역시 알 수 없었다.

문득, 탬윈은 다른 친구들이 궁금했다. 안개 속에서 일어나 앉아 따끔거리는 눈을 깜빡이며 스크리를 떠올렸다. 할리아의 산봉우리에서 생긴 상처는 분명 지금쯤이면 다 나았을 것이다. 그리고 귀리온. 귀리온은 분명 탬윈이 남겨놓은 황금 화관을 찾았을 것이다. 하지만 자기 백성들의 진정한 운명을, 자기 백성들을 그곳으로 이끌 용기를 냈을까?

이윽고 헤니와 배티 래드를 떠올렸다. 위를 향해 거꾸로 흐르는 '나선형 폭포' 속으로 뛰어들었을 때 잃어버린 두 친구. 아버지의 무덤 근처에 있던 발자국은 유별난 훌라, 헤니가 살아남았다는 것을 의미할까? 아무 생각 없이 지껄이는 것 같은 배티 래드의 재잘거림에는 뭔가 다른 의미가 있는 것일까? 그 잡담이 배티 래드가 정말로 어떤 종류의 생명체인지, 계속되는 수수께끼에 대한 일종의 단서를 제공해주는 걸까?

탬윈은 천천히 숨을 내쉬었다. 눈앞의 안개가 흐트러졌다. 저들 모두, 그리고 리아를 비롯해 다른 사람들도, 진정한 친구가 무엇인지 직접 증명해줬다. 자신의 그 모든 어리석음과 서투름에도 불구하고, 모두 탬윈

곁에 있어줬다. 탬윈은 아발론을 구해야 할 임무와 아발론의 궁극적인 파괴를 가져올지도 모르는 기묘한 운명을 타고났다. 어떻게 한꺼번에 이 두 가지나? 누구도, 리아조차도, 탬윈에게 설명할 수 없었다.

'어둠의 예언'이 마음 한구석에서 다시 들려왔다. 그 예언은 17년 동안 탬윈을 늘 그림자처럼 따라다녔었다. 턱수염이 옆으로 삐죽 자란 기이한 늙은 음유시인이 노래했을 때, 그 예언이 처음으로 탬윈에게 진정 생생하게 살아났다.

별들이 어두워지는 해가 오고
곧 믿음이 사라지리라.
아발론에 종말을 가져올 아이가
태어날 것이니,

그 아름다운 세상을 구할
별 아래 유일한 희망은
살아 있는 멀린이리라.
마법사의 진정한 후계자이리라.

아발론은 어떻게 될 것인가?
우리의 꿈? 우리의 깊디깊은 욕망?
멀린의 마법의 씨앗에서
영광이 피어날 것인가? 절망이 피어날 것인가?

몸과 마음이 지쳤다. 탬윈은 툭 튀어나온 바위 위에서 억지로 몸을 일으켜 세웠다. 지금까지 올라온 절벽보다는 덜 가파르기는 했지만, 또 다른 절벽 바위가 위에 솟아 있었다. 짙은 안개가 살짝 열어 보였다. 아침 첫 햇살을 받은 안개가 서서히 열어졌다.

순간, 탬윈의 눈에 뭔가 새로운 모습이 들어왔다. 그 모습을 보고 몸이 뒤로 주춤 흔들렸다. 하마터면 바위 아래로 곧장 떨어져 버릴 뻔했다. 안개 사이로 초록빛, 연보랏빛이 일렁였다. 그런데 빛보다 더 놀라운 건 그 빛의 위치였다. 깎아지른 절벽처럼 위로 뻗어 있는 게 아니라 저 멀리까지 옆으로 비스듬히 쭉 뻗어 있었다. 보이지 않는 곳까지 멀리…….

탬윈은 바짝 마른 짭조름한 입술을 핥았다. 저게 그걸까? 분명 첫 번째 나뭇가지에 오르는 데 성공한 듯했다.

6

하모나 널빤지

탬윈은 다시 절벽을 기어올랐다. 새로이 힘을 내 한 손, 한 손 기어올라갔다. 이마에 맺힌 땀방울이 줄줄 흘러내려 얼굴에 지저분하게 얼룩이 쭉쭉 길게 생겼지만 신경 쓰지 않았다. 오직 한 가지만 생각했다. 이 언덕 꼭대기에 서리라.

마지막 수평 돌기에 몸을 들어 올렸다. 새로운 풍경이 눈앞에 펼쳐졌다. 꾀죄죄한 입가에 미소가 번졌다. 이제 안개 너머가 보였다. 드디어 첫 번째 나뭇가지에 이르렀다.

풍경은 정말 대단했다! 잘려 나간 초록색 계곡이 저 멀리까지 쭉 뻗어 있었다. 계곡을 가르는 평편한 산등성이 꼭대기에 서니, 서너 개의 초록색 구역을 알아볼 수 있었다. 각각의 계곡은, 이들을 가르고 있는 산등성이처럼 흐릿한 지평선까지 이어졌다. 산등성이를 보니 뭔가가 떠올랐다. 하지만 그게 뭔지 정확히 알지는 못했다.

탬윈은 저 아래 계곡을 내려다보았다. 불어오는 산들바람에 푸릇푸릇한 풀포기가 춤을 추었다. 힘차게 뛰어다니는 말 몸뚱이처럼 보여서 마치 땅 그 자체가 달리는 것 같았다.

배낭끈을 어깨에 단단히 고정하고, 산등성이에서 걸어 내려가며 계곡의 위쪽 가장자리를 탐험했다. 이제 발바닥에는 거친 바위 대신 부드러운 풀이 느껴졌다. 저 앞에 깊은 협곡이 보였다. 협곡 안에는 연보라색 빽빽한 관목과 별빛을 받아 빛나는 시냇물이 폭포로 떨어져 내리고 있었다.

탬윈은 바짝 마른 입술을 다셨다.

지금 당장 신선한 시냇물을 한 모금 마시면 정말 상쾌하겠는걸.

첫 번째 협곡에 이르렀다. 관목 숲을 헤치고 시냇물로 다가갔다. 관목 숲 둥지에서 들려오는 짹짹 날카로운 울음소리에 발걸음을 멈추었다. 둥지에서 흘러나오는 빛을 보며, 그곳에 갓 태어난 프리즘 새가 있다는 걸 깨달았다. 언젠가 저 새는 빛을 한가득 품은 깃털 날개로 하늘을 날며 구름을 밝게 물들일 것이다.

탬윈은 시냇가 진흙 강둑에 앉아 배낭과 횃불을 벗어놓고 머리를 물속에 풍덩 담갔다. 머리를 들어 올리자 검은 머리카락이 축축하게 젖었다. 이윽고 머리를 다시 물속에 풍덩 담갔다. 마침내 시원하게 물을 털어낸 뒤, 두 손을 모아 몇 차례 물을 시원하게 쭉 들이켰다.

이윽고 강둑에 다리를 꼬고 앉았다. 문득 호기심이 일어, 옆에 있는 라벤더 잎사귀 한 장을 떼어내 씹으며 무슨 맛인지 확인했다. 하지만 곧장 잎사귀를 바닥에 뱉어 버렸다. 그렇다, 염소 똥에 가까운 지독한 맛이 났다.

저 위 산등성이 융기선을 훑어보았다. 이윽고 저 아래 계곡까지 쭉 살펴보았다. 김이 모락모락 피어오르는 구덩이가 보였다. 진초록 구덩이가 여기저기 있었다. 냄새를 맡아보니 달콤한 송진 향이 짙게 풍겼다. 소나무와 가문비나무 숲에서 맡아본 향과 아주 흡사했다. 위대한 나무의 수액이 끓어오르는 구덩이일까?

이윽고, 탬윈은 들쭉날쭉 툭 튀어나온 손가락을 닮은 뾰족탑 근처에서 무언가 움직이는 것을 알아차렸다. 생명체였다! 엄청 큰 생명체들인데, 굽은 등이 털로 덮여 있었다. 바위처럼 세찬 날씨를 이겨낸 듯 단단하고 거칠어 보였다. 거대한 어깨에는 억센 팔이, 대가리에는 길고 가는 주둥이가 달렸다. 제대로 봤다면, 이 생명체들은 모두 다리 하나로만 서 있었다. 이윽고, 놀랍게도, 생명체들이 두 손으로 박수하며 깡충깡충 뛰면서 바위 주변을 다 함께 빙글빙글 돌기 시작했다.

춤을 추고 있잖아.

탬윈은 도저히 믿을 수 없어 눈을 껌뻑였다. 저 생명체는 모두 탬윈보다 두 배나 컸지만 흘러가는 구름처럼 유연하게 움직이며, 이상한 몸짓으로 허리를 구부리며 깡충깡충 까딱까딱 기이한 춤을 조용히 추고 있었다.

좀 더 자세히 들여다보려 귀리온이 헤어질 때 준 선물, 그러니까 마지막 남은 다그다의 눈물을 사용할까, 잠깐 고민했다. 하지만 아니다. 그 마법의 눈물방울은 나중을 위해, 훨씬 더 필요할 때를 위해 남겨두는 게 나았다.

그때, 허리를 숙인 생명체들 바로 뒤로 가늘고 긴 나무 한 그루가 탬윈의 눈에 띄었다. 드루마링이다! 멀린의 옹이구멍에서 자신의 생명을 끝장내려 했던 걸어 다니는 나무들을 떠올리며 탬윈은 전율했다. 곰처럼 듬직하고 상냥한 대장장이 에손이 아니었다면, 탬윈은 분명 저 녀석들의 손에 목숨을 잃었을 게 뻔했다.

탬윈은 고개를 절레절레 저었다. 관목 숲에 물방울이 튀었다. 두 번 다시 저 녀석들을 마주하고 싶지 않았다. 언덕으로 다시 올라가 위대한 나무 꼭대기에 이르는 최고의 길을 찾을 시간이었다. 저 수평의 산등성이에 살지 모를 짐승들을 피하기 위해 더 신중해야 할 것이다.

즉각, 가파른 계곡이 나란히 서 있는 저 산등성이를 보며 그 무언가를 떠올린 이유를 깨달았다. 저 산등성이는 나무껍질이 줄지어 있는 것처럼 보였다. 그렇다, 이 거대한 나뭇가지를 따라 나무껍질이 정말로 쭉 이어져 있었다.

이곳은 완전히 새로운 영토야. 수많은 영토 중 하나라는 걸 생각해! 위대한 나무의 나뭇가지는 모두 다 미지의 세계야. 게다가 서로 무척 다를 수도 있어. 파이어루트가 에어루트나 워터루트와 다른 것처럼 말이야.

탬윈은 곰곰 생각에 잠겨 아래를 내려다보았다.

아니면 섀도루트. 엘리가 지금 향하는 곳.

한순간 걱정이 몰려왔다. 하모나 널빤지를 꺼냈다. 단검을 뽑아 들었다. 에손이 단검을 새로 만들어줘서 정말 감사했다. 하지만 지금은 칼날 옆에 새겨진 오래된 신비한 문구를 살펴볼 시간이 없었다. 멀린의 후계자, 그리고 리타 고르와 관련된 문구……. 탬윈은 널빤지를 무릎에 올리고 깎기 시작했다.

또르르 말린 톱밥이 땅바닥에 우수수 떨어지며 윙윙 은은한 소리를 냈다. 한편, 마법의 널빤지에서는 숨소리가 섞인 부드러운 멜로디가 울려 퍼졌다. 탬윈은 주황색 나뭇결을 따라 깎았다. 천천히, 울림통이 좀 더 분명하게 모양을 갖추며 악기가 모습을 제대로 드러내기 시작했다.

나무를 깎아 악기를 만들 때면 늘 위안을 받았다. 부드럽게 움직이는 칼날, 손에 닿는 널빤지의 온기는 지금 이 순간에 발붙이도록, 또한 미래에 대해 확신을 갖게 해줬다. 하지만 오늘은 의구심을 떨쳐 버릴 수 없었다. 어디서 하프 줄을 찾을 수 있는지도 몰랐다. 아발론을 구하는

데 필요한 자신의 몫을 어떻게 해낼 수 있을까?

탬윈은 계속 나무를 깎아 나갔다. 톱밥이 질퍽거리는 강둑 위에 걱정도 같이 쌓여갔다.

결국 나는 한낱 인간에 불과해. 위대한 마법사가 절대 아니야.

불현듯, 에손의 말이 떠올랐다. 대장장이가 거칠게 속삭였던 말.

"있잖아, 옛 핀카이라 전설은 가끔 엄청 이상해. 그 가운데 가장 이상한 얘기는 젊은 마법사가 자신이 직접 처음으로 악기를 깎아 만들어야만 힘을 얻게 된다는 거야."

아주 잠깐, 탬윈은 그 말을 믿었다. 아니, 정말 믿고 싶었다. 그래서 그 말이 확신처럼 느껴졌다. 그 순간, 칼날이 미끄러지며 허벅지를 베고 지나갔다. 탬윈은 자신의 미숙함에 욕을 퍼부으며 끙끙거렸다.

다시 의구심이 차올랐다. 하늘을 향해 시선을 들어 올렸다. 하늘에는 수없이 많은 밝은 별들이 장관을 이루었다. 그래서 가장 빛나는 성단(별자리)에서 눈을 가려야 했다.

내가 지금 뭘 생각하고 있지? 난 저기에 올라가는 방법도 아직 모르잖아!

이윽고, 뭔가 이상한 것을 처음으로 알아차렸다. 퍽 희한했다. 아주 희미한 빛줄기가, 너무 희미해서 거의 알아차릴 수도 없는 한 줄기 빛이 하늘 한가운데를 가로지르고 있었다. 마치 빛이 새어 나오는 틈처럼, 또는 직물의 솔기처럼, 그 희미한 빛줄기가 별의 영토 사이를 가로질렀다.

탬윈은 눈을 깜빡이며 그 빛줄기를 응시했다. 저게 뭐지? 어쩌면 안개가 장난을 치는 건가? 하지만 실제로 있는 것처럼 보였다. 어쩌면 저 자리에 늘 있었던 것일지도 몰랐다. 단, 그걸 두 눈으로 보기 위해서는 위대한 나무의 이 높은 곳까지 올라와야 했다.

도대체 저게 뭘까?

어두운 그림자가 탬윈에게 드리웠다. 두 가지 감정이 동시에 강하게 몰려왔다. 두려움과 분노. 하지만 그 감정은 자신의 것이 아니었다. 탬윈은 그 감정이 그림자를 드리운 자에게서 나오고 있다는 걸 뒤를 돌아보기도 전에 알아차렸다.

탬윈은 등을 휙 돌렸다.

드루마링! 나무처럼 생긴 키 큰 드루마링 둘이 탬윈 위로 우뚝 솟아 있었다. 나무껍질 없는 피부, 수많은 가지가 잘려 나간 옹이투성이 몸이 별빛을 받아 하얗게 빛났다. 전에 자신을 죽이려 했던 드루마링처럼, 이 한 쌍은 울퉁불퉁한 몸의 중간쯤에 얼굴이 달려 있었다. 들쭉날쭉한 구멍처럼 생긴 입, 잔가지처럼 좁은 눈이 수직으로 하나 달려 있었다.

눈을 전혀 깜빡이지 않고 탬윈을 내려다보았다. 탬윈은 이들을 마주 바라보았다. 멀린의 옹이구멍에서 만났던 녀석들처럼, 이들 드루마링에게서는 아무런 생각도 느껴지지 않았다. 날것의 단순한 감정뿐이었다. 지금 이 순간은 강력한 파도 같은 불안감이 느껴졌다. 거기에는 분노의 조짐이 살짝 섞여 있었다. 탬윈은 조심스레 단검을 칼집에 집어넣고, 하모나 널빤지를 배낭에 넣은 다음, 가죽끈을 어깨에 걸쳤다.

동작을 막 끝마친 순간, 새로운 분노의 흐름을 감지했다. 녀석들이 돌격해왔다. 빽빽하게 풀이 뒤덮인 긴 팔을 휘두르며 묵직한 뿌리를 쿵쿵 움직이며 관목 사이를 뛰어나왔다. 탬윈이 몸을 피한 순간, 녀석들의 뿌리가 탬윈이 앉아 있던 시내 강둑을 짓밟았다. 그 바람에 진흙과 톱밥이 사방에 튀었다.

탬윈은 시내를 펄쩍 가로질러 건너편 빽빽한 관목을 뛰어넘었다. 바로 뒤에서 나뭇가지 부서지는 소리가 들려왔다. 녀석들이 쫓아오고 있다는 걸 알기 위해 굳이 뒤돌아볼 필요는 없었다. 탬윈을 먹잇감으로 생각하든 또는 역겨운 침입자로 생각하든, 어쨌거나 깔아뭉개고 싶어하는 건 분명했다.

탬윈은 일렁이는 초원을 가로지르며 내달렸다. 웃자란 풀이 각반을 스쳤다. 잠시, 엘리의 목숨을 구하기 위해 그랬던 것처럼 힘차게 뛰는 사슴으로 변신할까도 생각했다. 하지만 목숨을 구하기 위해 그럴 수는 없었다. 짐의 부피, 특히 등에 멘 횃불 때문에 마법을 부릴 정도로 자유롭게 성큼성큼 걸을 수가 없었다. 할 수 있는 건 고작 두 다리로 최대한 빨리 달아나는 일뿐이었다.

녀석들이 거의 따라잡았다! 그리 멀지 않은 곳에서 뿌리가 쿵쿵대는 소리가 더 크게 울려 퍼졌다. 이제 녀석들이 팔다리를 휘두를 때 터져 나오는 바람 소리도 들을 수 있었다. 그 어떤 겨울바람보다 더 서늘했다.

김이 피어오르는 수액 웅덩이 하나가 눈에 들어왔다. 탬윈은 언덕 위, 높은 곳에서 방향을 틀어 그 웅덩이를 향해 달려갔다. 녀석들의 팔다리가 목 뒤에 닿을 듯 말 듯한 상황에서 필사적으로 기회를 노렸다. 보글보글 끓는 웅덩이 위로 곧장 뛰었다. 송진 향이 확 풍겨왔다. 목이 따끔거리고 눈이 타는 듯 매웠다. 탬윈은 웅덩이 맞은편으로 떨어져 내렸다. 가까스로 웅덩이 가장자리를 벗어나, 풀 위에서 몸을 데굴데굴 굴러 멈추었다.

초조하게, 탬윈은 고개를 들어 웅덩이 위 초록색 물안개를 노려보았다. 이제 따돌렸을까? 녀석들은 우둔했기에, 탬윈이 사라졌다고 생각할 거다. 그래서 포기하고 쫓아오지 않을 거다. 아니, 어쩌면 녀석들 또한 웅덩이 위로 뛰려다 송진 가마솥에 풍덩 빠져 버린 걸지도 모른다.

하지만 그런 운은 따라주지 않았다. 두 녀석이 웅덩이를 빙 돌아 뛰어오는 모습이 보였다. 외눈이 분노로 이글거렸다. 뿌리가 웅덩이 가장자리에 닿자 뜨거운 수액이 풀 위로 튀었다.

탬윈은 벌떡 일어났다. 저 사악한 짐승들한테서 어떻게 빠져나갈 수 있을까? 재빨리 주위를 훑어보았다. 툭 튀어나온 바위 하나가 보였다. 등이 굽은 기이한 거인들이 춤추던 곳이다. 지금 거인들의 흔적은 보이지 않았다. 탬윈이 하프를 깎는 동안 그 거인들은 자리를 뜬 게 틀림없었다. 탬윈은 그 바위를 향해 뛰었다. 드루마링한테 잡히기 전에 손가락을 닮은 그 뾰족탑에 기어오를 수 있기를 간절히 바랐다. 적어도 가능성은 있었다. 저 뾰족탑이 드루마링이 휘두르는 팔다리로부터 탬윈을 보호해줄지도 모른다.

그 바위에 다가가며, 자신을 쫓아오는 녀석들이 바로 뒤에 와 있다는 걸 느낄 수 있었다. 하지만 이제 바위에 오르는 건 거의 불가능했다. 산등성이 꼭대기의 거친 바위들과 달리, 그 뾰족탑은 강가 바위처럼 머리 위로 우뚝 솟아 있었다. 미끌미끌 빛이 났다.

잡을 게 아무것도 없었다. 탬윈의 몸무게를 지탱할 만한 게 아무것도 없었다.

드루마링의 팔 하나가 탬윈의 어깨를 내리쳤다. 탬윈은 땅에 쓰러질 뻔했다. 비틀거리며, 또 다른 공격을 피했다. 오를 수 있는 방법을 궁리하며 바위를 미친 듯이 돌았다. 모퉁이를 도는 순간…….

머리카락이 마구 헝클어진 거인 하나와 딱 부딪쳤다. 탬윈이 땅바닥에 내동댕이당할 때, 분노에 찬 울음소리가 하늘을 마구 뒤흔들었다. 탬윈은 등이 굽은 거대한 괴물 하나와 마주 보고 있었다.

7
끔찍한 무기

주술사 쿨위크의 지하 동굴로 이어진 묵직한 문이 서서히 열렸다. 그동안, 주술사는 동굴 안에 서서 느긋한 마음으로 기다리고 있었다. 지금 동굴로 들어서는 용감한 전사 마음속에 깃든 두려움을 느낄 수 있었다. 또한 썩어가는 시체의 고약한 냄새라도 되는 것처럼, 그 두려움의 냄새를 쉽사리 맡을 수도 있었다.

덩치 큰 남자가 애써 두렵지 않은 표정을 지으며 안으로 성큼성큼 걸어 들어와, 커다란 바위처럼 우뚝 섰다. 동굴 한가운데 석조 받침대 위에 놓인 수정의 고동치는 붉은빛에 남자의 얼굴이 평소보다 훨씬 더 으스스해 보였다. 곰의 발만큼이나 큼직한 두 손으로 넓적한 가죽 허리띠를 꽉 움켜잡았다. 허리띠에는 칼날이 넓적한 칼 하나, 양날 칼 하나, 단검 두 개, 그리고 스파이크를 박아놓은 곤봉 하나가 달려 있었다.

그 남자는 멈추어서 어둠 속을 잠시 뚫어지게 바라보았다. 이윽고, 축축한 돌벽 옆에 꼼짝 않고 서 있는 쿨위크를 알아차리고 긴장했다.

"부르셨습니까, 주인님?"

"그렇다, 나의 할렉. 네게 들려줄 소식이 있다."

주술사의 목소리가 내뱉듯 흘러나왔다.

"좋은 소식입니까, 주인님?"

전사는 윗입술에 묻은 땀방울을 핥았다.

"좋은 소식이다, 그래. 네가 이해할 수 있는 것보다 훨씬 더."

할렉은 그 모욕에 화가 났지만 아무 말도 하지 않았다.

쿨위크는 주먹을 꽉 움켜쥐며 손가락을 잠시 살펴보았다. 이윽고, 웃음기 하나 없이, 외눈으로 전사를 응시한 채 말했다.

"너도 알겠지만, 나의 할렉, 나는 이제 이센위에서 앞으로 다가올 네 승리가 왜 완벽하게 확실한지 네게 보여줄 것이다."

"확실하다고요?"

할렉의 평소의 험상궂은 얼굴이 누그러졌다. 그러면서도 커다란 손가락으로 칼 손잡이를 만지작거렸다. 이건 정말로 좋은 소식이었다.

"제게 보여주십시오, 주인님."

"곧 보여주지. 하지만 먼저, 네 목표를 명심해라. 너는 요정, 늙은 사제, 독수리 종족의 그 안쓰러운 연합군을 박살 내야 한다. 이해하겠나, 할렉? 녀석들을 박살 내야 해. 나의 주인님 리타 고르가 하늘에서 내려오기 전에 끝내야 한다. 왜냐고? 나는 리타 고르에게 내 군대가 강력하다는 걸 보여주고 싶으니까. 엄청나게 강력하다는 것을. 그리고 내가 아발론을 다스릴 준비가 확실히 되어 있다는 것을."

"네, 주인님. 제 곱스켄 부대에 대해 확신을 가져도 좋습니다. 이미 이센위로 행군할 준비를 마쳤습니다. 저는 막……."

할렉은 잔뜩 기대를 품고 고개를 끄덕였다.

"조용히!"

주술사의 거친 명령이 동굴 안에 울려 퍼지다 마침내 벽을 타고 똑똑 떨어지는 물소리와 하나로 녹아들었다.

"난 네 군대에 아무런 확신도 없다. 또는 내 애완 구울라카도 마찬가지고. 그 녀석들은 전쟁터에 날아가 너희와 합류할 것이다."

할렉은 투명에 가까운 그 치명적인 새의 이름을 듣고 움찔했다. 언젠가 그 녀석들의 피로 물든 발톱에 살이 찢긴 적이 있었다. 싸움꾼으로서의 노련한 경험 덕분에, 그리고 강력한 무기 덕분에 그 녀석들의 공격에서 살아남을 수 있었다. 녀석들은 싸움터에서 유용한 동맹일지는 몰라도, 그 녀석들을 통제할 방법은 없었다. 녀석들이 적들만 공격하리라는 보장도 없었다.

쿨위크는 말을 이었다.

"또한 네가 벨라미르를 추종하는 사람들의 도움에만 의지하는 것도 싫다."

그러고는 조용히 만족스럽게 웃었다.

"우리가 벨라미르의 인류 우선 운동에 묻어갔지만 말이야."

"그렇다면, 좋은 소식이 뭡니까?"

"이거다."

쿨위크는 고동치는 수정을 향해 가까이 다가갔다. 그와 동시에, 망토에서 수정과 똑같이 해악한 빛으로 빛나는 물건 하나를 꺼냈다. 쿨위크는 그 물건의 가죽끈을 잡고서는 할렉의 얼굴 앞에 대롱대롱 흔들었다.

"하지만, 그건 그냥 발톱이잖습니까?"

전사가 이의를 제기했다.

즉각, 발톱에서 한 줄기 시뻘건 빛이 흘러나왔다. 그 빛이 할렉의 양날 칼에 닿으며 폭발하듯 굉음을 냈다! 어찌나 강력한지 천장에서 돌조각이 우수수 떨어져 내렸다. 칼날이 강렬한 화염에 휩싸였다. 그리고는 잠시 맹렬하게 타오르더니 이내 사라졌다. 그와 함께…….

"내 칼!"

할렉은 당황해하며, 주변을 두리번두리번 양날 칼을 찾았다. 양날 칼이 매달려 있던 고리, 무기 허리띠, 동굴 바닥을 확인했다. 하지만 칼은 아무 데도 보이지 않았다.

쿨위크의 목구멍에서 흘러나오는 웃음소리가 동굴에 가득 찼다.

"난 네 귀 한쪽을 없앨 수도 있다, 나의 할렉. 하지만 전쟁터에서는 귀가 필요하겠지."

전사는 그저 주술사를 멍하니 바라만 보았다. 뭐라 말도 못 하고 얼마 전까지만 해도 자신의 양날 칼이 매달려 있던 곳을 커다란 손으로 계속 더듬었다.

"너도 본 것처럼, 나의 할렉, 이것은 그저 그런 발톱이 아니다. 이건 무기야. 그래, 아주 끔찍한 무기지."

쿨위크는 수정 빛을 받아 반짝이는 목걸이를 만지작거렸다.

할렉은 가까스로 침을 삼키며 물었다.

"그게 어떻게…… 작동하나요, 주인님?"

"이건 벤젤라노 수정의 힘을 빨아들인다. 이건 수정에 연결되어 있어. 그리고 그 힘은 이어져 있다. 수정에 의해 사후 세계에서 부름받은 리타 고르의 전사들이 그 힘에 이어진 것과 똑같이 말이다."

쿨위크는 감탄의 눈빛으로 발톱을 유심히 살펴보았다.

"이걸 사용하려면, 네가 파괴하고자 하는 물건이나 사람에 집중하기만 하면 된다. 그러고 나서 힘이 작동하게 내버려 두면 돼! 번갯불이 터지고 나면, 잠깐 기다렸다가 다시 사용하면 된다. 그러면 그 힘이 새롭게 모이지."

"그게 다입니까?"

"그렇다, 나의 전사. 이제 너와 네 난폭한 곱스켄들은 절대 실패할 일이 없을 거다."

주술사가 할렉에게 발톱 달린 목걸이를 건네며 선웃음을 지었다.

할렉은 빛나는 그 발톱을 조심스럽게 목에 걸었다. 이윽고 천천히 고개를 끄덕였다.

"이 새로운 무기가 마음에 드는군요."

"그럴 거야. 평화 협상이 끝날 때까지 기다려라. 그러고 나서 그걸 사용하라."

"협상요? 전쟁이 시작되기 전에 적들과 교섭하라는 건가요? 겁쟁이들이나 그렇게 하지요."

할렉이 내뱉듯 말했다.

쿨위크는 귀찮다는 듯 씩씩거렸다.

"그리고 오직 바보들이나 주인의 말에 의문을 제기하지! 네가 평화 협상을 소집하면, 녀석들은 네가 약하다고 생각할 거다. 빨리 싸우고 싶어 안달이 날 거야. 내가 얼마나 더 너한테 상기시켜줘야 알겠나? 나는 리타 고르가 도착하기 전에 이 전쟁을 끝마치고 싶다. 그래서 내가 요정들 사이에 소문을 퍼트렸다. 너무 오래 지체하면, 뛰어난 군대가 널 도우러 올 거라고."

주술사가 고개를 끄덕였다.

"물론, 그건 사실이다. 뛰어난 군대가 와서 네 편이 되어줄 것이다. 하지만 네 새로운 무기 덕분에, 네게는 군대가 필요하지 않을 것이다. 그 군대가 도착할 때면, 유한한 생명체들은 이미 정복당하고 없을 테니 말이다!"

점차, 할렉의 얼굴이 의심스러움에서 사악함으로 바뀌었다.

"한 사람이 있습니다, 주인님, 제가 특히 죽이고 싶은 사람요."

"그게 누구냐?"

"독수리 인간입니다. 제가 댐에서 싸웠던 녀석 말입니다. 그 빌어먹을 날개 때문에 달아났어요."

"그렇다면 그 녀석의 날개를 잘라 버려라, 할렉. 녀석의 대가리를 자르기 전에 말이다."

아주 오랜만에 처음으로, 할렉은 웃었다.

"명령대로 하겠습니다, 주인님."

주술사는 부드러운 두 손을 마주 비볐다.

"네 바람이 이루어지길 바란다. 그래, 나도 죽이고 싶은 녀석이 있으니까."

주술사의 눈이 사악하게 가늘어졌다.

"이제 가라. 라나윈(파이어루트)의 곱스켄 숲에 있는 가장 가까운 관문으로 달려가라. 그곳을 통해 이센위 평원으로 가라. 어서 서둘러, 할렉! 녀석들을 마지막 한 놈까지 모조리 없애 버리기 전까지는 돌아올 생각은 절대 하지 마라."

8
어둠 속에서 들려오는 목소리

엘리는 이끼 한 움큼을 더 씹으며 톡 쏘는 박하 향을 깊이 느꼈다. 완벽한 어둠이 깔린 이 영토에서는 다른 모든 것들이 엘리의 감각을 깨우는 게 아니라 무디게 할 뿐이었다.

분명, 볼 게 많지 않았다. 빛나는 부적의 둥근 빛이 엘리, 팔에 안겨 잠든 요정, 발아래 빽빽한 이끼밭 그리고 오른쪽에 있는 메마른 개울을 비춰줬다. 이 개울이 '메아리 골짜기'에서 '빛을 잃어버린 도시'로 이끌어주리라. 어쨌든, 이것 말고는 섀도루트는 칠흑 같은 어둠만 존재할 뿐이었다.

어둠이 땅에 짙게 내려앉아 모든 걸 덮어 버렸다. 어둠이 소리 또한 덮어 버린 듯했다. 이제 계곡을 떠나왔다. 꼬박 하루 걸린 듯했다. 하지만 시간을 가늠하기란 불가능했다. 억센 이끼를 밟는 발걸음 소리 말고는 아무것도 들리지 않았다. 물론, 뉴익이 비참하게 계속 투덜거리기는 했다. 이건 뉴익 나름대로 엘리에게 기운을 북돋는 방식이었다.

하지만 그것은 기운을 북돋워주지 못했다. 주변의 우울함에 더해, 죽음의 몽상가한테서 가까스로 탈출한 기억만 떠오를 뿐이었다.

내가 어쩌면 그렇게나 멍청할 수가 있었을까?

엘리는 경계를 늦추지 않으며 스스로에게 물었다. 너무 멍청하게 굴었기에, 자칫 목숨을 잃을 수도 있었다. 그랬다가는 쿨위크의 수정을 파괴할 기회를 날렸을 것이다. 쿨위크의 수정을 파괴하는 것이야말로 자신이 걱정스러워하는 사람들을 도울 수 있는 유일한 희망이었다.

엘리는 그 기회를 영원히 잃어버리는 위험한 순간에 바짝 다가갔었다. 사악한 파도에 그 소중한 기회가 씻겨 나가게 내버려 둘 뻔했다. 무엇보다도, 그 꿈 그리고 그 파도가 전혀 사악해 보이지 않았다는 사실을 인정해야 했다. 오히려, 그 꿈은 왠지 안락하고, 매력적이고, 무척이나 유혹적이었다.

“너 또 주먹 쥐고 있잖아, 엘리.”

뉴익의 목소리 그리고 붉어진 뉴익의 피부색이 엘리를 딴생각에서 빠져나오게 했다.

“쿨위크를 때려눕히기 위해 연습하는 중이야. 난 괜찮아.”

엘리는 목소리가 최대한 쾌활하게 들리도록 애쓰며 대답했다.

“흠. 네가 괜찮다면, 그렇다면 난 주황색 눈동자의 쿠카렐라(cookarella) 새다.”

엘리는 그 말을 듣고 피식 웃었다. 자신의 웃음소리만으로도 기분이 살짝 좋아졌다.

어쩌면 아직 희망이 남아 있을지도 몰라.

엘리는 다시 생각에 잠겼다. 이윽고, 자신이 데리고 가는 작은 동료를 흘끗 내려다보았다. 감사의 마음이 강하게 밀려왔다.

고마워, 친구. 네가 없었다면 난 여전히 3등급 수습 사제로서 드루마디안 주거지 주변을 맴돌고 있었을 거야. 아무런 대책도 없이 말이야.

엘리는 고개를 끄덕였다. 뉴익이 그 칭찬에 뭐라고 말할지 정확히 알았으니까. 분명 여전히 아무런 대책 없는 수습 사제에 불과하다고 똑같이 말했을 것이다.

엘리는 메마른 강바닥을 따라 계속 걸었다. 수정의 둥근 빛 바로 너머로, 그림자가 합쳐졌다가 변하고, 이윽고 녹아내리는 것처럼 보였다. 이 어둠 속에는 어떤 생명체가 숨어 있을까? 엘리는 뉴익을 바짝 껴안았다.

몇 시간이 흘렀다. 아니, 몇 시간처럼 보이는 시간이 지났다. 길은 끝없이 이어졌다. 발이 이끼 낀 땅바닥에 질질 끌렸다. 빛을 잃어버린 도시에 이를 수 있기는 한 걸까? 탬원이 설명해준 그곳의 도서관에 정말 갈 수 있을까? 그 도서관이 없다면, 도서관에 있기를 간절히 바라고 있는 지도가 없다면, 쿨위크의 은신처를 제때 찾는 건 불가능할 것이다.

엘리는 얼굴을 찡그렸다.

우리가 그곳에 제때 도착한다 한들, 쿨위크의 수정을 파괴하는 방법을 난 아직 알지도 못해.

불현듯, 수정 불빛의 언저리, 저 앞에 기이한 물체가 눈에 띄었다. 가까이 다가가 보니, 부서진 바위 조각만 한 게 이끼 위에 놓여 있었다. 그런데 뭔가 좀 남달라 보였다. 부드러웠다. 유리 같았다. 그리고 완벽하게 정사각형이었다. 기이하게도, 빛이 났다. 꽤나 짙은 에메랄드 초록빛. 엘리는 걸음을 멈추고 자세히 살펴보았다.

"타일 조각이잖아."

엘리는 깜짝 놀라 소리쳤다.

뉴익은 엘리의 팔에서 몸을 버둥거리며 쳐다보았다. 헛기침을 했다.

"그냥 타일 조각이 아니야. 저건 도시의 한 조각이 분명해."

"빛을 잃어버린 도시?"

요정이 고개를 끄덕였다.

"그곳의 원래 이름은 디아나라(Dianarra)였어. 전설에 따르면, 별에서 날아 내려온 불꽃 생명체들이 그 도시를 만들었다고 해."

엘리는 그 전설을 딱히 믿지는 않았지만, 탬윈이 이 도시에 대해 했던 말을 또렷하게 기억하고 있었다. 그리고 그 이야기를 해줄 때의 탬윈의 얼굴에서의 표정도……. 뉴익이 감싸고 있는 갈라토를 흘끗 바라보았다. 지금 당장 그 표정을 다시 들여다볼 수 있다면 얼마나 좋을까.

엘리의 시선을 쫓아, 뉴익은 초록색 수정에 두 손을 올렸다.

"네 그 어설픈 친구 녀석을 생각하고 있구나, 그렇지? 그 친구를 볼 시간이 있을 거야, 엘리. 하지만 지금은 아니야. 우리는 지금 당장 할 일이 엄청 많다고."

"난 정말 걔와 다시 얘기를 하고 싶어."

"흠. 아직도 이해 못 해? 게다가, 어쨌거나 넌 갈라토를 통해 대화할 수는 없어. 리아가 한 말 기억 안 나? 네가 아무리 누구를 걱정한다 해도 수정을 통해 그 사람을 볼 수만 있지, 그 사람과 대화를 나눌 수는 없잖아."

"나도 알아, 안다고."

엘리는 다시 걸음을 옮겼다. 주제를 바꾸고 싶은 마음에 물었다.

"그 도시에 대해 네가 기억하는 건 뭐야?"

뉴익의 피부가 진갈색으로 바뀌었다.

"별로 많지 않아, 솔직히. 200년도 더 지난 일이라고. 그래도 얼마나 아름다웠는지는 기억나. 거대한 건물, 우아하고 세련된 앞모습, 사방에 널려 있는 화려한 조각상. 거기가 얼마나 번잡했는지도 기억나. 방방곡

곡에서 온 사람들로 북적거렸어. 섀도루트의 단 하나뿐인 관문을 통해서 온 사람들도 있었어. 다른 사람들은 파이어루트 고산 지대의 관문으로 나와 그곳까지 걸어왔어. 계곡을 흐르는 바로 이 강바닥을 따라, '에버나이트 봉우리'를 지나, 도시 문까지 이어진 길을 따라서 말이야. 물론 당시에는 이 강에 물이 흘렀어. 수천 개의 횃불이 도시를 밝혔지. 너무 밝아서, 안개가 끼지 않을 때면 파이어루트의 해안에서도 보일 정도였어."

엘리는 빽빽한 이끼밭을 성큼성큼 걸으며, 흩어진 타일 조각들을 더 찾아냈다. 초록색을 띠는 것도 있었지만, 심홍색과 황금색으로 빛나는 것들도 있었다. 엘리는 걸음을 재촉했다.

"그러다 어둠의 요정들 사이에서 내전이 일어났어. 무슨 일이 있었는지, 섀도루트 밖에서는 아무도 몰랐지. 다른 영토로 도망친 몇몇 무세오들만 빼고. 그건 정말 엄청난 수수께끼야! 우리가 아는 건 디아나라의 불빛이 갑자기 꺼지고, 그곳의 관문이 닫혔다는 사실 뿐이었지."

뉴익이 말을 이었다.

엘리는 발걸음을 멈추었다. 수정 테두리에서 무시무시한 형상이 하나 나타났다. 밤보다 더 까만 그 형상은 이 어두운 길에서 그동안 마주쳤던 그 어떤 것보다 크게 우뚝 솟았다. 엘리는 그것이 무엇인지 깨닫고는 깜짝 놀라 소리쳤다.

"벽이야. 돌로 만든 거대한 벽. 봐! 저기 왼쪽으로 틈이 있어."

"문이야. 아니면 남아 있는 문이거나. 흠, 왜 거기 그렇게 멀뚱멀뚱 서 있는 거야? 어서 안으로 들어가자고."

뉴익이 재촉했다.

하지만 엘리는 깨진 타일 조각을 발로 툭 찼을 뿐이었다.

"뉴익, 어둠의 요정들은 어때?"

"끔찍한 종족이야. 사악한 싸움꾼이라고. 침입자들에게는 치명적이었어. 특히 어둠 속에서도 볼 수 있었으니까."

엘리는 끙끙 신음을 토해냈다.

"네 말을 들으니까 기분이 으스스해지는데."

"난 그저 사실을 말했을 뿐이야, 이 소심덩어리야. 어둠의 요정에 대해 네가 알아야 할 게 있어. 만약 음유시인들의 노래가 맞는다면, 어둠의 요정은 모두 전쟁에서 죽었어. 아니면, 적어도 대부분 죽었지."

엘리는 살짝 마음이 놓였다.

"음유시인들이 그걸 어떻게 아는데?"

"흠, 이곳으로 여행 올 정도로 용감한 몇몇 음유시인들은, 언제나 무세오의 안내를 받아 왔는데, 어둠의 요정의 마을, 학교, 농장, 광산이 모두 텅 비었다고 말했어. 트레시미르와 브리오나도 이곳에 왔을 때 어둠의 요정을 하나도 발견하지 못했어. 브리오나가 너한테 말한 것처럼, 그 애가 '어둠의 죽음'이라는 질병에 걸렸을 때 여정이 갑자기 중단되었지만 말이야. 다행스럽게도, 그 병은 아발론의 다른 곳에서 온 요정들만 걸려."

"다행이네."

엘리가 그 말을 따라 했다. 하지만 엘리는 이 영토에 또 다른 기이한 질병이 존재하지 않을까, 어쩔 수 없이 의문을 품을 수밖에 없었다.

뉴익의 목소리가 침울하게 바뀌었다.

"하지만 어둠의 요정의 광산 하나는, 우리가 알게 된 것처럼, 더 이상 텅 비어 있지 않아. 그곳에 쿨위크가 숨어 있으니까."

엘리의 표정이 굳어졌다.

“쿨위크는 곧 손님들을 맞게 될 거야. 지도가 있는 도서관을 우리가 찾을 수 있다면 그렇다는 말이지.”

산봉우리 요정은 알 듯 말 듯한 미소를 지었다.

“요즘 내 기억력은 예전만 못해. 하지만 기억이 날 것도 같아. 그 도서관 건물에는 거대한 돔이 있고, 앞에는 깃대가 길게 늘어서 있었어.”

“뉴익, 너 참 대단하다.”

“흠. 그렇다고 볼 수 있지. 대단한 멍청이라고 볼 수 있지. 안 그러면 내가 왜 이 지긋지긋한 곳에 널 따라왔겠어?”

엘리는 대답 대신 벽에 난 틈을 향해 성큼성큼 걸어갔다. 하지만 걸음을 옮길 때마다, 그게 사실은 벽이 아니라는 걸 확실히 알 수 있었다. 벽이 에워싸고 있는 건 더 이상 도시가 아니라 황폐한 땅이었다.

쓰러진 돌탑, 부서져 남아 있는 조각상 조각, 흩어진 타일이 사방에 어지럽게 놓여 있었다. 엘리는 남아 있는 이 도시의 문을 빠져나가기 위해 쓰러진 기둥 위를 기어 올라가야 했다. 정교한 기둥의 표면 장식은 여기저기 함부로 깨져 있었다. 이윽고 돌과 금속이 아슬아슬하게 쌓인 곳을 피해 옆으로 빙 돌아서 갔다. 초소의 잔해일 거라고 추측했다.

문 안쪽으로도 폐허는 계속 이어졌다. 여전히 많은 건물이 서 있기는 했지만, 몇몇은 완전히 파괴되었다. 한때 예술적인 타일 작품 또는 우아한 표면을 자랑하던 건물은 여기저기 함부로 잘려 나가 버렸다. 엘리는 뉴익을 단단히 잡은 채, 한때는 넓은 길이었을 형형색색 타일이 깔린 넓은 곳을 걸어갔다. 하지만 이제, 거리에는 수많은 인파 대신 잡석만 즐비했다. 무너진 건물, 부러진 횃불, 깨진 창문……. 엘리는 수백 개의 해골을 발견하고 몸을 부들부들 떨었다.

금방이라도 바스러질 것 같은 새하얀 뼈가 사방에 널려 있었다. 엘리의 수정 빛으로 어디를 둘러봐도 깨진 두개골만 보였다. 뒤틀린 다리뼈, 일그러진 손뼈. 죽음의 고통 속에서 허공을 부여잡다 얼어붙은 손……. 뼈를 밟지 않고 피해 다니는 게 힘들 정도였다. 엘리의 발에 누군가의 갈비뼈가 짓뭉개졌다. 무너진 돌무더기 아래 툭 튀어나온 두개골이 거리 한쪽에 수북이 쌓여 있고 열린 창문에도 두개골이 늘어져 있었다.

엘리는 언제 무너져 내릴지 모를 허물어진 벽을 조심하며 요리조리 걸었다. 그러면서도 계속해서 도서관처럼 보이는 건물을 찾았다. 하지만 돔이나 깃발의 흔적은 어디에도 보이지 않았다. 그래서 혹시 주변 폐허가 된 잔해 어딘가에 파묻혀 있는 건 아닐까 하는 생각이 들었다.

몇 차례 이리저리 헤매다 아홉 갈래 교차로에 이르렀다. 교차로 한가운데, 지금은 그저 잡석 봉분에 불과했지만, 예전에는 이곳에 기둥이 둥글게 늘어서 있었을 것이다. 그 아래에서 초록빛이 희미하게 새어 나왔다.

엘리가 미처 묻기도 전에, 요정이 엘리의 질문에 대답했다.

"그래, 저건 남아 있는 관문의 폐허야. 왜 이리 어리석었을까? 건물 하나를 파괴하는 건 그렇다 쳐. 하지만 관문을 파괴하는 건, 이 영토를 다른 세상과 연결하는 최고의 방법을 망가뜨리는 건 완전 차원이 다른 문제라고."

뉴익은 실망해서 혀를 끌끌 찼다.

"하지만 왜? 왜 저런 짓을 했지?"

"흠. 그 질문에 대한 대답은 어둠의 요정들과 함께 사라졌어. 왜 이 도시가 파괴되었는지에 대한 수수께끼 중 하나야. 우리가 절대로 이해하지 못할 뭔가가 있을지도 모르지."

엘리는 또 다른 길을 따라 계속 걸어갔다. 또 교차로가 나왔다. 두개골 더미를 피해 새로운 거리로 나아갔다. 이윽고 뭔가를 발견하고는 그 자리에 꽁꽁 얼어붙었다. 거리 한쪽에 깃대가 죽 이어져 있었다. 그중 몇 개는 부러지고, 몇 개에만 깃발이 남아 휘날렸지만, 한때 깃대였다는 건 틀림없는 사실이었다. 뉴익은 그 작은 손으로 엘리의 팔뚝을 꽉 잡았다.

엘리는 좀 더 가까이 다가갔다. 깃대 뒤로, 수정 불빛을 받아 돌계단이 보였다. 계단은 꽤 커다란 사각형 건물로 이어졌다. 이윽고, 엘리가 계단을 오르기 시작할 때, 커다란 돔의 윤곽이 흘끗 보였다.

도서관이다! 바닥에 폐허의 잔해가 널브러져 있었지만, 엘리는 뛰다시피 계단을 올라갔다. 깨진 타일 조각을 요리조리 피해 나아갔다. 화려한 벽화의 잔해가 분명했다. 이제 꼭대기에 이르렀다. 계단 세 개를 더 올라 건물 입구에 우뚝 섰다.

거대한 철문은 경첩이 뒤틀려 한쪽으로 기울었다. 엘리는 곧장 그 안으로 성큼성큼 걸어갔다. 자신들에게 꼭 필요한 지도를 찾을 수 있다는 기대감으로 심장이 쿵쾅거렸다. 하지만 건물 안으로 한 발 들여놓는 순간, 날카로운 목소리가 울렸다.

"거기 당장 멈춰! 안 그러면 죽는다."

엘리는 걸음을 멈추고 뉴익을 흘끗 내려다보았다. 산봉우리 요정의 시커먼 피부와 표정은 뉴익 또한 엘리와 같은 생각이라는 걸 보여주었다. 그림자 속에서 들려오는 그 목소리의 주인공은 바로 어둠의 요정이었다.

9
늘 굶주리다

엘리는 용기를 냈다. 쓰러진 책 선반, 부서진 조각상, 오래된 도서관 여기저기에 흩어져 있는 깨져 떨어져 나간 타일 작품을 자세히 살펴봤다. 이윽고, 차분한 목소리를 내려 최선을 다하며 수정 빛 너머로 당당하게 외쳤다.

"해를 끼치려는 건 아니에요, 우리를 공격하지 마세요."

"이 도시의 모두가 해를 끼쳐."

위협적인 거친 목소리가 튀어나왔다.

여전히 으스스한 목소리로 이어 말했다.

"당장 떠나지 않으면 여기에 남아 있게 될 거다. 영원히."

'영원히'라는 단어가 폐허가 된 도서관에 울려 퍼지며 여러 번 메아리치다가 마침내 희미하게 사라졌다. 한참 동안, 둥근 천장의 넓은 방 안에는 아무 소리도 들리지 않았다. 엘리는 심장이 마구 뛰었지만, 무슨 말을 어떻게 해야 할지 떠오르지 않았다. 그저 꼼짝하지 않고 서서 곱슬머리를 손가락으로 초조하게 잡아당길 뿐이었다.

뉴익의 무뚝뚝한 목소리가 침묵을 깼다. 깜짝 놀랍게도, 뉴익은 아무렇지 않다는 듯 태연하게 말했다.

"좋아 그럼, 우리를 죽여. 하지만 네가 우리를 죽이면, 넌 우리가 이 도서관에 왜 왔는지 절대 알아내지 못할걸."

엘리는 믿을 수 없다는 표정으로 뉴익을 내려다보았다. 하지만 이 늙은 산봉우리 요정은 그저 엘리를 보며 씩 웃을 뿐이었다. 또 한차례 무거운 침묵이 내려앉았다. 천장의 타일 조각 하나가 가죽으로 제본한 책 더미 위로 툭 떨어지며 그 침묵을 깼다.

갑자기 무언가 꿈틀 움직였다. 수정 빛 너머, 도서관 저 깊숙이 후미진 곳에서 느릿느릿 질질 발을 끄는 소리가 들려왔다. 그 소리는 점점 가까이 다가왔다. 절대 멈추지 않고 끊임없이 이어지는 그 발걸음은 엘리의 쿵쾅 뛰는 심장보다 서두르지 않았다.

"너 도대체 어떻게 된 거야?"

엘리는 자신의 메리스에게 화난 목소리로 속삭였다.

뉴익은 그저 씩 웃을 뿐이었다. 하지만 또한 평상시처럼 화가 치밀어 오르는 듯 눈을 깜빡였다.

그림자 속의 형상 하나가 빛 가장자리에 이르렀다. 엘리는 숨을 들이쉬고 최악의 상황에 대비했다. 이윽고 깜짝 놀라 숨을 내쉬었다. 그 형상은 예상과는 완전히 달랐으니까.

그건, 사실, 늙은이에 불과했다. 겉모습은 무척이나 늙어 보였다. 고사리밭처럼 빽빽한 백발은 삐죽삐죽 뻗어 뾰족한 귀를 뒤덮었다. 먼지가 잔뜩 끼고, 가죽 제본을 한 얇은 책 두 권을 한 손에 꼭 쥐고 있었다. 허리가 엄청나게 굽어서 검정색 옷이 가슴 앞으로 헐렁하게 늘어졌지만 브리오나를 비롯한 보통의 요정처럼 호리호리하고 강인한 몸이었다. 하지만 눈은 브리오나보다 훨씬 컸다. 솔직히, 암탉이 낳은 알 크기만 했다. 커다란 은회색 눈동자에는 전혀 악의가 보이지 않았다.

눈동자는 총명해 보였다. 그리고 그 이상의 무언가가 있었다. 이를테면 호기심 같은 것. 엘리의 빛나는 수정을 똑바로 쳐다보지는 못했지만, 그렇다고 두려워하는 것처럼 보이지도 않았다. 죽음의 몽상가와는 달랐다. 오히려, 수정 빛에, 또한 이 방에 빛을 다시 가져온 낯선 자들에게 진정으로 호기심을 보이는 듯했다. 그 사람은 좀 더 다가와, 그 커다란 눈으로 어리둥절한 표정의 엘리 일행을 살펴보았다.

"진정으로 평화를 위해 왔다면, 이곳에 온 걸 환영한다."

그 사람이 선언하듯 말했다. 마차 바퀴가 돌 위를 구르는 듯한 목소리였지만, 더 이상 그렇게 위협적이지는 않았다.

"내가 무례하게 환영한 거, 용서를 구해야겠구나. 하지만 나는 위험한 시간을 수없이 견뎌왔어."

엘리는 뉴익을 흘끗 내려다보며 눈빛을 보냈다. 이렇게 말하는 것처럼 보였다.

어떻게 이럴 줄 알았지?

요정은 맑은 보라색 눈을 굴리는 것으로 대답을 대신했다. 뉴익의 목소리가 들리는 듯했다.

어떻게 감히 나를 의심할 수 있어?

요정 노인은 백발을 끄덕였다. 여전히 빛의 근원을 직접 쳐다보지는 않았다.

"내 이름은 그리콜로다. 내 영토에 온 걸 환영해."

"그리고 또한 당신의 도서관에. 이곳은 당신 도서관이지, 안 그래?"

뉴익이 덧붙였다.

그리콜로의 주름진 얼굴에 얄궂으면서도 슬픈 미소가 번졌다. 그리콜로는 손에 든 책 두 권을 들어 올리더니, 마치 부모가 아기의 이마를 어루만지는 것처럼 책 표지를 부드럽게 쓰다듬었다. 그러고는 방의 공기를 천천히 깊이 들이마셨다. 가죽 제본, 수제 종이 그리고 오랜 시간 동안 켜켜이 내려앉은 먼지 냄새가 강하게 풍기는 공기를…….

"젊을 때, 나는 늘 굶주렸어. 아주 굶주렸지. 음식이 아니라 지식에! 너무나도 배우고 싶어서 이 도서관을 너무나도 좋아했어. 그래서 부단히 공부하고, 아주 열심히 배우고, 그래서 마침내 수습 사서의 지위에 이르렀어. 하지만 그것만으로는 충분하지 않다는 걸 곧 깨달았지."

커다란 눈이 반짝였다.

"나는 언제나 이곳에 살기를 갈망했어. 평생 동안 오직 저 책들을 읽으면서."

"그러고 나서 전쟁이 일어났고. 당신은 당신 소원을 이뤘군."

뉴익이 말을 마쳤다.

"맞아. 그건 사실이야. 이제 나는 이곳에 살아. 숨어서 아주 오랫동안. 어림짐작해도 100년은 넘었지. 너무 긴 시간이지. 요정의 시력 덕분에, 어둠 속에서도 난 볼 수가 있어. 책을 읽고, 내 작은 정원에 채소를 키워 먹을 수도 있지. 하지만 나는 감히 이 건물에서 멀리 나가지 않아. 전사들이 아직도 도시에 숨어 있을지도 모르니까."

요정이 침울하게 대답했다. 미소가 싹 가셨다.

엘리는 안타까운 듯 고개를 끄덕였다.

"당신은 정말 무척 외롭겠군요."

처음으로, 그리콜로는 엘리를 똑바로 쳐다보았다. 다시 재빨리 고개를 돌리기는 했지만, 엘리는 그리콜로가 충격을 받았다는 걸 알 수 있었다.

"외롭다고? 어떻게 누가 감히 외로울 수 있지? 이처럼 많은 이야기, 이처럼 많은 언어 한가운데서? 난 외로움과는 아주 거리가 멀어!"

그리콜로는 헝클어진 머리를 저었다.

이윽고 도서관을 향해 두 손을 휘저었다.

"내게는 친구들이 있어. 수천, 수만의 친구들. 이 건물 곳곳에. 저 무식한 전사들은 선반, 벽화, 전시된 상자들을 무너트렸을지는 모르지만, 정말 중요한 건 남겨두었지."

그러고는 손에 들고 있는 책을 흔들어 보였다.

"책 말이야."

뉴익의 피부는 골똘히 생각에 잠겼을 때의 파란색으로 바뀌었다.

"그뿐만이 아니야. 그 녀석들은 중요한 다른 것도 남겼어."

늙은 요정이 영문을 몰라 고개를 갸우뚱했다.

"사서."

그 말에 그리콜로의 슬픈 미소가 바뀌었다.

"녀석들은 내게 엄청난 일을 남겼어. 책을 정리하고 보수하는 일. 그건 분명해. 내가 평생 해도 못 할 그런 엄청난 일을! 하지만 어쩌면 사서 하나는, 비록 비틀거리고 깜빡깜빡 잘 잊는 건망증 심한 사서라 할지라도 없는 것보다는 낫지."

이윽고 호기심의 눈빛이 눈에 되돌아왔다.

"너희가 이곳에 왜 왔는지 이제 말해주겠는가?"

"그래요, 하지만 먼저, 우리한테 당신의 도시가 파괴된 이유를 말해줄래요?"

엘리가 물었다.

늙은 요정의 얼굴에 주름이 자글자글 깊어졌다. 갑자기 그 어느 때보다 더 힘겨워 보였다. 늙은 요정은 책을 내려놓고 무너져 내린 선반에 등을 기댔다. 그 무게 때문에 책이 바닥에 뚝 떨어지며 먼지구름이 피어올랐다. 사서는 한참 동안 주저하다 마침내 입을 열었다.

"먼저, 너희는 이 도시의 옛 모습을 상상해야 해. 예술과 음악과 이야기를 배우는 중심지. 이곳은 빛의 도시였어. 별에서 온 사람들이 이 도시를 세웠어. 그 사람들은 몸에서 불이 피어올랐어. 날개 또한 불타오르고 말이야."

엘리는 깜짝 놀라 눈썹을 치켜떴다.

"아야노윈(Ayanowyn)이 그 사람들 이름이야. 또는, 공통의 언어에서는 '불꽃 천사'라고 부르지. 그 사람들은 우리에게 너무나도 과분한 선물을 줬어. 이 도시를 세웠을 뿐만 아니라, 이 건물과 거리를 형형색색 반짝이는 타일로 덮었어. 자신들의 불꽃 열기로 만든 타일을."

늙은 요정이 설명했다.

이윽고 이마에 헝클어진 머리카락을 뒤로 넘겼다.

"또한 우리에게 빛의 선물을 줬어. 디아나라에는 사방에서 횃불이 활활 타올랐어. 디아나라라는 이름은 그 사람들에게 '별이 떨어진 도시'라는 뜻이야. 그 사람들의 목표는, 너희도 알겠지만, 가장 어두운 영토를 가장 밝은 빛으로 밝히는 것이었어."

사서는 잠시 말을 멈추더니, 수많은 책들이 있는 방 안으로 시선을 돌렸다.

"그래서 그 사람들이 라스트라엘(섀도루트)에 가장 밝은 빛을 준 거야. 이야기를 줬다고. 모든 땅에서 온 이야기. 일곱 영토 너머에서 온 이야기도 있어. 전설과 수수께끼. 구슬픈 발라드와 낭만적인 시. 이런 것들이 디아나라에 가득 찼어. 이야기꾼들이 거리 곳곳에 서 있고, 벽화 화가들이 벽이란 벽은 모두 장식했지. 수많은 음유시인과 공연자와 필경사들이 그 이야기를 알기 위해 이곳으로 왔어. 덕분에 이 도시는 가장 위대한 시대를 맞이했어."

이윽고 사서의 얼굴이 침울해졌다.

"그리고 또한 이 도시의 몰락도."

사서는 비참하게 고개를 가로저었다.

"빛의 도시를 불쾌하게 여기는 어둠의 요정들이 있었어. 어둠의 요정들은 이 도시의 힘을 두려워했어. 이 도시의 이야기가 지닌 힘을 두려워했지. 어둠의 요정들은 외부의 영향을 의심하며 과거 어두웠던 시절을 조용히 갈망했지. 다른 곳의 신화, 관습, 이데아를 철저히 알지 못했던 과거를 말이야. 그런데 더 넓은 세상을 소중히 여기던 우리들은 오만함에 빠져 그런 어둠의 요정들을 그냥 무시했어. 그 어리석음을 조롱했지. 저 바깥세상의 아름다움을 이해하도록 도와주려고 하지 않았어."

사서는 비탄에 잠겨 한숨을 내쉬었다.

"마침내, 어둠의 요정들이 이 도시를 공격했어. 싸움은 격렬해지고 점점 더 잔인하고 끔찍해졌어. 처음에, 나도 우리 도시를 지키려는 사람들과 함께 최선을 다해 싸웠어. 이 도시가 상징하는 명분을 위해 싸웠지. 하지만 이내 이 도시가 곧 무너지리라는 것을 알 수 있었어. 라스트라엘(섀도루트)의 유일한 관문이 파괴되었을 때, 나는 도서관 깊숙한 곳으로 달아나 숨어 버렸어."

사서는 고개를 푹 숙인 채 한탄했다.

"나는 겁쟁이였어. 끔찍한 겁쟁이! 나는 이 도시를 위해, 내 영토를 위해 목숨을 바쳐야 했어. 하지만 난 그렇게 하지 못했어."

사서는 주름진 손을 쓰다듬었다.

이제 초조하게 중얼거리고만 있었다. 사서는 이렇게 덧붙였다.

"그건 누구도 승리할 수 없는 전쟁이었지. 그저 전쟁이 어떤 모습으로 끝나느냐가 중요했어. 양쪽 군대가 모두 죽었어. 디아나라를 잃었어. 사랑스러운 어둠과 고무적인 빛. 이 둘 다 잃었어."

사랑스러운 어둠.

엘리는 그 말을 혼잣말로 되풀이했다. 사서가 무슨 뜻으로 그렇게 말했는지 확신이 서지 않았다. 하지만 자신의 생각과 달리, 이곳 섀도루트 안에 진정한 선(善)이 남아 있다는 걸 확실히 느꼈다.

엘리는 그리콜로에게 걸어갔다. 발밑에서 깨진 타일 조각이 부딪히는 소리가 났다. 부드럽게, 엘리는 사서의 목덜미에 손을 얹고 위로해주려 했다.

즉각, 늙은 요정은 고개를 들었다. 엘리를 똑바로 쳐다보지는 않았지만, 사서의 은회색 눈동자에서 고마워하는 마음을 설핏 알아차릴 수 있었다.

이윽고, 새로이 호기심을 품고, 사서가 물었다.

"이제 내게 말해봐. 여기까지 왜 왔지? 그리고, 네가 들고 있는 그 빛이 뭔지 물어도 될까?"

엘리는 최대한 재빨리 모든 걸 설명했다. 빛을 잃은 별, 오염된 수정, 그리고 아발론이 처한 절체절명의 위기. 그리콜로는 엘리의 이야기에 넋을 잃고 푹 빠져들었다. 표정이 점점 심각해졌다. 마침내 엘리가 자신이 지닌 수정 엘라노에 대해 말하자, 사서의 커다란 눈이 더 커졌다.

"우리가 아는 건 쿨위크가 가장 깊은 지하에 숨어 있다는 것뿐이에요."

엘리가 이야기를 마무리했다.

"보르보 광산(Borvo Lungna)일 거야. 그곳은 아주, 아주 깊어. 또한 그자가 소집할 군대를 모두 수용할 정도로 꽤 넓기도 하고. 무기를 만들 철도 엄청나게 많이 있지."

그리콜로가 말했다.

엘리는 팔에 안긴 요정과 서로 눈길을 주고받았다.

"여기서 얼마나 떨어져 있나요?"

엘리가 물었다.

"하루 종일 걸어가야 해. 물론, 길을 제대로 안다면……."

"그래서 우리가 이곳에 온 거예요. 지도를 찾기 위해서요."

엘리가 설명했다.

"지도를 찾을 필요는 없을 거야."

사서가 선언하듯 말했다. 몸을 기대고 있던 선반에서 뒤로 물러났다. 그리고는 최대한 똑바로 등을 세웠다. 도서관의 문을 마주 보며 결심한 듯 덧붙였다.

"왜냐하면 네가 너희를 직접 데려다줄 테니까."

엘리는 깜짝 놀라 눈을 깜빡거렸다. 이윽고 천천히 웃음 지었다. 어둠의 영토를 가로질러 길을 찾아가는 데 얼마나 큰 도움이 될지를 깨달았으니까.

"정말 그래주실 건가요?"

그리콜로가 문을 향해 고개를 끄덕였다.

"이곳을 떠난 지 아주 오랜 세월이 흘렀지만, 젊은 시절에 다니던 길을 여전히 똑똑히 기억하고 있어. 그리고 이번에는, 이 싸움에서, 내가 더 이상 겁쟁이가 되지 않겠어."

사서는 몸을 꼿꼿이 세웠다.

10

팰리미스트

등이 굽은 거대한 괴물이 탬윈을 노려보았다. 탬윈은 풀밭 위에 무기력하게 누워 있었다. 괴물은 혓바닥으로 주둥이를 핥으며, 젊은이를 향해 털북숭이 팔을 뻗었다. 탬윈이 서 있다 해도 이 괴물은 땅바닥에 떨어진 나뭇가지 위의 나무처럼 탬윈보다 훨씬 컸을 거다.

사실, 이 거대한 생명체는 나무를 닮았다. 단, 잎사귀 대신 갈색 머리카락이 무성하게 덮여 있었다. 참나무처럼 굵고 큼지막한 다리 덕분에 더 나무처럼 보였다. 나뭇가지를 닮은 우람한 팔도 마찬가지였다. 주둥이 위에 달린 짙은 눈동자 두 개가 신비하게 번들거렸다. 나무가 아닌 마치 다른 존재처럼 보였다.

바로 그때 괴물이 포효했다. 분노에 찬 소리가 초원에 가득 울려 퍼졌다. 탬윈을 쫓던 드루마링 한 쌍은 이 털북숭이 거인을 보자마자 이미 발걸음을 우뚝 멈추었다. 이제 이들은 돌아서서 달아났다. 뿌리가 땅에 쿵쿵 울렸다.

한편, 이 거대한 짐승은 각각 일곱 개의 기다란 손가락이 달린 손을 탬윈을 향해 벌렸다. 탬윈은 곧 손이 자신의 목을 감거나 두개골을 박살 내리라는 걸 알았다. 단검이나 지팡이를 꺼낼 시간이 없었다. 달아날 시간은 말할 것도 없었다.

미안해, 엘리. 정말…….

기다란 손가락이 탬윈을 향해 뻗어왔다. 하지만 목이나 대가리를 꽉 조이는 대신 어깨를 움켜잡았다. 그러고는 곧장 허공으로 번쩍 들어 올렸다. 탬윈은 잡아먹히기 전에 빠져나오려 온 힘을 다해 버둥거렸다. 주둥이의 크기로 보아하니, 몇 입이면 끝날 것 같았다. 하지만 아무리 버둥거려 봐도 단단한 손가락만 느껴질 뿐이었다.

거인이 탬윈을 유심히 살펴보았다. 짙은 눈동자가 빛났다. 이윽고, 탬윈은 짐승이 입을 쫙 벌릴 거라 예상했다. 하지만 짐승은 당혹스러운 듯, 매우 인간적인 표정으로 입술을 달싹였다. 동시에, 깊고도 낮게 울리는 목소리로 짐승의 생각이 탬윈에게 불쑥 들려왔다.

음, 팰리미스트. 넌 오늘 뭘 수집했지?

탬윈은 다른 생명체의 생각을 듣고, 그 언어를 이해하는 데 오랫동안 익숙했지만, 지금 자기가 제대로 들었는지 확신이 서지 않았다.

수집했다고? 그게 무슨 뜻이지?

짐승의 당혹스러운 표정이 더 깊어졌다. 이윽고, 쩌렁쩌렁 울리는 굵은 목소리로 탬윈에게 직접 말했다.

"넌 아주 똑똑한 녀석이군. 난 알 수 있어. 하지만 너처럼 생긴 녀석은 지금껏 본 적이 없어."

불쑥, 탬윈의 어깨를 잡고 있던 손에 힘이 풀렸다. 젊은이는 풀밭에 쿵 떨어졌다. 횃불 막대기가 등에 눌리는 바람에 신음이 절로 터져 나왔다. 하지만 재빨리 한쪽으로 몸을 굴려 벌떡 일어났다. 괴물이 적대감을 보이면 언제든 달아날 준비를 했다.

"그러니까, 넌 누구지?"

탬윈은 이 낯선 거인의 언어로 소리쳐 물었다.

부글부글 끓는 것 같은 굵은 소리가 허공을 가득 채웠다. 탬윈은 그게 일종의 웃음이라는 걸 알아차렸다.

"그건 내가 너한테 묻고 싶은 질문이다, 다리 두 개 달린 작은 녀석아! 하지만 네가 이 영토에 손님으로 왔으니, 네 질문에 내가 먼저 대답하지."

괴물이 거대한 팔을 쓱 휘두르며 당당하게 말했다.

"나는 팰리미스트라고 해. 탈리온 종족이지. 나는 공예가야. 또한 수집가이기도 하고."

탬윈은 수집가라는 말에 약간 호기심이 일어 물었다.

"정확히 뭘 수집하는데?"

"한 번에 질문 하나씩, 이 작은 녀석아."

팰리미스트가 넓적한 다리를 살짝 구부리더니 이내 다시 쭉 폈다. 탬윈은 그게 환영의 인사라고 추측했다.

"홀로사르에 온 걸 환영한다. 우리 이름은 이 땅에서 유래했지. 가장 낮은 영토라는 뜻이다. 우리는 위대한 나무의 가장 아래쪽 나뭇가지까지 내려왔거든."

탬윈은 자기 나름대로 인사를 건넸다.

"내 이름은 탬윈 에오피아야, 인간이지. 그리고 나는 너희 영토보다 훨씬 아래쪽에서 왔어. 이 위대한 나무의 뿌리에서."

팰리미스트는 그 말에 깜짝 놀라, 살짝 뒤로 한 발 물러섰다.

"뿌리 영토라고? 그게 정말이야? 탬윈 에오피아?"

"그래."

"너처럼 작은 녀석이 이렇게 높은 곳까지 올라왔다고?"

"맞아."

탬윈은 저 위, 거친 산등성이를 올려다보았다. 그러고 나서 더 높은 곳, 하늘의 밝은 빛을 바라보았다.

"그리고 나는 더 높이 올라갈 생각이야."

팰리미스트의 짙은 눈동자가 탬윈을 뚫어지게 쳐다보았다. 무척 흥미로워하는 눈초리였다. 또한, 어쩌면 존중의 눈빛이기도 했다. 마침내, 팰리미스트가 물었다.

"네 허리춤의 그 작은 칼날. 그건 어디에 쓰려고?"

탬윈은 칼집을 톡톡 건드렸다.

"대부분은 나무를 깎는 데 사용해. 그리고 친구에게 줄…… 뭔가를…… 선물을 만드는 데 써."

탬윈은 배낭 한쪽을 톡톡 두드렸다. 그러자 그 안에 든 악기에서 나지막하게 떨리는 멜로디가 흘러나왔다.

"하프야."

탬윈은 말을 멈추고, 그 낭랑한 소리를 귀담아들었다. 이윽고, 갑자기 고개를 숙였다.

"하지만 난 기술이 부족해. 줄도 부족하고."

다시 팰리미스트가 말했다. 으르렁거리는 것 같던 소리가 전보다 조용해졌다.

"나도 나무를 깎아. 이 영토의 저 높은 오래된 숲에서 나오는 나무로. 너처럼, 나도 칼날의 각도, 나무의 윤곽, 나뭇결의 언어를 알아. 그리고 나 또한 공예를 익히는 데 필요한 겸손함을 알아."

거대한 몸이 아래로 기울었다.

"탬윈 에오피아, 내 동굴을 방문하고 싶다면, 내 손님으로 널 기꺼이 맞아줄게."

탬윈은 관대하고 친절한 그 말에 감명받았지만 고개를 저었다.

"나도 그러고 싶어, 팰리미스트, 하지만……."

탬윈은 별을 한 번 더 흘끗 올려다보았다.

"갈 길이 아주 멀어. 게다가 시간이 별로 없어."

팰리미스트가 바투 다가왔다. 그러고는 속삭이듯 목소리를 낮추었다.

"내가 너한테 시간을 멈추는 법을 보여준다고 해도?"

"네가…… 그럴 수…… 있어?"

탬윈은 경이로움에 말까지 더듬었다.

"동료 나무 조각가를 위해, 그래. 하지만 너한테 경고할게. 나는 공예에 대해 내가 아는 걸 너한테 말해줄 수는 있어. 하지만 네가 그걸 직접 익혀야만 해."

그게 정말 가능할지 반신반의하며, 젊은이는 천천히 고개를 끄덕였다.

"그렇다면, 내가 기꺼이 갈게."

"그럼, 날 따라와."

이렇게나 덩치 큰 생명체치고는 놀랍도록 우아하게, 팰리미스트는 다리 하나에 의지해 몸을 돌려 계곡을 향해 껑충껑충 뛰어갔다. 짓밟힌 풀 자국만 뒤에 남았다. 탬윈은 떨어트린 소지품은 없나 후다닥 확인하고 그 뒤를 서둘러 허둥지둥 쫓아갔다. 그나마 그렇게 달려가야 팰리미스트의 속도를 맞출 수 있었다.

완만하게 솟은 계곡 위로 움직였다. 김이 폴폴 나는 뜨거운 수액 웅덩이를 지나고, 매끄러운 큰 바위를 지났다. 놀랍게도, 저 멀리 드루마링 한 무리가 또 보였다. 하지만 나무를 닮은 그 생명체들은 이들이 지나가는 모습을 잠자코 지켜보기만 했다. 둘은 산등성이 절벽 위로 수증기를 내뿜으며 콸콸 쏟아져 내리는 폭포를 돌아, 마침내 계곡과 이어진 협곡에 이르렀다.

이곳에서 팰리미스트가 방향을 바꾸어, 협곡 속으로 펄쩍 뛰어갔다. 탬원은 따라잡으려 커다란 바위 위로 서둘러 올라가야 했다. 협곡의 적갈색 절벽은 부드러웠다. 흙으로 만든 열매 같았다. 적갈색 커다란 뱀 한 마리가 툭 튀어나온 바위 위에서 똬리를 틀고 앉아 쉬고 있었다. 근처에는 초록색 나비 한 쌍이 막 피어난 꽃 위로 팔랑팔랑 날아다녔다. 꽃에서는 벌집 향이 났다.

갑자기, 팰리미스트가 협곡의 좁은 쪽으로 방향을 틀었다. 가느다란 시냇물이 한가운데로 흐르며 저 위의 산등성이 물을 실어 왔다. 연보라색 잎사귀의 관목 숲이 강둑과 줄지어 이어져 있었다. 거기에는 반짝반짝 빛나는 파란색과 주황색 꽃이 나란히 자라고 있었다.

하지만 그런 건 탬원의 눈길을 끌지 못했다. 이 협곡에서 정말 놀라운 건 거대한 초록색 옷감 한 장이었기 때문이다. 초원만큼이나 커다란 직물이 절벽 한쪽에 걸려 있었다. 꼭대기는 바위에 단단하게 고정되어 있고, 아래쪽은 협곡 한가운데를 흐르는 시냇물 끝자락까지 쭉 뻗어 있었다. 거대한 직물이 벽처럼 옆에 매달려 있었기에, 그 아래는 바람과 폭풍을 막을 수 있었다. 팰리미스트는 한쪽으로 껑충 뛰어, 옷감의 한쪽 자락을 들어 올리고 사슴이 숲속 빈터로 껑충 뛰어가는 것처럼 가뿐하게 그 안으로 들어갔다.

천막이야. 저 거인이 직접 만들었어.

탬원은 경이로웠다.

탬원은 뛰어오느라 헉헉 숨을 몰아쉬며 입구로 올라갔다. 직물은 실제로 수천 가닥의 가늘고 튼튼한 덩굴을 엮어 짰다는 걸 알아차렸다. 각각의 덩굴을 다른 수많은 덩굴과 조심스레 엮어, 견고하지만 부드러운 한 장의 천을 만들어냈다. 탬윈은 안으로 들어서기 전에 잠시 멈추어 손으로 그 테두리를 훑어봤다.

저 녀석은 정말 대단한 공예가로군.

탬윈은 천 끝자락을 올리고 안으로 들어갔다. 흐릿한 빛이 눈에 익을 때까지 몇 초가 걸렸다. 하지만 곧 탬윈은 아주 잘 볼 수 있었다. 정말로 퍽이나 특이한 공간 안으로 방금 들어섰다는 걸 알았다.

동굴 한가운데에는 흙길을 잘 닦아놓고, 왼쪽으로 뻥 뚫린 넓은 공간이 있고 그곳에 불을 피우는 곳이 있었다. 거기에 모닥불이 둥글게 자리 잡고 있었다. 커다란 돌 벤치 두 개 옆, 천막에 뚫어놓은 구멍으로 연기가 빠져나갈 수 있었다. 둥근 모닥불 옆으로 가열로가 하나 놓여 있고, 그곳에서는 석탄이 활활 타올랐다. 천막과 같은 천으로 만든 풀무, 손으로 만든 다양한 도구도 한 무더기 있었다. 연기 냄새 자욱한 이곳을 보니, 에손의 대장간이 떠올랐다.

하지만 탬윈은 한 가지 커다란 차이를 알 수 있었다. 저 도구들은, 에손의 것과 달리, 정원 일을 위해 만든 게 아니었다. 저것들은 정교한 공예 작업을 위한 도구였다. 길고 짧은 칼날, 해머, 쐐기, 뼈와 버드나무 새싹으로 만든 가는 바늘, 갈고리, 그릇, 실과 끈 심지어 금속 철사 타래, 물레, 진흙 그릇 회전 테이블, 모르타르와 절굿공이, 마른 가루가 들어 있을 것 같은 돌단지, 가위 몇 개, 다양한 크기의 쇠붙이, 나선형 금속 드릴, 물건을 늘리는 데 사용하는 나무살, 쇠붙이 그릇 수십 개, 날카로운 도끼 두 개, 커다란 베틀 하나, 나무껍질과 다양한 종류의 나무로 짠 커다란 바구니, 거기에 하도 특이해서 어떤 용도로 사용하는지 전혀 감을 잡을 수 없는 물건 몇 개…….

작업을 위한 공간 맞은편, 오른쪽에는 짚더미가 들어찬 우리가 하나 있었다. 팰리미스트가 잠자는 침대가 분명했다. 근처에는 커다란 나무 탁자가 하나 있고, 그 위로 나무 바구니 대여섯 개가 놓여 있었다. 사과, 멜론, 호박 그리고 빨간 점이 박힌 곱슬곱슬한 과일이 있었다. 처음 보는 과일이었다. 커다란 나무 의자 위에 놓인 특별히 커다란 바구니 하나에는 껍질, 속, 씨앗이 들어 있었다. 그릇, 머그, 커다란 돌병 그리고 갖가지 주방용품이 탁자 뒤, 커다란 나무 찬장에 가득했다. 창문이 일렬로 나 있는 천막 벽 옆에는 커다란 의자가 하나 놓여 있었다. 절벽의 적갈색 돌을 쪼아 만든 그 의자에 팰리미스트가 앉더니 튼튼한 탁자 위에 발을 올렸다.

"내 동굴에 잘 왔어, 탬윈 에오피아."

젊은이는 팰리미스트 머리 위에 드리운 초록색 직물을 흘끗 보았다.

"이렇게 놀라운 집은 처음 봐요."

팰리미스트의 으르렁거리는 목소리가 웃음으로 번졌다.

"그럴지도 모르지, 다리가 둘 달린 손님. 하지만 내가 이제 너한테 보여주는 건 훨씬 더 놀라울 거야."

11
시간의 강

팰리미스트는 탁자 위에 올린 그 거대한 발을 동굴 흙바닥에 쿵 내려놓았다. 그 바람에 먼지가 피어올랐다. 탬윈은 그 모습을 바라보며 발이 생각했던 것보다 훨씬 무겁다는 걸 알았다. 나무둥치라기보다는 돌기둥에 가까웠다. 저런 발로 껑충껑충 뛰어가듯 우아하게 움직일 수 있다니 무척이나 놀라웠다.

팰리미스트는 털북숭이 손으로 사과 세 개를 움켜쥐더니 순식간에 입 안으로 톡톡 털어 넣고 아삭아삭 씹더니, 나무 의자 위에 놓인 바구니에 씨를 뱉어냈다. 그러고는 초롱초롱한 눈으로 탬윈을 쏘아보며 큰 소리로 말했다.

"이리로 따라와."

팰리미스트는 가열로 근처 여기저기 놓인 연장과 물건을 피해 펄쩍 뛰어 천막 깊숙한 곳으로 향했다.

젊은이는 뒤쫓아 갔다. 넓적한 어깨의 덩치 큰 집주인을 지켜보고 있으려니, 배낭, 단검, 지팡이, 횃불 등 자신이 지닌 수많은 물건이 주변의 엄청난 물건들과 비교했을 때 보잘것없다는 생각이 절로 들었다. 하지만 공예가의 연장을 보며 이 생명체의, 그리고 어쩌면 탈리온 종족의 주요 자질은 저 커다란 몸집이 아닐지도 모른다는 걸 깨달았다.

아니, 저 손가락이 가장 핵심적인 특징이었다. 양손에 일곱 개씩 달린 길고 가는 손가락은 놀라울 정도로 정교하게 움직일 수 있었다. 탬윈이 천막 안으로 더 깊숙이 발걸음을 옮기며 깨달았듯이, 그 손가락은 사실 놀라울 정도로 아름다운 기술을 발휘할 수 있었다.

동굴 양쪽에 선반이 줄지어 있고, 그 위로 온갖 공예품이 빼곡히 들어찼다. 엮어 만든 바구니 중 어떤 것은 탬윈의 엄지손가락만큼이나 작고, 어떤 것은 너무 커서 탬윈이 그 안에 들어가 앉아도 아무 문제없을 듯했다. 색칠한 나무 널빤지, 장식을 새긴 금속 칼날, 기이한 모양의 찰흙 항아리와 물 주전자, 조각한 돌, 정성스럽게 정리해서 말려둔 나뭇잎 뭉치, 누른 꽃잎, 윤기가 흐르는 달팽이 껍데기도 있었다. 씨앗으로 만든 형형색색 화려한 공, 무지개 빛깔 깃털로 만든 거대한 가면, 석영 결정을 잘라 만든 빛나는 프리즘, 마른 실로 엮은 카펫, 밀랍으로 만든 초, 선명한 딱정벌레 날개로 만든 네모난 천……. 어쩔 수 없이 살며시 만져보지 않을 수 없었다.

또 다른 선반 위에는 절벽에서 나는 적갈색 돌을 깎아 만든 자그마한 풍경이 놓여 있었다. 구슬로 장난스럽게 장식해 놓은 사슴뿔도 있었다. 자수정과 방해석으로 만든 조각상은 빙하 덮인 심홍색 산처럼 보였다. 풀을 엮어 만든 커다란 모자에는 반짝이는 파란색 나비 날개가 점점이 박혀 있었다. 까만 하늘을 배경으로 하는 흰색 번개 모양의 태피스트리(무늬를 넣은 양탄자)는 을씨년스러워 보였다. 정교하게 칠한 둥근 조개껍데기 한 쌍은 곤충의 눈을 닮았다.

그중에서 무엇보다 가장 놀라운 건 악기였다. 팰리미스트는 선반에 수많은 악기를 아무렇게나 올려두었기에, 도대체 어떤 악기인지 구별하기 어려웠다. 하지만 뼈 또는 나무를 깎아 만든 플루트 몇 개, 수정으로 만든 북 한 쌍, 커다란 류트, 참나무 또는 물푸레나무 또는 단풍나무로 울림통을 만들어 미끈한 디자인으로 정교하게 조각해놓은 수많은 아름다운 하프를 알아차리는 데는 아무 문제 없었다.

"음, 발 두 개 달린 친구, 이 수집품을 어떻게 생각하나?"

탬윈은 선반 위 보물을 보느라 마음을 뺏겨서 거대한 몸집의 주인이, 자신이 얼른 따라오기를 기다리고 있다는 걸 뒤늦게 깨달았다. 팰리미스트의 얼굴을 올려다보며 더듬거리며 말했다.

"이건, 이건, 음, 엄청나요. 뭐라 설명할 수 없을 정도로 너무 대단하고, 너무 멋져요. 당신이 호언한 대로, 정말 놀라워요."

커다란 눈동자가 탬윈을 유심히 살펴보았다.

"놀랍다고? 그래. 하지만 나 때문이 아니야."

"당신 때문이 아니라고요? 하지만 당신이 이 모든 걸 전부 다 만들었잖아요, 안 그런가요?"

탬윈은 깜짝 놀라 팰리미스트를 쳐다보았다.

"내가 많은 걸 만들었지. 내가 수년 동안 모은 것도 있고. 하지만 나는 그저 아발론의 자연이 주는 선물을 받았을 뿐이야. 이미 충분히 아름다운 것들을 내가 모양을 조금 바꾸거나 재배치했을 뿐이지."

탬윈은 여전히 당혹스러워 고개를 저었다.

"당신이 열심히 공들여 만들었잖아요."

"일부일 뿐이지, 확실히. 하지만 자네가 여기서 보는 건 모두……."

팰리미스트는 잠시 말을 멈추고는 전시된 물건들을 향해 팔을 내밀었다.

"자연의 무한한 선물을 공예가의 유한한 기술로 결합했을 뿐이야. 그 결과, 특별히 아름다워졌어. 나무와 손, 무한한 것과 유한한 것을 결합해 만든 아름다움이지."

탬윈은 한참 동안 아무 말도 하지 못했다. 마침내, 입을 열었다.

"어쩌면, 이해할 수도 있을 것 같군요. 조각가는 나무가 없으면 아무것도 할 수 없지요. 베를 짜는 사람은 실이 없으면 아무것도 할 수 없고요. 화가는 물감이 없으면 아무것도 할 수 없고요. 하지만 그 이상이지요, 안 그래요? 우리에게 필요한 건 원재료 이상이에요. 저 공예품 중 그 어떤 것도 영감이 없으면 만들 수 없으니까요. 그리고 우리는 그 영감 또한 자연의 세계에서 얻죠. 자연의 수많은 경이로움을 알아차리고 감상하면서요."

팰리미스트가 젊은이의 어깨를 손가락으로 살며시 두드렸다. 내리는 비처럼 가벼운 손길이었다.

"그게 바로 공예가, 진정한 예술을 만드는 사람의 지혜지."

탬윈의 마음속에 '메이커'라는 단어가 울려 퍼졌다. 이센위의 머드메이커, 엘로니아가 그 말을 어떻게 사용했는지 떠올렸다. 엘로니아에게 메이커란 두 손에 마법을 품고 마음속에 겸손을 지닌 사람을 뜻했다. 팰리미스트의 공예가에 대한 견해와 그것이 정말이지 어떻게 다를까?

"이제, 자네한테 한 가지 더 보여줄게. 그러고 나서, 탬윈 에오피아, 시간을 멈추는 방법을 알려주지."

팰리미스트가 선언하듯 말했다.

탬윈이 구석구석 지켜보는 사이, 집주인은 몸을 돌려 천막 한쪽에 매달린 커다란 태피스트리를 손으로 가리켰다. 즉각, 젊은이는 그 무늬를 알아보았다. 바로 별의 지도였다!

빛나는 은빛 실이 하늘의 별을 표시했다. 배경은 짙은 검정색에서부터 짙은 파란빛으로 서서히 녹듯 흐려졌다. 탬윈은 자신이 좋아하는 별자리를 알아볼 수 있었다. 페가수스, 트위스티드 트리(Twisted Tree), 서클(double rings of the Circles), 그리고 물론, 이제는 시커멓게 변한 '마법사의 지팡이' 별자리까지. 그런데 그 별들이 왠지 낯설어 보였다. 살짝 균형이 일그러진 듯했다.

맞아!

탬윈은 깨달았다. 위대한 나무의 가장 낮은 나뭇가지, 홀로사르에서는 별이 저렇게 보였던 것이다. 평생 동안, 탬윈은 저 아래 뿌리-영토에서 저 별들을 살짝 다른 각도에서 보아왔던 것이다.

조금 생소하긴 해도, 마치 별 그 자체를 바라보는 것처럼 태피스트리를 경이롭게 바라보았다. 평생 동안, 이 모험 여행에 나서기 훨씬 전부터, 별은 언제나 탬윈의 호기심을 끌어당겼다. 별이 탬윈을 불렀다. 별이 시커먼 페이지 위에 신비하게 빛나는 글자라면, 탬윈은 그 글을 너무나도 읽고 싶어 했을 것이다. 별이 찬란한 꽃이 피어난 들판이라면, 탬윈은 들판을 너무나도 달리고 싶어 했을 것이다.

불현듯, 뭔가 특이한 다른 것을 알아차렸다. 저기, 하늘 한가운데 빛줄기가 희미하게 흐르고 있었다. 처음 홀로사르에 도착했을 때 보았던 것과 같은 빛줄기였다! 나무 조각에 벌어진 가느다란 틈처럼, 그것은 약하게 빛나며, 더 가까이 봐달라고 졸라대고 있었다.

"저기 저 선 같은 빛줄기는 뭔가요?"

탬윈은 손으로 가리키며 물었다.

팰리미스트가 깊은 목소리로 껄껄 웃었다.

"친구, 내가 자네한테 보여주려고 했던 게 바로 저거야."

팰리미스트는 그 커다란 몸을 구부렸다. 이제 주둥이가 탬원의 머리 바로 위에 있었다.

"저건 시간의 강이야."

"강이라고요? 하늘에요?"

"맞아. 탈리온 종족의 가장 오래된 언어에서 '하늘 천막의 솔기'라는 뜻이지."

"하지만 그게 어떻게 강하고 같나요?"

탬윈이 다시 물었다.

팰리미스트가 숨을 크게 내쉬고 생각에 잠겼다. 이윽고 최고의 단어를 선택해 설명했다.

"강은 시간을 반으로 나눠. 과거와 미래. 그래서 시간의 강 그 자체는 늘 지금, 현재에 머물러 있어. 그런데 지금 이 순간에 머무른다 할지라도, 현존하는 세계들 사이를 끊임없이 흘러가. 그렇게 모든 세계를 이어 주지. 공간에서가 아니라 시간에서 말이야."

팰리미스트는 몸을 좀 더 숙였다. 그래서 이제 탬윈은 따뜻한 사과 향 숨결을 느낄 수 있었다.

"시간의 강은, 탬윈 에오피아, 기적이야. 시간의 강으로 들어갈 수 있다면, 그 사람은 하늘의 모든 영토를 가로질러 움직일 수 있어. 그러면서도 현재의 시간에 머무르는 거지."

탬윈은 고개를 끄덕였다. 생각이 마구 날뛰었다.

"다시 말해, 그 사람은 시간을 멈출 수 있는 거로군요."

공예가는 고개를 끄덕이며 깊은 숨소리를 냈다.

"그렇다면, 별이 정말 다른 세계로 가는 출입구라면, 그리고 아발론이 다른 세계들 사이에 존재하는 세상이라면, 그렇다면 아발론에서 시간의 강으로 들어가는 사람은 어디든 갈 수 있겠군요."

탬윈은 말을 이었다. 이윽고 말을 멈추었다. 이 생각이 얼마나 중요한지 깨달았다.

"그러면서도 현재의 순간을 결코 떠나지 않고요."

"이제 자네가 제대로 이해했군. 하지만 자네는 내 경고를 똑똑히 기억해야 할 거야. 내가 이 새로운 공예를 알려줄 수는 있어. 하지만 자네가 직접 익혀야 해."

팰리미스트가 몸을 똑바로 폈다. 그런다고 굽은 등이 완전히 곧게 펴지지는 않았다.

탬윈의 이마에 주름이 잡혔다.

"그렇다면 당신은 강에 들어가는 방법을 모른다는 건가요?"

"그래, 친구. 여러 차례 시도해봤지만, 나는 결코 해낼 수는 없었어."

수많은 손가락이 허공을 가리켰다. 마치 눈에 보이지 않는 실을 잡아당기기라도 하는 듯했다.

"하지만 누군가 그걸 해낼 수 있다고 믿어. 왜냐하면 바로 마법사 멀린이 한 번 그렇게 한 적이 있으니까."

"정말이에요? 언제요?"

"멀린이 마지막으로 아발론을 떠났을 때. 그때 멀린은 지구라고 부르는 세계로 갔지. 멀린은 예전처럼 커다란 초록색 용, 바질가라드의 등에 올라타고 별로 들어가지 않았어. 그 용은 물론이고 누구도 그 이유를 몰랐지. 그건 정말 기이했어. 왜냐하면 멀린은 그저 용을 타고 올라가 빛을 잃은 일곱 개의 별, 그러니까 우리가 멀린의 지팡이라 부르는 별자리를 다시 밝혔던 적이 있으니까."

바로 그 일곱 개의 별을 다시 밝히기 위한 자신의 모험 여행에 대해 말하고 싶었지만, 탬윈은 팰리미스트의 이야기를 방해하고 싶지 않았다.

"멀린은 그 대신 뭘 했는데요? 시간의 강으로 들어갔나요?"

"멀린은 홀로사르의 가장 높은 산등성이 꼭대기로 올라갔어. 우리가 멀린의 봉우리라 부르는 곳으로. 그러고는 그곳에서 떠났지."

"하지만 어떻게요? 더 아는 건 없나요?"

젊은이는 쿵 발을 굴렀다.

"내가 아는 건 이것뿐이야. 우리 종족에는 이런 오래된 속담이 있지.

시간의 강에서 헤엄치려면
영혼은 가치 있고, 동기는 고귀할지라.

어쩌면 자네는 저 두 가지 자질을 타고났을지도 몰라, 탬윈 에오피아."

"어쩌면 아닐 수도 있고요! 당신 말은 그저 전설일 뿐이에요. 속담일 뿐이라고요. 그저 허황된 거짓일 수 있어요."

탬윈은 좌절하며 허공에 대고 주먹을 흔들어댔다.

"그럴 수도 있지."

팰리미스트가 대답했다. 이윽고 손을 내밀어 하프 하나를 들어 올렸다. 늙은 벚나무 옹이를 깎아 만든 하프였다. 팰리미스트는 나무, 공기, 줄의 균형을 느꼈다.

"아니면 이 하프와 비슷할 수도 있어. 이 표면은 유한한 손으로 모양을 갖추었지만, 그 근본은 불변의 진실로 만들었으니까."

탬윈은 침을 삼켰다.

"절 용서해주세요. 그런 식으로 말하면 안 되었어요. 단지…… 저는 그런 희망을 품었어요. 그저 잠깐 동안."

탬윈은 길게 늘어진 머리카락을 손으로 훑었다.

팰리미스트는 탬윈의 가슴에 손가락 세 개를 살며시 올렸다.

“나도 여전히 희망을 품고 있어. 진정한 희망. 자네는 어쩌면 마법사 멀린이 했던 일을 해야 할 사람일지도 몰라. 시간의 강으로 들어가는 것 말이야.”

잠시 말을 멈추고는 자신의 손님을 골똘히 쳐다보았다.

“그리고 저 일곱 개의 별을 다시 한 번 더 밝히는 것.”

탬윈은 깜짝 놀랐다.

“어떻게…… 알았어요?”

팰리미스트가 커다란 손으로 하프를 들어 올리며 대답했다.

“나무를 잘 깎으려면 나뭇결 읽는 법을 배워야 해. 그리고 사람은 누구나, 각각의 나뭇조각처럼, 자신만의 특별한 결이 있지.”

“고마워요.”

탬윈이 속삭였다.

“아니, 고마워해야 할 사람은 바로 나야. 오늘이 시작되었을 때, 내가 누군가를 만나리라고는 기대하지 않았거든. 아주 작으면서도 동시에 아주 큰 사람을.”

그렇게 대답이 돌아왔다.

탬윈은 고개를 들어 올려다봤다.

팰리미스트는 큰 소리로 이어 말했다.

“떠나기 전에 자네한테 줄 선물이 좀 있어. 멀린의 봉우리로 가는 방향을 알려줄게. 신선한 과일, 덩이줄기, 구운 씨앗으로 만든 훌륭한 음식도 줄게. 거기에, 자네한테 가르쳐줄 노래도 하나 있어. 그 노래는 밝은 빛에서 자네의 눈을 보호해줄 거야. 나는 가열로에서 뜨거운 석탄불로 작업할 때 사용하는데 자네는 별에 갈 때 그걸 사용하면 될 거야."

탬윈은 친구의 털북숭이 팔에 손을 얹고 말했다.

"당신을 절대 잊지 않겠어요."

팰리미스트는 껄껄 웃었다. 어찌나 크게 웃는지, 별을 수놓은 태피스트리가 펄럭일 정도였다.

"자네가 날 어떻게 잊겠나? 그건 불가능해."

이윽고, 팰리미스트는 손가락으로 하프 줄을 재빨리 풀어 손님의 손에 쥐어주고는 선언하듯 말했다.

"마지막 선물이네, 탬윈 에오피아. 자네가 만들고 있는 하프를 위한 거야."

팰리미스트의 입술이 웃는 것처럼 주름이 잡혔다.

"공예가 하나가 또 다른 공예가에게 주는 선물이야."

2부

12

마도요의 노래

'번영의 마을'의 육중한 나무 문은 브리오나에게는 지하 감옥으로 가는 입구처럼 보였다. 요정은 물론이고, 그 어떤 살아 있는 생명체도 들어가고 싶지 않은 지하 감옥. 끼이익 끔찍한 소리를 내며 문이 활짝 열렸다. 브리오나는 움찔했다.

그런데 만약 브리오나가 자신에게 활과 화살을 겨눈 사람들에 빙 둘러싸인 채 죄수가 되어 마을에 걸어 들어가지 않았다면, 이곳이 지하 감옥과 전혀 비슷하지 않았다는 걸 보고 깜짝 놀랐을 것이다. 브리오나는 키 큰 사제 류, 그 어깨에 올라탄 카타, 작은 심과 함께 그 문을 지나갔다. 심은 그 어느 때보다 더 당혹스러워 보였다. 초록의 영토로 들어섰기 때문이다.

문밖의 무성한 숲과 같은 초록이 아니었다. 엘 우리엔의 살아 있는 나뭇가지를 장식하며 막 피어난 봄의 초록도 아니었다. 아니, 이곳에는 정원과 같은 푸름이 있었다. 풍성하고 비옥한 정원…….

마을과 삼림 지대를 가르는 높은 나무 울타리 안, 드넓은 밭에는 채소 줄기, 덩굴, 그해 갓 나온 양상추와 시금치가 자랐다. 무, 오이, 당근,

토마토, 양배추, 고추가 그 뒤쪽으로 자리 잡았다. 진초록과 황금색의 호박이 흙바닥에 자랐다. 근처 수많은 집 위로 꽃이 만발한 화분이 놓여 있었다. 알록달록 색칠한 벽보다 더 화사했다.

과실수가 꽃을 피우며 달콤한 사과, 자두, 배 향기를 대기에 풍겼다. 또한 공기 중에는 싹을 틔운 라일락 향, 막 갈아엎은 흙 내음, 달콤한 포도 향이 은은히 피어올랐다. 길옆으로는 초록 잎사귀가 새로 난 무성한 관목 숲이 이어졌다.

손톱 밑이 새까만 수많은 남자와 여자들이 들판에서 일하고 있었다. 사람들은 쾌쾌한 연기를 내뿜고 달각달각 소리 내는 기이한 기계를 사용해 씨앗을 뿌리고, 밭고랑을 갈고, 식물에 뭔지 모를 액체를 뿌렸다. 또 다른 사람들은 그저 밖에 나와 놀고 있었다. 아이와 어른 할 것 없이 연노란 학교 건물 앞 그네를 타며 신나게 놀았다. 마을 시장을 뛰어다니고, 새로 만든 벤치와 의자를 뛰어넘었다. 한편, 마을 공동 마구간 안에는 통통한 염소와 양이 서로 장난스럽게 밀쳐대고 있었다.

브리오나 일행이 마당 광장 옆 커다란 돌 건물을 향해 끌려가는 동안, 마을 사람 누구도 멈추어서 이들을 지켜보지 않았다. 사실, 죄수들의 도착은 나뭇잎이 바람에 날려 숲 바닥에 떨어지는 것만큼이나 아무런 흥미도 불러일으키지 못했다.

저 사람들은 뭘 생각하고 있는 걸까? 그동안 죄수를 하도 많이 봐서 우리가 하나도 특별하지 않은 걸까? 아니면 이 마을 사람들은 동료 생명체들이 자신의 삶과는 아무런 관계가 없다고 여기는 걸까?

브리오나는 궁금했다.

쭉 늘어선 배나무를 지나 걸어갈 때, 나뭇가지 위에 앉아 있던 어린 마도요조차 아름다운 멜로디를 지저귀고 있었다.

그래, 저 녀석 또한 우리한테 전혀 관심을 기울이지 않아. 앞으로 곧 닥칠 전쟁에 대해서도 마찬가지고.

브리오나가 체념하듯 생각했다.

하지만 마도요의 소용돌이치는 멜로디에는 날카롭고 다급한 뭔가가 숨어 있었다. 브리오나는 좀 더 자세히 살펴보았다. 즉각, 끔찍하고도 놀라운 것을 알아차렸다.

"저 새 발이 나뭇가지에 묶여 있어! 날아갈 수 없잖아."

브리오나가 나무 아래서 갑자기 멈춰 서며 외쳤다.

"당연히 못 날아가지. 저렇게 저 녀석은 우리를 위해 계속 노래하는 거라고."

남자 하나가 들고 있던 화살로 브리오나의 등을 쿡 찌르며 내뱉었다.

"하지만 이건 끔찍한 짓이에요. 새는 자유롭게 날아야 한다고요."

브리오나가 따져 물었다.

"우리가 새들을 집 안에서 키우려고 어떻게 하는지 알아? 녀석들의 눈알을 뽑아 버리지! 그러면 녀석들은 계속해서 노래하고 또 노래해. 밤낮으로."

그 남자가 기쁜 듯 씩 웃으며 말했다.

브리오나는 그 말에 아연실색했다. 그래서 입도 뻥끗할 수 없었다.

"계속 걸어, 요정-아가씨."

모리곤이 꽥 소리쳤다. 이 사악한 늙은이는, 인간인지 어쩐지 모르겠지만, 시뻘건 눈에 낮게 드리운 나뭇가지를 확 밀쳐 버렸다.

누군가 뒤에서 브리오나를 함부로 밀었다. 브리오나는 다시 발걸음을 옮겼다. 하지만 이내 뒤돌아 그 묶여 있는 마도요를 보았다. 그리고는 조용히 약속했다. 만약 달아날 방법을 찾는다면, 저 새도 풀어주리라고…….

브리오나와 류는 서로 눈길을 주고받았다. 류의 표정 역시 브리오나와 마찬가지로 충격을 먹은 듯했다. 한편 카타는 계속해서 날개를 펄럭이고 부리를 화난 듯 딱딱 부딪쳤다. 류의 어깨에 잠자코 앉아 있지 않으면 화살을 겨누고 있는 저 궁수한테 죽임을 당할 게 뻔했다. 하지만 카타의 행동은 당장이라도 싸움에 뛰어들어 피비린내 나는 복수를 하고 싶어 안달이 나 있었다. 자신의 이름을 따온 사람, 그 사나운 '오거 사냥꾼 카타'처럼 말이다.

심은 어리둥절한 표정으로 브리오나 옆에서 터벅터벅 발걸음을 옮겼다. 하지만 브리오나는 심이 끊임없이 중얼거리는 걸 보고 심 역시 무척이나 이상하다는 걸 알아차렸다. 심이 어서 빨리 거인의 모습을 되찾았으면 했다.

가장 높은 나무보다 더 크게.

심이 늘 하는 얘기처럼 말이다.

거대한 석조 건물에 이르렀을 때, 브리오나는 몸을 돌려 모리곤을 바라보았다. 모리곤은 브리오나를 향해 잘난 체하듯 씩 웃으며 그 부자연스러운 빨간 눈을 비볐다. 브리오나는 모리곤을 똑바로 쳐다보며 생각했다.

난 너의 정체를 알아. 체인질링! 너를 막을 방법을 찾아내고야 말겠어. 그게 내가 죽기 전에 할 마지막 일이라면…….

"경비병들! 내가 안으로 들어가 올로 벨라미르에게 보고하는 동안 너희는 저 녀석들을 손님 숙소로 데려가도록. 최선을 다해 저 녀석들이 특별히 편안하게 느끼도록 해라."

모리곤이 명령했다. 그러고는 자신의 말이 만족스럽다는 듯 낄낄 웃었다.

이윽고 브리오나를 향해 씩 웃으며 덧붙였다.

"우리는 저 녀석들이 아주 오랫동안 머물기를 바란다."

브리오나 일행은 건물 안으로 발을 질질 끌며 걸어 들어갔다. 경계의 눈초리를 늦추지 않는 궁수들이 항상 주변을 에워쌌다. 비록 브리오나, 류, 카타가 끊임없이 두리번거리며 달아날 궁리를 했지만 여의치가 않았다. 경비병들은 횃불을 밝히더니, 어두침침한 복도를 따라서 일행을 이끌었다. 또 하나의 복도를 지나 마침내 돌 계단통에 이르렀다. 진흙이 묻어 미끄럽고 축축한 계단을 따라 아래로 내려갔다. 어디로 내려가는지 제대로 보이지 않았지만, 요정 뼈로 전해지는 서늘함을 통해, 지하 깊숙이 있다는 걸 알 수 있었다.

마침내 바닥까지 이르렀을 때, 경비병들이 창문 하나 없는 어두운 방으로 이들을 밀어 넣었다. 빗장 쳐진 문밖, 돌벽에 걸린 횃불에서 아주 희미한 빛만 흘러들어 왔다. 횃불 아래, 남자 하나가 브리오나의 긴 활과 화살통을 계단 옆 어두운 구석에 휙 던지고는 돌 의자에 앉았다.

"저건 더 이상 필요하지 않을 거야, 요정-아가씨."

남자는 나지막이 깔깔대며 말했다.

브리오나가 뭐라 대꾸하기도 전, 또 다른 남자가 방문을 쿵 닫아 버리고는 묵직한 철 빗장을 걸었다. 의자에 앉은 경비병을 홀로 남겨두고 떠나가며, 남자들의 거친 웃음이 계단통에 울려 퍼졌다.

"음, 너희 식사를 깜빡하고 못 챙겨서 유감이군."

경비병이 씩 웃으며 귀에 거슬리는 소리로 말했다.

경비병은 바닥을 발로 툭 찼다. 빗장 사이로 진흙 덩어리가 튀어 들어왔다.

"안 그러면 흙을 좀 먹어도 돼."

경비병은 또 한 번 낄낄 웃으며 작은 가방에서 냄새 고약한 커다란 맥주병을 꺼냈다. 그러고는, 죄수들에 대해서는 까맣게 잊고 맥주를 벌컥 들이켜기 시작했다.

13

집게발과 송곳니

방 안에 갇힌 브리오나는 몸을 획 돌렸다. 요정답게 민첩하게 흙바닥에 앉아 다리를 꼬았다. 한숨이 절로 나왔다. 표정은 분노에서 절망으로 바뀌었다.

거친 돌에 등을 기댈 때, 노예 주인이 휘두른 채찍 때문에 생긴 예의 그 상처가 느껴졌다.

그 시절만큼이나 끔찍해. 그래도 지금은 별을 보고 공기를 마실 수는 있네.

브리오나는 침울하게 생각했다.

심은 아무렇게나 브리오나 옆에 털썩 주저앉았다. 류는 저쪽 방구석에서 계속 서성였다. 호리호리한 사제는 벽을 밀어낼 것처럼 어깨를 벽에 기대어 섰다. 카타는 꼼짝 않고 늘 앉는 곳에 자리를 잡았다. 눈동자는 평소와 달리 흐릿했다.

"모리곤. 그 녀석은 체인질링이야. 확실해."

브리오나가 투덜거렸다.

"젠장, 그 녀석의 눈! 네 말이 맞아."

류가 외쳤다.

이윽고 고개를 절레절레 저으며, 바닥으로 미끄러지듯 앉아 팔짱을 끼며 말했다.

"우리가 이곳을 빠져나가 벨라미르를 찾을 수 있으면 좋겠는데. 진실을 알게 되면, 벨라미르는 기가 막혀할 거야. 체인질링을 결코 용서하지 않을걸. 이센위의 전투에서 쿨위크와 리타 고르의 앞잡이로 이용당하지는 않을 거야."

브리오나가 어깨를 으쓱해 보였다.

"당신은 그 남자에 대한 믿음이 너무 강해요. 하지만 그 사람은 인류 우선 운동의 창시자예요, 기억 안 나요?"

"그래. 하지만 그 사람은 자신이 주창한 운동이 돌아가는 꼴보다는 현명해. 모든 게 다 체인질링 때문인 게 분명하다고. 벨라미르한테 내가 직접 말할 수만 있으면 좋겠어! 분명 그 사람은 우리를 도와줄 텐데."

"현실을 똑바로 봐요, 류. 우리는 완전히 망했어요! 애초에 이 마을에 오지 말아야 했어요. 이제 이 감옥에서 썩어 문드러질 거라고요. 우리 친구들이 목숨을 내걸고 아발론을 지키는 동안 말이에요."

류는 잠시 입술을 깨물었다. 다시 입을 열었을 때, 목소리는 차분하지만 단호했다.

"우리가 살아 있는 한, 벨라미르와 이야기할 방법을 찾을 기회가 분명 있을 거야. 그 사람한테 추종자들을 이센위로 보내지 말라고 설득할 수 있을 거야. 브리오나, 미리 포기할 필요는 없어."

브리오나는 아무 말도 하지 않았다.

시간이 흘렀다. 일행은 할 말을 잃고 시무룩하게 앉았다. 술에 취한 경비병이 정신을 잃고 의자에 널브러져 코를 골아대는 소리만이 침묵을 깨고 들려왔다.

"아얏, 나 찔렸나 봐!"

심이 갑자기 엉덩이를 움켜쥐고 옆으로 몸을 구르며 외쳤다.

브리오나는 심이 앉아 있던 곳을 흘끗 쳐다보았다. 흙바닥에 엄지손가락 굵기의 둥그런 구멍이 하나 보였다. 고개를 저으며 안쓰럽다는 듯 말했다.

"못된 개미들. 개미한테 물렸나 봐."

류가 덧붙였다.

"누군가 자기 집 문 앞에 앉아 있으면 그럴 수도 있지."

심은 부드러운 엉덩이를 어루만지며 코를 찡그렸다. 찢어진 각반에 피가 묻었다.

"못된 녀석들이 엄청 물어댔어. 로와나, 정말 최악이야."

심은 애처로운 표정으로 브리오나를 쳐다보았다.

"걱정 마요, 심. 우리는 어떻게든 이곳에서 빠져나갈 테니까."

말은 이렇게 했지만, 브리오나 자신 또한 그 말에 확신이 없었다.

분명, 심 또한 그 말을 믿지 않았다. 브리오나가 한 말을 들었는지 못 들었는지, 심은 고개를 비참하게 숙였다.

"이런, 이런, 여기 내 새로운 손님들인가."

굵고 정중한 목소리가 흘러나오는 곳으로 모두 일제히 고개를 돌렸다. 빗장을 걸어둔 문밖, 잠자는 보초 바로 옆에 백발의 남자가 서 있었다. 흙이 잔뜩 묻은 회색 옷에, 목에는 통마늘 목걸이를 두르고, 옷에 달린 갈고리와 주머니에는 모종삽과 큰 가위를 비롯해 정원 도구가 주렁주렁 걸려 있었다. 비바람에 파인 손가락 주름, 부러진 엄지손가락 손톱에까지 흙이 잔뜩 묻어 있었다.

"벨라미르! 당장 할 이야기가 있어요."

류의 기쁜 외침이 방 안에 울려 퍼졌다. 사제는 벌떡 일어났다. 너무 빨리 일어나는 바람에 어깨에 앉아 있던 카타가 하마터면 떨어질 뻔했다.

늙은이는 미소 지었다. 얼굴은 갈아엎은 밭고랑처럼 주름이 잡혔다.

"무슨 말을 할지 얼른 듣고 싶군. 너희가 나를 해치려고 이곳에 왔다는 이야기를 이미 듣기는 했지만 말이야."

늙은이의 웃음기가 싹 가셨다.

"아니에요, 그건 사실이 아니에요. 우리는 당신을 도우러 이곳에 온 거라고요! 당신이 사후 세계의 장군, 리타 고르의 하수인이 되지 않도록 말이에요."

류는 두 손으로 감옥 문의 빗장을 꽉 움켜잡았다.

정원사의 몸이 뻣뻣하게 굳었다.

"나는 리타 고르의 하수인이 아니야."

"하지만 당신 부하 모리곤은 분명 리타 고르의 하수인이에요."

브리오나가 일어나서 문 쪽을 향해 한 걸음 내디뎠다. 눈동자가 이글이글 불타올랐다. 브리오나는 또박또박 말했다.

"왜냐하면 그자는 인간이 전혀 아니니까요. 그자는 체인질링이에요."

충격을 받은 게 분명했다. 벨라미르가 비틀거렸다. 흙이 잔뜩 묻은 손으로 문을 잡고 몸을 기댔다.

"뭐…… 뭐라고?"

"체인질링이라고요. 그자가 당신 추종자들에게 뭔가 끔찍한 짓을 저지르도록 영향을 미쳤어요. 어쩌면 당신한테도요."

브리오나가 말을 이었다.

"예를 들면, 드루마디안 주거지를 파괴하는 일 같은 거요. 그리고 대사제 코에리아를 해코지한 것도요."

류가 끼어들었다.

뒤로 물러서며, 벨라미르는 얼굴을 온통 일그러트렸다. 퍽이나 고통스러운 표정이었다. 너무나 고통스러워서 당장이라도 눈물이 터져 나올 것만 같았다.

그런데 벨라미르는 갑자기 웃음을 터트렸다. 마치 포효하는 듯했다.

포로들은 벨라미르를 멍하니 쳐다보았다. 마침내 웃음을 그치고, 포로들을 빤히 살펴보았다. 눈동자가 신이 나 춤을 추었다.

"모리곤의 퉁퉁 부은 눈 때문에 체인질링이라고 생각하는 건가?"

"그래요."

브리오나와 류가 동시에 주장했다.

"음, 그렇다면, 우리 마을의 체인질링에 대해 내가 이미 알고 있었다고 말한다면? 내가 이미 모리곤의 움직임 하나하나를 전부 다 알아차리고 있었다면?"

정원사가 훨씬 더 차분한 목소리로 물었다.

"알았다고요? 그렇다면 왜 그자를 막지 않은 거죠?"

류가 빗장에서 손을 떼며 물었다.

"그리고 왜 그자를 죽이지 않은 거죠?"

브리오나가 덧붙였다.

한완 벨라미르는 생각에 잠겨 숨을 길게 내뱉었다.

"왜냐하면, 내 귀한 손님들, 우리 마을에서 체인질링은…… 바로 나니까."

브리오나와 류 모두 깜짝 놀라 뒤로 주춤주춤 물러섰다. 벨라미르는 더 크게 웃음을 터트렸다. 이윽고, 부러져 성하지 않은 엄지손가락을 얼굴 앞에 흔들며 속삭였다.

"퉁퉁 부은 눈은 너희가 알아차릴 약점이 되지 못해."

갑자기 방 밖에서 헐떡거리는 숨소리가 터져 나왔다. 경비병! 경비병이 깨어났다. 깨어나자마자 자신의 삶에서 가장 놀라운 소식을 들었다. 경비병은 돌 의자에서 몸을 일으켰다.

즉각, 벨라미르는 모습을 바꾸어 불쌍한 경비병에게 덤벼들었다. 경비병은 소리칠 시간조차 없었다. 이 체인질링이 너무 빨리 움직였기에, 예리한 눈의 브리오나조차도 발톱, 송곳니, 뿜어져 나오는 피만 흐릿하게 보았을 뿐이다.

3초 뒤, 잘려 나간 경비병의 몸이 바닥에 널브러졌다. 그리고 정원사의 옷을 입은 예의 바르고 정중한 늙은이가 다시 감옥 밖에 서서 살짝 숨을 헐떡거렸다. 하지만 이제 친절의 그 모든 흔적은 얼굴에서 완전히 사라지고 없었다.

"불쌍한 멍청이들. 너희 모두! 인간은 오만과 탐욕으로 너무 쉽게 잘못된 길로 들어서지. 요정들은 자신의 경계 너머 바깥세상에 대해 너무 몰라. 독수리 종족은 자존심과 명예를 지나치게 소중하게 여긴단 말이야."

남자가 씩씩거렸다.

남자가 피로 얼룩진 바닥에 침을 뱉으며 말했다.

"난 너희 모두를 다 그렇게 생각해! 하지만 내 생각은 곧 아무 문제도 되지 않을 거야. 왜냐하면 쿨위크와 내가 너희를 하나도 남김없이 모조리 죽여 버릴 테니까."

남자는 더 바짝 몸을 숙였다. 입술에서 침이 튀었다.

"너희는 너희가 무척 똑똑하다고 생각하지. 아주 현명하다고. 하지만 체인질링 하나가 너희 모두를 합친 것보다 현명하다고! 안 그러면 내가 어떻게 이 마을 전체를 만들어냈을까? 인간의 우월성을 내세운 이 엉터리 같은 운동을 내가 어떻게 만들었을까? 훌륭한 사제, 네 옛 동료 리니아를 내 명령에 따르도록 내가 어떻게 속일 수 있었을까?"

남자는 만족스럽게 웃으며 예의 바르게 고개를 숙였다.

"자, 내 귀한 손님들, 난 이제 가야 해. 난 너희를 곧장 죽이지는 않을 거야. 그 대신에 너희가 여기에서 비참하게 죽기를 바라거든."

남자는 소매로 입술을 쓱 닦았다.

"나는 곧 너희의 수많은 동족들을 죽이는 기쁨을 맛보게 될 거야. 이 센위 평원에서 말이야."

체인질링은 그렇게 말하고는 늙은이처럼 비틀거리며 조심조심 뒤돌아 돌계단을 올라갔다. 브리오나와 류는 그 모습을 지켜보았다. 지금 자신들이 보고 들은 것에 어안이 벙벙했다. 마침내, 모두 바닥에 다시 털썩 주저앉았다. 심은, 무슨 일이 벌어진 건지 이해하고 그저 시무룩하게 고개를 모로 저을 뿐이었다.

꽤 오랫동안, 어쩌면 몇 시간 동안, 아무도 말을 하지 않았다. 낙담이 너무 커서, 마치 감옥 안에 짙은 안개가 가득 찬 것 같았다. 주위 그림자조차 더 짙어진 듯했다.

마침내, 심이 목소리를 냈다. 심은 체인질링에 대해, 또는 싸움에 대해, 또는 운명의 잔인한 반전에 대해 말하지 않았다.

"배고파. 무지, 무지 배고파."

심이 끙끙거렸다.

브리오나는 심을 향해 눈살을 찌푸렸다. 그래도 친절하게도, 옷자락을 뒤져 작은 요정 빵 하나를 꺼내서 심에게 건넸다.

"여기. 마지막 남은 거예요."

심은 고마운 표정으로 브리오나를 바라보았다.

브리오나는 웃어 보이려 최선을 다하며 덧붙였다.

"내가 좋아하는 삼촌한테 주는 거야."

심은 브리오나의 말을 듣지 못했을지는 몰라도, 분명 그 몸짓을 이해했다. 음식을 보자 심의 눈이 커졌다. 아픈 엉덩이도 잊은 채, 그 하찮은 음식에 고개를 세차게 끄덕이며 손을 내밀었다.

바로 그때 브리오나는 팔을 뒤로 빼 빵을 앞으로 움켜잡았다.

심이 얼굴을 찡그리며 초조하게 투덜거렸다.

"자, 자, 로와나. 그건 나쁜 짓이야."

"심의 말이 맞아. 그건 당신답지 않아, 브리오나."

벽에 기대 있던 사제가 투덜거렸다.

"좋은 수가 떠올랐어요."

브리오나가 갑작스레 다급하게 선언했다.

그러더니 손과 무릎을 바닥에 대고 엎드려 작은 빵조각을 개미 굴 테두리에 놓았다. 즉각 강력한 집게발이 달린, 갑옷 입은 커다란 개미 한 마리가 나타나 빵 조각을 낚아채고는 구멍 안으로 쏙 돌아갔다.

동료들이 당혹스러운 표정으로 그 모습을 지켜보는 동안 (그리고 심으로 말할 것 같으면 실망의 표정으로) 브리오나는 빵을 좀 더 부수어 가루로 만들었다. 이윽고 자리에서 일어서서, 문 쪽으로 걸어가 빵 조각을 쇠빗장 주변에 뿌리며 작은 틈 사이로 조심조심 밀어 넣었다. 빗장이 단단하게 잠긴 뾰족한 금속 구멍 가장자리에도 밀어 넣었다. 마침내, 남은 빵 조각을 떨어트리며 땅바닥의 개미굴을 향해 돌아왔다.

마지막 빵 부스러기를 구멍 가장자리에 놓은 바로 그 순간, 개미들이 우르르 쏟아져 나왔다. 이렇게나 엄청나게 많은 먹이를 찾아내 신이 나서 수십 마리가 더 따라 나왔다. 심이 깜짝 놀라 소리치며 뒤로 물러서자, 이 공격적인 개미들이 재빨리 바닥을 지나 문으로 몰려들었다. 집게발로 빵 부스러기를 닥치는 대로 파냈다. 개미가 떼 지어 쇠 빗장으로 달려들자, 자그마한 돌조각이 비처럼 땅바닥에 쏟아져 내렸다.

개미들은 마지막 남은 먹이를 다 먹어 치우고는 다시 구멍을 향해 나아갔다. 브리오나는 개미들이 사라지는 모습을 보며 살며시 웃어 보였다. 이윽고 문으로 걸어가 얼른 발을 쿵 찼다.

잠겨 있던 빗장이 풀려 바닥에 쨍그랑 떨어졌다. 동시에, 경첩에서 삐걱 소리가 나며 문이 벌컥 열렸다. 이제 모두 풀려났다.

카타는 신이 나 비명을 질러대며 날개 깃털을 곤두세웠다. 심과 류 모두 감사의 표정으로 브리오나를 쳐다보았다. 줄어든 거인의 얼굴에는 사라져 버린 빵에 대한 아쉬움이 가득했지만 말이다. 요정 소녀는 모두에게 조용히 있으라고 신호를 보냈다. 이윽고 이들을 감옥 밖으로 이끌었다.

조심스럽게, 피투성이가 된 경비병의 시체를 뛰어넘었다. 브리오나는 자신의 긴 활과 화살을 들어 올리고 나서 계단 위로 살금살금 올라갔다. 이제 한밤중이었기에, 건물 출입구에서 잠들어 있는 보초병 말고는 아무도 보이지 않았다. 그다지 힘들이지 않고, 보초병을 지나 마을로 들어갔다. 마을 건물이 별빛을 받아 희미하게 빛나고 있었다.

일행은 오솔길로 신속하게 움직였다. 창문에 화분이 놓인 집들을 지나, 마을 시장을 지나, 한창 무럭무럭 자라고 있는 밭을 지났다. 마을 입구 문에 가까이 다가갈 때, 보초병 둘이 갑자기 그림자 속에서 튀어나왔다. 깜짝 놀라, 류는 발걸음을 멈추었다. 심은 뒤에서 류에게 곧장 부딪쳤다.

그래도 브리오나와 카타는 걸리지 않았다. 보초병 하나가 활을 들어 화살을 메기기도 전에, 브리오나의 화살이 그 보초병의 가슴에 곧장 박혔다. 다른 보초병은 이 광경을 보고 깜짝 놀라 도움을 외쳤다. 하지만 그 외침은 카타가 발톱으로 그 보초병의 목을 베는 순간, 목구멍이 울리는 소리로 끝나 버렸다.

류는 브리오나에게 걸어와 어깨에 손을 얹었다.

"오늘 두 번이나 내 목숨을 구해줬어."

브리오나는 류의 손을 떨치고는 활을 등에 멨다.

"나는 생명체를 죽이는 게 하나도 기쁘지 않아요."

류는 어스름한 별빛 속의 브리오나를 침울하게 지켜보았다.

"곧 우리 둘 다, 더 많은 살생을 해야 할 거야. 왜냐하면 이제 우리는 이센위를 향해 가야 하니까. 너희 종족 사람들, 그리고 모두를 위한 공동체에 여전히 충성을 바치는 사람들과 합류해야 해."

"아발론을 위한 전쟁에 합류하기 위해서요."

브리오나는 속삭이듯 덧붙였다.

"우리, 서둘러야 해. 우리를 이센위로 데려다줄 관문에 도착하기 전까지는 꾸물거려서는 안 돼."

류는 머뭇거리며 심을 흘끗 쳐다보았다.

"나 저 표정 알아. 네가 어디를 가든, 나도 갈 거야. 확실히, 분명히, 완전히."

심이 선언하듯 말했다.

"알았어요, 그럼."

류가 대답했다. 카타는 류의 어깨에 다시 자리를 잡았다. 류는 문을 향해 성큼성큼 걸어갔다.

"어서 가자."

"기다려봐요."

브리오나가 갑자기 몸을 돌려 마을을 향해 달려갔다.

더 많은 궁수들을 깨울까 두려워 류는 소리쳐 말리지 못했다. 도대체 브리오나가 뭘 하려는 걸까? 류는 브리오나가 과실수를 향해 달려가 몸을 휙 던져 나무를 타는 모습을 지켜보았다. 잠시 뒤, 브리오나가 손에 뭔가를 들고 서둘러 돌아왔다.

마도요. 다리는 심하게 다쳤지만 다른 곳은 멀쩡해 보였다. 마도요는 브리오나의 손바닥에 서서 감사의 눈빛으로 바라보았다.

그 새를 알아보자마자, 카타는 감사의 휘파람을 불었다. 류 또한 고개를 끄덕이며 놀라워했다.

"이 녀석을 숲으로 데리고 가서 풀어줄 거야."

브리오나가 설명했다. 브리오나는 쓰러진 보초들, 자신들이 갇혔던 건물을 흘끗 쳐다보았다.

"그렇게 하면, 오늘 밤 이곳에서 적어도 뭔가 좋은 일이 일어나게 될 테니까."

14
충성

스크리는 강력한 날개를 치켜세웠다. 위대한 전쟁에 나설 준비가 되었다. 심지어 전쟁을 갈망했다. 퀸(Queen)이 자기 팔에 안겨 죽기 전에 했던 말을 잊을 수 없었기 때문이다.

바로 지금 이 순간에도 쿨위크는 이센위 평원에 군대를 모으고 있어. 아발론을 정복할 군대를!

하지만 우선, 스크리는 잠시 멈추어 주변을 빙 둘러싼 브람 카이에 부족 사람들을 유심히 살펴보았다. 저들 중 얼마나 많은 사람들이 실제로 자신을 따라 전쟁터에 나갈지 궁금했다. 저들은 고귀한 이데아에 고무되어서가 아니라 약탈에 대한 갈망 때문에 지난 수년 동안 싸워왔다. 저들 또한 망설이고 있다는 걸 알아차릴 수 있었다. 스크리를 경계하듯 지켜보는 마을 사람들의 독수리 눈동자에 파이어루트의 붉은 하늘빛이 반사되었다.

스크리는 넓은 날개를 들어 올려 허공을 향해 힘차게 날갯짓을 했다. 높이 솟구치기 위해서가 아니라 자신이 말하려고 한다는 걸 알리기 위해서. 이윽고 브람 카이에 부족의 지도자로서 첫 명령을 내렸다.

"우리가 전쟁터로 가기 전에 반드시 해야 할 일이 하나 있다. 우리는 전통에 따라 매장지를 만들 것이다. 너희의 쓰러진 지도자, 퀘나이카를 위해. 또한 퀘나이카의 명령에 따라 죽임을 당한 여인을 위해."

스크리가 선언했다. 화산 산등성이에 그 목소리가 울려 퍼졌다.

스크리는 발아래, 거품이 이는 용암 구덩이 가장자리에서, 타다 만 피 묻은 깃털 하나를 들어 올렸다. 그 깃털은 이 부족의 또 다른 쓰러진 지도자, 몰키의 유해였다. 몰키 또한 스크리의 아들이라는 사실을 아는 사람은 아무도 없었다. 스크리 자신도 죽을 때까지 싸우기 전에는 결코 알지 못한 아들…….

"그리고 우리는 이 깃털도 함께 묻을 것이다."

스크리가 침울하게 덧붙였다.

주변에서 투덜거리는 소리가 일었다. 마을 사람들은 놀란 표정으로 스크리를 쳐다보았다. 누군가는 비웃기까지 했다. 방금 전에 스크리를 따르겠다고 한껏 지지를 표했던 전사 쿠타이카조차도 스크리를 의심스러운 눈초리로 쳐다보았다.

하지만 스크리의 표정은 단호했다.

"왜냐고 묻는가? 왜 우리의 살아 있는 몸을 혹사해가며 죽은 자들을 위해 돌을 운반해야 할까?"

스크리는 사람들을 쳐다보았다. 노란색 테두리의 커다란 눈은 단호하면서도 자부심이 넘쳤다.

"왜냐하면 아무리 잘못 살았다 할지라도, 저들은 독수리 종족 사람이기 때문이다. 그리고 우리는 명예를 소중히 여기기 때문이다."

모여 있던 많은 사람들이 억지로 느릿느릿 몸을 움직였다. 스크리는 단순히 매장하라는 명령이 아닌, 그 이상의 중요한 것을 강조하고 있었으니 말이다. 스크리는 사람들에게 자신이 정말로 누구인지, 또한 자신들이 아주 오랫동안 피해왔던 전통을 떠올리도록 촉구하고 있었다. 스크리는, 정말이지, 사람들에게 다시 한번 진정한 독수리 종족이 되라고 요구하고 있었다.

바람이 불어와 산등성이를 가로질러 시꺼먼 재를 흩날렸다. 동시에, 스크리는 날개를 접었다. 하지만 등 뒤로 날개를 접는 대신, 인간의 모습으로 변신했다. 날개는 건장한 팔이, 깃털은 피부가 되고, 큼지막한 발톱은 작은 발톱으로 줄어들었다. 이윽고 몸을 구부려 검게 그을린 바위를 집어 들었다. 마을 사람들의 둥지를 등지고, 텅 빈 공간으로 바위를 툭 던졌다. 바위가 재 가루 먼지를 피어올렸다가 땅에 닿으며, 이윽고 탁탁 소리를 내는 불꽃 분화구 옆으로 데굴데굴 굴러가다 멈추었다.

"저기, 저기에 무덤을 짓는다."

스크리가 선언했다.

쿠타이카는 사각 턱을 잠시 꽉 다물더니, 이윽고 인간의 모습으로 변신했다. 창을 집어 들고는 땅바닥을 쾅쾅 내리쳤다. 그러고는 군중을 향해 명령을 내렸다.

"뭐? 모두 뭘 기다리는 거야? 무덤을 빨리 짓기 시작할수록 빨리 끝나는 거라고."

쿠타이카는 충직하지만 어쩌면 친근하지 않은 눈빛으로 스크리를 바라보며, 직접 바위 하나를 집어 들고는 그쪽으로 옮겼다. 마을 사람들이 하나둘씩 그 뒤를 따랐다. 곧 힘겨운 노동이 시작되었다.

스크리와 쿠타이카를 포함해 몇몇 사람들이 넓은 구덩이를 팠다. 산등성이 위로 유황 내 가득한 바람이 불어왔다. 이들은 구덩이에 상처 입은 시체 두 구를 넣었다. 독수리 종족의 전통적인 방식대로 두 팔을 넓게 펼쳐놓았다. 스크리가 몰키의 깃털을 넣은 뒤, 마을 사람들은 그 위에 어린 깃털을 쭉 펼쳤다. 이윽고 흙, 부석, 재를 뿌렸다. 마침내 가장 건장한 남자와 여자들이 무덤 위에 무거운 바위를 차례로 놓고, 쭉 편 날개 모양으로 배치했다.

아르크 카야의 마을 사람들이 무덤을 완성하며 불렀던 것처럼 구슬픈 애도의 노래를 부르는 사람은 아무도 없었지만, 이곳의 마을 사람들은 뒤에 서서 다 함께 만든 무덤을 바라보았다. 은빛-털의 아이 손을 잡고 있던 한 여자가 고개를 진지하게 숙여 인사하고는 말했다.

"저들, 우리 종족이 다시 날아오를 수 있기를."

그 말을 듣고, 스크리는 아르크 카야의 축복을 떠올렸다.

높이 날아라, 맘껏 달려라.

스크리의 시선이 자신의 발목에 묶어둔 빛나는 회색 밴드에 가 닿았다. 이윽고 새로운 바람이 훅 불어와 산등성이를 스쳐 지나갈 때, 스크리는 주변에 서 있는 독수리 종족 사람들을 훑어보았다. 이들의 어깨가 함께 노동하며 흘린 땀으로 번들거렸다.

몇몇은 스크리의 시선을 피했다. 몇몇은 계속 얼굴을 찡그리고 있었다. 하지만 또 다른 사람들은 스크리에게 활짝 웃어 보이며 고개를 끄덕이거나 이해한다는 표정을 지어 보였다. 확신할 수는 없었지만, 스크리는 이제 공기 중에 유황 냄새 말고 뭔가 다른 걸 느낄 수 있었다.

일종의 자부심 같은 무언가를.

스크리가 다시 말하려 했을 때, 이곳까지 자신을 줄곧 따라온 젊은 독수리 소년 호킨의 모습이 눈에 들어왔다. 젊은이는 하늘을 나는 모습의 흑요석 독수리 조각상 아래 혼자 앉아 있었다. 무릎을 가슴에 바짝 끌어안고 있어서 조각상 그림자가 호킨을 완전히 가려줬다. 호킨은 마치 자기 엄마가 최근에 막 묻힌 곳을 바라보는 것처럼 무덤을 멍하니 바라보고 있었다.

스크리는 입을 꽉 다물었다. 바로 며칠 전까지만 해도 토끼잡기 놀이를 즐겼던 쾌활한 소년의 모습과 얼마나 달라졌는지 생각하지 않을 수 없었다. 자기 가족을 죽인 바로 그 사람들 한가운데에 이렇게 있는 게 얼마나 고통스러울지 생각하지 않을 수 없었다.

스크리가 이 소년의 앙상한 어깨에 손을 올리자, 호킨은 긴장했다. 위를 올려다보는 황금빛 눈은 흐릿했다. 이윽고, 스크리라는 걸 알고, 살짝 긴장을 풀었다. 하지만 여전히 아무 말도 하지 않았다. 그저 무덤을 향해 시선을 돌릴 뿐이었다.

"네가 와서 기쁘구나, 호킨. 하지만 네가 원한다면 넌 가도 돼."

독수리 소년은 아무 말도 하지 않았다.

"정말로, 가겠다고 결심해도 난 다 이해할 거야."

여전히 아무 말도 없었다.

스크리는 잿더미 흙바닥에 무릎을 꿇고 앉았다. 그래서 스크리 또한 조각상의 그림자 안으로 들어갔다. 이번에는 독수리 소년의 귀에 대고 직접 말했다.

"너도 알겠지만, 나는 저 사람들을 전쟁터로 이끌고 갈 거야. 우리 모두 죽을 수 있어. 너도 마찬가지고."

스크리의 목소리는 어린 새의 날개처럼 부드러웠다. 스크리는 덧붙였다.

"난 네가 죽길 바라지 않아, 호킨."

여전히 아무 말도 없었다.

바로 그때 묵직한 발소리가 다가왔다. 스크리가 일어나 보니 쿠타이카가 다가와 있었다.

건장한 전사가 창끝을 땅에 쑤셔 박았다. 그곳에 서서, 스크리의 얼굴을 뚫어지게 쳐다보았다. 스크리도 마주 보았다. 둘의 시선은 단단한 막대 같았다. 바람이 일렁이며, 재를 흩날렸지만 누구도 움직이지 않았다.

마침내, 스크리가 침묵을 깼다.

"아직도 이 부족 최고 파수꾼이 되고 싶나?"

"그렇습니다. 하지만 우리가 우리의 명예를 되찾기 위해 싸워야 한다면 그렇다는 뜻입니다. 쓸데없이 바위를 쌓는 게 아니라."

쿠타이카가 거친 목소리로 대답했다.

스크리는 화난 목소리로 말했다.

"넌 내 명령에 따라야 할 거야, 쿠타이카. 우리가 방금 한 일에 대해 생각해보면, 너는 그것이 단순히 무덤을 만드는 것 이상이라는 걸 알게 될 거다. 그건 명예에 관한 것이다."

스크리는 날카로운 발톱으로 땅바닥을 긁으며 잠시 기다렸다.

"난 널 최고 파수꾼으로 계속 삼겠다. 하지만 조건이 하나 있어."

"무슨 조건인데요?"

"넌 언제나 네 견해를 명예롭게 말해줘야 할 거야. 지금처럼 말이야. 네가 내 뜻에 동의하지 않을 때도."

쿠타이카는 건장한 어깨를 으쓱해 보였다.

"그게 내가 할 수 있는 딱 하나죠."

"좋아. 그렇다면 전사들을 모으도록. 남자든 여자든 모두 한 시간 안에 이센위로 떠날 준비가 되었으면 한다."

스크리가 눈을 가늘게 떴다.

"알겠습니다."

쿠타이카가 돌아서다 말고 멈추어 섰다.

"내 마음을 말해달라고 해서 하는 말인데, 당신은 이걸 알아야 합니다. 나는 외지인한테 끌려다니는 걸 좋아하지 않습니다. 전혀. 당신도 마음에 안 들고요."

목소리가 낮아졌다. 저 멀리 언덕에서 바위가 구르는 소리처럼 들렸다.

"하지만 난 당신을 따르기로 결정했어요. 왜냐하면 당신이 우리 부족에 적합하다고 생각하니까. 우리를 이끌어줄 강한 사람이 필요합니다. 아주 강한 사람이. 그것이 브람 카이에 부족에 최선입니다. 나는 우리 부족에 충성을 다할 겁니다."

"너는 분명 다른 곳에도 충성하게 될 거다."

"그게 뭔데요?"

"아발론."

쿠타이카는 그저 투덜거릴 뿐이었다. 자기 가슴에 들쭉날쭉 난 상처를 가리키며 말했다.

"아발론을 위해 이걸 얻은 게 아닙니다."

쿠타이카가 선언했다. 그러더니 성큼성큼 가 버렸다.

스크리는 쿠타이카가 걸어가는 모습을 지켜보았다. 앞으로 시련이 닥칠 동안 이 마을 출신 중에서 누가 정말로 자신을 흔들림 없이 따라줄까 의심스러웠다. 그때, 옆에 있던 독수리 소년이 마침내 입을 열었다. 분명하고도 단호한 목소리였다.

"당신이 어디를 가든, 스크리, 나는 그곳에 있을 거예요."

스크리는 독수리 소년의 얼굴을 바라보았다. 그 말이 사실이라는 걸 알았다.

15
사랑스러운 어둠

엘리의 수정 불빛으로 이 늙은 요정의 몸을 감싸고 있는 짙은 옷이 더욱 크게 보였다. 그리콜로는 디아나라의 오래된 도서관 폐허를 향해 손짓했다. 무너진 선반, 부서진 타일, 깨진 조각상 그리고 주변에 무수히 쌓인 가죽 제본 책…….

"용기는 내 본성이 아니야. 하지만 내 삶이라는 책 안에, 나는 페이지를 반드시 가득 채워야 해."

그리콜로는 쉰 목소리로 당당하게 말했다.

"그렇다면, 우리를 쿨위크의 광산으로 데려가 줄 건가요?"

엘리가 물었다.

"보르보 광산. 내가 널 그곳으로 데려다줄게, 그래."

그리콜로는 굽은 등을 최대한 곧게 폈다.

엘리의 팔에서 꼼지락거리는 뉴익의 몸이 푸른색에서 검은색으로 변했다.

"당신이 우리한테 말해주지 않은 게 분명 있어. 매우 중요한 것을."

뉴익의 맑은 보라색 눈이 늙은 사서를 빤히 쳐다보았다.

그리콜로는 고개를 끄덕였다. 하얀색 머리카락이 바람에 춤을 추듯 흩날렸다.

"눈썰미가 꽁지깃 펜보다 더 날카롭군. 네가 나보다 더 늙었지만 말이야."

"흠. 나한테 알랑거리지 마. 자, 우리한테 말하지 않은 게 뭐지?"

그리콜로는 도서관 출입구를 흘끗 쳐다보았다.

"이 건물 밖으로 나가면……. 우리는 완전한 어둠 속에서 걸어야 할 거야."

목소리가 거친 속삭임으로 바뀌었다.

엘리는 참나무, 물푸레나무, 산사나무로 만든 부적과 그 안에서 빛나는 수정을 향해 손을 가져갔다.

"그러니까, 이 빛을 흐리게 해야 한다는 뜻인가요?"

"아니. 그 빛을 꺼야 한다는 뜻이야."

엘리는 얼굴을 찡그렸다. 부적에서 손을 떼고 초조하게 머리카락을 만지작거렸다.

"왜죠?"

"곱스켄이 광산 근처 사방에 숨어 있을 테니까. 특히 네가 가고 싶어 하는 그 광산에 분명 숨어 있을 거야."

그리콜로는 천천히 힘겹게 숨을 쉬었다.

"남아 있는 우리 종족도 저기 밖에 있을지도 몰라. 만약 우리가 이 도서관 밖에서 어둠의 요정들, 그러니까 전쟁의 생존자들을 만나게 된다면, 놈들은 분명 네 빛을 몹시 싫어할 거야. 그리고 널 죽이려들 게 뻔해."

원고지 위 글씨처럼, 그리콜로의 얼굴에 주름이 자글자글 잡혔다.

"저기 밖, 네 수정 빛을 피해서 달아날 죽음의 몽상가들이 있을지도 모르지. 하지만 그 빛도 그 녀석들이 놀라 도망가게 할 정도는 아니야. 그 녀석들은 무시무시한 힘을 지니고 있어. 잘 살펴봐야 해."

"끔찍하군요."

엘리는 자신이 꾸었던 꿈을 떠올렸다. 자신의 목숨을 앗아갈 뻔했던 부드럽고 감미로운 파도…….

"우리가 살아남으리라는 희망을 품고 여행하려면, 너는 내 늙은 눈을 전적으로 믿어야 할 거야."

그리콜로가 선언하듯 말했다.

뉴익이 작은 손을 내밀어 엘리의 이마를 톡톡 건드렸다.

"네가 선택해, 사제."

엘리는 눈을 감고 빛나는 수정이 없다면 얼마나 어두울지 상상했다.

정말 미친 짓이야! 영원한 밤의 이 영토를 아무런 빛도 없이 걸어간다고? 하지만, 내가 아발론을 도우려면, 그리고 탬윈을 도우려면, 그렇게라도 해야 해.

엘리는 눈을 뜨고 둥근 지붕 아래 넓은 방을 둘러보았다. 눈에 보이는 것 너머에는 깨진 선반과 책 더미, 온통 어둠뿐이었다. 자신이 섀도루트에 들어오기 전에 보았던 것보다 더 짙은 어둠. 어둠은 점점 더 짙어지는 듯했다. 엘리가 빛을 끄는 순간을 기다리고 있는 듯했다.

엘리는 엘라노 수정에 생각의 초점을 맞추었다.

어두워져, 친구. 내가 끔찍한 실수를 저지르는 게 아니면 정말 좋겠어.

즉각, 수정이 어두워졌다. 빛의 모든 조각들이, 모든 단면의 광택이 사라졌다. 마치 세상이 막 종말을 맞기라도 한 것처럼 불시에 일어났다. 어쩌면 세상이 정말로 종말을 맞이할지도 모른다고 엘리는 생각했다.

어둠. 완전하고 절대적인 어둠. 심장 박동 소리를 제외하고 엘리가 알아차릴 수 있는 건 오직 어둠뿐이었다.

"여기, 내 옷 허리띠야. 이걸 꼭 잡고 걷도록 해. 내 걸음걸이가 어떻게 달라지는지 귀 기울여. 그러면 넌 알아차릴 수 있을 거야. 내가 방향을 바꾸는지, 위로 올라가는지……."

늙은 요정이 엘리의 손에 무언가를 쥐어주며 말했다.

"아니면, 걸음아 나 살려라 하고 달아나든지."

뉴익이 끼어들었다.

"그래, 뭐, 그러든가."

그리콜로가 대답했다. 목소리가 갑자기 어두워졌다. 허리띠를 잡아당기는 게 느껴졌다. 엘리는 그리콜로가 방향을 틀고 있다고 짐작했다.

"잘 있어, 친구들."

그리콜로는 부드러운 목소리로 말했다.

처음, 엘리는 혼란스러웠다. 그러다가 두려움이 몰려왔다.

우리한테 하는 말일까?

이윽고 엘리는 요정이 누구한테 하는 말인지 깨달았다.

책을 향해 작별 인사를 하는 거야.

그리콜로는 한숨을 쉬었다. 평생 최고의 친구를 떠나보내는 사람이 내는 그런 한숨을……. 이윽고 발을 질질 끌며 느릿느릿 쩍쩍 갈라진 도서관 타일 바닥을 가로지르며 발걸음을 옮기기 시작했다.

"출입구가 가까이 있어. 거리로 내려가는 계단을 기억해. 최선을 다해 네 감각을 믿어. 그러면 그렇게 어렵지 않을 거야."

그리콜로가 주의를 줬다.

"내 감각? 지금 난 아무런 감각이 없어요."

엘리가 그리콜로 뒤에서 주춤주춤 걸어가며 내뱉었다.

"아, 네게는 감각이 있어, 젊은 여인. 그걸 믿어. 그러면 감각이 확장될 거야."

엘리는 믿을 수 없다는 듯 곱슬머리를 절레절레 저으며 콧방귀를 뀌었다.

발밑에 닿는 느낌이 달라졌기에 이제 출입구를 지났다고 엘리는 추측했다. 이윽고 도서관 돌계단 아래로 살금살금 내려갔다. 발을 내딛기 전에 발가락으로 그 끝자락을 더듬어보았다. 이내, 그리콜로는 폐허가 된 빛의 도시, 미로처럼 얽힌 거리로 이들을 이끌었다. 방향 전환이 너무 빨라, 엘리는 그리콜로의 허리띠를 꽉 잡은 채 허둥지둥 쫓아가야 했다. 이따금 뼈가 밟히는 소리를 제외하고, 주위의 폐허 속에서 아무 소리도 들리지 않았다.

어쨌거나, 엘리는 저 앞 어둠 속에서 딱딱한 것을 알아차렸다. 도시의 장벽! 틈 사이를 걸어가다 쓰러진 기둥의 돌멩이 조각에 발이 걸려 넘어질 뻔했다. 뉴익은 다행스럽게도 엘리의 팔에 그대로 있었지만 엘리는 허리띠를 잡고 있던 손을 놓치고 말았다.

공포가 파도처럼 밀려왔다. 사방에서 어둠이 엘리를 짓눌렀다.

엘리가 숨을 헐떡거리자마자, 그리콜로는 허리띠를 엘리의 손에 다시 쥐어주며 손목을 부드럽게 토닥여줬을 뿐 아무 말도 하지 않았다. 하지만 한숨 또는 소리와는 아무 관련 없는 감각으로 그리콜로가 자신만큼 안도하고 있다는 걸 어쩐지 느낄 수 있었다.

일행은 계속 걸어갔다. 이제 민트 향이 나는 그 억센 이끼를 밟고 있었다. 완만한 언덕을 올라가며, 늙은 요정이 숨을 고르는 동안 이따금 쉬기도 했다. 쉴 때면, 엘리는 허리를 숙여 이끼를 한 움큼 들어 올렸다. 뉴익과 함께 먹을 만큼 충분히.

언덕이 완만해지고 시냇물 소리가 또렷하게 들려왔다. 눈에 보이지 않는 실로 엮은 어둠의 직물처럼, 시냇물은 언덕 아래로 흘러갔다. 그리콜로는 일행을 평편한 바위로 이끌었다. 바위가 아래 있다는 게 느껴졌다. 이곳에서 시냇가에 무릎을 꿇고 한참 동안 물을 마셨다. 끊임없이 졸졸 흐르는 물소리가 들려왔다.

그러고 나서 또 걸었다. 지형은 파도처럼 오르락내리락하며 계속 이어졌다. 그러는 사이 땅은 단단한 토양으로 굳어졌다. 곧 이끼는 완전히 사라지고, 그 대신 솜털 잎 식물들이 나타났다. 여행자들의 다리가 그 위를 스쳤다. 엘리는 저 식물들은 어떤 모습일지 상상해보았다. 각기 다른 잎사귀 모양을 떠올려보았다. 그러다 결국 포기하고, 그저 고사리라고 생각하기로 마음먹었다. 그것보다 더 나은 생각이 떠오르지 않았기 때문이다.

깜짝 놀랍게도, 엘리는 자신감이 생겨서 성큼성큼 걸음을 내딛기 시작했다. 여전히 그리콜로의 허리띠를 잡고 걸었지만, 전처럼 세게 움켜잡지는 않았다. 어쩐지 어둠이 덜 짓누르는 것 같았다. 더 많은 소리가 들려왔다. 저 멀리 새의 날갯짓 소리, 작은 개구리가 개굴개굴 우는 소리, 발목 옆 잎사귀 위의 애벌레가 살며시 갉아 먹는 소리…….

계속 발걸음을 움직이는 엘리의 숨결이 점점 차분해지고 안정적이 되었다. 그리콜로가 예언한 것처럼, 엘리의 감각이 서서히 확장되었다. 이제 앞을 보지 못하는 사람처럼 느껴지지 않았다. 시각과 후각이 사방으로 뻗은 것처럼 느껴졌다. 사실, 후각은 사방으로 뻗은 눈에 보이지 않는 손이 되었다. 월귤나무(허클베리)의 희미한 향, 단내 나는 계피 향, 버려진 뱀 허물 또는 장미 열매처럼 톡 쏘는 향이 느껴졌다.

엘리는 이렇게 걷는 것 그 자체가 일종의 명상이라는 걸 깨달았다.

드루마디안 주거지로 돌아간 듯했다. 그곳 위대한 신전 기둥 사이에 숨어 아발론의 일곱 가지 신성한 요소를 상징하는 일곱 개의 동심원에 마음을 열고, 이 땅의 신비에 마음을 열었다.

창조의 아침이 주위에서 깨어나는 소리에 귀 기울여라.

리아의 경이로운 축복은 그렇게 시작된다.

어둠의 땅도 아침을 알까? 엘리는 궁금했다. 일깨움은 빛이 돌아오는 것과 전혀 관계없을까? 결국, 이 영토 또한 다른 영토처럼 창조의 일부였다. 이곳의 신비와 아름다움을 포착하기 어려울지라도, 그리고 끔찍한 위험이 함께 도사리고 있다 할지라도, 빛의 혜택을 입은 다른 영토들과 정말로 어떤 차이가 있을까?

불현듯, 엘리는 그리콜로가 했던 말을 기억했다.

사랑스러운 어둠.

엘리는 그 말을 처음 들었을 때는 무척 당혹스러웠다. 하지만 지금, 마치 다른 언어로 말하는 것처럼 여전히 이상하게 들리기는 했지만, 또한 그 말이 사실처럼 들리기도 했다. 그 말의 뜻을 어렴풋이 알아차렸다. 마치 저 멀리 장미 열매의 향을 알아차린 것처럼…….

이 노인과 이어진 천 조각이 살며시 이끄는 걸 느끼며, 터벅터벅 걸어가는 그리콜로의 굽은 몸을 쉽게 떠올릴 수 있었다. 그리콜로가 그 오랜 세월을 숨어서 지내다가 이렇게 대담하게 나서다니? 엄청나게 대담했다. 질질 발을 끄는 그리콜로의 발소리를 귀담아들으며, 진심으로 고맙다는 생각이 들었다. 물론, 이 어둠의 영토로 이끌어주고 있기 때문이기도 했지만 자신에게 감각의 또 다른 언어를 알려줬기 때문이기도 했다.

갑자기, 그리콜로가 옆으로 방향을 틀었다. 속도가 빨랐기 때문에 엘리는 거의 끌려가다시피 했다. 무슨 일이냐고 물으려던 참에, 저 멀리서 목소리가 들려오는 걸 새로이 얻은 감각으로 알아차렸다. 귀에 거슬리는 거친 목소리. 행진하며 발이 땅에 쿵, 쿵, 쿵 닿는 소리…….

곱스켄!

그 소리로 보아하니, 전사 한 무리가 몰려오는 듯했다. 열 명은 족히 넘어 보였다. 이제 갑옷이 삐걱거리는 소리, 이따금 칼이 허벅지에 부딪히는 소리가 들려왔다. 이윽고, 한편으로 희미한 횃불 빛이 보였다. 산등성이 뒤에서 횃불이 빛났다.

그리콜로는 헉헉 숨을 몰아쉬며 들쭉날쭉한 돌이 흩어져 있는 곳으로 일행을 이끌었다.

“고개 숙여.”

그리콜로가 발걸음을 갑자기 늦추며 속삭였다.

엘리가 고개를 숙이자마자, 주변 공기가 갑작스럽게 따뜻해지는 게 느껴졌다. 이제 산들바람도 사라졌다. 엘리가 요정의 굽은 등에 손을 얹고 앞으로 기어갈 때, 발밑 돌이 축축한 흙으로 바뀌는 게 느껴졌다. 굴속으로 들어섰다는 걸 즉각 알아차렸다.

“여기 앉아 기다릴 거야.”

그리콜로가 헐떡거리며 말했다.

잠시 뒤, 그리콜로는 침울하게 덧붙였다.

“저 녀석들이 이쪽으로 오고 있어, 확실해. 저 녀석들을 절대 앞지를 수 없어. 숨을 만한 곳은 거의 없어. 그러니 저 녀석들이 우리를 발견하지 못하고 이곳을 그냥 지나가기를 바랄 수밖에.”

엘리는 동굴 속으로 좀 더 깊이 기어갔다. 등을 기댈 만한 널찍한 바위 하나를 발견했다. 뉴익은 옆으로 몸을 굴려 엘리 발에 기댔다. 엘리는 어두워진 수정을 꽉 붙잡은 채 귀를 기울였다.

한순간에 고요함이 이렇게 공포로 바뀔 수 있다는 사실이 정말이지 엄청나게 놀라웠다.

16
환영

동굴 안에서 시간이 흘러갔다. 몇 분, 몇 시간인지 알 수 없었다.

엘리에게 바위 속 이 어둑한 동굴은 지하 감옥과 별반 다르지 않았다. 저기 밖 어딘가에, 간간이 어렴풋이 곱스켄 전사 무리가 행진한다는 걸 알았다. 저들은 언제라도 더 가까이 올 수 있었다.

엘리는 그 생각에 몸서리쳤다. 지금 당장, 이 동굴은 가장 어두운 영토의 가장 어두운 장소처럼 보였다.

"너도 알겠지만, 뉴익, 우리가 지금 쿨위크를 찾으러 가까이 오기는 했지만 그 어느 때보다 멀어진 느낌이야."

엘리는 손가락으로 축축한 흙바닥을 어루만지며 소곤소곤 말했다.

"흠. 그거참, 기분 좋은 생각이로군. 말해줘서 정말 기뻐."

시간이 더 흘러갔다. 쫑긋 귀를 기울이려 애썼지만, 젊은 여인, 산봉우리 요정, 그리고 늙은 요정의 초조한 숨소리 말고는 아무 소리도 들리지 않았다.

마침내, 뉴익이 퉁명스레 내뱉었다.

"나한테 말 좀 해봐, 사서 주인장. 그 오염된 수정이 리타 고르를 도와주기 전에 우리가 파괴하려 한다면, 그 수정을 파괴할 방법이 뭐가 있을까?"

그리콜로는 망설이듯 숨을 들이쉬었다.

"나는 그걸 알지 못해 두려워. 내가 그동안 읽은 책에는 그런 내용이 없었어. 리타 고르를 위해 봉사하려면, 그 수정은 엘라노와 정반대가 되어야 할 거야. 엘라노에게 엄청난 창조의 힘이 있다면, 그 수정은 엄청난 파괴의 힘을 지니고 있을 거야. 무엇이 그런 엄청난 힘을 파괴할 수 있을까?"

"그건 내가 물었던 거잖아."

뉴익이 투덜거렸다.

침묵 속에서 시간이 또 흘러갔다. 마침내, 그리콜로가 다시 말했다.

"곱스켄 녀석들이 우리 곁을 벌써 지나간 게 분명해. 아무리 빈둥거리면서 이따금 멈추어서 서로 다투는 곱스켄이라 하더라도, 지금쯤이면 분명 멀리 갔을 거야."

"정말이에요? 우리 이제 움직일 수 있는 거예요?"

엘리는 가슴을 짓누르던 묵직한 곱스켄 신발이 마침내 사라진 느낌이 들었다.

"그래."

"잠깐만. 이제 우리가 잠깐이나마 다시 안전해졌으니, 내가 수정으로 하고 싶은 게 있어."

뉴익이 말했다.

"내 수정을 원한다고? 왜?"

엘리가 물었다.

"그 수정이 아니야, 이 멍청한 소녀야. 이 수정 말이야."

그 말을 하기가 무섭게, 뉴익의 가슴 위에 놓인 보석이 갑작스레 초록빛으로 빛났다. 그리콜로는 갑작스레 환해진 데 깜짝 놀라 몸을 움츠리며 그 커다란 눈을 허둥지둥 가렸다. 하지만 잠시 뒤, 흘끗 곁눈질로 보석을 눈여겨 들여다보았다. 책에서 본 묘사를 통해 그게 뭔지 알아보았다.

"갈라토."

늙은 요정이 경이로움으로 가득 찬 목소리로 말했다.

"맞아. 내가 누구 좀 찾아봐야 할 때가 되었거든."

뉴익이 몸을 숙여 빛나는 초록색 수정을 바라보며 말했다.

뉴익은 집중해서 보석을 뚫어져라 들여다보았다. 피부색이 진초록으로 바뀌었다. 즉각 수정에 더 많은 색이 나타나더니, 무지개 바다의 소용돌이처럼 빙글빙글 돌았다. 색이 합쳐지며, 보석 한가운데에 형상 하나가 나타났다. 노파였다. 은빛 곱슬머리가 어깨 위에 걸친 숄까지 구불구불 흘러넘쳤다. 자그마한 경쾌한 비행사들이 노파 주변에서 날아다녔는데, 노파의 청회색 눈처럼 밝게 빛났다.

리아.

엘리는 뉴익을 흘끗 쳐다보았다. 뉴익의 눈은 여인의 모습을 응시하고 있었다. 뉴익은 아주 오래전에 리아의 메리스였다. 엘리는 뉴익의 진보라색 눈동자 속에 흐르는 사랑의 감정을 분명히 볼 수 있었다. 그 모습에 절로 미소가 지어졌다. 뉴익은 자신의 감정을 퉁명스러움의 방패 아래 숨기려고 애써왔지만, 그 감정은 변함없이 그곳에 남아 있었다.

리아는 엘 우리엔의 숲에서 헤어졌을 때보다 훨씬 더 약해 보였다.

수정 때문이야. 리아가 엘라노 수정을 내게 줬을 때, 자신을 나이보다 젊어 보이게 해줬던 그 힘을 잃었던 거야.

엘리는 그때의 기억을 떠올리며 입술을 깨물었다.

결국, 내가 그처럼 소중한 선물을, 그처럼 소중한 믿음을 받을 가치가 있는 사람이면 정말 좋겠어.

문득 어떤 생각이 떠올랐다. 그 생각에 기분이 조금 밝아졌다. 이 모든 일이 끝났을 때, 만약 어떻게든 살아남는다면, 리아에게 수정을 돌려줄 거다! 그래, 그보다 더 리아에게 감사를 표하고 믿음에 보답하는 완벽한 방법은 없었다.

그 모습이 바뀌어 더 넓은 풍경이 나타났다. 리아가 또 다른 할머니 옆에 무릎을 꿇고, 그 여인의 이마를 부드럽게 쓰다듬고 있었다. 대사제 코에리아.

엎드린 코에리아를 유심히 살펴보는 동안, 엘리의 눈가가 촉촉해졌다. 긴 백발과 거미 실크로 짠 우아한 가운에서 빛이 났다. 엘리는 그 아름다움을 볼 때마다 숨이 멎곤 했다. 하지만 높은 산의 호수처럼 푸르던 코에리아의 눈동자는 더 이상 볼 수 없었다. 감겨 있었기 때문이다.

살아 있을까?

엘리는 그 이미지를 뚫어지게 쳐다보았지만 알 수 없었다.

불현듯, 이미지가 사라졌다. 갈라토는 다시 초록색으로 빛나더니 이내 어두워졌다. 섀도루트의 영원한 어둠이 다시 찾아와, 저기 밖의 영토처럼 바위 속 동굴에도 어둠이 가득 찼다.

엘리는 우울했다. 뉴익 또한 자신과 같은 기분이라고 확신했다. 하지만 그리콜로가 어두운 동굴에서 목소리를 냈을 때, 그 사람이 뭔가 다르게 느끼고 있다는 걸 알 수 있었다. 바로 당혹스러움.

"난 이해가 안 돼. 나한테는 저기에 아무도 안 보여. 하지만 너는, 분명, 봤어. 내 생각에 갈라토는……"

늙은 요정이 말했다.

"당신이 사랑하는 사람을 볼 수 있게 해주지. 그 사랑이 그 사람을 볼 수 있게 해줘. 하지만 그 사람에게 말할 수는 없어. 어떤 사랑도 그처럼 강력하지는 않으니까."

뒤이어 뉴익이 사서의 말을 끝맺어 줬다.

"아, 이제 이해가 가는군. 네가 본 그 사람은 내가 모르는 게 분명해. 사랑은 둘째치고. 하지만 네가 사랑하는 사람인 건 틀림없어, 안 그래?"

"흠. 내가 그 여자를 죽이고 싶지 않을 때는, 그래."

그리콜로는 깜짝 놀라 말을 더듬었다. 잠시 다시 한번 당황했다. 이윽고 호기심에 가득 찬 목소리로 물었다.

"내가 그 갈라토를 직접 사용할 수 있을까? 정말 보고 싶은 사람이 있거든. 다른 영토에 살고 있는 사람이야. 그 여자를 직접 만난 적은 없지만, 언감생심 사랑을 했지. 내가 그 여자에 대해 처음 읽는 순간부터. 아주 오래전에 말이야."

"음, 늙은 요정이라고 못 할 이유가 뭐 있겠어? 보고 싶은 그 사람한테 집중해, 그 여자가 누구든, 그 여자 이미지가 나타날 때까지."

뉴익이 무뚝뚝하게 말했다.

그리콜로는 갈라토를 뚫어지게 쳐다보았다. 그러자 갈라토가 빛을 내기 시작했다. 색이 휘몰아치고, 파란색이 겹겹이 진하게 나타났다. 하지만 한 가지 이미지로 합쳐지지는 않았다. 적어도 엘리의 눈에는 아무런 이미지도 보이지 않았다. 잠시 뒤, 수정이 흐릿해지고 동굴은 다시 어두워졌다.

"어때요? 그 여자를 봤어요?"

엘리가 초조하게 물었다.

"아니, 푸른 반점 말고는 아무것도 보지 못했어."

그리콜로가 슬프게 대답했다.

"그 사람은 누구였어? 당신이 보고 싶어 했던 사람 말이야?"

뉴익이 재촉해 물었다.

"사파이어 유니콘(Sapphire Unicorn). 나이 들고, 현명하고, 아름다운……."

엘리는 그 이름을 듣고 깜짝 놀랐다. 하지만 그리콜로는 알아차리지 못한 채 말을 이었다.

"수많은 필경사들이 사파이어 유니콘을 모든 땅을 통틀어 가장 정의하기 어려운 아름다움이라고 칭했어. 나는 갈라토를 통해 그 아름다움을 잠깐만이라도 보고 싶었어."

그리콜로가 침울하게 말했다.

엘리는 목이 바짝 말라 마른침을 삼켰다. 늙은 요정에게 진실을 말해주고 싶었다. 사파이어 유니콘이 리타 고르의 배신으로 인해 잔인하게 죽임을 당했다는 사실을.

"저기, 어쩌면, 나중에 언젠가 다시 한번 해볼 수 있을 거예요."

엘리는 더듬더듬 말했다.

"어쩌면, 하지만 왠지 내가 성공하지 못할 것 같아. 내 천성에 용기가 없는 것처럼, 마법의 신비한 일 또한 내 본성이 아니거든."

그리콜로가 대답했다. 그러고는 다시 한숨을 쉬며 말했다.

"또는 사랑도."

"엘리, 우리가 떠나기 전에 보고 싶은 사람 없어?"

뉴익이 조용히 물었다.

"있어."

엘리는 대답했다. 뉴익은 자신을 너무나 잘 알았다. 정작 자신은 확신이 서지 않았다. 뉴익은 어둠 속에서도 엘리의 마음을 분명하게 읽을 수 있었다.

엘리는 탬윈에 집중했다. 곧장 수정이 빛나며, 근처에 있는 바위를 파도처럼 초록빛으로 물들였다. 거기, 탬윈이 보였다! 엘리는 갈라토를 향해 좀 더 가까이 몸을 숙여 집중해서 쳐다보았다.

검은색 긴 머리카락이 뒤로 흩날려서 얼굴만 보였지만, 탬윈은 뭔가에 올라타 굉장히 빠른 속도로 움직이고 있는 것 같았다. 아니, 날아가고 있었다. 행복해 보였다. 이처럼 행복해하는 모습을 본 적이 없었다. 희미한 날개가 잠시 탬윈의 모습을 가렸다. 이윽고 장면이 갑자기 바뀌었다.

이제 저 멀리 탬윈의 모습이 보였다. 너무나 멀어서 탬윈은 그저 밝은 불꽃의 원 한가운데에 놓인 작은 점에 불과했다. 별! 탬윈은 실제로 별까지 갔다! 탬윈이 늘 보고 싶어 하던 곳. 탬윈의 아버지가 이르려고 노력했던 곳. 탬윈의 탐험이 성공할 수도 실패할 수도 있는 곳으로.

불현듯, 뭔가가 탬윈 뒤에서 다가왔다. 거대하고 위협적이었다. 탬윈을 빠른 속도로 따라잡고 있었다. 그것이 무엇인지 모르지만, 크고 시커먼 날개가 달렸다. 별 사이의 공간보다 더 어두웠다. 혹시 용일까? 이윽고 엘리는 그것이 정말 고약한 것임을 알아차리고 덜컥 겁이 났다. 심장이 얼어붙었다. 저 용은 어쩌면 리타 고르일지도 모른다!

이미지는 다시 탬윈의 얼굴로 갑자기 바뀌었다. 엘리는 탬윈에게 시선을 집중해, 어떻게든 경고해주려 애썼다. 하지만 탬윈은 기쁨에 넘쳐서 위험을 전혀 알아차리지 못했다. 이제 리타 고르가 공격하기까지 시간이 정말 얼마 남지 않았다. 엘리는 확신했다.

탬윈에게 경고해줘야 해! 어떻게든 경고해줘야 해!

엘리는 마음의 에너지를 모조리 불러 모으며, 탬윈에게 자신의 생각을 보내려고 낑낑댔다. 눈에서 눈물이 터져 나왔다. 온몸이 떨렸다. 더 이상 또렷하게 생각할 수 없었다. 또는 더 이상 깊이 들여다볼 수 없었다.

하지만 탬윈은 알아차리지 못했다. 편안하고 평온해 보였다. 오로지 아름다운 별만을 생각하고 있는 것 같았다.

"탬윈! 조심해!"

엘리의 목소리가 터져 나왔다.

짧디짧은 찰나의 순간, 탬윈의 얼굴 표정이 바뀌었다. 마치 무슨 소리를 듣기라도 한 듯…….

이미지가 갑자기 사라지며, 일렁이는 색에 잠겼다. 하지만 갈라토는 계속해서 빛으로 고동쳤다. 어쩌면, 방금 일어난 일의 잔상일지도 몰랐다. 갈라토는 어두운 동굴 속 동료들의 얼굴을 비칠 만큼 희미하게 빛났다.

엘리는 가슴이 쓰라렸다. 탬윈이 엘리의 외침을 들었을까? 정말이지 탬윈에게 제때 경고해줬을까? 엘리는 알 수 없었다. 아마, 엘리는 절대 알지 못할 거다.

설상가상, 자신이 갈망하는 생각에 흠뻑 빠져 있었던 건지도 몰랐다. 어떻게 탬윈이 엘리의 목소리를 들을 수 있을까? 어쨌거나, 갈라토가 목소리를 전해준 적은 한 번도 없었다. 리아가 직접 분명하게 말했었다. 이 보석을 통해 대화를 나누는 건 불가능하다고. 뉴익도 그렇게 말했었다.

엘리는 이 빛나는 보석에서 시선을 거두었다. 대신, 갈라토를 걸고 있는 뉴익을 쳐다보았다. 피부는 검은색으로 변해 있고, 빨간색과 은색의

미세한 혈관이 팔까지 이어졌다. 엘리가 전에 한 번도 본 적 없는 모습이었다. 하지만 더욱 놀란 것은 뉴익의 얼굴 표정이었다. 뉴익 또한 깜짝 놀란 듯했다. 그리고 확신할 수는 없었지만, 그 표정에는 희망이 담겨 있는 듯했다.

바로 그때 누군가 입을 열었다. 동굴 밖에서 누군가! 으르렁거리는 소리가 어둠을 자르고 불쑥 치고 들어왔다.

"이리 와봐, 얘들아. 누가 소리치는 게 들렸어."

곱스켄.

갈라토의 남은 빛은 거의 사라졌다. 새로운 빛이 동굴 입구 밖에서 나타났다. 전사들의 횃불이 가까이 다가왔다.

엘리가 움직이기도 전에, 그리콜로는 손을 내밀어 엘리의 옷자락을 잡더니 다급하게 속삭였다.

"내 말 잘 들어, 날 따라오지 마. 알아들었어? 날 따라오지 마."

"어쩌려고요?"

엘리가 따지듯 물었다.

늙은 요정은 대답하지 않았다. 그저 몸을 돌려 동굴 밖으로 기어가기 시작했다. 잠시 뒤, 그리콜로의 다리가 동굴 밖 작은 돌조각에 끌리는 소리가 들렸다. 그러고 나서 또 다른 소리가 들렸다. 그리콜로의 목소리.

"곱스켄은 날 절대 못 잡을 거야."

그리콜로가 과장된 말투로 소리쳤다.

거친 목소리가 대답했다. 발이 땅을 쿵쿵 밟았다. 횃불 빛이 더욱 밝아졌다.

"안 돼. 저 녀석들을 유인하려는 거야! 저러다 죽고 말 거야."

엘리는 신음했다.

희미하게 어른거리는 빛 속에서, 엘리는 뉴익의 표정을 어렴풋이 알아차렸다. 뉴익 또한 자신과 똑같이 생각하고 있었다. 친구를 구할 가능성이 있다면…….

엘리는 뉴익을 들어 올려 서둘러 동굴 밖을 향했다. 엘리가 일어서자마자, 그리콜로가 처한 위험이 보였다. 건장한 곱스켄 둘이 그리콜로 뒤에서 달려들었다. 한 놈은 넓적한 칼을 휘두르고, 또 다른 한 놈은 횃불을 들었다. 그리콜로는 옆으로 방향을 틀어, 바위투성이 땅에서 달아나려 최선을 다했다. 하지만 쫓아오는 곱스켄들에게 상대가 되지 않았다.

엘리는 한쪽 팔로 뉴익을 안고서 곱스켄을 향해 달려들었다. 뭘 어떻게 도울 수 있을지 알지 못했다. 그저 어떻게든 해봐야 한다는 것만 알았다. 엘리는 그리콜로를 위해 뭐든 할 수 있었으면 했다. 탬윈을 위해 뭔가 할 수 있기를 바라는 것처럼…….

"멈춰!"

곱스켄 전사 하나가 칼을 들어 올리자 엘리는 몇 걸음 뒤에서 소리쳤다.

너무 늦었다. 칼은 그리콜로의 등을 베었다. 늙은 사서는 땅에 픽 쓰러졌다. 피가 마구 쏟아져 나와 옷을 적셨다.

깜짝 놀란 채 자신을 쳐다보는 곱스켄은 신경도 쓰지 않고, 엘리는 쓰러진 사서 옆에 무릎을 꿇었다. 곱스켄이 든 횃불의 불빛 속에서, 그리콜로의 손을 잡고 무성한 백발을 느꼈다. 침울하게, 그리콜로를 쳐다보며 몸을 가까이 끌어당겼다. 코에리아가 자신의 팔에서 죽어간다 할지라도 이보다 더 슬프지는 않을 것이다.

불현듯, 머드루트의 비밀의 샘에서 가져온 치유의 물이 떠올랐다. 엘리는 숨죽였다. 아직 시간이 남아 있을까? 서둘러 그리콜로를 딱딱한 바닥에 눕히고 물통에 손을 뻗었다. 하지만 뉴익이 엘리의 팔을 잡았다.

“너무 늦었어, 엘리.”

엘리는 그리콜로를 향해 시선을 돌렸다. 뉴익의 말이 맞는다는 걸 알아차렸다. 그 커다란 눈은 아직 뜬 채였지만, 재빨리 얼어붙는 차가운 웅덩이처럼 보였다.

그리콜로는 엘리를 향해 눈을 깜빡이더니 거친 목소리로 속삭였다.

“너? 너는…… 무사해야 해.”

엘리는 고개를 저었다.

“당신도 무사하면 안 되나요?”

“아니. 나는…… 어리석은 늙은이일 뿐이야.”

그리콜로가 속삭였다. 너무 약해서 알아들을 수 없을 정도였다.

“그렇지 않아요. 당신…… 대단히 용감한 사람이에요.”

엘리가 대답했다. 목이 막혀왔다.

그리콜로의 입술에 미소가 희미하게 번졌다. 마침내 축 늘어져 더 이상 움직이지 않았다.

“저 녀석들도 죽여 버릴까?”

피 묻은 칼을 든 곱스켄이 귀에 거슬리는 소리로 말했다.

“아니.”

다른 곱스켄이 대답했다. 그 녀석은 엘리와 뉴익을 내려다보며, 손가락 셋 달린 손으로 턱을 쓱쓱 문질렀다.

“내 생각에 뭔가 더 있는 것 같아. 왜 저 이방인들이 여기 있는 거지? 저 녀석들을 광산으로 데려가자. 그러면 대장이 저 녀석들을 심문할 거야. 그러고 나면 직접 죽이겠지."

첫 번째 전사가 씩 웃었다. 초록 혓바닥이 입술 주위를 핥았다.

"쿨위크는 그거 좋아할 거야."

"맞아. 그리고 우리한테 보상을 넉넉히 해줄걸."

곱스켄이 엘리의 등을 발로 툭 찼다.

"자, 움직여! 너희는 이제 우리 포로다."

17
마법의 안개

탬윈은 안개로 뒤덮인 길을 계속 올라갔다. 몇 시간 동안 올랐다. 그랬다, 펠리미스트가 경고했던 것처럼 멀린의 봉우리는 무척 높았다. 이제는 정말이지 끝이 없는 것처럼 느껴졌다. 그렇게 느껴진 건 완만한 언덕이 구름 사이로 끊임없이 이어졌기 때문이기도, 앞이 제대로 보이지 않았기 때문이기도 했다.

안개 말고는 아무것도 보이지 않았다.

뱀처럼 두툼하기도, 실보다 가늘기도 한 안개 조각은 탬윈의 다리를 구불구불 감싸 발가락 사이로 미끄러져 나갔다. 머리카락 사이를 스쳐 지나거나 목을 휘감기도 했다. 지금까지 본 안개와는 달리, 이 안개는 땅에서 곧장 솟아오르며 서로 얼키설키 뜨개질을 하는 것처럼 보였다. 게다가 안개는 명석한 머리가 있어서 자기 의지에 따라 움직이는 것처럼 보이기도 했다.

마치 나를 살펴보는 것 같아. 내가 받아들일 만한지 아닌지, 능력이 있는지 없는지.

탬윈은 머리카락을 감싸며 귓불을 간지럽히는 곱슬곱슬한 안개를 밀어내며 혼잣말을 했다.

이윽고 얼굴을 살짝 찡그리며 덧붙였다.

아니면, 가치가 있는지 없는지.

탬윈은 팰리미스트의 옛 탈리온 종족 속담을 떠올리며 얼굴을 찡그렸다.

시간의 강에서 헤엄치려면
영혼은 가치 있고, 동기는 고귀할지라.

적어도 탬윈의 동기는 퍽 괜찮았다! 아발론을 구하겠다는 희망보다 뭐가 더 숭고할 수 있을까? 그리고 그 과정에서 아버지의 여정을 완수하고 아버지의 횃불을 별로 가져가는 일보다 숭고한 게 뭐가 있단 말인가?

탬윈은 눈썹에 붙은 한줄기 안개를 멀찌감치 밀어냈다. 솔직히 말해, 한 가지 동기가 더 있었다. 그다지 숭고하지 않은 동기일지는 모른다. 탬윈은 그저 별에 가고 싶었다. 별 사이를 자유롭게 달리고 싶었다. 스톤루트의 초원과 숲속 빈터를 달리는 걸 좋아했던 것처럼…….

그렇다 하더라도, 자신의 동기가 진정으로 숭고한지 또는 그렇지 않은지는 중요한 문제가 아니라는 걸 알았다. 오히려, 진짜 문제는 자신이 진정으로 가치가 있느냐 없느냐 하는 것이었다. 팰리미스트는 탬윈을 '메이커'라고 불렀다. 머드루트의 엘로니아도 자신을 그렇게 불렀었다. 하지만 자신이 정말로 중요하고 가치 있는 것을 만들어낼 수 있을까?

탬윈은 토끼털보다 더 길게 자란 적 없는 부드럽고 촉촉한 풀밭을 맨발로 터벅터벅 걸었다. 하지만 이상하게도, 발자국은 전혀 남지 않았다.

이것이 삶에서 중요한 것일까? 수많은 곳을 걸어 다녔지만, 아무런 흔적도 남기지 않는 것이?

멀린의 봉우리는 점점 더 높아만 갔다. 꼭대기에 이르려면 얼마나 더 가야 할지, 정말이지 궁금했다. 자신이 정말 시간의 강으로 들어갈 수 있는지 없는지 알아낼 수 있는 장소. 하지만 알 도리가 없었다. 탬윈이 아는 건 이 길이 계속 위로 이어진다는 사실뿐이었다. 그리고 이 길은 늘 안개 자욱한 산을 빙글빙글 돌아서 끊임없이 나선형으로 올라간다는 것뿐이었다.

탬윈은 팰리미스트에게로 생각을 돌렸다. 다재다능한 손가락의 겸손한 공예가. 게다가 지혜도 엄청나게 풍부했다. 팰리미스트는 자연이 내어준 불멸의 선물을 자신의 유한한 손으로 창작하는 것이 목표였다. 시간이 얼마 남지 않은 다급한 상황인데도 자신의 천막 안에서 하룻밤을 자고 가라고 했다. 그런데 이제 이렇게 오랫동안 올라오고 보니, 몇 시간이나마 잠을 잘 수 있었다는 게 무척 다행스러웠다. 게다가, 그 어느 때보다 밤눈이 밝아진 것 같았지만, 탬윈은 별이 진 뒤에 이곳을 걷고 싶지 않았다. 이곳의 짙은 안개는 자신이 지금껏 본 적 없는 짙은 밤을 지독하게도 더 어둡게 만들었다.

하지만 섀도루트만큼 어둡지는 않아.

탬윈은 엘리를 걱정하며 배낭끈을 잡아당겼다. 그러자 그 안에 든 하모나 널빤지가 덜컹 흔들렸다. 반쯤 만들다 만 하프에서 부드러운 소리가 울려 퍼졌다. 팰리미스트한테 받은 줄을 언젠가 꼭 감으리라.

생각에 잠겨, 걱정 속에서도 환하게 웃었다. 하프 소리를 들으면 언제나 기분이 들떴다. 단검이 든 칼집을 톡톡 두드렸다. 칼날은 리타 고르에 대한 그 신비롭고 오래된 단어를 품고 있었다. 언젠가, 이 모든 게 끝났을 때, 하프를 완성할 것이다. 그렇다, 그리고 그걸 마침내 엘리한테 줄 것이다!

우리가 살아남는다면, 꼭 그렇게 해야지. 아발론 또한 살아남아야 해.

탬윈은 마음을 단단히 가다듬고 계속해서 무거운 발걸음을 터벅터벅 옮겼다.

어떻게든 시간의 강으로 들어가는 것이야말로 자신의 유일한 희망이라는 걸 잘 알고 있었다. 고작 얼마 남지 않은 시간 안에 멀리까지 가야 했기에, 다른 건 아무런 소용도 없을 것이다. 팰리미스트는 시간의 강을 '하늘 천막의 솔기'라고 불렀다. 만약 그 강이 정말로 시간을 둘로 나눈다면, 언제나 별 사이에서 움직이지만 현재의 순간을 절대 떠나지 않는다면, 그렇다면 탬윈이 너무 늦기 전에 별에 닿을 가능성은 정말 열려 있었다.

하지만 시간의 강으로 어떻게 들어가지? 멀린은 전설적인 용, 바질가라드의 도움 없이도 어쨌든 해냈다. 하지만 그것은 위안이 되지 못했다. 멀린은, 결국, 멀린이었으니까. 시대를 통틀어 가장 위대한 마법사였으니까.

하지만…… 내 혈관에는 멀린의 피가 흐르고 있어. 우리 아버지, 크리스탈루스의 피가 흐르고 있는 것처럼.

탬윈은 걸음을 멈췄다. 축축한 안개가 얼굴을 짓눌렀다. 배낭에 손을 넣어, 가죽끈으로 감싼 유리 공을 꺼냈다. 아버지의 나침반. 유리 공 표면 위로 안개가 물결쳤다. 하지만 그 안을 들여다볼 수 있었다. 수평의 나침반은 늘 서쪽을 가리키는 반면, 수직의 바늘은 머리 위, 별을 곧장 가리켰다.

크리스탈루스에게는 별에 오르는 방법에 대한 이론이 있었다는 게 생각났다. 그것이 시간의 강과 어떤 관련이 있는지 아무도 알 수 없었다. 확실히 *저 높은 곳의 위대한 말*이 거기에 포함되어 있었다.

탬윈은 고개를 끄덕이며, 크리스탈루스가 위대한 나무의 심재 속에 숨겨둔 편지에 적어놓은 수수께끼를 혼자 되뇌었다.

별을 향해 계속 오르려면,
하늘을 가로질러 도약하려면,
하나의 비밀을 찾아내라.
저 높은 곳의 위대한 말을.

이게 무슨 뜻일까? *위대한 말이 죽으면* 아발론은 몰락할 것이라는 리타 고르의 으스댐과 이 수수께끼가 무슨 관련이 있을까? 장군의 허풍은 페가수스 별자리와 그 한가운데에서 끊임없이 고동치는 별을 지칭한다는 사실을 이제 알았다. 하지만 별자리는 탬윈을 하늘로 데리고 갈 수 없다. 이 수수께끼 속 '위대한 말'에는 탬윈이 알지 못하는 뭔가가 더 있는 걸까? 탬윈은 너무 많은 질문과 턱없이 부족한 대답에 지쳐 얼굴을 찡그렸다.

나침반을 챙겨 넣고 다시 걸었다. 길은 위로 구불구불 이어져 점점 더 위로 이끌었다. 얼마나 높이 올라왔는지 가늠조차 할 수 없었다. 안개가 주변을 모조리 가려 버렸다.

별 또한 가려 버렸다.

리타 고르 또한 별을 가렸어. 하지만 이것과 완전히 다른 방식으로 가렸지.

탬윈은 저 불멸의 전사들이 별들의 어두워진 출입구, 마법사의 지팡이 일곱 개의 별 밖으로 쏟아져 나오는 끔찍한 광경을 떠올렸다.

내가 제때 별까지 올라간다 해도, 어떻게 별을 다시 밝히지? 어떻게 출입문을 닫지?

탬윈이 길게 한숨을 내쉬자 안개가 흩어졌다. 그 방법을 알아내느니, 차라리 크리스탈루스의 수수께끼를 알아내는 게 훨씬 쉬워 보였다. 자신은 아버지의 작은 횃불에 불을 밝힐 능력도 없었다. 하물며 저 커다란 별에 어떻게 불을 밝힐 수 있단 말일까? 그건 황무지 길잡이로서의 기술을 한참 넘어서는 일이다.

분명, 나는 멀린의 피를 물려받았을지도 몰라. 하지만 나는 서툰 어릿광대에 불과해. 어둠의 자식이기도 하다고. 아발론을 파괴할 운명을 지닌 사람…….

서늘한 안개가 탬윈의 코를 미끄러지듯 스쳐 지나갔다.

멀린이 지금 여기 있다면 얼마나 좋을까. 멀린이라면 분명 어떻게 하면 좋은지 잘 알 텐데 말이야!

하지만 멀린은 이곳에 있지 않았다. 탬윈이 풀길을 따라 성큼성큼 올라갈수록, 발자국 소리도 안개 때문에 점점 더 크게 들려왔다. 멀린이 이곳에 없다는 사실만 더욱더 확실해졌다. 하지만 어쩔 수 없이 궁금할 수밖에 없었다. 유한한 것과 무한한 것 사이에 존재하는 세상, 멀린이 직접 씨앗을 심어 태어난 세상, 아발론이 이처럼 끔찍한 위험에 처해 있을 때, 왜 멀린은 지구라고 하는 세상에 머물기로 했을까?

지구에는 그들만의 심각한 문제가 있는 게 틀림없어.

탬윈은 결론을 내렸다. 그러다 문득 궁금해졌다. 멀린이 어느 별의 출입구를 통해 지구로 갔을까?

미처 깨닫기도 전에, 언덕이 평편해지기 시작했다. 처음에는 믿기지 않았다. 변화를 알아차리지 못하고 무척이나 멀리 올라왔기 때문이다. 하지만 사실이었다. 발은 거짓말을 하지 않는다. 길은 분명 완만해지고 있었다.

불현듯, 오솔길이 끝나고 잔디밭 같은 평편한 초원이 펼쳐졌다. 여기가 정상일까? 안개가 너무 짙었기에 쭉 뻗은 팔도 제대로 보이지 않을 정도였다. 탬윈은 주변을 탐색하다 초원이 스무 걸음 정도 둥글게 뻗어 있다는 걸 재빨리 알아차렸다. 나지막한 둥근 돌무더기가 그 가장자리를 빙 둘러싸고 있었다. 원형 돌무더기 밖으로 언덕이 갑작스럽게 깎아 내려갔다.

그래, 여기가 정상이다! 탬윈은 기대에 부풀어, 하지만 무엇을 기대할지 확신이 안 선 채, 바위 위에 털썩 주저앉았다. 돌 표면은 축축한 안개 때문에 미끌미끌했다. 피곤한 다리를 쉬면서, 돌의 부드러운 실루엣을 살펴보았다. 깜짝 놀랍게도, 돌이 풀과 만나는 곳에 빛이 보였다.

곤충 한 마리. 그 곤충을 집어 들자마자, 평범한 곤충이 아니라는 걸 알아차릴 수 있었다. 탬윈은 그 곤충을 손바닥에 부드럽게 올려놓고, 나선형 더듬이, 주황색 날개, 들쭉날쭉 톱니 모양 파란 비늘 그리고 각진 커다란 눈을 살펴보았다.

당혹스러워 고개를 갸우뚱했다. 이 기이한 생명체를 예전에 어디선가 본 듯했다. 하지만 어떻게 그럴 수 있을까?

불현듯 기억났다. 갑자기 웃음이 터져 나왔다. 정말 이 작은 녀석을 본 적이 있었다. 하지만 완전히 다른 모습이었다. 귀리온이 준 다그다의 눈물을 사용했을 때, 잃어버린 동료 헤니를 보고 싶었다. 그런데 헤니 대신 나선형 엄니가 달린 기괴하고 다채로운 용을 보았었다. 그 모습이 너무나도 무서워서 하마터면 그대로 쓰러질 뻔했다. 하지만 그건 정말로 이 곤충이었다. 이 곤충을 수백만 배 확대한 모습이었다.

"넌 용이로구나."

탬윈은 곤충에게 말했다. 이 작은 생명체는 어리석음을 꾸짖기라도 하는 것처럼 탬윈을 향해 더듬이를, 아니면 엄니를 흔들었다.

유쾌하게, 탬윈은 곤충을 다시 풀밭에 내려놓았다. 불현듯, 쿵쿵거리는 발소리가 들려왔다. 누군가 길을 따라 올라오고 있었다. 소리로 보아하니, 급하게 서둘러 달려오고 있는 듯했다.

탬윈은 자리에서 일어나 길 꼭대기 가까이 걸어가, 빽빽한 안개 속을 뚫어지게 쳐다보았다. 하지만 안개 말고는 아무것도 보이지 않았다. 몸을 앞으로 기울여 좀 더 집중해 살펴보았다. 그때…….

안개에서 몸 하나가 불쑥 튀어나왔다. 딱 부딪히는 바람에, 탬윈은 뒤로 훌러덩 넘어지고 말았다.

탬윈은 놀라 어안이 벙벙한 채 풀밭에 누워 있었다. 일어나 앉으려 할 때, 누군가 탬윈에게 덤벼들어 어깨를 잡고 땅으로 밀치더니 험악한 눈동자로 뚫어져라 내려보았다.

18

어둠의 불꽃이라고 부르는 자

탬윈은 그 험악한 눈동자를 알았다.

재빨리 허리를 숙여 옆으로 물러나며 고함쳤다. 그 소리가 안개 속에서 요란하게 메아리쳤다. 허점이 찔린 공격자는 옆으로 날아가더니 이윽고 축축한 풀밭에 쿵 떨어져 내렸다. 멀린의 봉우리 정상에 둘러 있는 돌무더기에서 멀지 않은 곳이었다.

공격자가 움직이기 전에, 탬윈은 그 녀석의 가슴으로 뛰어들어 갈빗대 위에 앉았다. 달아나지 못하도록 확실히 해두기 위해 양쪽 손목을 꽉 잡고 땅에 내리꽂았다. 이제 공격자가 할 수 있는 것은 엄청 커다란 두 손을 땅에 대고 버둥거리는 것뿐이었다.

단, 웃는 것만 빼고.

"이히, 이히, 후후후 아하하하. 분명 내가 널 놀라게 했어, 어설픈 인간아."

귀에 거슬리는 웃음이 터져 나왔다.

"헤니, 이 못된 녀석! 널 수십 번도 더 죽여 버릴 거야, 단……."

탬윈은 훌라의 뻔뻔스러운 미소와 그 익숙한 빨간 헤드밴드를 바라보았다.(헤드밴드는 마지막 보았을 때보다 훨씬 더 너덜너덜했다.) 이윽고 얼굴에 미소가 환하게 번지며 목소리가 한결 부드러워졌다.

"널 만나서 정말 기뻐."

헤니는 웃음을 그치고 걱정스럽다는 듯 두 눈을 가늘게 뜨고는 흐릿한 안개 사이로 탬윈을 뚫어지게 올려다보았다.

"너 괜찮아, 어설픈 인간? 너 거의……."

"바보스러워 보인다고? 나도 알아. 하지만 그건 사실이야. 비참하고 못생기고 쓸모없는 네 얼굴을 보게 되어서 정말 기뻐. 머리가 텅 빈 트롤보다 네 감각이 엉망이라 하더라도 말이야."

마치 석탄이 터지며 불꽃이 이는 것처럼, 훌라의 웃음이 갑자기 다시 돌아왔다. 둥근 눈썹 안에는 불꽃 두 개가 밝게 빛났다.

"그게 훨씬 좋네! 오호, 이히, 나도 너 보고 싶었어."

"헤드밴드는 어떻게 된 거야? 네가 우리 둘을 나선형 폭포 속으로 내동댕이쳤을 때 찢어먹은 거야? 아니면 그 뒤에 하마터면 우리 둘 다 죽음으로 내몰았을 때 찢어먹은 거야?"

탬윈이 빈정대듯 물었다. 이윽고 몸을 바짝 구부렸다. 이제 훌라는 탬윈의 두 눈에 분노가 돌아왔다는 걸 단박에 알아차렸다.

마치 평범한 질문이라도 되는 듯, 헤니는 양심의 가책 같은 표시는 조금도 보이지 않았다. 그저 땅에 그대로 드러누운 채 어깨만 으쓱해 보였다.

"아니, 아니. 헤드밴드가 걸렸어."

"걸렸다고? 어디에?"

"절벽에서 만났던, 용 얼굴에 수퇘지 이빨 달린 녀석한테. 내가 자기 꼬리를 잡아당기는 걸 그 녀석이 좋아하지 않다니, 진짜 웃겨."

탬윈은 화가 났지만 어쩔 수 없이 픽 웃을 수밖에 없었다.

"너 정말 여전하구나, 안 그래? 네가 싫어하는 죽을 고비를 만나지 않았군."

"후후헤헤하 하하. 그건 네 말이 맞아."

훌라가 웃었다. 헤니는 자신을 짓누르는 탬윈 밑에서 살짝 꿈틀거렸다.

"이제 말해봐, 이히, 이히. 이제 좀 내려가 주면 안 돼? 네가 내 갈빗대를 짓누르잖아."

하지만 탬윈은 그 말을 듣고 있지 않았다. 또 다른 동료를 생각하고 있었기 때문이다. 나선형 폭포에서 정말로 목숨을 잃은 친구. 탬윈은 얼굴을 찌푸리며 차분하게 말했다.

"배티 래드를 잃지 않았으면 좋았을걸."

불쑥, 헤니의 마대 자루 같은 옷 안에서 작은 초록색 물건이 느닷없이 튀어나오더니 짙은 안개 사이를 힘차게 날아갔다. 안개 사이를 구불구불 나아가며 빛나는 초록색 흔적을 남겼다.

"오이, 오이, 미친놈. 네가 날 절대 기억하지 못한다고 생각했는데! 아 그래 야 야 야."

날아다니는 물체가 탬윈의 귓가를 스쳐 지나며 꽥꽥거렸다.

"배티 래드!"

탬윈은 벌떡 일어났다. 너무 기뻤다.

"이봐, 어설픈 인간. 넌 날 죽일 기회를 다시 놓친 거라고."

헤니 또한 벌떡 일어나며 놀렸다.

탬윈은 헤니를 째려봤다.

"걱정 마. 곧 다시 기회가 올 테니까."

탬윈은 머리 위에서 윙윙 날아다니는 생명체를 다시 바라보았다.

"그리고 너, 이 쪼그만 초록 악당아! 도대체 날 어떻게 찾아낸 거야?"

배티 래드는 안개 속에서 몸을 휙 뒤집고 희한하게 포물선을 그리더니, 이윽고 탬윈의 이마 위에 미끄러지듯 내려앉았다.

"그거야 간단하지, 미친놈아. 우리는 계속 올라오고 또 올라오고 또 올라왔을 뿐이야. 네가 어디를 그렇게 가고 싶어 하는지 내 뛰어난 머리가 기억해낸 뒤로 줄곧……."

젊은이는 감탄하며 고개를 저었다.

"넌 정말 머리가 뛰어나구나."

배티 래드의 작은 얼굴에 주름이 일며 웃음기를 띠었다.

"여행은 아주 힘들었어, 아 그래. 하지만 가장 힘들었던 건, 분명히, 이 정신 나간 데다 게을러빠진 훌라가 우리 둘 다 죽이지 못하게 막는 일이었어. 그래, 맞아, 맞아!"

"이해해, 친구."

안개를 신나게 두드려대는 헤니는 아무런 반응을 보이지 않았다.

탬윈은 말라깽이 작은 녀석을 내려다보았다. 쥐처럼 생긴 얼굴, 찻잔 모양의 귀, 가죽 같은 날개는 마치 박쥐처럼 보였다. 하지만 몸 주변을 감싼 기이한 빛이 안개를 뚫고 초록색 빛줄기를 환하게 내뿜었다. 그건 그렇고, 배티 래드는 도대체 어떤 종류의 생명체일까? 탬윈은 배티 래드를 처음 만났을 때만큼이나 그 질문에 대한 답을 여전히 찾지 못하고 있었다.

갑자기 바람이 훅 불어와 봉우리 정상에 낀 안개를 흩어놓았다. 출렁이는 커튼 같은 물결에 안개가 옆으로 밀려났다. 동시에, 주변이 밝아지며 새로운 빛줄기가 쏟아졌다.

탬윈은 어른거리는 안개를 응시했다. 갑작스러운 빛이 저 위, 별에서 나오는 건지 아니면 완전히 다른 곳에서 나오는 건지 확신이 서지 않았다. 또 한차례 바람이 불자 주변은 더 밝아졌다. 세 번째 바람이 불어왔다. 바람이 너무 강해 배티 래드의 쭈글쭈글한 작은 날개가 서로 부딪히며 탬윈의 팔뚝을 내리쳤다.

배티 래드는 깜짝 놀라 소리치며, 친구의 가장 가까운 옷 주머니 속으로 뛰어들었다. 바로 그 순간, 안개가 완전히 걷히며 아발론의 별이 모두 모습을 드러냈다. 밝게 빛나는 수백수천 개의 별이 멀린의 봉우리를 비추었다. 너무 밝아, 탬윈과 헤니는 둘 다 몸을 옆으로 돌려야 했다.

즉각 그림자 하나가 이들 위로 내려앉았다. 탬윈은 뭐 때문에 이런 변화가 생겼는지 똑바로 보려고 했다. 거센 바람이 탬윈의 얼굴을 또 한차례 때렸다. 눈에 눈물이 날 정도로 엄청나게 거셌다. 하지만 무엇이 그림자와 바람을 일으켰는지 똑바로 보았다.

날개.

날개 달린 거대한 말이 하늘에서 내려왔다. 말은 날개를 힘차게 저으며 물결처럼 히히힝 울음을 퍼트리며 자신의 도착을 알렸다. 은백색 날개털은 마치 별빛으로 만든 것처럼 보였다. 이윽고 이 거대한 말은 원형 돌무더기 한가운데에 내려앉았다. 남아 있던 안개가 스르륵 흩어졌다.

말은 진갈색 눈동자로 탬윈을 바라보았다. 끝 모를 시간 동안, 둘은 서로를 응시했다. 젊은이와 늙은 말. 말은 탬윈의 영혼을 곧장 뚫어보고 있었다. 마치 한 줄기 밝은 광선이 어둑어둑한 웅덩이에 깊이 닿을 수 있기라도 한 것처럼……. 이 말은, 탬윈 자신이 진정으로 별까지 여행할 가치가 있는지 판단하고 있다는 걸 탬윈은 알아차렸다.

마침내, 말은 우아한 꼬리를 휘두르며 쩌렁쩌렁 울리는 목소리로 탬윈의 마음속으로 곧장 물었다.

"네가 어둠의 불꽃이라고 하는 자인가?"

탬윈은 이 말이 자기 이름을 말하는 걸 듣고 움츠러들었다. 가까스로 주춤주춤 고개를 끄덕였다.

말은 커다란 흰 날개를 곤두세우더니 등에 딱 붙여 접었다.

"나는 스타 갤로퍼(Star Galloper), 아하나야. 나는 네 안의 많은 걸 느낄 수 있어, 어둠의 불꽃."

스타 갤로퍼는 고개를 까닥이며 히힝 울었다.

"네 어머니의 측은지심과 네 아버지의 용기가 느껴지는군. 네 할머니한테 영광스럽게도 물려받은 자유롭게 달리는 기쁨이 느껴져. 그리고 네 할아버지의 선물인 현명해지고 싶은 열망도 느껴지고. 그 밖에도 많은 걸 느낄 수 있지."

탬윈은 몸을 곧추세웠다. 횃불 막대가 등에 닿는 게 느껴졌다. 사실일까? 팰리미스트의 말대로 자신이 정말 별까지 여행할 가치가 있다고 지금 저 말이 말하고 있는 걸까? 저 말이 수수께끼 속의 '위대한 말'일까? 저 말이 자신을 시간의 강으로, 그리고 빛을 잃은 마법사의 지팡이 별로 데려가 줄 수 있을까?

하늘을 나는 말, 아하나는 탬윈을 좀 더 지켜보았다. 눈이 가늘어졌다.

"하지만 네가 가치가 없다는 걸 말해줘야겠군. 그래, 너는 완전히 가치가 없어."

말은 앞발을 들어 이끼 낀 풀을 쿵 밟았다.

탬윈은 당혹스러워 휘청거렸다.

"하지만 아발론! 별! 리타 고르가……."

아하나는 기운차게 히힝 울며 탬윈의 말을 끊었다.

"조용, 어린 신출내기."

말은 귀를 빙글 돌리며 곧장 탬윈을 가리켰다.

"나는 네 할아버지, 멀린 또한 가치가 없다고 말하려고 했어. 하지만 그렇다 하더라도, 나는 멀린을 태우고 별까지 가기로 선택했지."

탬윈은 꼼짝 않고 서 있었다.

아하나는 공기 중에 떠도는 안개 뭉치처럼 부드럽게 탬윈 가까이 다가왔다. 이제 너무 가까워서 얼굴에 닿는 따뜻한 숨결이 느껴졌다.

"그래서, 널 데리고 갈 거야."

말이 선언하듯 말했다.

"고마워."

탬윈은 고마워하며 자그맣게 속삭였다.

탬윈의 말에 대답하는 대신, 아하나는 헤니를 향해 귀 하나를 까딱 움직였다. 그러자 옆에 멀찍이 서 있던 헤니의 둥근 눈썹 아래 눈동자가 갑자기 휘둥그레졌다. 헤니는 몇 걸음 뒤로 물러났다. 너무 서둘러 가느라 둥근 돌에 걸려 땅에 고꾸라지고 말았다.

탬윈이 웃음을 꾹 참으며 물었다.

"저 홀라한테 뭘 어떻게 한 거지?"

날개 달린 말은 즐거운 듯 콧방귀를 뀌었다.

"난 그저 저 녀석 마음에 대고 말했을 뿐이야. 계속 내 꼬리를 잡아당길 생각을 해대면, 발로 뻥 차서 다음 나뭇가지 영토로 확 날려 버리겠다고 말이야."

"네가 저 녀석 마음을 잘 읽었네."

"네 마음을 잘 읽는 것처럼, 어둠의 불꽃."

탬윈은 침을 삼키며, 주제를 바꿀 질문을 어서 하고 싶었다.

"그렇다면, 네가 정말 저 높은 곳의 위대한 말이니?"

아하나가 고개를 흔들자 일렁이는 갈기가 별빛 속에서 잔물결을 일으켰다.

"모두 나를 그렇게 불렀지. 하지만 내게 가장 위대한 말은 페가수스야. 그 별자리는 내 집이기도 하지. 너도 알겠지만, 나는 그곳의 중심에 있는 별 주위를 끊임없이 날아, 페가수스의 심장이라고 부르는 별 주위를. 나는 그곳을 뛰어다니지."

탬윈은 멀린의 옹이구멍에서 바라보았던 그 별을 떠올렸다. 그 별은 정말이지 생명으로 고동치는 것처럼 보였었다. 한순간에 탬윈은 깨달았다.

"네가 페가수스의 심장 주위로 날아다니는 건, 네가 아발론과 별 사이를 계속 지나가는 방식은, 저 아래에서 볼 때는 그 별이 고동치는 것처럼 보여."

"그렇겠지. 심장이 계속 뛰게 하는 게 내 임무니까. 심장을 안전하게 지키는 것. 멀린이 내게 부탁한 뒤로 내가 맡아온 임무야. 마지막 순간에 내가 멀린을 아발론 밖으로 데려다줬을 때."

아하나가 생각에 잠겨 말했다.

"멀린이 네게 부탁했다고? 왜?"

"왜냐하면 저 별, 페가수스의 심장은 지구로 가는 출입구니까! 멀린이 그곳을 지켜달라고 내게 부탁했어. 자신이 그곳을 통해 다른 세계로 갔기 때문이 아니야. 리타 고르가 아발론을 정복한 뒤, 또 정복하고자 하는 세계가 바로 지구라고 멀린은 믿었거든."

말은, 갑작스레 부르르 떨며 재빨리 빙그르 한 바퀴를 돌았다. 눈과 발굽이 별 아래에서 반짝였다.

"멀린이 옳았어! 바로 이 순간에, 끔찍한 용 한 마리가 어둠의 마술로 별의 불꽃을 공격하고 있어. 별의 불꽃을 끄고 출입문을 열려고 하고 있어."

탬윈은 숨이 멎을 듯했다.

"그 용은……."

"리타 고르지. 분명해. 나는 그자와 싸우기 위해 남아 있었어. 내 온 힘을 다해. 하지만 다그다가 환영(幻影)으로 직접 내게 나타나 말했어. 심장 근처를 그만 돌라고. 수 세기 만에 처음으로. 그리고 번개처럼 빠르게 달려 이 산꼭대기로 가라고. 다그다는 내가 이곳에서 어둠의 불꽃이라고 하는 자를 만나게 될 거라고 했어. 비록 어리숙하고 그 이름도 보잘것없지만, 리타 고르를 막을 수 있는 유일한 사람이라고 했어."

말은 발굽을 쾅쾅 구르며 콧구멍을 벌름거렸다.

아무리 애써도, 탬윈은 목구멍의 덩어리를 삼킬 수 없었다.

"왜 다그다가 직접 와서 리타 고르와 싸우지 않는 걸까?"

탬윈이 쉰 목소리로 물었다.

"다그다의 방식을 몰라서 그래? 다그다와 로리란다, 리타 고르 같은 강력한 불멸의 정령들, 그리고 마법사의 힘을 지닌 극소수의 유한한 생명체가 별의 출입구를 열 수 있어. 그렇게 그들은 세계 사이를 오가며 자신의 추종자들을 데리고 다니지. 하지만 다그다는 아주 오래전에 그 힘을 절대 사용하지 않겠다고 맹세했어. 그렇게 하면 각각의 세계가 지닌 기본적인 독립성을, 자신의 운명을 스스로 결정할 권리를 해치게 되니까. 그래서 다그다가 아발론에 올 때마다, 직접 오지 않고 환영의 모습으로만 나타나는 거야. 그게 바로 다그다가 멀린으로 하여금 세계 사이를 움직이지 못하게 한 이유이기도 해. 그래서 멀린은 지구에 영원히 남아 있어야 하는 거야."

말은 위풍당당한 그 머리를 별을 향해 살짝 치켜들었다.

"하지만 지금은 비상 상황이라고! 아발론은 위험에 빠졌어. 그 어느 때보다 더. 지구를 포함해 리타 고르가 이곳에서 갈 수 있는 다른 세상들도 마찬가지고."

탬윈이 이의를 제기했다.

아하나가 요란하게 콧바람을 불어댔다.

"다그다가 그걸 모를 것 같아? 다그다도 분명 엄청 고통스러울 거야. 자신의 기본적인 원칙을 포기하든지 아니면 아발론이 끔찍한 공격을 당하게 내버려 두는 것. 아무리 신이라 할지라도 그건 무척 힘겨운 딜레마일 거야."

"그게 바로 리타 고르가 노리는 거야. 우리한테 시간이 얼마나 남았지?"

젊은이가 비통하게 물었다.

"하루. 그 이상은 없어."

말은 뒷다리로 서서 '천 개의 숲' 별자리를 향해 히힝 울어댔다.

"내가 시간의 강을 타고 널 찾으러 이곳으로 날아올 때, 아발론을 사후 세계와 갈라놓고 있는 일곱 개 암흑의 출입구로 불멸의 전사들이 몰려나오는 모습을 봤어. 그 녀석들은 저 위에 모여, 지도자가 명령을 내리기를 기다리고 있어. 그 녀석들의 지도자는 물론 리타 고르야! 그 녀석들은 어쩐지 리타 고르와 연결되어 있는 것 같아. 난 느낄 수 있어."

"그리고 아발론에 대한 공격 신호는 페가수스의 심장이 어두워질 때고."

탬윈이 선언하듯 말했다.

"그러면 어서 날아가자!"

커다란 말은 탬윈이 오를 수 있도록 몸을 숙여 왼쪽 앞발을 앞으로 구부렸다. 탬윈은 말에 올라타 자기 물건을 챙기고, 그 커다란 어깨 위에 자리 잡았다. 갈기를 움켜잡고 호기심 어린 눈빛으로 헤니를 흘끗 쳐다보았다. 즉각, 훌라는 풀밭을 가로질러 달려와 젊은이 뒤, 말 등에 뛰어올랐다.

"날 꽉 잡아."

탬윈이 헤니에게 말했다. 이윽고 옷 주머니의 자그마하게 튀어나온 부분을 톡톡 두드리며 덧붙였다.

"너도, 꼬마 친구."

아하나는 똑바로 서서 빛나는 갈기를 흔들었다. 말은 대기를 가르며 강력한 날개를 펼치고 히히힝 울어대면서 단단한 다리를 구부려 하늘로 뛰어올랐다.

그건 이들을 하늘까지 곧장 데리고 갈 도약이었다.

19

스타 갤로퍼

스타 갤로퍼, 아하나는 하늘로 도약해 탬윈을 더 높은 곳으로 재빨리 실어 날랐다. 은백색 날개를 힘차게 저을 때마다, 어깨 근육에 힘이 들어가는 게 느껴졌다. 거인이 숨을 쉬듯, 바람이 세차게 불어왔다.

뭉게구름 너머로 별들이 저 위에서 밝게 빛났다. 너무 밝아서 직접 쳐다볼 수도 없었다. 대신, 탬윈은 자신들을 하늘로 데리고 가는 날개 달린 말을 지켜보았다. 앞으로 기운 두 귀, 갈기 위에 반짝이는 빛, 끊임없는 날갯짓…….

헤니는 탬윈 바로 뒤에 앉아, 커다란 두 손으로 동료의 허리를 꽉 움켜잡았다. 놀랍게도, 고도가 점점 높아지자 헤니의 장난기가 자취를 감추었다. 무례한 웃음도 가셨다. 하늘을 나는 경이로움 때문이든, 탐험의 진지함 때문이든, 또는 아하나가 했던 무시무시한 위협 때문이든, 구름을 뚫고 올라가는 동안 헤니는 잠자코 앉아 있었다.

한편, 배티 래드는 이처럼 높이 나는 게 꽤 겁이 나는 듯했다. 이따금 텁수룩한 작은 머리를 옷 주머니 밖으로 배꼼 내밀었다. 컵 모양 두 귀가 바람을 뚫고 항해하는 작은 돛처럼 펄럭거렸다. 하지만 그것도 잠시,

공포에 비명을 지르며 주머니 안으로 쏙 들어가 버렸다.

탬윈은 두려움을 전혀 느끼지 않았다. 오히려 날아갈 듯 점점 기분이 좋아졌다. 자신과 자신의 세상에 앞으로 어떤 위험이 도사리고 있든, 바로 지금 자신은 이곳을 날고 있었다. 별을 향해 하늘을 날았다!

엘리가 지금 여기 있으면 얼마나 좋을까. 엘리는 이렇게 구름 사이를 뚫고 하늘로 날아오르는 걸 정말 좋아할 텐데. 언젠가, 어쩌면, 우리가 함께 이렇게 날 수 있겠지. 우리 둘 다 오늘 살아남는다면…….

탬윈은 생각에 잠겼다.

날개 달린 거대한 말은 구름 뭉치 사이를 뚫고 들어갔다. 별빛이 그 어느 때보다 밝게 빛났다. 탬윈은 아하나의 갈기를 잡고 있던 손 하나를 놓고 눈을 가렸다. 하지만 그렇게 해도 별 소용이 없었다. 영원히 이렇게 눈을 가릴 수는 없었다. 늘 한 손을 이마에 올리고서 어떻게 리타고르를 마주할 수 있단 말인가.

한순간, 탬윈은 팰리미스트가 가르쳐준 빛의 밝기를 줄이는 노래를 떠올렸다. 하지만 불타는 석탄 빛을 가리기 위해 고안된 공예가의 소박한 노래가 그 석탄 빛보다 훨씬 강력한 별빛을 상대하는 데 무슨 도움이 될까?

"아니."

아하나가 탬윈의 생각을 듣고 대답했다. 이윽고 탬윈의 마음을 향해 덧붙여 말했다.

"하지만 네가 그 짧은 노래를 부르면, 내가 그 안에 내 힘을 불어넣을 거야. 내가 별 사이에서 그 불꽃에 눈이 멀지 않은 채 살 수 있게 해준 힘을."

그래서 쌩쌩 움직이는 말 날개의 리듬에 맞춰, 팰리미스트가 가르쳐준 노래를 읊조렸다.

그대를 축복한다, 불타는 석탄 빛,
별의 재,
머나먼 곳에서 온 힘.

내면의 영혼을 찾을 수 있게 나를 도와줘.
별빛은 결코 억눌리지 않아,
영원히 신성해.

내 유한한 눈이 받아들일 수 있도록 해줘
그대 불멸의 불꽃을,
오직 그대 이름 안에서.

볼 수 있는 힘을 내게 줘,
내 정신이 고양되도록 해줘.
그대의 영원한 선물을.

탬윈이 마지막 문장을 읊조리자 주변 빛이 모조리 갑자기 변했다. 어두워진 건 아니다. 하지만 더 이상 빛 때문에 눈이 따갑지는 않았다. 오히려, 빛은 깊고 풍성해졌다. 나무에 기름을 칠하면 나뭇결이 깊어지는 것처럼……. 아하나의 날개 깃털에서부터 저 아래 안개에 뒤덮인 산에 이르기까지 모든 게 더 또렷하고, 명확하고, 완전해 보였다. 세세한 것들이 그 어느 때보다 크게 보였다.

탬윈은 위를 올려다보았다. 평생 처음, 별 자체를 진짜로 보았다. 무지개 빛깔 불꽃으로 빛나는 완벽한 원. 물질적인 것이 아니라 영적인 것처럼 보였다. 현실의 영역이라기보다는 이데아의 영역에 가까웠다.

이윽고 하늘 한가운데를 가로지르며 흘러가는 빛줄기가 보였다. 하늘이 아니라 시간을 반으로 나누고 있는 것. 늘 현재에서 흐르는 시간의 강. 여행자들이 가까이 다가가자, 별과 마찬가지로, 시간의 강은 점점 더 밝게 빛났다.

스타 갤로퍼, 아하나가 날개를 움직일 때마다 탬윈은 저 높은 영토에 점점 가까이 다가갔다. 어린 시절부터 유심히 살펴보던 수많은 별자리를 단박에 알아보았다. 위대한 말이 더 높이 올라가면서 별의 모양이 변하기 시작했지만, '서클(Circles)로 알려진 '이중 고리 별'을 못 알아볼 수는 없었다. 드루마디안 사람들은 그 별을 '미스터리(Mysteries)'라고 불렀는데, 수많은 노래에 영감을 주고 신성한 일곱 요소에 축복을 줬다. 또한 트위스티드 트리(Twisted Tree)를 놓칠 수도 없었다. 별이 박힌 나뭇가지가 하늘을 가로질러 멀리 뻗어 있었다. 이윽고 아하나의 집, 페가수스가 보였다. 정확히 별자리 한가운데에서 심장이 강렬하게 빛났다.

불현듯, 어둠의 얼룩이 심장 안으로 침투해 점점 늘어나서 그 빛이 흐려지고 있다는 걸 알아차렸다. 잠시 뒤, 어두워지는 별의 가장자리 밖에서 뭔가를 보고 탬윈은 몸서리쳤다. 작은 검은 얼룩이 보였다. 좋아진 시력 덕분에 그 얼룩을 볼 수 있었다. 페가수스의 심장보다는 훨씬 작았지만, 그것은 분명 심장을 공격하고 있었다. 어둠의 번갯불을 별에 쏘아대고 있었다. 용의 모습을 한 리타 고르!

탬윈은 시간의 강으로 시선을 돌렸다. 늦지 않게 시간의 강에 도착할 수 있을까? 시간의 강은 리타 고르를 막기 위해 페가수스의 심장으로 곧장 갈 수 있는 유일한 희망이었다.

탬윈은 걱정스러운 표정으로 별을 흘끗 바라보았다. 그 별이 어두워지면, 지구로 가는 출입구가 열릴 것이다. 탬윈은 하늘의 다른 한쪽으로 시선을 돌려 일곱 개의 가느다란 원을 바라보았다. 마법사의 지팡이 별자리는 시커멓게 변해 있었다. 저기는 사후 세계로 가는 출입구였다. 리타 고르의 전사들이 그곳에서 끝도 없이 쏟아져 나와 유독 가스처럼 아발론으로 들어오고 있었다.

바로 그때 탬윈은 아발론의 출입구 옆에 이미 와 있는 전사들이 이제 막 들어오는 전사들에 비해 훨씬 더 음침하고 강력해 보인다는 걸 깨달았다.

그래! 저 녀석들은 모습을 갖춰가고 있어. 리타 고르가 그랬던 것처럼. 유한한 세상에서 움직이며 싸우기 위해서.

저 전사들이 어떤 형체를 갖추고 있는지 아직 정확히 알 수는 없었지만, 분명 전쟁을 위해 고안된 것임을 확실히 느낄 수 있었다.

마치 자신도 리타 고르와 그 전사들을 보기라도 한 것처럼, 아하나는 더 빨리 날개를 움직였다. 흐르듯 드리운 갈기가 별빛으로 반짝거렸다. 탬윈은 무척이나 우아하고 강인한 아하나를 보며 한 줄기 희망을 느꼈다. 그리고 다시 한번, 하늘을 나는 기쁨을 느꼈다.

이윽고 뭔가 새로운 게 탬윈의 주의를 끌었다. 그건 바로 위대한 나무의 나뭇가지였다. 무척이나 우아하게 휜 나뭇가지가 별의 바다를 가로질러 그늘진 반도처럼 쭉 뻗어 있었다. 잔 나뭇가지 위로 밝은 별이 반짝거렸다.

나뭇가지는 별로 가는 진정한 통로였다! 탬윈은 아하나의 갈기를 꽉 잡은 채 경이로움에 흠뻑 취했다. 수천 개의 별이 하늘에 가득 찼다. 그 별은 모두 아발론의 위대한 나무와 연결되어 있었다. 별은 위대한 나무의 거대한 나뭇가지에 매달리고 그 나무둥치를 둘러쌌다. 빛으로 이루어진 천상의 과실 같았다.

이제, 마침내 나는 깨달았어.

탬윈은 아발론의 위쪽 구역을 뚫어져라 들여다보았다. 이윽고, 불쑥 영감이 떠올라 더 많은 깨달음을 얻었다.

별은 위대한 나무와 진정으로 연결되어 있었기에, 위대한 나무의 신성한 엘라노가 별 안으로 흘러들었다. 엘라노가 뿌리로, 나무둥치로, 나뭇가지로 흘러들어 간 것처럼. 아침마다 부풀어 오르고 저녁마다 줄어드는 엘라노의 리드미컬하고 규칙적인 흐름은 위대한 나무가 숨 쉬는 방식이었다. 별의 불꽃이 그 마법의 숨결을 느끼고 그 숨결로 타올랐기에, 별은 그 마법을 출입구 안으로 가져갔다. 그렇다, 그 마법을 다른 세상들로 퍼트려줬다. '천 개의 숲' 별자리 안의 모든 나무와 씨앗에게…….

탬윈은 만족스러워 씩 웃었다. 자신이 마침내 질문에 대답했다는 걸 알았으니까. 아발론의 음유시인과 현인들 그리고 하늘을 지켜보는 사람들을 수 세기에 걸쳐 당혹스럽게 했던 질문. 왜 별은 아침마다 밝아졌다가 저녁에 다시 흐려지는가?

모든 게 엘라노의 흐름 때문이야. 수많은 것들이 서로 연결되어 있기 때문이야! 이 높은 곳의 별빛은 실제로는 나무둥치 깊숙한 곳, 귀리온의 동굴에 있는 엘라노 빛(elanolight)과 연결되어 있어. 내가 이해조차 할 수 없는 수많은 것들과 연결되어 있는 거라고.

탬윈은 혼잣말을 했다.

고개를 숙여 아래를 내려다보았다. 세차게 휘젓는 커다란 날개 사이로, 저 아래 뿌리-영토를 유심히 살펴보았다. 위대한 나무에서 아주 멀리 삐죽 튀어나온 스톤루트는 별빛을 곧장 받아 엄청나게 환하게 빛났다. 군데군데 붉은 연기로 덮인 파이어루트도 보였다. 우드루트는 진초록으로 감싸여 있었다. 워터루트는 무지개 바다의 수많은 색으로 춤을 췄다. 그리고 그곳에, 위대한 나무의 모습 때문에 영원히 그늘이 드리워진 가장 어두운 영토가 있었다.

섀도루트. 지금 엘리가 있는 곳. 엘리는 '하얀 손'을 찾아냈을까? 주술사와 리타 고르를 위해 봉사하는 오염된 수정을 찾았을까? 탬윈의 시간처럼, 엘리의 시간 또한 빠르게 흘러가고 있었다.

느닷없이, 아하나는 오른쪽으로 방향을 틀었다. 갈기를 잡은 탬윈의 손에 힘이 들어갔다. 탬윈의 허리를 감싼 헤니의 손에도 힘이 들어갔다. 말이 왜 갑자기 방향을 돌렸는지 보려고 몸을 돌렸을 때, 우르릉 쾅쾅 요란한 소리가 들려왔다. 마치 하늘 전체에 뻗어 있는 북에서 소리가 흘러나오는 것 같았다. 이윽고 엄청난 빛이 파도처럼 이들을 향해 몰려왔다. 파도처럼 보였다. 그리고 별처럼 반짝였다.

시간의 강으로 들어선 것이다.

빛의 물결이 이들을 완전히 덮어 버렸다. 탬윈이 느낄 수 있는 건 아래쪽 말의 근육질 등뿐이었다. 볼 수 있는 건 주변에서 끓어오르는 거품뿐이었다. 둔탁한 북소리는 규칙적으로 계속 울려 퍼졌다. 빛의 불꽃이 사방에서 끊임없이 터져 나왔다.

그런데 가장 기이한 건 시간에 대한 탬윈의 경험이었다. 아니, 정확히 말해 시간의 결핍에 대한 경험이었다. 아무리 노력해도 과거 또는 미래, 어제 또는 내일이 느껴지지 않았다. 시간이라는 개념에 대한 뒤죽박죽

일관성 없는 기억뿐이었다. 모든 건 지금, 현재의 순간뿐이었다. 오직 그것만이 존재했다. 나머지는 모두 한낱 꿈이었다. 시간이 문제 되지 않았기에, 개인과 개인이 이끌어낸 선택 또한 중요하지 않았다.

그럴 리 없어.

탬윈은 스스로에게 열심히 상기시켰다. 분명 어제는 있었다. 그리고 내일 또한 있을 것이다……. 리타 고르가 파괴하지 않는 한. 그래서 모든 개인들이, 아무리 작고 서툰 사람이라 하더라도 가치가 있을 수 있다.

하지만, 탬윈이 그 믿음에 집착하는 동안, 자신이 얼마나 오랫동안 시간의 강을 타고 흐르고 있는지 가늠할 수 없었다. 빛나는 거품이 주변에서 소용돌이치며 움직였지만, 언제나 현재 안에서 흐를 뿐이었다. 그런데 이 빛나는 물결 밖의 세상에서는 이곳에 존재하지 않는 많은 시간이 문제가 될 것이다.

불현듯, 아하나의 어깨에 힘이 들어가며 바싹 긴장했다. 강력한 날개를 힘차게 움직이며 히히힝 울음을 울었다. 그 울음이 요란한 파도 소리 너머로 솟구쳤다. 동시에, 아하나는 발을 힘차게 찼다. 그래서 빛나는 거품이 엄청난 빛을 내며 폭발했다.

즉각, 거품이 사라졌다. 그와 함께 시간이 사라진 것처럼 감각도 사라졌다. 이제 힘껏 날갯짓하는 아하나의 날개가 보였다. 아하나는 시간의 강의 일렁이는 파도 위를 빙글빙글 돌았다.

탬윈은 숨을 크게 들이쉬며 공기를 음미했다. 저 아래 영토의 공기보다는 희박했지만, 아발론의 향기를 여전히 머금고 있었다. 거기에 뭔가 더 있었다. 미래에 대한 감각, 자신이 할 수 있는 선택에 대한 감각. 그리고 자신이 변화시킬 수 있는 시간에 대한 감각…….

충만한 생동감이 다시 느껴졌다. 탬윈은 몸을 앞으로 숙여 말의 목을 꼭 껴안았다. 땀으로 축축한 말의 갈기가 뺨에 느껴졌다.

아하나, 앞으로 어떻게 될지 모르지만, 네가 내게 준 이 모든 것에 감사해. 이 느낌. 이 비행…….

"너한테 줄 게 더 있어, 어둠의 불꽃. 비록 작기는 하지만, 네게는 수많은 세상을 구할 기회가 있어."

아하나는 몸을 돌려 넓은 날개를 쭉 뻗고 귀를 앞으로 치켜세웠다.

"잘 봐, 페가수스의 심장이야."

아하나가 선언하듯 말했다.

탬윈이 상상했던 그 어떤 것보다 거대한 무지개 빛깔 원이 이들 앞에서 빛을 냈다. 그 길고도 어마어마한 둘레와 비교할 때, 이들은 그저 먼지 티끌에 불과했다. 빛나는 그 거대한 불꽃에 비교할 때, 한 점 재에 불과했다. 그 크기는 무적으로, 불변으로 보였다.

하지만 탬윈은 별 안에서 셀 수 없이 많은 들쭉날쭉한 틈을 보았다. 꺼진 석탄처럼 시커먼 틈은 점점 벌어지고 있었다. 빠른 속도로 커지며 불꽃을 꺼트리고 있었다. 마치 어둠의 발톱으로 상처 입은 구멍 같았다.

"용의 짓이야. 이제 너와 내가 녀석을 마주할 시간이야."

아하나가 탬윈의 시선을 따라가며 단호하게 말했다.

아하나는 고개를 숙이고는 날개를 기운차게 움직였다. 이제 이들은 페가수스의 심장 아래쪽을 향해 방향을 틀었다.

"녀석은 저 아래에 있어, 별에게 주문을 걸고 있어. 그건 내가……."

아하나는 말을 끝맺지 못했다. 탬윈처럼, 아하나 또한 용이 어디에도 보이지 않는다는 걸 갑자기 깨달았기 때문이다.

아하나는 날개를 저으며, 더 자세히 살펴보려 아래로 내려갈 채비를 했다. 하지만 그 순간, 탬원이 전혀 예상하지 못한 소리가 들려왔다. 목소리였다! 엘리의 목소리. 그럴 리가 없었다. 하지만 목소리는 정말이지 진짜처럼 생생하게 들렸다. 그 소리가 마음으로 들려온 것인지 아니면 귀로 들려온 것인지 알 수 없었다. 하지만 그 메시지는 너무나도 분명했다.

"탬원! 조심해!"

탬원은 말의 갈기를 힘껏 잡아당겼다. 말이 급격히 왼쪽으로 방향을 틀었다. 아하나가 화난 듯 힝힝거릴 때, 커다란 검은 꼬리가 자신들이 있던 바로 그곳을 채찍처럼 내리쳤다. 꼬리가 살짝 빗나가고 말았다. 아하나의 날개에 바람이 불어와 깃털이 흩날렸다.

"리타 고르! 우리 뒤에 있어!"

탬원이 소리쳤다.

20
두 무리의 군대

초록색 불꽃이 요란하게 터지며, 브리오나가 관문을 뚫고 나왔다. 손과 무릎이 축축한 갈색 땅바닥에 닿으며 떨어졌지만, 요정의 민첩함을 발휘해 벌떡 일어났다. 등의 상처를 찌르는 화살통을 고쳐 멨다. 진초록 눈동자로 주변 지형을 살폈다.

머드루트의 일렁이는 평원이 사방으로 뻗어 있었다. 청명한 한낮의 별빛 아래, 이곳 풍경은 한결같은 갈색으로 빛났다. 이따금 깜빡거리는 관문의 초록 불빛, 진흙으로 뒤덮인 바위의 짙은 그림자만이 그 색을 망가트렸다. 하지만 이 땅은 곧 새로운 색, 시뻘건 핏빛으로 물들게 되리라는 걸 브리오나는 알았다.

이곳이 바로 이센위 평원이었으니까.

서로 대치하고 있는 두 무리의 군대가 눈에 들어왔다. 3킬로미터 정도의 진흙투성이 평지가 이 두 개의 진영을 갈라놓고 있었다. 하지만 끝 모를 깊은 간극이 세상에 대한 이들의 견해를 갈라놓았다. 그러니까, 이 전투가 그 세상의 운명을 결정하게 될 것이다.

다행스럽게도, 관문은 아발론을 소중하게 여기는 사람들과 동료 요정들의 군대에 훨씬 가까이 있었다. 아발론의 자유롭고 마법적인 존재들은 조화와 상호 존중 속에서 살기 위해 노력했다. 즉각, 브리오나는 우드루트와 머드루트에서 알고 지낸 몇몇 요정들을 알아차렸다. 어린 시절 친구, 에일린도 거기 있었다. 에일린은 목공 장인이 되기 위해 훈련 중이었다. 에일린과 눈길이 마주치자, 브리오나는 고개를 끄덕여 인사를 나누었다. 그러자 친구는 입맞춤을 날려 행운을 빌어줬다.

브리오나는 입맞춤을 날리며 궁금했다.

너희 느릅나무 집 나뭇가지에 앉아 다시 개암차를 마실 수 있을까?

브리오나는 땋은 머리를 손가락으로 초조하게 만지작거렸다. 그 대답을 알 수 없다는 걸 알았으니까.

에일린에게서 시선을 거두고 자유 시민군 전사들을 훑어보았다. 그 사람들이 전혀 전사답지 않아서 깜짝 놀랐다. 류의 동료 사제 사오십 명은 모두 드루마디안 녹갈색 옷을 입었는데, 거기에는 참나무로 깎은 걸쇠가 달려 있었다. 요정들과 달리, 이들 중에는 활과 화살을 든 사람이 아무도 없었다. 오직 소수만이 칼이나 창을 들었다. 그 옆에는(어떤 경우에는, 그 어깨 위에) 충실한 메리스들이 있었다. 다람쥐, 수사슴, 암사슴, 매, 강아지, 도마뱀, 올빼미, 요정 또는 나무 정령 등……. 저 동반자들은 원래 다른 살아 있는 생명체들과의 기본적인 유대를 잊지 않도록 드루마디안들과 짝을 이루었다. 브리오나는 그 모습을 보고 눈살을 찌푸렸다. 그처럼 가치 있는 이상이 얼마나 큰 한계가 있는지, 그 한계가 얼마나 많은 목숨을 앗아갔는지 생각하니 슬퍼졌다.

요정과 드루마디안 옆에는 백여 명 넘는 여자와 남자들이 있었다. 이들은 벨라미르의 인류 우선 운동의 부름에 저항했다. 저 사람들은 사제들보다는 튼튼해 보였지만, 분명 훈련받은 군인은 아니었다. 많은 사람들이 쟁기보다 날카로운 무기로 싸워본 경험이 결코 없는 것처럼 보였다. 그저 바위투성이 척박한 땅에서 밭고랑을 일구기 위해 고군분투하며 살아왔을 뿐이다. 저들이 지닌 얼마 안 되는 무기는 오랫동안 사용하지 않아 녹슬고 금방이라도 부서질 것처럼 보였다.

브리오나는 전쟁터에서 자기 몫을 해낼 몇몇 사람들을 발견하고 살짝 마음이 놓였다. 거인 서너 명이 있었는데, 뿌리 채 뽑아 든 나무를 곤봉처럼 휘두를 수도 있었다. 적어도 스무 명 정도의 건장해 보이는 소인이 양날 도끼를 어깨에 둘러멘 채 근처에서 나아가고 있었다. 튼튼한 팔과 뿌리의 나무 정령 열두 명 이상이 군중 틈에 서 있었다.

한 무리 독수리 종족 사람들이 넓은 날개를 활짝 편 채 하늘에서 선회하는 모습이 눈에 들어왔다. 그 모습을 보자 브리오나의 심장이 마구 뛰었다. 저들이 엄청나게 뛰어난 전사들로 이루어졌기 때문만은 아니었다. 하지만 그 흥분은 순식간에 사라졌다. 자신이 너무나도 보고 싶어 하는 독수리 인간이 거기 없었기 때문이다.

브리오나가 타닥타닥 타오르는 관문의 불꽃 옆에 서서 스크리가 어떻게 되었을까 의아해하고 있을 때, 안개 요정 무리가 그 옆을 지나쳤다. 너무 가까이서 날아갔기에 윙윙 움직이는 파란 날개가 뺨에 닿을 정도였다. 안개 요정을 보자 브리오나는 즉각 현재의 순간으로 생각을 돌렸다.

요정 종족도 아발론을 지키기 위해 왔어!

부드러운 노란색 스타플라워 요정 한 무리도 눈에 띄었다. 풀로 뒤덮인 몇몇 이끼 요정들은 작은 고무줄 새총을 들고 왔다.

이윽고, 저만치 갑옷을 입은 사람 한 무리가 보였다. 브리오나는 저들이 이곳에 있다는 걸 알고 요정을 보았을 때보다 훨씬 더 깜짝 놀랐다.

플레임론. 이들의 위로 쭉 뻗은 주황색 눈은 분노로 이글거렸다. 플레임론은 용암의 열기를 내뿜으며 몇 시간 동안이나 타오를 수 있는 나무로 자신들의 불꽃을 어루만졌다. 그 곁으로 거대한 불 황소도 몇 마리 보였다. 심홍색 긴 뿔로 곱스켄을 쉽게 찌르거나 묵직한 화약통을 전쟁터로 끌 수 있었다.

그리고 정말로 플레임론은 묵직한 화약통을 가지고 왔다. 브리오나는 저들의 엄청난(그리고 무척 독창적인) 무기를 그저 멍하니 바라볼 수밖에 없었다. 대부분 할아버지의 이야기에서 들어본 적이 있었다. 거기에는 철 받침대 위에 올려 있는 커다란 활도 있었는데, 그 활로 불타는 창을 5킬로미터 이상 떨어진 곳까지 쏠 수 있었다. 적을 향해 활활 타오르는 타르 덩어리를 쏠 수 있는 커다란 투석기, 그리고 커다란 바퀴도 있었다. 마치 그 무기들로는 충분하지 않다는 듯, 플레임론은 빛나는 금속 칼, 도끼, 망치, 창, 뾰족한 곤봉도 한 무더기 들고 있었다. 모두 이들의 그 유명한 노에서 정교하게 만든 것이었다. 그중에서도, 브리오나가 할아버지한테 배운 것처럼, 플레임론은 자신의 손으로 불덩이를 곧장 던질 수 있었다. 단, 손으로 직접 던지면 몸이 금방 망가지기 때문에, 최후의 수단으로 사용해야 했다.

브리오나는 허리에 손을 얹은 채 이들을 지켜보았다. 호전적인 플레임론이 이 전쟁에 합류하기 위해 파이어루트에서 여기까지 먼 길을 줄곧 왔다는 게 그리 놀랍지는 않았다. 플레임론이 이쪽 편에 합류하기로 결정했다는 사실이 놀라웠다. 결국, 수많은 플레임론이 사실상 리타 고르를 숭배했다. 아발론에 사는 거의 모든 사람들처럼 리타 고르를 전쟁의 신으로 숭배한 건 아니다. 플레임론은 리타 고르를 창조의 신으로 바라보았다. 자신들을 새로운 권력의 고지로 이끌어줄 신으로 말이다.

수 세기 전, 어둠의 요정들과 불 용들과 더불어, 끔찍한 '폭풍의 전쟁'에서 쓰라린 패배를 경험한 뒤, 플레임론은 다른 영토를 공격하지 않았다. 하지만 호전적인 문화는 여전히 이들의 고향에서 이어졌다. 부족 사이에서 빈번한 싸움이 일었다. 심지어 그 영토에 피는 유일한 꽃, 파이어블룸(firebloom)조차 이들의 문화를 그대로 증명하는 것처럼 보였다. 왜냐하면 그 꽃은 최근에 불꽃에 타 버린 땅에서만 자라기 때문이다.

그럼에도, 플레임론이 예전의 적, 그러니까 요정과 인간과 독수리 종족의 편에 합류해 옛 질서를 지키기로 결심한 이유는 추측할 수 있었다. 무엇보다도, 플레임론은 자유를 소중히 여겼다. 아발론에 대한 애정이라든가 아발론의 경이로운 생명의 다양성 때문에 이곳에 온 게 아니다. 오히려, 늘 그래왔던 것처럼 거칠면서도 독립적으로, 자유롭게 살기 위해 이곳에 왔다.

브리오나가 곧 맞서 싸워야 할 군대를 보려 몸을 돌린 순간, 또 하나의 모습이 눈에 들어왔다. 그 모습을 보고 브리오나는 놀라 숨죽였다. 수염이 더부룩한 늙은 음유시인이 바보처럼 씩 웃으며 커다란 모자를 삐딱하게 눌러쓰고 있었다. 엘리가 우드루트에서 온 늙은 음유시인에 대해 묘사한 것과 정확히 딱 들어맞는 모습이었다. 엘리와 다른 사람들을 이끌고 브리오나의 편으로 온 사람. 브리오나가 구울라카한테 큰 상처를 입고 난 뒤, 목숨을 구해주기 위해 때맞추어 제때에 온 바로 그 사람. 이제 브리오나는 자신이 잘못 본 건 아닌지 확인하려 그 늙은 음유시인을 자세히 들여다보았다. 음유시인은 천천히 군중 속으로 사라졌다.

그 순간, 관문이 요란스레 탁탁 소리를 냈다. 뒤돌아보니, 류와 카타가 도착했다. 류가 초록색 불꽃 밖으로 내동댕이쳐져 축축한 땅에 뒹굴고, 은빛 날개를 단 매는 허공에 파드득 날아올랐다. 매는 우아하게 선회하며 두 군대를 눈여겨보고는 호리호리한 사제의 어깨 위에 다시 내려앉았다.

류는 뺨에서 진흙을 털어내더니 브리오나를 마주 보았다.

“우리 안 늦은 거지?”

“네, 안 늦었어요. 다 죽기 전에 딱 맞춰 왔어요.”

브리오나가 침울하게 대답했다.

“어쩌면 이 전쟁은 여전히…….”

“피할 수 있다고요? 가망 없어요. 저기 있는 우리 동맹군을 좀 봐요. 저들은 아발론 전역에서 싸우러 이곳에 왔어요. 기꺼이 죽으러 왔다고요.”

브리오나는 근처에 있는 군대를 손으로 가리켰다.

류는 대답하지 않았다. 류의 시선은 북쪽으로 3킬로미터 정도 떨어진 곳에 집결해 있는 적군의 모습에 사로잡혀 있었다. 브리오나 또한 그쪽으로 몸을 돌렸다. 그러다가 덜컥 겁을 집어먹었다. 포악한 전사들 때문이 아니라 그 엄청난 숫자 때문이었다.

곱스켄 수천 명이 평원에 모여 있었다. 갑옷 가슴받이가 별빛을 받아 번득였다. 놈들은 무기가 가득 실린 마차 주변에 서 있거나 동물의 똥으로 불을 피우거나 서로 드잡이를 하고 있었다. 곱스켄 대장은 허리춤에 칼날을 대롱대롱 매단 우람한 남자였는데, 부하 사이를 성큼성큼 걸어 다니며 큰 소리로 명령을 내리며 때때로 넓적한 칼 모서리로 부하들을 툭툭 내리쳤다.

브리오나는 온몸이 바짝 긴장되었다. 그 대장이 누군지 즉각 알아차렸으니까.

할렉. 이 살인자 녀석! 네놈이 등에 이 상처를 남겼어. 더더군다나, 너와 네놈이 섬기는 주술사가 우리 할아버지를 살해했지.

삼나무로 만든 긴 활을 잡은 브리오나의 손에 힘이 들어갔다. 어떤 생명체든 생명을 앗아가는 일은 브리오나의 가장 기본적인 원칙에 반했다. 최악은 그저 기쁨을 위해 살생을 하는 것이다. 하지만 저 인간은 정말이지 죽여 버리고 싶었다. 저 녀석이 화살을 쏠 수 있는 범위 안에 들어오기만 한다면 분명 그럴 것이다. 이런 마음이 서글펐지만, 그게 진심이라는 사실을 부인할 수는 없었다.

나는 요정으로서 가치가 없어. 사랑으로서도 가치가 없어. 엘리의 사랑, 스크리의 사랑, 그 누구의 사랑이든. 하지만 반드시 복수하고 말겠어.

브리오나는 침울하게 생각했다.

브리오나의 눈에 곱스켄 전사들의 머리 위로 움직이는 것이 흐릿하게 보였다. 구울라카 녀석들! 저들의 투명한 날개와 몸, 단검처럼 날카롭고 피처럼 붉은 발톱과 부리를 보고는 입술을 앙다물었다. 주술사 '하얀 손'의 손에 자라 스파이와 암살자로 충성하는 저 녀석들은 정말로 끔찍한 적이었다.

브리오나는 다시 시선을 떨구었다. 할렉의 모습은 더 이상 곱스켄 무리에서 보이지 않았다. 하지만 자신이 무척이나 증오하는 자는 금세 알아차릴 수 있었다. 모리곤.

저 인간이 내가 아직 살아 있는 걸 알면…… 달갑지 않겠지. 자기 심장에 요정의 화살이 박히면…….

이윽고, 모리곤이 받드는 체인질링을 발견하고 몸서리쳤다. 벨라미르! 여전히 온화한 정원사의 복장으로 위장한 채, 자신의 해로운 가르침을 따르는 수백 명의 남자와 여자 사이를 어슬렁거렸다. 깜짝 놀라게도, 드루마디안 옷을 입은 여인이 하나 있었다. 턱에 난 초록색 세모 모양의 표식을 발견하고, 그 여인이 누구인지 곧장 알아보았다.

"리니아."

브리오나가 손가락으로 가리키며 말했다. 그래서 류도 그 모습을 볼 수 있었다.

호리호리한 사제는 리니아를 발견한 순간 얼굴을 찡그렸다. 그 어깨 위에 앉은 매는 성난 듯 휘파람을 불었다.

"어떻게, 아발론의 사제가 저렇게 타락할 수 있지? 알든 모르든, 저 여자는 지금 리타 고르를 섬기고 있는 거라고."

류가 말했다.

"곱스켄과 구울라카 무리가 다수 있고, 적어도 트롤 셋과 오거 여섯 마리도 있어요."

브리오나의 예리한 눈이 두리번거렸다.

"땅의 요정도 잊지 마! 저기에 분명 500명 이상 있을걸. 치명적인 창을 들고서 말이야."

브리오나는 낙담해 한숨을 내쉬었다.

"그래도 끔찍한 용은 저기에 안 보이네요."

"용이라면 이미 충분히 봤잖아. 다행스럽게도, 물 용 하골은 브린칠라(워터루트)의 바다를 떠날 수 없어. 안 그러면 분명 우리를 먹어 치우려고 여기에 왔을 거야."

류가 냉정하게 말했다.

브리오나가 고개를 끄덕였다.

"나머지 아발론의 용들은, 적어도 날 수 있는 용들은, 어쩌면 전쟁터 밖에서 기다리고 있을지도 몰라요. 누가 이기는지, 어떤 전리품을 차지

할 수 있는지 지켜보면서 말이에요."

"우리한테는 다행이라고 해야겠군. 용과 싸우지 않아도 되잖아."

"다행이라고요? 그렇게 말하고 싶지는 않네요."

브리오나는 관문 모퉁이 근처 진흙 덩어리를 발로 툭 찼다. 그러다가 문득 멈칫했다. 이마에 주름이 잡혔다.

"류, 혹시 우리가 소문으로 들은 무척 강력한 세력, 그러니까 저 곱스켄하고 곧 합류할 것으로 알려진 세력이 용일지도 모른다고 생각하는 건 아니겠지요?"

류의 주름이 깊어졌다.

"그렇지 않기를 바라야지! 하지만 그 가능성 때문에 가능한 빨리 공격하려는 요정들의 계획이 이해가 되는군."

브리오나가 고개를 저었다.

"이 전쟁은 그 어떤 것도 이해가 안 돼요."

바로 그때 관문에서 탁탁 소리가 나며 초록 불꽃이 터져 나왔다. 심이 관문 밖으로 굴러 나와 진흙에 얼굴을 처박았다. 심은 자리에서 일어나, 큼지막한 엉덩이로 뒤뚱거렸다. 이윽고 코에서 진흙 덩어리를 닦아내며 구시렁댔다.

"구역질 나는 진흙 같으니라고. 정말 역겨운 환영 인사잖아! 확실히, 분명히……."

심은 진흙을 연신 닦아내며 비참하게 투덜거렸다.

"완전히."

브리오나는 심을 일으켜 세우며, 대신 심의 말을 마무리해줬다. 이윽고 슬픈 눈동자를 바라보며 말했다.

"진심이에요, 심. 당신은 여기 있을 필요 없어요."

심이 당혹스러워하며 코를 긁었다.

"여기 있지, 그럼 어디에 있어?"

브리오나는 입을 벌려 대답하려다, 그저 고개를 저었다.

작은 거인은 무슨 일이 벌어지고 있는지 이해하고는 이마를 찡그렸다.

"내 귀가 작아져서 그런 거지, 맞지? 내가 여전히 컸다면, 이렇게 줄어들지 않았다면! 그렇다면 네 말을 제대로 들을 수 있을 거야, 정말로 진정으로."

심은 그 작은 주먹을 허공에 휘둘렀다.

브리오나는 고개를 끄덕였다. 그때 새로운 소리에 마음을 빼앗겼다. 분노의 함성. 자유 백성들의 군대에서 함성이 들려왔다! 몇몇 요정과 인간들이 서로를 거칠게 밀치며 다투고 있었다. 요정 하나는 이미 활을 집어 들고 화살을 메기려고 했다.

"기다려!"

브리오나가 소리치며 부리나케 달려갔다. 류가 그 뒤를 달려갔다. 카타는 류의 어깨 위에 단단하게 붙어 있었다. 그보다 한참 뒤로 심이 아장아장 따라갔다.

브리오나는 앉아 있는 여자 둘을 펄쩍 뛰어넘어 그 싸움에 끼어들었다. 요정이 손에 든 화살을 날리는 바람에, 막 시위를 떠난 화살이 빗나갔다. 화살은 브리오나 다리 옆 진흙에 처박혔다.

"무슨 짓이야, 에단? 우리끼리 싸우고 있을 시간이 없단 말이야."

브리오나는 숨을 헉헉거리며 요정 에단을 노려보며 나무랐다.

"인간의 옷을 입은 저 훌라들이 사과하지 않으면 우리는 싸울 거야. 넌 빠져 있어, 브리오나."

요정 에단이 되받아쳤다.

"누구보고 훌라라고 부르는 거야?"

대장장이 가죽 앞치마를 입은 건장한 남자 하나가 브리오나를 옆으로 밀쳤다. 잔뜩 인상을 찌푸린 대장장이는 에단을 노려보며 말했다.

"그 말 취소해."

"네가 엘 우리엔에 대해 했던 말을 취소하기 전까지는 안 해."

대장장이는 땅에 침을 퉤 뱉었다.

"제발 그만둬! 둘 다 곱스켄보다 나을 게 없어."

브리오나가 소리쳤다.

"그 말이 맞아. 당장 그만둬."

류가 이들 사이로 걸어 들어오며 당당하게 말했다. 그 말이 옳다는 듯, 카타가 요란하게 울어대며 부리를 딱딱거렸다.

"제자리로 돌아가, 사제. 너도, 요정."

또 다른 남자가 으르렁 소리쳤다.

요정 에단은 다시 화살을 메겼다.

대장장이는 주먹을 들어 올려 요정을 내리치려고 했다. 그때…….

류트 소리가 은은하게 들려왔다. 전혀 예상치 못한 소리 때문인지, 아니면 뭔가 기이한 음악 때문인지, 다들 한순간에 싸움을 멈추었다.

막 폭발하려고 했던 다툼을 분명 알지 못하고, 늙은 음유시인은 악기를 가볍게 튕기며 몸을 가볍게 흔들며 사람들 한가운데로 곧장 걸어 들어왔다. 어느 때보다 더 바보처럼 씩 웃었다. 옆으로 자란 뾰족한 턱수염 끝이 별빛을 받아 은은하게 빛났다. 마치 아프리쿠아 정글에서 온 털북숭이 얼굴 원숭이처럼 보였다.

음유시인은 악기를 튕기다 말고 비뚤어진 모자챙에 손을 들어 올리며 브리오나에게 눈으로 인사를 건넸다. 모자를 들어 올리자 대머리 위에 앉은 파란색 눈물방울 모양 무세오가 모습을 드러냈다. 즉각, 무세오가 웅얼거리기 시작했다. 깊고도 풍부하며, 고음과 저음을 넘나드는 그 소리는 깊고 깊은 강처럼, 고귀한 바람처럼 소리를 냈다. 그 소리는 밖으로 물밀듯이 밀려 나와 파도처럼 부풀어 올라 근처에 있던 모두의 마음을 촉촉하게 적셨다.

음유시인과 무세오가 얼마나 오래 머물렀는지, 브리오나는 제대로 기억하지 못했다. 그 모든 게 브리오나의 상상이었는지도 모른다. 확실한 것은, 주변의 다른 사람들처럼, 약간 현기증이 났다. 만약 말다툼을 했다면, 무엇 때문에 싸웠는지 기억나지 않았다. 음유시인과 무세오가 정말로 조금 전에 그곳에 있었다 할지라도, 이제 그들은 어디에도 보이지 않았다.

브리오나는 류를 바라보았다. 류 또한 당혹스러운 표정이었다. 브리오나가 입을 열어 무슨 일이 있었는지 물어보려는 순간, 목소리가 쩌렁쩌렁 울렸다.

"평화 교섭! 곱스켄 군대가 평화 교섭을 원한다."

브리오나는 재빨리 몸을 돌려 진흙 평원 저 너머 적군을 바라보았다. 정말, 누군가 창끝에 묶은 흰색 깃발을 흔들고 있었다. 저들이 싸우기 전에 대화를 원한다는 게 믿기지 않아 고개를 모로 저었다. 정말 곱스켄답지 않은 짓이었다. 어쩌면 두려움 때문인가?

이윽고 브리오나는 자세히 들여다보았다. 브리오나의 당혹스러움은 더 커졌다. 백기를 든 사람은 다른 사람도 아닌, 바로 할렉이었으니까.

21
명예

머드루트에 바람이 세차게 불어 거름으로 피운 불, 금속 무기, 임박한 전쟁의 냄새를 실어 왔다. 한편, 자유 시민군은 평화 교섭을 하자는 곱스켄 군대의 요구를 어떻게 받아들여야 할지 격렬한 토론을 벌였다. 다수가 함정일 거라 의심했지만, 그 요구를 거절해서는 안 된다고 주장하는 사람들도 있었다. 떠들썩한 논쟁은 곧 성난 언쟁과 난투극으로 변해 완전한 혼란으로 빠져들 뻔했다. 만약 세 명의 타고난 지도자가 나타나지 않았다면…….

커윈. 주변 진흙 평원처럼 갈색으로 빛나는 깃털의 독수리 종족이 난폭한 동맹군에게 처음으로 질서를 가져왔다. 커윈은 날개를 활짝 펴고 머리 위로 휙 내려앉으며 경고하듯 독수리 울음을 울었다. 마침내 군중이 조용해지자, 커윈은 차례대로 말하지 않는 자는 누구든지 자신의 발톱으로 갈기갈기 찢어 버리겠다고 정중하게 엄포를 놓았다. 이 위협은, 엄청난 힘을 지닌 (그리고 인내심이 거의 없는) 전사로서의 그 명성과 결합되어 커다란 효과를 발휘했다. 커윈은 사람들 머리 위를 날아다니며 한 번에 한 명씩 말하라고 소리쳤다. 그래서 인간, 요정, 독수리 종족, 거인, 메리스 등 모두가 자기 생각을 차례로 말했다. 플레임론을 제외하고. 플레임론들은 멀찌감치 떨어져 있었다. 저들에게 평화 협상이라는 개념은 커다란 약점의 표시였으니까. 생각조차 할 수 없는 역겨운 행동이었으니까.

이윽고, 두 번째 지도자가 나타났다. 류. 대사제 코에리아가 신임하는 친구로 잘 알려진 이 드루마디안 사제는 은빛 날개의 카타를 어깨에 태운 채, 평화 협상에 대표단을 보내지 않는 건 큰 실수가 될 거라고 차분하고도 분명하게 말했다. 이것이 일종의 함정일지라도, 신중한 대표단은 그런 함정에 빠지지 않을 거라고도 했다. 또한 대표단이 뭔가 중요한 정보를 알아낼 기회가 될 거라고도 했다. 그리고 마지막으로, 이 평화 협상이 진정한 평화로 이어질 가능성이 열려 있다는 걸 모두에게 상기시켰다. 누구도 예측할 수 없는 방식으로, 이 만남이 끝없는 살육을 실제로 피할 수 있을 거라고 말이다.

"그렇다면 평화 협상 이후에 곧장 저 녀석들을 공격합시다."

브리오나가 강력하게 주장했다. 류 다음은 브리오나 차례였다. 브리오나는 긴 활을 허공에 대고 흔들었다.

"그리고 저 녀석들을 전사로서 우리의 잔인함으로 무찌릅시다."

브리오나는 수많은 사람들의 환호와 외침이 잠잠해지기를 기다렸다가 말했다.

"나 또한 평화를 진정으로 원합니다. 하지만, 나는 평화에 대한 기대를 이미 버렸어요. 우리가 오늘 마주할 저 군대는 목표가 단 하나뿐입니다. 우리를 완전히 박살 내고, 그래서 아발론을 리타 고르의 부하들이 지배하도록 하는 것입니다. 결국 리타 고르가 우리를 지배하도록 말입니다."

목소리가 끔찍하게도 엄숙했다. 계속 말을 이었다.

"그러니, 선한 이들이여, 우리, 한 가지 더 하도록 합시다. 이 평화 협상이 끝났을 때, 이 세상을 구하기 위해 여러분의 모든 걸 바칩시다. 그렇습니다, 여러분의 마지막 목숨까지! 우리가 진정으로 오늘 이곳에서 죽기로 각오하면 우리는 승리할 것이고, 리타 고르의 군대를 물리칠 수 있습니다. 하지만 승리하지 못한다 할지라도, 우리는 아발론을 수호하며 죽을 겁니다. 아발론은 역시 그만한 가치가 있습니다."

"정말 대단히 명예로운 말이로군."

커윈이 브리오나의 머리 위를 선회하며 큰 소리로 말했다.

그렇게 문제는 일단락되었다. 잠시 뒤, 커윈, 류, 브리오나, 이렇게 셋이 평화 협상에서 아발론 수호자의 대표로 선택되었다. 그래서 이 셋은 독수리 인간을 선두로 이센위 평원으로 걸어 들어갔다. 이제, 독수리 종족 커윈은 평화 협상의 전통적인 규칙에 따라 인간의 모습으로 변신했다. 누구도 입을 열지 않았다. 들려오는 소리는 매섭게 불어오는 바람, 그리고 진흙을 밟아대는 발소리뿐이었다.

이들이 곱스켄 군대를 향해 걸어가자, 적의 대표단도 걸어 나왔다. 그쪽에서도 세 명이 나왔다. 할렉이 하얀 깃발을 묶은 창을 들고 그 선두에 직접 나섰다. 평화 협상의 상징을 들고 있으면서도, 그 표정은 넓은 금속 칼날처럼 매서워 보였다. 폭넓은 가죽 벨트 위로 도끼 하나, 단검 두 개, 뾰족한 곤봉 하나와 함께 칼이 매달려 있었다. 목에 걸린 줄에는 뭔가 다른 것도 매달려 있었는데, 발톱처럼 생긴 게 으스스하게 빛을 뿜었다.

그런데 할렉에게 다가가는 브리오나의 눈에는 그런 것들은 하나도 들어오지 않았다. 오직 다른 무기만 생각하고 있었다. 노예 주인이 휘두르던, 끝에 쇠붙이가 달린 회초리. 포로로 잡혔을 때, 할렉이 그 회초리를 무방비 상태의 할아버지에게, 또한 자신에게 어떻게 휘둘렀는지 떠올리자 얼굴에 분노가 끓어오르며 관자놀이가 마구 뛰었다. 당장 저 녀석에게 화살을 쏘고 싶었지만, 평화 협상의 첫 번째 규칙을 깨지 않도록 애써 힘겹게 꾹 눌러 참았다. 지금, 브리오나의 손가락은 긴 화살을 미친 듯이 두드리고 있었다.

할렉 바로 뒤에 또 다른 남자가 성큼성큼 걸어왔다. 브리오나와 류 모두가 몹시 싫어하게 된 사람. 모리곤은 등에 활과 화살통을 매달고 절름거리며 활기차게 다가왔다. 진흙 평원에 세차게 불어대는 바람에 덥수룩한 백발이 마구 날렸다. 죽은 나무처럼 쉽사리 부서질 것처럼 보여도, 놀라울 정도로 날쌔다는 걸 브리오나와 류는 잘 알고 있었다. 벨라미르에 대한 충성만큼이나 그자의 의지 또한 견고하다는 것도 알았다.

모리곤은 이들을 알아볼 만큼 충분히 가까이 다가왔을 때, 갑자기 발걸음이 주춤했다. 이 늙은이의 입이 쩍 벌어졌다. 그 놀라움이 순식간에 분노로 바뀌었다. 모리곤은 브리오나를 노려보았다. 충혈된 눈에 악의가 가득 찼다.

그 옆으로 드루마디안 사제의 녹갈색 옷을 입은 여인이 걸어왔다. 카타는 리니아의 모습을 보고 부리를 딱딱거리며 성난 듯 울어댔다. 하지만 벨라미르가 '예언자'라고 별명을 붙인 리니아는 아무런 관심도 보이지 않았다. 그저 교만하게 성큼성큼 앞으로 발걸음을 옮겼다. 하지만 얼굴의 거만한 표정은 턱에 난 세모 모양의 표식과 어울리지 않았다. 그 표식은 가짜 초록색 턱수염 같은 느낌이 들었다.

협상단은 두 무리의 부대 중간쯤, 진흙으로 뒤덮인 한 쌍의 커다란 바위 근처에서 서로를 마주했다. 오랫동안, 축축한 땅 위에 선 채 아무도 말을 하지 않았다. 두 집단이 서로를 쳐다보는 사이, 대기는 적개심으로 가득 찼다.

마침내, 커윈이 침묵을 깼다. 인간의 모습을 한 독수리 종족 커윈은 벌거벗은 가슴을 드러내고 할렉에게 시선을 맞추고 당당하게 말했다.

"지금 항복하면 목숨을 구할 수 있어."

"항복하라고? 우리가? 너희가 항복해야 할 거야, 이 날짐승아."

전사가 귀에 거슬리는 듣기 싫은 웃음을 터트리며 창을 진흙에 푹 꼽았다.

그 모욕에, 커윈이 짙은 갈색 눈을 가늘게 떴다. 여전히, 평화 협상의 규칙을 지키기 위해, 몸을 부들부들 떨며 화를 꾹 눌러 참았다. 브리오나는 그 모습을 지켜보며 또 다른 독수리 종족을 떠올렸다. 대단한 유머 감각에 위험천만한 성격의 독수리 종족.

스크리, 어디에 있는 거야? 우리는 지금 당장 네 도움이 필요하다고.

브리오나는 생각했다.

모리곤은 여전히 브리오나를 노려보며 비아냥거렸다.

"음, 용케 탈출했군, 요정 소녀? 정말 기쁘군. 이제 널 내 손으로 직접 죽일 수 있는 기회를 갖게 되었으니까."

브리오나가 대답하기도 전에, 리니아가 명령했다.

"조용히 해, 모리곤. 누구도 살인을 저지르지 않을 거야. 평화의 가능성이 모두 다 사라지기 전까지는."

"당신이 신전에서 우리한테 했던 것처럼? 아니면 당신 백성들이 공동체의 주거지를 공격했을 때 그랬던 것처럼?"

류가 빈정대듯 말했다. 그 짙은 눈썹을 치켜떴다.

리니아는 몸이 굳어졌다. 하지만 목소리는 그대로였다.

"나는 그 공격과 아무 관련이 없어. 나는 한때 '선택받은 자'였어. 당신이 기억할지 모르겠지만."

"기억해야 할 사람은 바로 당신이야, 리니아! 당신이 모두를 위한 공동체에서 보낸 그 모든 시간을. 그런데도 당신은 그 가장 기본적인 원칙들을 잊어버렸어."

리니아는 손을 거만하게 흔들며 당당하게 말했다.

"나는 아무것도 잊지 않았어. 아무것도!"

"정말 그럴까? 그렇다면 당신의 충성스러운 메리스는 지금 어디 있는 거지?"

류가 그 호리호리한 몸을 리니아를 향해 기울였다.

리니아의 얼굴이 창백해졌다. 류의 어깨 위에 앉은 은빛 매가 요란하게 울어댔다.

"어디 있는지 내가 말해줄게."

류가 말을 이었다. 류는 리니아에게 시선을 고정한 채, 긴 팔을 쭉 뻗어, 아발론의 수호자 군대를 가리켰다.

침착함을 지키려는 그 모든 노력에도 불구하고, 리니아는 놀라 숨이 멎을 뻔했다. 다른 사람들로부터 몇 걸음 떨어진 언덕 위에 키 큰 라일락 느릅나무 정령이 조용히 서 있었다. 수많은 팔에 점점이 박힌 작은 심홍색 봉오리 위에 별빛이 일렁거렸다.

"페얼린."

리니아가 속삭였다. 그렇게 오랫동안 자신을 사랑스럽게 지켜봐 온 저 커다란 눈동자에서 시선을 뗄 수 없었다. 주위를 달콤한 향으로 가득 채우며 엄청난 향기를 주위에 뿌려주던 저 가느다란 팔에서 시선을 뗄 수 없었다.

리니아는 침을 꿀꺽 삼켰다.

“난 몰랐어…….”

“당신이 알지 못하는 게 또 있지. 당신이 섬기는 주인 벨라미르는 사실은 체인질링이야.”

류는 몸을 가까이 기울이며 심각한 표정으로 말했다.

“뭐, 뭐라고?”

리니아가 뒷걸음치며 내뱉었다.

“거짓말이야! 사실일 리 없어.”

모리곤이 소리쳤다.

“사실이야.”

류가 힘줘 말했다.

“사실이에요. 벨라미르가 당신 모두를 속였어요! 우리는 그자가 변신해서 경비병 하나를 잔인하게 찢어 죽이는 모습을 똑똑히 봤다고요. 이것은 모두…….”

브리오나가 큰 소리로 말했다.

“말도 안 돼.”

리니아는 침착함을 되찾고 차분히 말했다. 그러다가 화가 치밀어 올라 따져 물었다.

“어떻게 감히 올로 벨라미르에 대해 그렇게 말도 안 되는 지독한 말을 할 수 있지? 벨라미르는 내가 아는 가장 평화로운 사람이야! 너희한테 마지막 평화의 기회를 줘야 한다는 우리의 생각을 전적으로 지지해 줬다고. 물론, 새로운 질서 아래에서.”

“그래서 이 평화 협상을 소집한 거예요? 그러니까, 당신들이 말하는 평화를 우리에게 제안하겠다고요? 그건 우리에게는 전멸을 뜻한다는 걸 몰라요?"

브리오나가 흥분해 따져 물었다.

"아니, 아니야. 우리는 수많은 목숨을 살릴 수 있다는 진정한 희망을 품고 이 평화 협상을 소집했어! 우리 편은 물론이고 너희 편을 위해서! 올로 벨라미르와 내가 생각하는 새로운 질서는 모든 생명체가 사이좋게 살 수 있는 곳이야. 그래, 인류의 현명한 지배 아래에서."

리니아가 주장했다.

"현명한 지배라고요? 그래서 저렇게 군대를 소집한 건가요? 그건 전염병에 더 가까워요! 살인을 저지르는 곱스켄, 땅의 요정 그리고……."

브리오나가 톡 쏘아붙였다. 브리오나는 할렉을 차갑게 바라보며 덧붙였다.

"노예 주인."

이 덩치 큰 남자가 브리오나를 냉정하게 노려보았다. 바람이 한차례 더 불어와 무기에서 덜컹덜컹 소리가 나고 진흙이 몸에 튀었다. 하지만 할렉은 꼼짝하지 않았다.

마침내, 할렉이 고함쳤다.

"이런, 만약 댐에서 온 여자 요정이 아니라면, 우리는 기꺼이 죽여 버릴 거야. 흰 턱수염의 네 늙은 친구처럼 말이야."

할렉이 잔인하게 낄낄 비웃었다.

"우리 할아버지!"

갑자기 브리오나의 결심이 무너져 내렸다. 심장 박동처럼 재빨리, 화살통에서 활 하나를 꺼내, 시위를 메기고 곧장 할렉의 가슴을 겨누었다. 눈을 깜빡이며 눈가에 남은 눈물을 털어내며, 선언하듯 말했다.

"넌 할아버지한테 한 짓의 대가를 치르게 될 거야."

할렉은 그저 그곳에 꼼짝 않고 서 있었다. 깃발이 달린 창이 진흙에 떨어져도 신경 쓰지 않았다.

"넌 지금 당장 여기서 날 죽이지 못해, 안 그래? 나는 지금 무기도 없는걸?"

"할아버지도 그랬어, 네가 할아버지를 죽이기 전에."

"기다려, 브리오나. 당신이 화가 나는 것도 당연해. 이 남자가 저지른 짓을 봐서는 이 남자에게 자비를 베풀 가치도 없어."

커윈의 튼튼한 손이 브리오나의 활시위를 잡았다. 커윈은 마치 강력한 날개를 들어 올리는 것처럼 단단한 어깨를 움직였다.

"하지만 당신은 평화 협상의 명예에 따라야 해. 지금 저 녀석을 죽일 수는 없어."

브리오나는 주저했다. 분노가 혈관을 타고 흘렀다.

"전쟁터에서. 거기가 당신이 적을 죽일 곳이야."

커윈이 단호하게 말했다.

브리오나는 마지못해 활시위에서 힘을 뺐다. 커윈은 침울하게 고개를 끄덕이며 손을 뺐다. 하지만 브리오나가 화살을 들어 화살통에 다시 넣을 때, 붉은빛이 터져 나와 화살촉에 정면으로 떨어졌다. 화살촉이 시뻘건 화염을 내뿜으며 폭발했다.

브리오나는 비명을 지르며 뒤로 펄쩍 쓰러졌다. 화살은 축축한 흙바닥에 툭 떨어져 내렸다. 화살을 내려다보니, 불꽃은 꺼지고 타 버린 화살대만 남았다. 화살촉은 그냥 사라져 버렸다.

브리오나는 놀란 표정으로 커윈과 류를 흘끗 바라보았다. 둘 다 브리오나처럼 당혹스러운 표정이었다. 이윽고 브리오나의 시선이 할렉을 향했다. 할렉은 브리오나를 보고 씩 웃으며 목에 걸린 물건을 만지작거렸다. 가죽끈에 묶인 발톱. 발톱은 빙빙 돌아가며 불길하게 붉은빛을 냈다.

"내 새로운 무기에 대해 내가 말하지 않았나? 네 늙은 친구, 쿨위크 주인이 준 선물이지."

할렉은 빈정거렸다. 이윽고 어깨를 으쓱해 보이며 덧붙였다.

"쿨위크는 나중을 위해 내가 이걸 아껴두기를 바랐지. 싸움이 시작되고 나서. 하지만 네가 날 공격하는 모습을 보니 도저히 참을 수 없더군."

브리오나는 주먹을 꽉 움켜쥐었다.

"기회가 오면 언제든 널 죽여 버리겠어, 할렉."

"그래, 이런, 그래야겠지. 하지만 네가 먼저 죽어줘야겠어."

할렉의 표정이 굳어졌다.

"아니, 그 사악한 무기가 무엇이든, 넌 지금 그걸 사용할 수 없어."

류가 두 팔을 마구 휘저으며 따졌다.

할렉은 투덜거리며 발톱에서 손을 놓았다. 발톱은 다시 목에 걸려 놈의 가슴에 닿았다.

"넌 네가 아는 것보다 똑똑해, 사제. 이 물건이 힘을 얻는 데 시간이 많이 걸리지 않으면 좋겠군."

할렉은 긴장을 푸는 것처럼 보였다. 그러다 갑자기 넓적한 칼을 휙 꺼냈다. 반짝이는 칼날을 브리오나에게 겨누고는 의기양양하게 웃었다.

"하지만 내가 다른 무기를 사용하는 걸 그 어떤 것도 막을 수는 없어."

"내가 막을 수 있지."

커윈이 할렉과 브리오나 사이로 과감하게 걸어 들어왔다. 얼굴에는 그 모든 싸움으로 단단해진 다부짐이 묻어났다. 그것으로 커윈은 종족 사이에서 명성이 자자했다. 독수리의 눈은 또렷하고도 밝게 빛났다.

"분명 이 평화 협상이 실패했으니, 이제 끝났다고 선언하지. 이제 각자 캠프로 돌아가기를 제안한다."

할렉은 실망의 한숨을 토해냈다.

"좋아, 더 이상 재미없군. 우리가 이제 할 수 있는 건 캠프로 돌아가는 일뿐이야, 네가 말한 것처럼."

할렉은 주저하더니 뻣뻣하게 말했다. 마치 그 말을 연습하기라도 한 듯했다.

"이 평화 협상이 이렇게 금방 끝나다니 안 됐군. 좀 더 늦추기를 바랐는데. 우리의 새로운 병력이 도착할 때까지."

브리오나는 입을 앙다물었다. 할렉이 말하는 본새가 전혀 마음에 들지 않았다. 이 모든 게 그저 브리오나의 편을 곧 공격하기 위해 유혹하려는 계략이었단 말인가? 아니면 곱스켄의 새로운 동맹이 정말로 오고 있는 걸까? 쿨위크 또는 강력한 용이? 아니면 리타 고르가 직접 오나?

"어쨌든, 가기 전에, 내가 하고 싶은 게 하나 더 있다."

할렉이 말을 이었다.

"뭐지?"

커윈이 할렉을 똑바로 쳐다보며 물었다.

"이거."

할렉은 커윈의 가슴에 칼날을 곧장 푹 찔러 넣었다. 커윈은 충격에 빠진 채 숨을 몰아쉬었다. 한편, 공격자는 그저 씩 웃을 뿐이었다.

"내가 죽이고 싶은 너희 종족이 하나 있지. 하지만 이미 말했듯이, 난 참을성이 없어."

커윈은 몸을 빼내려 버둥거렸다. 하지만 그저 무릎을 꿇고 쓰러질 수밖에 없었다. 커윈은 고통스러워하며 필사적으로 울부짖었다. 마치 죽어가는 먹잇감 새처럼……. 이윽고 밝은 눈동자가 영원히 스르르 감겼다.

리니아는 가까이 서 있었기에 커윈의 손이 자신의 정강이를 스치는 걸 느낄 수 있었다. 얼굴이 죽은 듯 창백해졌다.

"살인자!"

브리오나가 비명을 질렀다. 재빨리 또 다른 화살을 집어 들고 활을 들어 올렸다.

하지만 할렉은 준비가 되어 있었다. 칼날을 휘둘러 활을 두 동강 내 버렸다. 긴 화살이 브리오나 발 옆 진흙 바닥에 툭 떨어져 내렸다.

할렉의 얼굴에 웃음이 번졌다.

"자 이제, 이 평화 협상은 정말로 끝난 것 같군. 게다가 너한테는 더 이상 무기도 없어."

할렉은 칼을 들어 브리오나를 찌르려 했다. 하지만 칼날이 베기 직전, 카타가 할렉의 얼굴로 곧장 날아들었다. 이 용감한 매는 사납게 울어대며 할렉의 눈을 발톱으로 마구 할퀴었다. 할렉은 비틀거리더니 뒤에 있던 모리곤에게 쓰러졌다. 둘은 진흙 바닥에 내동댕이쳐졌다.

"이리 와! 어서 뛰어! 할렉의 발톱에 힘이 되살아나기 전에."

류가 소리쳤다. 류는 자기 군대를 향해 브리오나의 팔을 잡아당겼다.

류는 요란하게 휘파람을 불었다.

"카타, 너도 가야 해. 이리로 날아와!"

매는 귀청이 찢어질 듯 울어대며 명령에 따랐다. 카타는 할렉의 이마를 쪼고, 피를 뽑은 뒤, 하늘로 솟아올라, 이윽고 류와 브리오나를 향해 날개를 움직였다. 매는 진흙밭을 쿵쿵 밟으며 열심히 달리고 있는 일행을 따라잡으며 다시 요란하게 울었다. 하지만 그 울음소리는 들을 수 없었다. 귀청이 찢기는 듯한 굉음이 갑자기 허공에 가득 찼기 때문이다.

할렉의 배신을 목격하고, 아발론의 수호자들이 모조리 싸움터로 달려들었다. 고함을 지르고 저주를 퍼부으며 무기를 휘둘렀다. 아발론을 위한 위대한 전쟁이 시작되었다는 걸 누구도 의심할 수 없었다. 용맹한 독수리 종족 커윈이 이 황폐한 땅에서 오늘 처음으로 목숨을 잃은 자라는 사실을 누구도 의심할 수 없는 것처럼…….

22
한 가지 문제

엘리는 섀도루트에서 가장 깊숙한 보르보 광산의 돌계단을 터벅터벅 걸어 내려갔다. 앞으로 곱스켄 여섯 명이 당당하게 걸어갔다. 뒤에도 비슷한 숫자의 곱스켄이 따라왔다. 이들이 손에 든 흔들리는 횃불 때문에 벽에 그림자가 기괴하게 일렁였다. 하지만 엘리는 아무런 관심도 두지 않았다. 늙은 그리콜로의 죽음에 충격을 받아 그 어느 것도 보이지도, 들리지도 않았다. 발밑의 단단한 바위, 팔에 닿는 뉴익 그리고 마음속 커다란 절망감의 무게만 느낄 뿐이었다.

엘리는 쿨위크를 무찌르고 쿨위크의 오염된 수정을 파괴할 기회를 잃었다. 아발론을 도울 방법이 없었다. 시간도 없었다. 설상가상, 지하로 끌려 내려가는 동안, 땅의 요정들의 노예로 지낸 옛 시간이 떠올랐다. 잊으려고 무척이나 애써왔던 바로 그 시절이…….

"빨리 걸어, 이 더러운 스파이들아. 우리 대장이 널 보면 겁나 기뻐할 거다."

뒤에서 곱스켄이 엘리의 등을 칼끝으로 쿡쿡 찌르며 으름장을 놓았다.

"우리 대장이 널 보면 깜짝 놀랄 거야. 너무 놀라서 하나밖에 없는 눈깔이 튀어나올지도 몰라."

다른 곱스켄이 덧붙였다.

곱스켄들은 그 농담에 마구 웃으며 낄낄거렸다.

일행은 아래로, 아래로, 아래로 계속해서 내려갔다. 광산 깊숙이……. 시간이 흐를수록 공기는 점점 후텁지근하고 퀴퀴해졌다. 썩은 계란 같은 고약한 냄새가 풍겼다. 저 위 땅의 깜깜한 어둠 속에서는 늘 신선한 공기를 찾아 숨 쉴 수 있었다. 하지만 이곳에서는 점점 구역질이 나오려 했다. 게다가 현기증까지 나기 시작했다.

엘리가 발을 헛디뎌 비틀거리다 앞에서 걸어가던 곱스켄과 부딪혔다. 곱스켄은 휙 돌아서 얼굴을 가까이 들이밀었다. 회녹색 피부 위로 번들거리는 땀방울이 보일 정도였다. 그 곱스켄은 손가락 세 개 달린 손으로 엘리의 목을 감싸 꽉 조이며 마구 흔들어댔다.

"똑바로 보고 걸어, 멍청아! 안 그러면 네 머리를 횃불에 구워 저녁으로 먹어 버릴 테니까."

다른 곱스켄이 그 곱스켄의 등을 세게 때렸다.

"만약 그렇게 하면, 쿨위크가 네 못생긴 대가리도 똑같이 구워 먹을걸."

그 곱스켄은 투덜거리며 엘리의 목을 풀고 뒤로 휙 밀쳤다. 엘리는 계단에 쓰러져 콜록콜록 기침을 했다. 뉴익을 꽉 붙잡고 있는 것 말고는 엘리가 할 수 있는 건 없었다. 뉴익의 피부는 분노의 심홍색으로 바뀌었다.

"움직여."

엘리 뒤의 곱스켄이 명령했다.

그 곱스켄은 엘리한테 발길질을 하고 칼날로 쿡쿡 쑤시며 억지로 일으켜 세웠다. 엘리는 엉거주춤 비틀거리며 일어섰다. 하지만 기침이 멎지 않았다. 폐가 아프고 목이 따끔거렸다. 눈물이 글썽거렸다.

하지만 어떻게든 계속 걸어 광산 깊숙이 내려갔다.

기운 차리자. 넌 이처럼 쓸모없지 않아.

엘리는 스스로에게 단호하게 말했다.

마침내 기침이 멎었을 즈음 층계참에 이르렀다. 누군가 엘리를 대충 깎아 만든 터널 안으로 쓱 밀어 넣었다. 일행은 이 평편한 통로를 따라 앞으로 나아가기 시작했다. 비록 걷기에 좀 편안하기는 했지만, 터널 안은 계단통보다 썩은 내가 더 고약했다. 엘리는 뉴익을 꼭 붙들었다. 천천히 숨을 쉬며 경계를 늦추지 않았다.

끝없는 시간처럼 느껴졌다. 계속해서 터벅터벅 걸었다. 곱스켄의 묵직한 신발에서 규칙적으로 들려오는 소리가 어두운 터널 안과 엘리의 머릿속에 메아리쳤다. 마침내, 걸음을 늦추고 멈춰 섰다.

곱스켄 하나가 바위벽으로 다가갔다. 다른 곱스켄들을 초조하게 노려보며, 주먹을 들어 육중한 문을 쾅쾅 두드렸다. 문틈으로 붉은빛이 으스스하게 새어 나왔다.

천천히 문이 열리며, 붉은빛이 터널로 쏟아져 나왔다. 귀에 거슬리는 거친 목소리도 함께 방에서 흘러나왔다. 엘리는 그 목소리가 뭐라고 말하는지 알아차릴 수 없었다. 하지만 그 희미한 소리만으로도 피가 얼어붙는 것 같았다.

"저건 쿨위크야. 확실해."

엘리가 뉴익에게 속삭였다.

"흠. 그렇다면, 어쩌면 계획을 생각해야 할 시간일지도 몰라."

엘리는 얼굴을 찡그리며 뉴익을 노려보았지만, 뉴익의 말이 옳다는 걸 알았다. 어쩜 이처럼 멍청하게도 그 귀중한 시간을 낙담하며 허투루

보낼 수 있었을까? 엘리는 자신이 사랑하는 세상을 위해 무엇을 할 수 있는지 생각해내야 했다!

"적어도 네 수정을 숨기려고 최선을 다해봐."

뉴익은 갈라토를 등 뒤로 돌리며 속삭였다.

"알았어."

엘리는 부적 잎사귀를 토닥여 엘라노 수정을 완전히 덮었다.

바로 그때 곱스켄이 대화를 마치고, 머리를 조아리며 허겁지겁 뒤로 물러섰다. 그 곱스켄은 엘리에게 걸어와 어깨를 꽉 잡더니 열린 문을 향해 거칠게 끌어당겼다. 아무런 말도 없이, 엘리를 안으로 내동댕이치고는 돌아서 냉큼 가 버렸다.

엘리는 방 안으로 비틀비틀 들어가다 돌벽에 머리를 쿵 부딪치고 말았다. 너무 어지러워서 바닥에 주저앉았다. 곱스켄이 터널로 쿵쿵 걸어 나가는 소리가 희미하게 들렸다. 이윽고 또 다른 소리가 들려왔다. 가까운 곳에서 나지막하게 웃는 거친 소리…….

"그래, 우리 젊은 사제, 이곳까지 찾아줬군. 네 작은 애완동물이랑 같이 말이야."

쿨위크가 가까이 다가와 눈꺼풀 없는 눈으로 이들을 쳐다보았다.

뉴익의 피부색은 검게 변하고 가슴을 가로질러 주황색 혈관이 튀어나올 듯했다.

엘리는 머리를 흔들며 정신을 차리려 했다. 주술사의 일그러진 얼굴을 보고 문득 움츠러들었다. 잘려 나간 귀에서부터 턱까지 쭉 이어진 들쭉날쭉 흉터에 방의 붉은빛이 닿아 흉터가 끔찍하게 고동쳤다. 이윽고, 엘리는 빛이 나오는 곳을 쳐다보았다. 석조 받침대 위, 수정이 붉은 빛을 내뿜으며 고동쳤다.

오염된 수정.

엘리는 깨달았다. 이렇게 가까이 있다니! 어쩌면 엘리가 이곳에 온 목적을 달성할 기회가 아직 남아 있을지도 몰랐다. 하지만 쿨위크를 물리친다 하더라도, 저 수정을 어떻게 파괴할 수 있을까?

주술사는 창백한 두 손을 쓱 비볐다.

“네가 바로 그 사제로군. 안 그러면 네가 이곳 섀도루트에 왜 왔겠어? 그런데 내가 널 찾으라고 보낸 친구는 어디에 있는 거지?”

“살인자 데스 마콜을 말하는 거야? 그 녀석은 죽었지.”

엘리는 쿨위크가 자신의 동기를 의심하지 않도록 수정 대신 쿨위크를 쳐다보며 대답했다.

쿨위크는 거칠게 숨을 내뱉었다.

“죽어? 확실해?”

엘리는 단호하게 고개를 끄덕였다.

“정말 안타깝군. 내 손으로 그 녀석을 죽이는 기쁨을 맛보고 싶었는데 말이야.”

쿨위크는 복수심에 불타 말했다.

이 주술사는 한 손을 얼굴로 바짝 들어 올려 짧게 자른 손톱을 살펴보며 물었다.

“그렇다면, 그놈이 훔치기로 되어 있던 순수한 엘라노 수정은 어떻게 되었지?”

엘리는 움찔했다.

“그건, 사라졌어. 잃어버렸어.”

쿨위크는 엘리를 쳐다보며 혀를 찼다.

“넌 지독한 거짓말쟁이야, 사제. 정말 지독하군. 하지만 그건 그리 중요하지 않아. 나는 네 수정에 별 관심이 없거든. 훨씬 더 강력한 나만의 수정이 있으니까. 이 수정이 내 특별한 목적을 위해 훨씬 더 쓸모가 있지."

쿨위크는 턱 끝을 긁적이며 생각에 잠겼다.

"이제 딱 한 가지 질문이 더 남았군. 뭐 하러 여기까지 온 거지? 분명 사교적인 약속 때문은 아닐 테고. 내가 좋은 동료로 유명하기는 하지만 말이야."

엘리는 불편하게 몸을 움직였다. 등이 돌벽에 닿았다.

쿨위크는 주둥이를 오므려 오싹하게 웃었다.

"아마도 넌 계획이 있어서 이곳에 왔겠군. 혹시…… 내 수정을 파괴하려고?"

쿨위크는 엘리의 얼굴색이 창백해지는 모습을 지켜보며, 알겠다는 듯 고개를 끄덕였다.

"넌 날 속일 수 없어, 사제."

쿨위크는 우쭐거리며, 엘리에게 고개를 까딱 숙였다.

"하지만 네가 해볼 만한 일이기는 하겠지. 음. 내 수정에는 엄청난 힘이 있어. 네가 상상할 수 있는 것 이상으로! 이런, 이 수정은 지금 내 주인 리타 고르를 저 높은 곳에 있는 자신의 전사들과 서로 묶어주지. 또한 이센위 평원에 있는 내 전사들과 나를 묶어주고. 그것 말고도 훨씬, 훨씬 많은 힘이 있어. 아발론은 곧 그걸 알게 될 거야."

엘리는 조바심이 났다. 심장이 마구 뛰어댔다. 방법을 찾아야 했다! 하지만 어떻게?

쿨위크는 살며시 웃었다.

"네 계획에는 딱 하나 문제가 있다는 게 정말 유감이야. 내 수정은 파괴할 수 없거든."

쿨위크가 가까이 몸을 숙였다. 수정 빛이 쿨위크의 눈동자에서 빛났다.

엘리의 심장이 얼어붙었다.

"하지만 사제, 내가 널 파괴할 수는 있지."

쿨위크가 두 손을 힘차게 비벼댔다.

"그래서 내가 그 일을 하려고 해, 지금 당장."

3부

23
꺼져가는 불꽃

탬윈은 아하나의 갈기를 꽉 붙들었다. 이 위대한 말은 빙글 돌며, 리타 고르와 맞설 준비를 했다. 거대한 별, 페가수스의 심장에서 쏟아져 나오는 빛이 말의 은백색 날개를 비추었다. 하지만 그 빛이 빠르게 빛을 잃어가고 있었다. 비뚤배뚤 어둠의 틈이 심장에서부터 계속해서 재빨리 퍼지고 있었다.

아하나가 그 힘센 날개를 기울여 급하게 방향을 틀었기에, 탬윈은 가까스로 매달려 있었다. 말은 방향을 돌리며 콧구멍을 벌름거리면서 분노의 콧바람을 힝힝 내뿜었다. 성난 말 울음소리가 하늘에 메아리쳐, 별을 품고 있는 나뭇가지에서부터 빛나는 시간의 강까지 물결처럼 퍼져 나갔다.

이윽고 또 다른 소리가 들려왔다. 아하나의 울음소리를 완전히 압도하는 엄청나게 요란한 굉음. 그 소리는 너무 커서 근처 나뭇가지들은 물론이고 하늘 그 자체가 흔들리는 듯했다. 탬윈은 움츠러들었다. 그러는 사이 동료 승객 헤니는 탬윈의 허리를 잡고 있던 손을 놓고, 귀를 가렸다. 지금껏 들어본 적 없는 커다란 굉음이 별 사이에 울려 퍼졌다.

그건 용이 내는 굉음이었다.

아하나는 방향 전환을 다 마쳤다. 이제 리타 고르와 마주했다. 리타 고르는 말과 그 위에 탄 승객들 바로 앞을 빙글빙글 날았다. 거대한 몸이 하늘을 가렸다. 입술을 따라 허기진 듯 달싹거리는 혀 하나도 감히 자신에게 도전하는 유한한 생명체들보다 훨씬 컸다. 독수리 앞에 선 나방처럼, 쭉 편 검은 가죽 날개 앞에서 이들은 한없이 작아 보였다. 아주 오래전 전설적인 바질가라드의 시절 이후, 이처럼 맹렬하고 강력한 용이 아발론의 하늘을 주름잡은 적은 없었다.

용의 비늘은 별빛을 받아 검게 빛났다. 반사한 빛보다 더 많은 빛을 흡수했다. 발톱은 훨씬 더 검게 빛났다. 수많은 칼처럼 날카로운 이빨도 빛났다. 그런데 이 끔찍한 짐승의 가장 어두운 부분은 날개, 비늘, 발톱, 또는 이빨이 아니라 바로 눈동자였다.

저건 단순히 어둠만이 아니야. 텅 비었어. 속이 비었어. 그 끝을 알 수 없어.

탬윈은 당혹스러웠다.

아무것도 없는 우물 두 개처럼, 허공처럼 텅 빈 리타 고르의 눈동자가 탬윈을 노려보았다. 그러다 갑자기 놀란 표정이 나타났다. 이윽고 억누를 수 없는 분노로 바뀌었다.

"멀린의 자식새끼. 어떻게 아직도 살아 있을 수 있지? 널 벌써 죽여버렸다고 생각했는데! 하지만 이제 네 살아 있는 피 냄새가 나는군. 내 오래전 복수의 악취가 나."

어둠의 용이 으르렁거렸다.

"네가 맡을 수 있는 건 오직 네 악취밖에 없어, 리타 고르! 난 널 찾아 먼 길을 왔다."

탬윈은 말 위에서 앞으로 몸을 기울였다. 검은 머리카락이 빛났다.

용은 치명적인 뾰족한 이빨이 가득 찬 거대한 주둥이를 쩍 벌렸다. 그러고는 전보다 더 요란하게 굉음을 내면서 울부짖었다.

"네가 찾을 수 있는 건 네 죽음밖에 없어, 이 애송이 마법사."

생각보다 빨리, 리타 고르는 쭉 편 날개 위로 거대한 꼬리를 휘감아 이 도전자들을 향해 휙 휘둘렀다. 하지만 스타 갤로퍼 아하나는 그보다 빨리 움직였다. 하늘에서 회초리가 엄청난 힘으로 내리칠 때, 날개를 들어 올려 옆으로 방향을 틀었다.

리타 고르가 다시 공격하기 전, 날개를 맹렬히 움직여 용의 머리를 향해 곧장 날아갔다. 어찌나 빠른지, 한 점 별빛처럼 보였다.

"네 마법사의 지팡이를 사용해. 그 어떤 것도 그보다 더 강력할 수 없어."

아하나는 탬윈의 마음에 대고 소리쳤다.

진정한 마법사의 손에서.

탬윈은 대답했다. 갑작스레 스스로에 대한 확신이 서지 않았다.

그럼에도, 의구심을 옆으로 밀쳐두고 멀린이 한때 휘두르던 지팡이, 오니알레이를 칼집에서 꺼냈다. 울퉁불퉁 옹이진 손잡이를 손으로 꽉 움켜쥐자 에너지가 흐르는 게 또렷하게 느껴졌다. 자루에 새겨진 일곱 룬 문자가 푸른빛으로 은은하게 빛나기 시작했다.

"눈! 눈을 내리쳐."

아하나가 외쳤다.

이들이 리타 고르에 이르기 직전, 용은 자신의 위험을 알아차렸다. 옆으로 몸을 굴러, 넓적하고 단단한 날개로 적들을 향해 내리쳤다. 그 순간, 탬윈은 지팡이를 들어 올려 있는 힘껏 휘둘렀다.

리타 고르를 제대로 맞췄다. 충격이 엄청났기에 몸의 뼈마디가 모조리 흔들렸다. 지팡이는 용의 눈 바로 위를 정통으로 내리쳤다. 커다란 접시만 한 크기의 비늘에 금이 갈 정도였다. 비늘 하나가 완전히 깨졌다. 탬윈의 공격을 받은 리타 고르는 파르르 성질을 냈다. 이 거대한 짐승은 마치 별이 폭발하는 것처럼 사납게 울부짖었다.

아하나는 용의 날개를 피해 옆으로 돌았다. 한편, 헤니는 탬윈의 귀에 대고 요란하게 함성을 질렀지만 거대한 짐승의 시끄러운 소리 때문에 제대로 들리지 않았다. 헤니는 탬윈을 꽉 꼬집었다. 마치 이렇게 말하는 듯했다.

잘했어, 어설픈 인간.

아하나가 멀찍이 스르르 부드럽게 나는 동안, 탬윈은 옷 주머니를 슬쩍 들여다보며 다른 동료를 확인했다. 배티 래드의 쥐처럼 생긴 얼굴과 찻장 모양 귀가 살짝 보였다. 이내 주머니 속으로 다시 쏙 들어가 버렸다. 배티 래드가 무엇을 봤든, 두려움에 움츠러들어 그 어느 때보다 더 깊숙이 몸을 숨기고 싶어 하는 게 분명했다.

바로 그때 탬윈은 마음속에서 뭔가 느껴졌다. 목소리가 아니라 느낌이었다. 초조, 걱정, 불안. 하지만 어디서?

그 느낌이 리타 고르를 받드는 전사들에게서 전해지는 것임을 탬윈은 순간적으로 깨달았다. 전사들이 모여 있는 곳, 그러니까 마법사의 지팡이 별자리의 빛을 잃은 일곱 별, 사후 세계로의 열린 출입구는 하늘을 가로질러 아주 멀리 떨어져 있었다. 전사들이 실제로 어떤 모습을 하고 있는지 너무 멀어 제대로 볼 수가 없었다. 하지만 저 전사들은 분명 자기 주인의 고통을 느낄 수 있었다. 주인의 감정을 느낄 수 있었다. 이들이 자신의 감정을 주인에게 전달할 수 있는 것처럼, 어쩌면 주인의 의지 또한 느낄 수 있을지도 몰랐다. 웬일인지, 탬원이 이해하지 못하는 일종의 마법의 연결 고리를 통해, 전사들은 모두 주인과 연결되어 있었다.

잠시 뒤, 리타 고르의 분노에 찬 목소리가 다시 들려왔다.

“애송이 마법사, 널 벌레처럼 납작하게 만들어주겠어! 지금도 계속해서 모여들며, 앞으로 다가올 더 전면적인 전쟁을 위해 내 신호를 기다리고 있는 내 막대한 군대는 필요 없어. 아니, 이 임무는 나 혼자 처리하지!”

용은 이들을 향해 뛰어들며 치명적인 꼬리를 감아 다시 내리치려 했다. 하지만 아하나는 공격해오는 꼬리가 어디로 떨어질지 예측하고, 몸을 숙여 민첩하게 아래로 내려갔다. 별이 달리지 않은 작은 나뭇가지의 절벽 근처를 지나쳤다.

하지만 이번에는 리타 고르가 날개 한 번 휘저을 만큼 앞섰다. 꼬리는 그대로 감고 있었다. 꼬리를 내리치려 했던 건 결국 속임수 동작이었다. 꼬리가 완벽하게 비껴갈 거라 확신하고 아하나가 속도를 줄이는 순간, 리타 고르는 완전히 다른 방식으로 공격했다.

움푹 파인 깊숙한 눈구멍에서 시커먼 번갯불이 튀어나왔다. 별의 불꽃을 파괴하기 위해 페가수스의 심장을 공격했던 바로 그 끔찍한 무기였다. 번갯불이 지글지글 타며 하늘을 가로질렀다. 그러자 모든 별이 그 빛을 잃었다.

갑작스러운 폭발을 바라보며, 아하나와 탬원 모두 속았다는 걸 깨달았다. 위대한 말은 힝힝 울어대며 날개를 바삐 움직였다. 어깨와 등 근육이 터질 듯했다. 시커먼 번갯불이 이들을 향해 날아올 때 날개를 더 높이 들어 올렸다.

너무 늦었다!

번갯불이 아하나의 날개를 내리쳐 깃털과 뼈를 갈라놓았다. 가장 큰 불씨가 동료들을 스쳐 바로 뒤 나뭇가지의 절벽에 부딪쳐 터지며 수많은 나무껍질 파편이 허공에 날렸다. 아하나의 상처가 컸다.

아하나는 고통에 몸부림쳤다. 이제 더 이상 날 수 없었다. 마구 울어대며 사납게 발을 허우적거렸다. 이윽고 엄청난 힘으로 머리를 휘젓는 바람에 탬윈은 갈기를 잡고 있던 손을 놓치고 말았다. 지팡이를 쥐지 않은 손을 마구 휘저으며, 다시 갈기를 잡으려 했다. 그러면서도 내내 허벅지에 힘을 줘 아하나를 놓치지 않으려 했다. 하지만 그것으로는 충분하지 않았다.

탬윈은 말에서 떨어졌다.

필사적으로, 탬윈은 도리깨질하는 말을 붙잡으려 버둥거렸다. 하지만 몸을 돌리는 순간, 지팡이가 아하나의 엉덩이에 닿는 바람에 손에서 떨어져 나가 버리고 말았다. 탬윈 자신처럼, 소중한 지팡이는 아래로 떨어져 내렸다. 아하나도 추락했다. 헤니는 여전히 말의 등에 딱 붙은 채로 미친 듯이 소리쳤다. 말이 아니라 그저 분노의 외침이었다.

모두 허공을 빙글빙글 돌며 추락했다. 탬윈의 눈에 지팡이가 얼핏 보였다. 꺼져가는 페가수스의 심장 불꽃을 향해 떨어지는 지팡이가 빛을 내고 있었다. 빛나는 시간의 강을 배경으로 아하나의 찢어진 날개가 보였다. 아주 짧은 순간, 날개는 무척이나 밝게 빛났다. 마치 깃털이 불꽃으로 타오르는 듯했다.

어디선가 불쑥, 거대한 시커먼 그림자가 나타났다. 리타 고르! 용은 재빨리 낮게 내려앉더니, 날개를 접어 자신의 먹잇감 바로 밑에서 날았다.

"빌어먹을."

탬윈은 딱딱한 표면에 부딪쳤다.

용의 주둥이.

상처를 모른 체하고 주둥이 위에 앉아, 그 바닥을 알 수 없는 무시무시한 눈동자 하나를 노려보았다. 눈꺼풀 없는 커다란 눈이 악의를 잔뜩 품고 탬윈을 노려보았다.

"이런, 이런, 애송이 마법사. 네가 어디 내려앉았는지 똑똑히 보라고. 게다가 지팡이도 없군! 정말 측은하군."

탬윈 아래, 주둥이가 난폭하게 흔들렸다. 리타 고르가 몸서리치며 요란한 굉음을 냈다. 그건 그저 웃음이었을 것이다. 탬윈이 저 너머로, 아니면 바로 코앞에 있는 용의 끔찍한 눈구멍 안으로 떨어지지 않기 위해서는 미끄러운 비늘을 꼭 잡고 있는 것 말고 달리 방법이 없었다.

"네 힘이 얼마나 보잘것없는지 알겠군. 이런, 네 등에 있는 저 횃불에 불을 밝힐 마법조차 없잖아."

용이 가죽 날개를 천천히 움직이며 공중에 떠서 비웃었다.

탬윈은 그 말이 사실이라는 걸 알고 움츠러들었다.

"너는 마법사로서는 안됐지만 정말 형편없어. 하지만 네가 이렇게 살아남아 있어서 정말 기뻐. 지금 당장 이곳에서 널 죽이면 정말 큰 즐거움이 될 테니까."

용은 천둥처럼 으르렁거리고는 목소리를 낮추어 이어 말했다.

텅 빈 눈구멍 깊은 곳에서 불꽃이 일렁이더니 재빨리 하나로 합쳐졌다. 탬윈은 이제 몇 초 뒤면 시커먼 번갯불에 목숨을 잃을 것이다. 아발론을 구하려는 희망은 사라질 것이다.

이렇게 높은 곳까지 올라왔다. 이렇게 멀리까지 여행했다. 그리고 정말 많은 어려움을 견뎌냈다. 그런데 이렇게 죽어야 하나? 마음이 다급했다. 자신이 할 수 있는 그 모든 가능성을 생각했다. 하지만…… 달아날 방법이 보이지 않았다. 탬윈은 맞서 싸울 마법이 없었다. 최고의 무기, 멀린의 지팡이도 잃어버렸다.

잠깐. 지팡이가 내 유일한 무기는 아니야.

용의 눈구멍 안의 불꽃이 이글거리며 막 공격에 나서려 했다. 탬윈은 펄쩍 뛰어내리며 동시에 칼집에서 단검을 뽑았다. 단검은 그 자체의 깊은 빛에다가 별빛을 받아 더욱 밝게 빛났다. 잃어버린 핀카이라 땅에서 오래전 요정 금속 장인들이 만든 단검에는 멀린의 진정한 후계자만이 쓸 수 있는 힘이 들어 있었다. 폭군 리타 고르에 맞서 싸울 운명을 타고났다.

탬윈은 마지막이 될지 모를 함성을 지르며 돌진했다. 시커먼 번갯불이 나오기 직전, 탬윈은 용의 눈 한가운데에 단검을 푹 찔러 넣었다.

24
놀라운 변신

"아 아 아 악!"

검은 용의 요란한 포효가 하늘 가득 울려 퍼졌다. 부분적으로는 분노의 외침이고, 부분적으로는 고통의 비명으로, 그 포효는 너무나 강력해서 페가수스의 심장까지 파고들었다. 꺼져가는 별의 불꽃이, 그러니까 아발론과 지구 사이에 존재하는 마법의 출입구 잔해가 바람 앞에 놓인 촛불처럼 흔들렸다.

울부짖으면서도, 리타 고르는 소용돌이치듯 재빨리 몸을 돌렸다. 강력한 날개를 쭉 펴고, 커다란 꼬리를 감아 빙그르르 돌았다. 예상치 못한 탬윈의 공격 때문에 비틀거렸다. 거대한 발톱을 상처 입은 눈에 쑤셔 넣고 거기에 박힌 칼날을 빼내려고 버둥거렸지만 잘 되지 않았다.

리타 고르는 다시 한번 포효했다. 이번에는 화가 끝까지 치밀어 오르는 분노의 울부짖음이었다. 저 위험한 인간 때문에 한쪽 눈의 시력을 잃었다. 또한 똑같이 소중한 무언가를, 그러니까 정복의 달콤한 맛 또한 잃었다. 지금, 아발론을 비롯해 그 너머의 세계들을 지배하려는 자신의 계획이 가져올 전율을 느낄 수조차 없다. 아니, 저 비열한 젊은 마법사에 대한 끝 모를 분노만 이글이글 타올랐다.

하지만 탬윈은 이미 멀찌감치 떨어져 있었다. 단검을 눈에 찔러 넣자마자, 용의 주둥이에서 허공으로 펄쩍 뛰어내렸다. 뛰어내릴 때 바람이 무섭게 불어와, 꺼져가는 별을 향해 곤두박질쳤다. 탬윈은 자신이 곧 죽으리라는 걸 알았다. 그래도 먼저 리타 고르에게 고통스러운 일격을 가했다.

충분하지 않아. 전혀 충분하지 않아.

탬윈은 추락하며 스스로에게 저주를 퍼부었다. 마법사로서 충분한 자질을 갖췄다면 눈을 찌르는 것 그 이상을 할 수도 있었을 거다. 자신의 능력으로 날 수도 있었을 거다! 리타 고르와 죽을 때까지 싸울 수 있었을 거다! 그래. 그리고 그 과정에서, 자신이 사랑하는 그 모든 것, 모든 사람들을 구할 수 있었을지도 모른다.

바로 그 순간, 바람이 세차게 불었다. 너무 세차게 내리쳐서 옷 앞자락이 모조리 뒤집혀 몸에서 벗겨졌다. 이윽고, 솔기에 박힌 실이 터지며 주머니가 완전히 찢어져 나갔다.

그때 자신이 느낀 게 단순한 바람이 아니라는 걸 깨달았다. 전에 경험해본 적 없는 엄청난 힘이었다. 사실 상상조차 해본 적 없는 것이었다.

그건 배티 래드였다.

그런데 그건 배티 래드가 아니었다. 완전히 놀란 표정으로 지켜보는 사이, 쭈글쭈글한 날개와 특이한 초록빛의 땅딸막한 작은 생명체가 변신하기 시작했다. 점점 커지기 시작했다. 엄청나게 크게 부풀어 올랐다.

몇 초 만에, 주름 잡힌 얼굴이 커다란 머리가 되었다. 입에는 날카로운 이빨이 박혔다. 낙엽처럼 연약하던 지느러미발은 넓고 강력한 날개가 되었다. 작은 찻잔 모양의 귀는 탬윈의 키만큼 커졌다. 쥐처럼 생긴 발은 날카로운 발톱이 달린 근육질 다리가 되었다. 목이 길게 늘어났다. 꼬리도 늘어났다. 꼬리에는 이제 거대하고 단단한 곤봉이 달렸다. 몸을 뒤덮고 있던 얼룩덜룩한 털은 빛나는 초록 비늘로 바뀌었다.

탬윈은 추락하면서도 깜짝 놀라 눈을 껌뻑거렸다. 이 생명체는 더 이상 탬윈의 주머니 안에 딱 들어맞는 기괴한 작은 박쥐가 아니었다. 이제 한 마리 거대하고 끔찍한 용이었다. 아하나보다 스무 배나 컸다. 이전의 모습과 비슷해 보이는 건 눈동자 안에서 타오르는 으스스한 초록 빛뿐이었다.

커다란 이 초록 용은 날개를 힘차게 저어 허공에서 방향을 바꾸더니, 추락하는 동료 아래로 날았다. 이윽고 머리를 부드럽게 들어 올렸다. 그래서 탬윈은 기다란 뾰족귀 옆에 딱 내려앉을 수 있었다. 젊은이는 곧추선 귀를 잡고 천천히 몸을 세웠다. 귀를 따라 자란 수천 개의 노란 연둣빛 털이 너무나도 부드럽다는 걸 알아차리고는 깜짝 놀랐다.

"넌 더 이상 배티 래드가 아니구나. 그런데 넌 여전히 내 친구니?"

탬윈이 물었다. 목소리에 놀라움이 넘쳐났다. 탬윈은 용의 귀 옆에 차분하게 섰다.

용의 목구멍에서 웃음소리가 깊게 흘러나왔다.

"난 언제나 네 친구야. 네 할아버지와 그랬던 것처럼."

배티 래드의 재잘거리던 목소리와는 완전히 다르게 용이 큰 소리로 말했다. 이 새로운 목소리는 무척 굵직하게 울렸다. 탬윈은 그 소리를 듣고 하프 줄이 떠올랐다. 하늘의 한쪽 끝에서 다른 쪽 끝까지 쭉 뻗어 있는 하프 줄…….

탬윈은 깜짝 놀라 커다란 귀를 꽉 잡았다.

"멀린을 알아?"

"멀린을 아냐고?"

용이 쩌렁쩌렁 말했다. 용은 날개를 기울여, 페가수스의 심장을 향해 우아하게 방향을 틀었다. 바람이 둘 모두에게 세차게 불어왔다. 하지만 탬윈은 용의 다음 말을 듣는 데 아무런 문제가 없었다.

"네 할아버지와 나는 수많은 싸움을, 수많은 모험을 함께했어. 폭풍의 전쟁이 끝난 뒤 별들을 다시 밝히기 위한 여정을 포함해서 말이야."

젊은이는 숨이 턱 막혔다.

"네가 누군지 알겠어! 배티 래드가 아니야, 너는……."

"바질가라드."

마치 그 말에도 날개가 있기라도 한 것처럼 그 이름이 허공에 크게 울려 퍼졌다.

"그리고 내 진짜 모습을 되찾게 되어서 정말 기뻐."

즉각, 탬윈은 깨달았다.

"멀린! 멀린이 너한테 숨어 있어 달라고 부탁했던 거구나, 그렇지? 그러고는 마법으로 널 변장시킨 거지?"

용이 거대한 머리를 끄덕이는 바람에, 탬윈은 귀를 세게 움켜잡고 균형을 잡아야 했다.

"나도 그러겠다고 했어. 아발론의 적들이 내가 아직 살아 있다고 의심을 품지 못하게 말이야. 그래서 멀린은 지구로 가는 마지막 여정에서 나를 타고 가지 않았던 거야. 덕분에 난 수많은 세월 동안 숨어 지낼 수 있었지. 멀린의 진정한 후계자가 마침내 나타날 때까지."

탬윈은 하늘로 솟구치는 용 위에 똑바로 섰다. 평생 처음으로, '진정한 후계자'라는 말이 정말로 자신을 뜻한다고 느꼈다. 또한 자신이 이제 무엇을 해야 하는지도 확실히 알았다.

탬윈은 어려움에 빠진 별을 흘끗 바라보았다. 이제 어둠이 파고들어 빛은 희미하게 남아 깜빡였다. 이윽고 위를 올려다보았다. 분노로 소용돌이치는 덩어리. 바로 리타 고르. 장군은 엄청난 분노에 완전히 사로잡혀 있어서, 탬윈이 살아 있다는 걸 아직 깨닫지 못했다. 젊은이는 리타 고르가 방금 전에 죽인 동료들을 떠올리며 장군을 노려보았다. 용맹스러운 말 아하나, 억누를 수 없는 훌라 헤니는 두 번 다시 보지 못할 거다. 동료 둘을 잃었다. 멀린의 지팡이도 잃어버렸다. 마침내, 탬윈은 자신을 태우고 있는 커다란 초록 용의 귀에 대고 말했다.

"바질가라드, 넌 언제나 아발론에 대한 사랑에 끌려 수많은 적을 싸움터에서 마주했어. 이제 나랑 함께해줄래? 그 어떤 싸움보다도 더 큰 싸움에?"

바질가라드는 대답 대신 날개를 힘차게 저었다. 이제 둘은 위로 날아올랐다. 초록색 눈이 밝게 빛났다. 힘찬 날갯짓으로 점점 더 높이 솟아올랐다. 하늘로 솟아오르자, 탬윈 주위로 바람이 쉭쉭 소리 내고 불어대며, 머리카락이 흩날리고 찢어진 옷이 나부꼈다. 탬윈은 한 손으로 용의 곧추선 귀를 꽉 잡았다. 자신의 운명의 배. 별로 자신을 데려다줬던 커다란 배의 뱃머리에 올라탄 느낌이 들었다.

위로 오르는 동안, 별에 어둠이 점점 깊어졌다. 페가수스의 심장이 갑자기 흐려졌다. 불꽃이 사라졌다. 잠시 뒤면 별이 완전히 빛을 잃으리라는 걸 탬윈은 알았다.

이들 위로, 거대한 검은 용의 모습을 한 분노에 가득 찬 리타 고르가 마침내 멈추었다. 이제야 자신이 전혀 예상하지 못한 뭔가 새로운 걸 알아차렸다. 용이 다가오고 있었다. 방금 전에 자신의 눈을 멀게 한 바로 그 인간을 태우고 있는 용이……. 리타 고르는 온전한 한쪽 눈을 젊은 적을 향해 맞추었다. 또한 아주 오래전에 죽었다고 생각한 또 다른 적을 향해 맞추었다.

"바 질 가 라 드."

리타 고르는 하늘이 떨릴 만큼 큰 소리로 포효했다.

"리타 고르."

커다란 초록 용이 날개를 힘차게 저으며 소리쳤다.

두 마리 거대한 생명체가 서로를 향해 곧장 날았다. 한쪽 눈에서는 시커먼 불꽃이 이글거렸다. 다른 용의 눈동자에서는 초록빛이 빛났다. 이들은 엄청나게 빠르게 날았다. 탬윈은 숨죽였다. 엄청난 힘으로 충돌할 게 확실했다.

마지막 순간, 두 마리 용은 옆으로 비껴갔다. 아슬아슬 가까스로 스쳐 지나며 날개 끝이 서로에게 닿았다. 어두워지는 별을 향해 비늘이 우수수 떨어져 내렸다. 둘 다 다시 포효하더니, 방향을 틀어 서로를 마주했다. 무시무시한 발톱을 앞으로 쭉 내밀었다.

느닷없이, 리타 고르의 눈에서 시커먼 번갯불이 확 튀어나왔다. 바질가라드는 대단히 민첩하게 .움직여, 옆으로 휙 내려갔다. 번개가 그 옆을 스쳐 지나가 텅 빈 하늘로 사라졌다. 초록 용은 재빨리 옆으로 몸을 돌려 적 바로 위로 날아가, 치명적인 발톱으로 적의 등을 난도질했다.

리타 고르는 몸을 웅크리며 노발대발 울부짖었다. 탬윈이 숨을 돌리기도 전에, 이 사후 세계의 장군은 무시무시한 꼬리를 휘둘러 바질가라드의 날개를 잘라내려 했다. 초록 용은 재빨리 옆으로 몸을 돌렸다. 날개가 살짝 찢어졌다. 탬윈은 친구의 귀를 단단히 붙잡았다. 휘두르는 꼬리가 살짝 비껴갔다고 확신했다.

용 두 마리는 계속 싸웠다. 때로는 덤벼들고, 속임수를 쓰고, 재빨리 몸을 피했다. 때로는 날개를 서로 부딪치고, 날카로운 발톱으로 비늘을 뽑아냈다. 거대한 두 마리 용은 희미해져 가는 별빛 속에서 계속 싸웠다. 시커먼 번갯불이 허공에서 폭발했다. 분노에 찬 포효가 터져 나왔다. 탬윈은 최선을 다해 꼭 붙잡고 있었다. 자신이 뭔가 할 수 있기를 바랐다.

마침내 두 마리 용은 물러섰다. 주변을 신중하게 날았다. 둘 다 상처 입었지만, 누구도 분노 이외에는 어떤 표정도 얼굴에 드러내 보이지 않았다. 여기저기 찢어진 날개를 힘차게 저으며 언제든 전투로 다시 뛰어들 준비를 했다.

"넌 멍청해, 바질가라드. 넌 곧 나한테 지고 말 거야. 물론, 이 세상을 위한 더 큰 전투에서 넌 이미 졌어! 내 전사들이 지금 저 아래 다 모여서 오합지졸 적을 파괴할 준비를 하고 있거든. 내 신호가 떨어지면 우리 전사들이 아발론으로 내려갈 거야. 넌 내 전사들을 막을 수 없어."

리타 고르가 헉헉거리며 소리쳤다. 숨 쉴 때마다 콧구멍이 벌름거렸다.

"나쁜 놈. 내가 널 막으면, 저 녀석들도 막을 수 있지."

초록 용이 큰 소리로 쩌렁쩌렁 대답했다. 그 목소리는 대담하게 울려 퍼졌지만, 탬윈은 그 말 안에 깃든 불확실한 기운을 알아차릴 수 있었다.

"넌 그 무엇도 막을 수 없어! 네가 비록 오래 살았지만, 넌 여전히 유한한 생명체에 불과해. 죽을 운명이라고. 반면 나는 무한한 생명체 중에서도 가장 위대해. 승리할 운명을 타고났지."

리타 고르는 몸을 돌려, 넓은 날개를 쭉 뻗은 채 빙글빙글 돌았다. 이윽고 마치 승리라는 단어를 강조하듯, 날개를 다시 퍼덕거렸다.

"그리고 네 죽음을 훨씬 더 비참하게 만들기 위해, 바질가라드, 네게 좀 더 말해주겠어. 넌 경험 많은 싸움꾼으로서, 내 전사들을 해치고 실제로 내 전사들의 임무를 늦출 수 있을지도 몰라. 내가 지금 여기서 직접 너를 막고 있지 않다면 말이야."

리타 고르는 만족스러운 듯 으르렁거렸다.

"하지만 애석하게도, 난 지금 이곳에 있어. 바로 이곳에 있다고! 그리고 곧 너와 네 불쌍한 작은 승객 모두를 죽여 버릴 테다."

탬윈은 저 멀리, 빛을 잃은 마법사의 지팡이 일곱 개 별을 향해 몸을 돌렸다. 희미하게 빛나는 일곱 개의 원 아래, 시커먼 형상들이 우글우글 모여 있었다. 정말, 리타 고르의 죽지 않는 전사들이 공격 태세를 갖추고 있었다. 바질가라드가 저들의 경로를 어떻게든 다른 곳으로 돌린다 하더라도, 여기에서는 방법이 없었다. 그러니 저들을 막을 방법은 없었다. 만약…….

탬윈은 바질가라드의 귀에 얼굴을 바짝 대고 속삭였다.

"우리가 여기를 떠나서 저 전사들을 향해 달려들면, 이 녀석은 전혀 예상하지 못할 거야."

탬윈이 말하는 사이, 바질가라드의 귀가 뻣뻣해지며 살짝 떨렸다.

"우리는 죽을지도 몰라, 친구. 너랑 나 단 둘이서 저 많은 전사들을 상대해야 하잖아. 하지만 어쨌든 저 녀석들에게 해를 입힐 수는 있어. 리타 고르가 말한 것처럼! 비록 저 녀석들을 죽일 수 없을지는 몰라도, 저 녀석들의 유한한 몸에 상처를 입힐 수는 있어. 그렇게 하면 리타 고르의 계획을 훼방 놓을 수 있겠지."

탬윈은 숨을 깊이 들이쉬었다.

"적어도, 우리는 녀석들과 싸우면서 시간을 벌 수 있을지도 몰라. 저 아래 우리 친구들을 위해서 말이야. 그리고 우리가 아발론을 수호하다 죽는다면, 그건 영광스러운 죽음이 될 거야. 안 그래?"

"그래!"

바질가라드가 큰 소리로 말했다.

즉각, 바질가라드는 몸을 돌려 시커멓게 변한 별자리를 마주했다. 이윽고 날개를 힘차게 젓기 시작했다. 이들은 곧 초록 점이 되었다. '페가수스의 심장'의 마지막 붉은빛을 받으며, 놀라 어안이 벙벙한 리타 고르를 남겨둔 채, 불멸의 전사들을 향해 날아갔다. 저 뒤에서 시커먼 용이 내뿜는 분노의 포효가 들려왔을 때는 이미 꽤 멀리서 날고 있었다.

별빛처럼 하늘을 가로지르며 빠르게 날았다. 사방에, 나뭇가지에 걸린 수백 개의 별들이 환하게 빛났다. 한순간, 탬윈은 저 빛나는 원의 출입구를 지켜보았다. 각각 또 다른 세상으로 갈 수 있는 불타는 출입구였다. 탬윈은 그곳을 응시하며, 아발론의 광활함과 별의 무한한 아름다움에 경외심을 느꼈다.

하지만 저것들은 영원하지 않아.

탬윈은 침울하게 떠올렸다. 리타 고르가 승리를 거둔다면, 저 별은 모조리 빛을 잃을 것이다. 어쩌면 빛나는 시간의 강 또한 리타 고르의 힘에 굴복할 것이다.

탬윈은 바질가라드의 귀에서 자세를 고쳐 잡고 뒤를 흘끗 바라보았다. 지금, 페가수스의 심장이 희미하게 빛났다. 완전히 빛을 잃을 때까지 시간이 얼마 남지 않았다. 정말로 빛을 잃어버리면, 침략을 막을 수 없을 것이다.

마치 탬윈의 생각을 듣기라도 한 것처럼, 바질가라드가 그 강력한 날개를 더 빨리 움직였다. 이제 이들은 마법사의 지팡이 별자리까지 절반 이상 왔다. 남은 거리는 빠르게 줄어들었다. 마침내 리타 고르의 전사들의 모습이 또렷하게 보일 만큼 가까이 왔다. 눈에 보이는 모습이 놀랍지는 않았지만, 분명 우려할 만했다.

용. 수백 마리 용.

탬윈은 사후 세계로 향하는 어두워진 출입구 아래 다닥다닥 모여 있는 그 모습을 보고 고개를 가로저었다. 주인보다는 훨씬 작았지만, 비룡보다 저 어두운 용들은 끔찍할 정도로 사악해 보였다. 뾰족한 꼬리, 비뚤배뚤 이빨, 칼처럼 날카로운 발톱. 톱니 모양의 시커먼 날개 끝은 한 번 스치기만 해도 살점과 뼈를 단박에 도려낼 수 있었다. 서로 사납게 드잡이하는 모습을 보아하니, 성질머리가 전쟁에 아주 적합해 보였다.

탬윈은 전사들을 쳐다보며, 저들이 저 아래 영토에 얼마나 큰 해를 끼칠지 생각했다.

어떻게든 저 녀석들을 막아야 해! 저 출입구 너머로 쫓아 버려야 해. 그러고 나서 아발론에 들어오지 못하게 해야 해.

하지만 우선, 바질가라드와 함께 전사들에게 가야 했다. 서둘러야 했다! 저 아래 영토로 뛰어내리라는 리타 고르의 신호가 떨어지기 전에. 그리고…….

탬윈의 생각이 갑자기 멈추었다. 뒤를 돌아본 순간 페가수스의 심장이, 별자리 중에서 한때 가장 밝았던 별이 마지막으로 껌뻑이더니 완전히 꺼졌기 때문이다. 불꽃이 꺼져, 별은 이제 시커먼 얼룩에 지나지 않았다. 유한한 지구를 향해 열린 출입구였다.

설상가상, 탬윈과 빛을 잃은 별 사이에 또 다른 시커먼 얼룩이 가까이 다가왔다. 리타 고르. 장군은, 여전히 멀리 있었지만, 재빨리 날아오고 있었다. 장군의 분노가 느껴졌다. 탬윈의 가슴을 차가운 손가락으로 찌르려 했다.

전사들의 새된 소리에 탬윈은 뒤를 돌아보았다. 오랫동안 기다려온 신호를 보고, 용들은 드잡이를 멈추고 저 아래 영토를 내려다보았다. 다 함께, 날개를 펄럭이며 아래로 날아갔다. 아발론 침공이 시작되었다.

이제 저 녀석들을 막기에 너무 늦었어!

탬윈은 좌절했다. 바질가라드 위에 앉아 주먹을 휘둘렀다. 이제, 자신이 모든 걸 잃었다는 걸 확실히 느꼈다. 세상을 구할 마지막 기회. 한낱 서툰 어릿광대가 아니라 크리스탈루스의 진짜 아들, 멀린의 진정한 후계자라는 걸 증명할 한 번의 기회. 또한 엘리를 다시 볼 수 있는 마지막 기회.

불현듯, 침략군의 변화를 알아차렸다. 뛰어내리다 멈칫하더니 마치 바람에 날린 모닥불의 재처럼 제각각 다른 방향으로 뿔뿔이 흩어졌다. 녀석들의 목구멍에서는 새된 비명과 포효가 흘러나왔다. 정복의 소리가 아니라 혼돈의 소리였다.

위대한 나무의 나무둥치에서 이들을 향해 똑바로 날아오르는 또 다른 전사 무리! 탬윈은 그 모습이 믿기지 않아 몸을 떨었다. 하지만 의심의 여지가 없었다. 새로운 전사들은 주황빛으로 반짝였다. 날개가 활활 타올랐다.

불꽃 천사들이 도착했다.

25
불꽃 천사들의 비행

귀리온이 직접 이끄는 불꽃 천사 전사들이 재빨리 하늘 위로 날아올랐다. 날개 달린 몸은 주황색으로 환하게 타올랐다. 새로운 지도자는 목표를 되찾고 기운도 찾았다. 까맣게 탄 석탄을 닮은 남자와 여자의 모습이 아니었다. 불꽃 천사들은 영혼불꽃으로 타올랐다. 다시 한번, 이들은 새로운 이야기를 쓸 것이다. 옛 이름에 걸맞은 이야기를…….

불꽃 천사.

커다란 초록 용 바질가라드의 머리 위에 올라탄 탬윈의 심장이 감사의 불꽃으로 타올랐다. 용의 귀를 단단히 잡고 앞으로 몸을 숙여 위로 올라오는 불꽃 천사의 숫자를 셌다. 60명에서 70명 정도였다. 리타 고르의 전사 숫자에는 3분의 1에도 미치지 못했다. 설상가상, 전사들은 리타 고르보다는 훨씬 작았지만 불꽃 천사에 비해서는 두 배나 컸다. 이렇게 귀리온의 세력이 숫자로 보나 크기로 보나 부족했지만, 용기와 속도와 대담함에서는 앞선다는 게 곧 아주 분명하게 드러났다.

불꽃 천사들은 전사 용들을 향해 곧장 날아올라 성난 말벌 떼처럼 맹렬히 공격했다. 불타는 날개로 용의 얼굴을 마구 때리고, 눈까풀 없는 눈을 발길질하고, 비늘 덮인 목에 내려앉았다. 침략자들은 그 무게 때문에 방향을 잡기도 날아오르기도 힘들어졌다. 그러는 내내, 불꽃 천사들은 뾰족한 꼬리, 톱니 모양 날개, 날카로운 발톱을 피했다. 강철나무 허리감개 말고는 아무것도 걸치지 않았지만, 허공에서 민첩하게 움직였기에 심각한 부상을 입지는 않았다.

전투에 가까이 다가가던 탬윈의 눈에 용 두 마리 사이에서 불꽃 천사 한 명이 보였다. 용의 눈을 불태우고는 재빨리 멀찍이 방향을 바꾸자, 용 두 마리가 허공에서 서로 충돌했다. 용들은 분노의 비명을 지르더니 서로 맞붙어 싸우기 시작했다. 꼬리와 날개로 사납게 서로를 내리쳤다. 한편, 이런 충돌을 불러온 불꽃 천사는 아무런 해도 입지 않고 멀리 날아갔다.

"귀리온!"

탬윈이 소리쳤다. 바질가라드가 커다란 날개를 들어 올려 속도를 줄였다.

귀리온은 친구를 보고는 방향을 틀어 위로 미끄러지듯 다가왔다. 이윽고 거대한 용을 경계하듯 바라보며, 탬윈 바로 옆, 바질가라드의 머리에 내려앉았다. 몇 초 동안 둘은 그저 놀란 표정으로 서로를 바라보았다. 마침내, 귀리온이 손을 허리에 올리고 말했다.

"세상에, 탬윈! 대왕 흰개미들과 싸우다 죽을 뻔한 녀석치고는 제법인데."

탬윈은 한 손을 들어 올려, 친구의 몸에서 나오는 열기를 느껴보았다.

"영혼불꽃이 밝게 타오르기를 바라며 불 석탄을 삼키다 죽을 뻔한 사람치고는 제법인데."

귀리온은 방긋 웃었다. 그러고는 머리카락 없는 머리에 놓인 황금 화관을 불타는 손가락으로 쓰다듬었다.

"네가 이 화관을 내 문 앞에 가져오기 전까지는 나도 그게 가능하다고 진정으로 믿지 않았어. 우리 백성들이 다시 불타올라 별로 날아갈 수 있다는 예언이 이루어질 거라고 진정으로 믿지 않았던 것처럼 말이야."

"당신이 직접 다그다를 만나 당신 백성들의 진짜 이름을 듣게 될 거라는 예언을 믿지 않았던 것처럼."

탬윈이 덧붙였다.

그 말에, 불꽃 천사는 옆으로 몸을 돌렸다. 주변에서 벌어지는 싸움을 흘끗 쳐다보고는 중얼거렸다.

"그 예언은 그저 희망에 불과해."

"당신이 언젠가 나한테 했던 말처럼, 희망은 바람을 타고 불어오는 불씨야. 불씨가 활활 타오르게 하는 불쏘시개만 있으면 돼."

천천히, 귀리온의 눈에서 섬광이 나타나더니 붉은 석탄처럼 밝게 빛났다.

"너도 알잖아, 탬윈. 네게는 눈에 보이지는 않는 내적 불꽃이 있어. 가장 강력한 불꽃은 영혼 안에 깃들어 있어."

용 전사 한 쌍이 바질가라드의 날개를 스쳐 지나가며, 젊은 불꽃 천사 하나를 쫓았다. 초록 용은 곤봉 달린 꼬리를 능숙하게 휘둘렀다. 용 두 마리는 완전히 정신을 잃고 아래로 곤두박질쳤다.

"귀리온, 지금이 우리에게 주어진 유일한 기회야. 저 사악한 짐승들을 어두워진 일곱 출입구 밖으로 몰아내야 해. 안 그러면 우리 모두 죽고 말 거야."

탬윈이 다급하게 말했다. 그러고는 일곱 개의 창백한 원을 가리켰다.

불꽃을 잃은 그 중심부는 사후 세계로 이어졌다.

불꽃 천사는 알 수 없는 소리를 나지막이 속삭였다.

"대왕 흰개미 떼와 싸우는 것과 크게 다르지 않아."

귀청이 찢어질 것 같은 포효가 허공을 갑자기 뒤흔들었다. 리타 고르가 도착했다. 한쪽 멀쩡한 눈에서 시커먼 번갯불이 사납게 튀어나왔다. 바질가라드는 재빨리 방향을 틀어 공격을 피했다. 하지만 너무 급작스럽게 방향을 트는 바람에 탬윈은 떨어지지 않도록 두 팔로 용의 귀를 꽉 잡고 있어야 했다. 귀리온은 허공으로 펄쩍 뛰어들어 활활 타오르는 날개에 힘을 주었다.

"멍청이들! 너희가 불사의 존재라는 걸 잊었나? 무적의 힘을 지닌 내 수정으로 나와 이어졌다는 걸 잊었나? 너희의 그 하찮은 대가리로 생각하지 마라. 그저 내 생각을 느끼고, 내 명령을 따라라. 그러면 내가 이미 예언한 대로 우리는 반드시 승리할 것이다!"

리타 고르는 하늘을 가로질러 자신의 군대를 향해 소리쳤다.

이윽고 허공에서 휙 내려앉더니, 탬윈과 바질가라드 바로 앞에서 곧장 멈추어 선회했다. 장군은 상처 입지 않은 한쪽 눈으로 이들을 노려보았다. 다른 눈과 달리, 회색 막으로 덮여 있고, 또렷하게 빛났다. 끝모를 우물과도 같은 구멍이 있었다.

"그사이, 나는 이 애송이 마법사와 그 애완동물을 처리하겠다."

그 말을 듣자 바질가라드는 파르르 화를 내며 커다란 날개를 펄럭거려 장군을 향해 쏜살같이 날아갔다. 적의 심장을 노리는 창처럼, 귀를 앞으로 쑥 내밀었다. 탬윈은 귀에 딱 달라붙어 떨어지지 않으려 온 힘을 다했다. 다그다를 포함해 그 누구도 리타 고르를 죽일 수 없다는 걸 탬윈은 알았다. 하지만 용맹한 초록 용이 리타 고르를 죽이려 한다는 것 또한 잘 알았다.

충돌 직전, 불멸의 장군은 바질가라드 아래로 뛰어들었다. 리타 고르는 복수의 포효를 내뱉으며 거대한 꼬리를 휘둘렀다. 꼬리는 바질가라드의 머리를 향해 순식간에 날아왔다. 눈에 보이지도 않을 만큼 재빨랐다.

하지만 늙은 용의 반사 신경 또한 빨랐다. 바질가라드는 즉각 한쪽 날개를 아래로 푹 내려 한쪽으로 굴렀다. 치명적인 꼬리가 목과 귀 끝의 초록 비늘을 긁으며 스쳐 지나갔다. 탬윈이 자리 잡고 있는 바로 그 귀를…….

엄청난 충격에 탬윈은 허공으로 날아 바질가라드의 단단한 날개 끝에 등을 부딪혔다. 다행스럽게도, 배낭과 횃불이 충격을 흡수했기에 뼈가 부러지지는 않았다. 하지만 배낭 안에서 뭔가 와지끈 쪼개지는 소리가 끔찍하게 들려왔다. 엘리의 하프가 박살 났다는 걸 알고 탬윈은 진저리쳤다.

하지만 그 생각을 할 여유가 없었다. 날개에서 튕겨 허공을 향해 빙그르르 떨어져 내리고 있었으니까. 리타 고르는 기회가 왔다는 걸 알아차리고 승리의 콧바람을 불었다. 이윽고 또 한 차례 번갯불 공격을 감행했다. 떨어지면서도, 탬윈은 시커먼 불꽃이 폭발하는 게 보였다. 번갯불이 날아왔다. 피할 수 없었다. 바질가라드는 멀리 있었기에 아무런 도움을 줄 수 없었다.

불현듯, 불타는 몸이 탬윈의 옆구리에 쿵 부딪쳐, 번갯불이 오는 길에서 멀찍이 내동댕이쳤다. 탬윈은 공중제비를 했다. 자신의 목숨을 구해 준 불꽃 천사의 얼굴이 흘끗 보였다.

"프라이사!"

탬윈은 귀리온의 여동생을 알아보고 소리쳤다. 귀리온의 마을에 머무는 동안, 프라이사의 웃음소리가 자주 사방에 가득 차곤 했다.

미처 대답하기도 전에 번갯불이 프라이사의 다리 하나를 가르고 날개를 찢어놓았다. 프라이사는 탬윈을 바라보았다. 허벅지에서 은갈색 피가 쏟아져 나오고, 나무껍질 같은 피부에서 불꽃이 희미해졌다.

"살아남아, 탬윈. 반드시…… 살아남아."

프라이사는 쉰 목소리로 말했다.

그 말을 남기고, 프라이사의 영혼불꽃은 꺼졌다. 위대한 별의 불꽃이 좀 전에 어두워진 것처럼……. 프라이사는 타 버린 숯 덩어리처럼 생기를 잃고, 저 아래 영토를 향해 곤두박질쳤다.

탬윈은 떨어지면서도 눈을 깜빡이며 들여다보았다. 바람 너머 휙 소리가 불쑥 들려왔다. 잔인할 정도로 날카로운 거대한 발톱 하나가 탬윈을 향해 휘둘러……

…… 배낭끈을 잡았다. 바질가라드는 젊은이를 다시 위로 들어 올리며 급하게 방향을 틀었다. 탬윈은 다시 한번 동료의 머리 위에 내려앉았다. 용의 비늘에 닿은 횃불 막대기가 달가닥거렸다. 방금 목격한 장면에 진저리치며, 똑바로 서서 기다란 용의 귀를 꽉 잡았다.

"목숨을 구해줘서 고마워."

탬윈은 귀에 대고 말했다. 하지만 마음 깊숙한 곳에는 하지 못한 말이 있었다.

네가 프라이사의 목숨 또한 구해줄 수 있었으면 얼마나 좋을까.

탬윈은 저 위의 싸움터를 흘끗 살펴보았다. 몸서리를 쳤다. 리타 고르의 전사들은 지도자의 말에 격려를 받아 새로이 힘을 내어 포악하게 싸우고 있었다. 어쩌면 저들이, 불꽃 천사들과 달리, 죽지 않는다는 사실을 장군이 알려줬기 때문일지도 모른다. 어쩌면 리타 고르가 자신의 전략을 전해줬기 때문일지도 모른다.

어쨌든 그 결과는 분명하게 드러났다. 귀리온의 세력이 줄어들고 있었다. 하나씩, 불꽃 천사들은 목숨을 잃고, 꺼져가는 석탄처럼 아래로 떨어졌다. 불꽃 천사들은 끝까지 용감하게 싸웠다. 하지만 그럼에도 불구하고, 결국은 죽었다.

탬윈은 바질가라드의 귀를 꽉 잡은 채 고개를 흔들었다.

이렇게 계속할 수는 없어! 우리가 얼마나 더 살아남을 수 있을까?

초록 용이 하늘을 빙글 돌았다. 탬윈의 희망은 사라졌다. 또 다른 질문 두 개가 다시 한번 머릿속에 떠올랐다. 어떻게 침략자들을 출입구 너머 사후 세계로 몰아낼 수 있단 말인가? 어떻게 저 문을 닫을 수 있단 말인가?

26

이센위 전투

탬윈과 동맹군이 하늘에서의 전투에서 살아남기 위해 고군분투하는 사이, 저 아래 이센위 평원에서도 치열한 전투가 벌어지고 있었다. 그리고 그 싸움에서 브리오나의 우려가 정확히 들어맞았다는 게 오싹하게 증명되었다. 용기와 명예심이 잔인함만큼이나 유명했던 독수리 종족 커윈의 죽음은 그 시작에 불과했다. 평화 협상이 깨진 순간부터, 싸움은 계속되었다. 게다가 점점 더 치열해졌다. 이제, 어슴푸레한 초저녁 빛 속에서 머드루트의 갈색 진흙은 핏빛으로 길게 죽죽 물들었다.

양쪽 군대의 전사들은 온갖 무기를 들고 나무 한 그루 없는 평원 위에서 싸웠다. 갑옷 입은 곱스켄 전사 수백 명이 넓적한 칼과 창을 휘두르며 요정, 소인, 인간, 플레임론, 나무 정령, 거인으로 이루어진 동맹군을 마구 난도질했다. 남자와 여자들은 칼을 휘두르거나 단검을 찔러대며 진흙땅에서 맞서 싸웠다. 엘 우리엔과 브린칠라에서 온 요정들은 긴 활로 과녁을 조준해 화살을 날렸다. 플레임론은 최신 무기로 불타는 타르 덩어리와 창을 쏘고 묵직한 돌을 던졌다. 투석기에 돌이 다 떨어지자, 죽어 나가떨어진 곱스켄의 몸을 내던졌다.

나무뿌리를 엮은 옷 위에 강가 바위의 묵직한 그물을 걸친 여자 거인은 오거 둘을 상대로 싸우면서 눈이 네 개 달린 트롤의 목을 짓눌렀다. 땅딸막한 땅의 요정 부대는 곱스켄 뒤에서 도자기로 만든 창을 아주 정확하게 휘둘렀다. 땅의 요정들은 사납게 소리치며 적을 무찔렀다. 그러다 창이 부러지면, 이 잔인한 싸움꾼들은 적의 등에 펄쩍 뛰어올라, 귀를 물어뜯고 손가락 세 개 달린 지저분한 손으로 목을 졸랐다.

이제 여기저기 시체가 즐비한 들판, 건장한 나무 정령 하나가 비명을 질러대는 구울라카 한 쌍을 향해 참나무 팔을 휘둘렀다. 한편, 투명한 새들은 피로 물든 발톱으로 나무 정령의 나무껍질을 갈가리 찢고 눈을 후벼 팠다. 나무 정령은 폭풍 속의 어린나무처럼 몸을 흔들며 새들을 무자비하게 때려눕혔다.

근처, 구름처럼 몰려든 파란 날개의 안개 요정들이 트롤의 얼굴로 날아들자, 트롤은 비틀거리며 곤봉을 떨어트렸다. 하지만 트롤은 쓰러지면서도 많은 요정들을 때려죽였다. 이윽고 트롤은 여자 하나를 말에서 떨어트려 발로 짓밟아 버렸다. 마침내, 요정 궁수 셋이 끼어들었다. 수많은 화살을 맞고 결국 트롤은 죽었다.

진흙투성이 남자와 여자들은 자그마한 언덕에 함께 모여 곱스켄과 땅의 요정 무리를 상대로 필사적으로 싸웠다. 쿨위크의 군대가 이들보다 세 배나 수적으로 우세했지만, 사람들은 자리를 꿋꿋이 지켰다. 이들을 이끈 건 류와 또 다른 드루마디안 사제였다. 빨간 머리 사제는 다리를 크게 다쳤지만 칼을 능숙하게 휘둘렀다. 그 남자의 메리스, 검은색 눈동자의 암사슴 또한 용감하게 싸웠다. 암사슴이 발굽으로 곱스켄 전사의 가슴받이를 힘껏 차자 갑옷과 갈비뼈에서 뼈가 와드득 바스러지는 소리가 났다. 한편, 류의 메리스 카타는 전쟁터 위로 날아올라 마침내 목표물을 골랐다. 이윽고 귀청이 찢어질 듯 엄청난 비명을 지르며 깜짝 놀란 군인들의 눈을 마구 할퀴어댔다.

하지만 카타가 투구를 쓴 땅의 요정 하나를 공격하려 할 때 상황이 바뀌었다. 카타가 공격하기도 전에, 땅의 요정이 무기를 위로 내밀어 카타를 푹 찔렀다. 류는 카타의 고통스러워하는 비명을 듣고 필사적으로 카타에게 달려가, 쓰러진 곱스켄에게서 빼앗은 칼로 땅의 요정을 싹둑 베었다. 류는 다그다와 로리란다를 향해 은빛 날개의 매가 목숨을 잃지 않도록 도와달라고 간절하게 기도했다.

하늘에서도 싸움은 치열하게 벌어지고 있었다. 독수리 종족 사람들은 잔인한 구울라카를 쫓아가며 발톱을 마구 휘둘렀다. 구울라카의 광적인 비명이 허공을 뒤덮고 이센위 평원 가득 메아리쳤다. 깃털 달린 남자와 여자의 외침 또한 울려 퍼졌다. 비록 수적으로 열세였지만, 그리고 적들을 또렷하게 볼 수도 없었지만, 독수리 종족 사람들은 엄청나게 잔인하게 싸웠다. 구울라카들은 곧 피하는 게 상책이라는 걸 깨달았다.

하지만 구울라카들은 독수리 종족 중에서도 특별한 전사들을 가장 두려워했다. 도드라진 갈색 꼬리 깃털, 검은 줄무늬 날개, 반짝이는 갈색 눈동자의 이 전사들은 거칠 것 없는 분노로 싸웠다. 이들은 스톤루트(올라나브람)의 티에르나윈 종족, 그러니까 커윈이 이끄는 종족이었으니 말이다.

아발론의 수호자들은 수적 열세에도 불구하고, 여러 곳에서 쿨위크와 벨라미르의 군대에 맞서 잘 버텨냈다. 벨라미르는 자신이 체인질링이라는 사실을 결코 드러낼 수 없었기 때문에 온화한 정원사로 변장해 남아 있을 수밖에 없었는데, 그게 이들에게는 큰 도움이 되었다. 안 그랬다가는 인간 추종자들을 잃게 될 테니까. 체인질링이라는 단어만으로도 사람들은 숙덕거릴 것이다. 그 모습을 본다면 분명 엄청난 두려움과 적개심을 느낄 것이다.

하지만 무엇보다도, 아발론의 동맹군은 자신들이 살아가는 신성하고 경이로운 세상에 대한 깊은 애정으로 똘똘 뭉쳤다. 이런 사랑과 헌신이 요정과 독수리 종족, 남자와 여자, 소인과 거인에게 특별한 이점이 되었다. 이것을 영감의 힘이라고 부르든 또는 사랑의 힘이라고 부르든, 그 장점은 이들이 전쟁에서 살아남는 데 필요한 힘이 되었다. 그러니까 어쩌면 승리할 수도…….

하지만 그것만으로는 충분하지 않았다. 아발론의 동맹군은 패배할 운명에 처했다.

할렉은 전쟁터의 난투극 사이를 뚫고 뽐내듯 걸어 다녔다. 얼굴에는 웃음이 가득 번졌다. 한 손에는 큰 칼을, 다른 손에는 도끼를 휘둘렀지만, 그건 할렉이 선택한 최고의 무기는 아니었다. 할렉이 좋아하는 공격 무기는 목에 매단 발톱이었다. 으스스하게 빛나는 발톱. 마침내 그 발톱이 갑자기 시뻘건 광선을 내뿜으면, 그 광선에 맞는 건 무엇이든 즉각 불꽃으로 타 버린다. 완전히 사라져 버린다.

그 발톱이 터지며 치명적인 위력을 발휘한 뒤, 저 멀리 쿨위크의 동굴에 있는 수정에서 더 많은 힘을 끌어오기까지는 그리 오래 걸리지 않았다. 그러니까 할렉은 다른 무기를 굳이 가지고 다닐 필요도 없었다. 할렉은 발톱을 최대한 활용해 아발론의 수호자들을 효과적으로 죽였다. 거인, 검은 턱수염의 소인 지도자, 최고의 궁수 요정들이 모두 할렉의 공격에 나가떨어졌다. 플레임론의 투석기 또한 할렉 앞에서는 무용지물이 되었다.

할렉은 사실상 아무런 제지도 받지 않고 군중 틈으로 성큼성큼 걸어

다녔다. 이따금 멈추어서 칼로 사람들을 베거나 곱스켄들에게 큰 소리로 명령을 내릴 뿐이었다. 잔혹한 싸움을 훑어보며 발톱의 다음 희생자를 찾으면서도, 쿨위크의 댐 위에서 벌어진 싸움에서 자신에게 치욕을 안겼던 독수리 인간이 있는지 이따금 하늘을 살펴보았다. 이제 그 녀석은 찾을 가치가 있는 목표라고 혼잣말을 했다. 그 독수리 인간의 머리를 잘라내는 건 진정한 기쁨이 될 것이다.

바로 그때, 길게 땋은 머리의 요정 소녀 하나가 진흙 언덕 위에 서 있는 모습이 할렉의 눈에 들어왔다. 브리오나. 브리오나는 자신이 쏜 화살에 쓰러진 곱스켄 시체에 둘러싸인 채 혼자서 줄곧 싸우고 있었다. 지금, 브리오나는 자신에게 달려드는 성난 곱스켄 무리를 향해 활을 마구 쏘아댔다.

"완벽해. 그 독수리 인간 녀석을 어디에서도 찾을 수 없으니, 저 요정 소녀라도 손봐줘야겠군. 저 요정이 지금까지 꽤 오랫동안 내 계획을 엉망으로 만들어왔으니까."

할렉은 으르렁댔다. 얼굴에 사악한 웃음이 퍼져갔다.

할렉은 큰 칼을 재빨리 휘두르며 브리오나를 향해 성큼성큼 걸었다. 눈동자가 목에 걸린 발톱과 똑같은 색으로 번들거렸다.

한편, 브리오나는 싸움에 죽어라 매달려 있어서 아무것도 알아차리지 못했다. 슬픔에 가득 차서 신경 쓸 여력이 없었다. 순식간에 끔찍하게도 너무나 많은 걸 잃었다. 그리고 이제, 이 전쟁터에서 하나를 더 잃었다.

방금 전, 곱스켄 전사 하나가 어린 시절 친구 에일린을 무자비하게 죽였다. 자신이 미처 막기도 전에, 개암차 끓이는 걸 가장 좋아한 에일린은 곱스켄의 도끼에 팔을 잃고 이윽고 머리를 잃었다. 그 순간, 브리오나의 가슴 한편이 툭 잘려 나간 기분이 들었다. 브리오나는 에일린의 활과 화살통을 잡고 그 곱스켄을 향해 화살을 모조리 다 쏘았다. 곱스켄이 진흙 속에서 얼굴을 처박고 쓰러지고 나서도, 한참 동안 목숨이 끊긴 그 몸뚱이에 화살을 쏘아댔다.

자신의 이런 야만적인 행동이 역겨웠다. 엘 우리엔의 요정답지 못한 행동이었다. 게다가 자신의 그런 행동에 아무런 후회도 느끼지 못한다는 사실이 더 역겨웠다. 최악은, 저 곱스켄들을 최대한 더 많이 죽이고 싶다는 생각이었다. 브리오나는 마침내 자신의 목숨이 끊어질 때까지 계속해서 그렇게 할 것이다.

브리오나는 전쟁터를 허둥지둥 가로질러 걸어가며, 쓰러진 요정들의 화살통을 한 아름 집어 들었다. 그러고는 진흙 언덕 위로 올라가 곱스켄들을 향해 화살을 쏘아댔다. 기계처럼, 화살을 쏘고, 새 화살을 메기고, 다시 쏘았다. 잠시 멈추어 죽었는지 확인하지도 않았다. 곧 엄청나게 많은 곱스켄을 죽였다. 주변이 온통 시체로 산을 이루었다.

사방에서 더 많은 곱스켄들이 브리오나에게 달려들었다. 놈들은 화가 치밀어 올라 저돌적으로 공격해왔다. 시체에 발이 걸려 비틀거렸다. 칼날을 휘두르며 복수의 전쟁 함성을 질렀다. 하지만 브리오나는 그 자리를 꿋꿋하게 지킨 채 무자비하게 화살을 쏘아댔다.

많은 곱스켄이 죽었다. 죽고 또 죽었다. 그중 일부는 아주 가까이 다가와 쓰러졌다. 귀에 거슬리는 숨소리, 회녹색 피부에 흐르는 땀 냄새를 맡을 수 있을 정도였다. 이제 발밑으로 곱스켄 열두 명 이상이 널브러져 있었다. 브리오나는 그 시체를 흘끗 내려다보며 깨달았다. 자신이 애쓴 덕분에, 수많은 요정과 드루마디안의 목숨이 아직 붙어 있는 걸지도 모른다는 것을…….

하지만 이미 목숨을 잃은 동료들을 보상해줄 수는 없어.

브리오나는 침울하게 덧붙였다.

마침내, 마지막 화살통을 들었다. 이제 마지막 화살이 남았다. 화살을 메기고, 가장 가까이 있는 곱스켄을 겨냥해 발사했다. 그 곱스켄은 쓰러졌다. 하지만 더 많은 전사들이 브리오나를 쓰러트릴 준비를 하고 돌격해왔다.

브리오나는 고개를 높이 들었다. 이제 마지막 순간이 왔다는 걸 알았다.

나는 어쩌면 살인자에 불과할지도 몰라. 요정으로서 자격이 없어. 하지만 적어도 아발론을 수호하며 죽을 거야. 그건 명예로운 죽음일 거야.

브리오나는 침울하게 스스로에게 말했다.

브리오나의 깊은 초록 눈동자에 위안의 빛이 살며시 스쳤다.

스크리도 인정해줄 거야.

그때 브리오나는 전투를 뚫고 다가오는 할렉을 보았다. 목에 걸린 발톱의 시뻘건 빛이 보였다. 할렉의 얼굴에 번진 선웃음도 보였다. 할렉이 자신을 죽이려 한다는 걸 깨달았다. 곱스켄의 칼날이 브리오나에게 닿기 전에 할렉이 지닌 마법의 무기가 제 역할을 할 것이다.

"안 돼! 이렇게는 안 돼!"

브리오나가 텅 빈 화살통을 움켜잡으며 소리쳤다.

27
기이한 기분

치명적인 번갯불이 할렉의 발톱에서 터져 나온 순간, 단단한 발톱이 브리오나 어깨를 낚아챘다. 브리오나는 위로 휙 솟아올랐다. 시뻘건 광선이 브리오나 뒤에서 공격해오던 곱스켄 한 쌍에 맞아 폭발했다. 전사들은 즉각 불꽃에 타 흔적도 없이 사라져 버렸다. 진흙 위에 떨어진 무기만 빼고.

브리오나는 놀랍기도 하고 고마운 마음에 위를 올려다봤다. 자신을 단단히 붙든 발톱과 강력한 날개 위의 그 얼굴은, 브리오나가 보리라고는 전혀 예상하지 못한 얼굴이었다.

"스크리! 너였구나."

"깜짝 놀랐나 보네."

스크리는 아무렇지도 않게 말했다. 그러고는 날개를 저으며 브리오나를 할렉에게서 멀리 떨어진 곳으로 데리고 갔다. 발톱을 조심스럽게 꼼지락거려 브리오나의 살갗이 다치지 않게 나무껍질 옷을 단단히 잡았다.

브리오나는 방금 일어난 일을 제대로 이해하려 애쓰며, 스크리를 향해 눈을 껌뻑이며 중얼거렸다.

"내가 마지막 화살을 쏘았는데……."

"천만다행이었어. 만약 화살이 남아 있었다면, 넌 우리가 처음 만났을 때처럼 하늘에 있는 나를 쏘아 떨어트리며 환영 인사를 했을지도 몰라."

브리오나는 웃지 않았다. 대신, 얼굴이 험악하게 굳어졌다.

"스크리, 난 끔찍한 짓을 저질렀어."

노란색 테두리의 커다란 눈이 브리오나를 흘끗 내려다보았다. 마침내, 스크리가 입을 열었다. 목소리가 너무 조용해서 저 아래 전쟁터의 소음 때문에 거의 들리지도 않았다.

"나도 마찬가지야, 브리오나. 나도 마찬가지야."

서로의 눈길이 마주쳤다. 날개를 몇 번 저어 날아가면서, 눈길로 대화를 나누었다. 최근에 겪은 그 모든 슬픔, 수치, 상실이 담긴 시선. 하지만 그 시선은 또한 다른 것도 품고 있었다. 깃털처럼 가느다란 미래에 대한 덧없는 희망…….

날개를 위로 움직여 부드럽게 내려앉으며, 스크리는 야트막한 갈색 개울 옆에 브리오나를 내려놓았다. 전쟁터에서 약간 떨어진 곳이었다. 그렇다 하더라도, 스크리가 브리오나의 옷에서 발톱을 놓고 그 옆에 내려앉을 때, 창 하나가 날아와 강둑 진흙 위에 박혔다. 스크리는 재빨리 몸을 돌려 분노에 찬 눈길로 창을 던진 땅의 요정을 노려보았다. 숨어 있던 땅의 요정은 몸을 돌려 쏜살같이 달아나 버렸다.

독수리 인간 스크리가 다시 브리오나에게 돌아섰다.

"너는……."

스크리는 말을 하다가 갑자기 멈추었다. 이윽고 다시 말을 이었다. 말투가 좀 더 나긋나긋했다.

"너는…… 이제 싸움에서 벗어나 있는 게 좋겠어. 넌 네 몫 이상을 충분히 해냈어."

브리오나는 망설이는 표정으로 스크리를 바라보았다.

"너는?"

스크리는 발톱으로 진흙 땅바닥을 북북 긁었다.

"나, 난 다시 저기로 돌아갈 거야. 널 공격한 저 벌레 같은 녀석과 할 일이 좀 남아 있거든. 그 녀석은 댐에서 나한테서 한 번 달아났어. 하지만 또다시 그럴 일은 없을 거야."

스크리는 날카로운 독수리 눈을 가늘게 떴다.

"저 녀석이 너한테 쏜 그 사악한 번갯불에 대해서 내게 뭐 해줄 말 없어?"

"그건 발톱에서 나와. 발톱에는 그 녀석이 따르는 주인의 마법이 숨어 있어. 할렉이 그걸 목에 걸고 있어."

브리오나는 그 기억을 떠올리며 진저리쳤다. 그러고는 스크리의 깃털 어깨를 움켜잡았다.

"그리고 중요한 게 있어! 그 발톱이 에너지를 다시 얻으려면 시간이 좀 걸려. 시간이 얼마나 필요한지는 나도 몰라. 하지만 그게 너한테……."

"기회를 줄 거야."

스크리가 말을 끝맺었다. 이윽고 날개 깃털로 브리오나의 뺨을 어루만졌다.

"난 그 정도면 충분해. 넌 이제 제발 안전하게 좀 있어."

브리오나의 요정 눈동자가 빛났다.

"네가 그러겠다면 나도 그럴게."

스크리가 고개를 끄덕였다.

"최선을 다할게."

스크리는 뒤로 물러서서, 날개를 힘차게 저으며 허공으로 뛰어올랐다. 하늘로 솟구치며, 독수리 종족의 사나운 울음을 울었다. 반은 독수리, 반은 인간의 울음을. 엄청나게 무시무시한 울음을…….

브리오나는 스크리가 날아가는 모습을 지켜봤다. 생각에 잠긴 채 땋은 머리를 만지작거렸다. 놀랍게도, 이 기나긴 오후에 처음으로, 살아 있다는 기쁨을 느꼈다. 이윽고, 평원에서 벌어지는 난투극을 바라보다가 표정이 이내 침울해졌다. 브리오나는 전쟁터를 향해 다시 걸어가기 시작했다. 진흙에 발이 푹푹 빠졌다. 지형을 살피며 화살통을 찾았다. 브리오나에게는, 스크리처럼, 아직 할 일이 남아 있었다.

스크리가 전쟁터 위를 날아 할렉을 찾아내는 데는 몇 초밖에 걸리지 않았다. 이 건장한 인간은 수북이 쌓인 곱스켄 시체 근처, 그 자리에 그대로 서 있었다. 뒤엉킨 시체들이 오싹한 무덤을 이루었다. 할렉은 그 큰 칼을 마구 휘두르며 사납게 저주를 퍼붓고 있었다.

목표를 놓쳐서 화가 난 게 분명해. 내가 저 녀석의 화를 좀 더 돋워야겠군.

스크리는 가까이 날아가며 생각했다.

아래로 내려앉기 전, 스크리는 지형을 살펴보았다. 파이어루트에서 자신과 함께 이곳으로 온 독수리 종족을 찾았다. 만족스럽게도, 이미 전투에 뛰어든 수많은 브람 카이에 부족 전사들이 보였다. 부족 최고 파수꾼 쿠타이카가 선두에 서서 구울라카들을 공격적으로 사냥하고 있었다. 이들은 구울라카 무리를 흐트러트리며 발톱과 부리로 마구 베었다. 검은 날개 끝이 하늘에서 흑요석 파편처럼 빛났다. 스크리 옆에 머물기 위해 이렇게나 멀리까지 날아온 황금빛 눈의 독수리 소년 호킨 또한 용맹스럽게 싸웠다. 쿨위크의 살인 새들을 공포에 떨게 하며 자신의 몫 이상을 해냈다.

스크리는 살짝 웃었다. 왜냐하면 호킨은 때가 되면 엄청난 두려움의 대상인 전사가 될 테니까. 어쩌면, 날개가 부러지는 슬픔 한가운데에서, 놀라울 정도로 아름다운 깃털 하나가 있다는 걸 호킨 또한 발견하게 될 것이다.

또한 스크리는 브람 카이에 부족이 동료 독수리 종족 무리에 다시 합류한 걸 보니 반가웠다. 분명, 다른 종족의 존중과 신뢰를 되찾기까지는 시간이 꽤 걸릴 것이다. 하지만 브람 카이에 전사들이 지금 이곳에서 자기 종족의 편에서 싸우고 있다는 건 적어도 하나의 시작이라 할 수 있었다.

스크리는 할렉 바로 뒤, 진흙 평원에 내려앉았다. 할렉은 날갯짓 소리를 듣고 몸을 재빨리 돌렸다. 빛나는 발톱이 할렉의 가슴에 찰싹 부딪쳤다.

"그래, 이제야 드디어 모습을 드러내는군."

할렉이 빈정거렸다.

"물론이지. 지난번에 널 상대할 때는 무척 즐거웠는데 말이야, 몸이 근질근질한데."

스크리가 대답했다.

할렉이 칼과 손도끼를 들어 올리며 으르렁거렸다.

"어디 와서 싸워보시지. 아니면, 겁을 잔뜩 먹었나?"

스크리는 언제든 곧장 날아오를 수 있도록 날개를 펼친 채 천천히 주위를 맴돌았다. 스크리가 움직일 때 곤두선 깃털이 빛났다. 가슴과 허벅지 혈관이 힘차게 고동쳤다. 단검처럼 날카로운 발톱이 진흙땅에 고랑을 팠다. 할렉의 가슴에 달린 저 발톱이 아직 치명적인 힘을 회복하지 못했기를 바라며 지금 당장 공격할까? 아니면 기다렸다가 공격을 피한 다음 달려들어야 하나? 스크리는 고민했다.

그때, 할렉이 쓰러진 곱스켄에 발이 걸려 휘청거리며 손에 든 무기를 놓칠 뻔했다. 스크리는 기회를 포착하고 당장 공격하기로 결심했다. 날개를 움직여 펄쩍 날아올라 발톱을 쭉 편 채 적을 향해 달려들었다.

속임수였다! 할렉은 휘청거리는 척 가장해 스크리를 가까이 유인한 것이다. 재빨리 몸을 돌려 스크리의 머리를 향해 손도끼를 내던졌다. 스크리는 고개를 숙여 가까스로 피했다. 하지만 바로 그 순간, 할렉이 공격해 들어오며 넓적한 칼을 있는 힘껏 휘둘렀다.

스크리는 뒤로 물러나 날개를 펄럭여 저만치 날아올랐다. 하지만 할렉의 칼날에 아래쪽 다리를 베이고 말았다. 깃털에서 피가 튀어나와 발톱을 붉게 물들였다.

"날 위한 첫 번째 피로군, 이 날짐승아."

스크리는 전사의 머리 위에서 배회했다. 눈은 사납게 빛났다.

"이제 네 피를 볼 차례다, 이 벌레 같은 놈."

할렉의 몸에 달린 발톱의 위험은 아랑곳하지 않고, 스크리는 날카롭게 소리치며 적을 향해 달려들었다. 다치지 않은 발톱으로 속임수를 써, 날개 끝으로 할렉의 머리를 내리쳤다. 할렉은 비틀거렸지만 이내 균형을 되찾았다. 관자놀이 상처에서 줄줄 흐르는 피를 모른 체하고 진흙에 발을 딛고 섰다.

둘의 싸움이 계속되는 동안, 또 다른 전사가 그리 멀지 않은 곳에서 어슬렁거렸다. 최선을 다해 노력했지만, 심은 자신이 별 쓸모가 없다고,

동맹군에 아무 도움이 되지 못한다고 느꼈다. 누군가를 도와주기에는 몸집이 너무 작았다. 아니, 심의 말을 인용하자면, 줄어들었다. 어색한 걸음으로 누군가를 쫓아가기에는 너무 느렸다. 누군가의 소리를 듣기에는 귀가 너무 어두웠다. 그래서 전쟁터를 아무 목적 없이 어슬렁거리며, 도움이 될 만한 방법을 찾고 있었다.

마침내 찾아냈다. 그곳, 불 황소의 시체 너머에, 거인 하나가 땅에 웅크려 앉아 있었다. 그 거대한 생명체는 여섯 마리가 넘는 구울라카의 공격을 받고 있었다. 구울라카들은 사납게 공격하며 이 거인의 눈을 도려내려 했다. 거인은 손으로 얼굴을 꽉 감싸 안은 채 공격을 피하고 있었지만 지금 구울라카의 발톱에 손이 심하게 찢어져서 더 이상 견디지 못할 지경에 이르렀다. 그런데 거인으로서는 상당히 희한한 행동을 했다. 그러니까, 고통스럽게 낑낑거리며 몸을 떨고 있었다.

심은 깜짝 놀라 쳐다보았다. 소인 정도 크기로 줄어드는 저주를 받은 이후로 다른 거인들을 피해 다녔지만, 자기 종족이 고통스럽게 내는 신음을 듣자 분노에 사로잡혔다. 그래서 그 앙증맞은 팔을 마구 흔들며 앞으로 달려들며 소리쳤다.

"저리 물러서, 이 짐승 같은 새들아! 거인을 괴롭히지 마. 안 그러면 심이 너희 꼴사나운 깃털을 모조리 뽑아 버릴 테니까! 분명히, 나는……."

심은 죽은 불 황소의 뿔에 걸려 땅바닥에 쿵 넘어지고 말았다. 그 순간, 쿠타이카가 이끄는 독수리 종족 한 무리가 하늘에서 내려와 구울라카들을 쫓아 버렸다. 심이 진흙투성이 얼굴을 들어 올린 순간, 살인마 새들이 깜짝 놀라 달아나며 질러대어, 그 소리가 메아리쳤다.

"하, 내가 아직 거인으로서 쓸모가 있군."

심이 눈에서 진흙 덩어리를 닦아내며 낄낄 웃었다.

심이 구해준 거대한 거인이 피 묻은 손을 천천히 내리고 엄청나게 고마워하는 표정으로 심을 바라보았다. 오직 진정한 영웅만이 받을 수 있는 표정이었다.

하지만 심은 뒤로 물러섰다. 심의 눈은 공포로 왕방울만큼 커졌다. 퉁퉁 부은 코끝까지, 온몸을 부들부들 떨었다. 왜냐하면 이 거인이 누군지 알아차렸으니까. 최악의 악몽에서 막 걸어 나온 것 같은 거인. 바로 본로그 마운틴 마우스였다. 수 세기 전에 자신에게 저주를 내린 바로 그 거인!

심은 몸을 돌려 최대한 빨리 어기적어기적 달아났다. 하지만 그다지 빠르지 못했다. 본로그 마운틴 마우스는 엄지와 검지로 심을 잡아 허공에 쓱 들어 올렸다. 심은 허공에서 다리를 버둥거렸다. 마침내 침을 질질 흘리는 커다란 입 바로 위에 대롱대롱 매달렸다.

심은 기절할 뻔했다. '메마른 봄 전투'에서 침이 잔뜩 묻은 입으로 자신에게 입맞춤하려고 했던 바로 그 거대한 입이었다. 그 오래전 전투에서, 심은 실제로 본로그의 목숨을 구해줬지만 본로그가 감사의 표시로 입맞춤을 하려 하자 산으로 도망쳐 버렸다. 본로그는 그 치욕으로 심을 벌주기 위해, 작아지라는 저주를 퍼부었다. 그래도 여전히 성에 차지 않아서, 그 뒤로도 오랫동안 심을 쫓아다녔다. 퇴짜 맞은 거인의 분노는 끝이 없었다.

이제, 심은 알았다, 본로그가 마침내 복수할 것임을…….

"제발, 마운틴 마우스, 이 불쌍한 줄어든 놈에게 자비를 좀 베풀어줘."

심이 간청했다.

본로그는 심의 간청을 무시했다. 거대한 입에서 침이 강물처럼 흘러나왔다. 본로그는 심을 가까이 가져갔다. 심은 눈을 질끈 감았다. 이제 분명 자신을 먹어 치울 게 분명했다.

하지만, 본로그는 거대한 입술을 달싹이더니 심에게 훨씬 더 고약한 짓을 했다. 입맞춤을 한 것이다! 요란한 소리를 내며 입술을 쩝쩝거렸다. 심은 세상이 온통 폭발하는 것 같았다.

놀랍게도, 세상이 폭발하지는 않았다. 본로그 마운틴 마우스는 더 이상 마음속에 원한을 품고 있지 않았다. 심을 다시 진흙 땅바닥에 내려놓고는, 일어나 자리를 떴다. 얼굴에 흘러내리는 찐득찐득한 침 사이로 제대로 보이지 않았지만, 어쩌면 본로그가 자신에게 윙크를 한 것 같았다.

본로그가 성큼성큼 걸어가자, 그 무게 때문에 평원이 쿵쿵 흔들렸다. 그런데 심은 왠지 이상한 기분이 들었다. 주변의 그 모든 외침과 고함과 무기 부딪치는 소리가 갑자기 멈추었다. 본로그의 입맞춤 소리가 자신에게 남은 미미한 청력마저 파괴해 버린 건 아닌지 궁금했다. 하지만 동시에, 꿀 향기가 실린 따뜻한 산들바람이 느껴졌다. 바람이 엉클어진 흰머리를 휘날리며, 몸을 파고들어 와 뼛속에 옛 기억을 자극했다.

기적처럼, 심의 코가 크게 부풀어 올랐다. 손과 발 또한 커져갔다. 온몸이 죽죽 늘어났다. 아주 오랫동안 가슴을 헐렁하게 감싸고 있던 나무 조끼가 꽉 끼더니 이내 빠지직 찢어지기 시작했다.

심은, 믿기지 않아, 그 부풀어 오르는 손으로 두 눈을 비볐다.

"나 커지고 있어. 가장 높은 나무만큼 크게!"

심이 소리쳤다.

28
아득한 향기

깜짝 놀란 심이 서 있는 곳 저 너머, 키 큰 사제 하나가 용감하게 싸우고 있었다. 그 사제 또한 부상을 크게 입은 매 한 마리를 팔에 감싸 쥔 채 혼자 싸웠다.

류는 곱스켄 전사들을 차례로 잔인하게 베었다. 몸을 빙글 돌리며 민첩하게 몸을 숙였다. 칼싸움 훈련을 받지 않은 사람으로서는 놀라울 정도였다. 한 손에는 부상당한 카타를, 다른 손에는 넓적한 칼을 쥐었다. 그에 맞선 몇몇 곱스켄들은 칼에 베이거나 찔렸다. 다른 곱스켄들은 그 잔인함에 깜짝 놀라 그저 주춤주춤 뒤로 물러섰다. 사제 하나가 자신들의 대열을 무너트리지는 못할 거라 믿었다.

하지만 류는 멀리까지 진군할 의도가 전혀 없었다. 어떻게든 카타가 살아남아야 한다는 희망을 빼고는 단 하나의 목표만 있었다. 그 목표를 이루기 위해서는 유한한 생명체들이 제공해줄 수 있는 그 이상의 도움이 필요하리라는 걸 알았다. 그 목표는 오로지 저 뒤에 서 있는 하나의 인간에 이르도록 곱스켄 대열을 무너트리는 것이었다. 류가 도전하려는 인간…….

벨라미르. 정원사의 흙 묻은 옷을 입고 가래와 가위 말고는 아무런 무기도 들고 있지 않았지만, 그 얼굴 표정은 땅을 일구며 사는 사려 깊은 인간의 이미지와는 어울리지 않았다. 두 눈은 증오로 이글거렸다. 자신을 따르는 멍청이들은 물론이고, 감히 자신에게 맞서는 더 멍청한 생명체들 모두에 대한 증오. 벨라미르는 마늘 구근이 달린 목걸이를 초조하게 만지작거리며, 대학살을 서늘한 눈빛으로 지켜보았다.

벨라미르는 이 전쟁이 어서 끝나기를 고대했다. 쿨위크가 명령한 대로, 전쟁이 끝나면 자신의 진짜 정체를 드러낼 수 있을 것이다. 동료 체인질링들 사이에서 두려움의 대상인 자신의 정체를 드러내고 나면, 그때까지 살아남은 자들을 죽이는 만족을 누릴 수 있으리라. 주술사의 절대적인 지배에 위협이 되는 자들, 또는 쿨위크의 최고위 측근으로서의 자신의 역할에 위협이 되는 자들을 모조리 없앨 것이다. 물론, 할렉도 포함해서. 할렉의 하찮은 뇌는 도토리 안에나 딱 들어맞았다. 또한 모리곤. 모리곤의 아둔한 잔인함은 벨라미르의 인류 우선 운동에 유용했지만, 분명 체인질링 밑에서 일하는 건 거부할 것이다.

벨라미르는 손톱이 부러진 엄지손가락으로 턱을 긁적였다. 싸움이 진행되는 모습을 지켜보는 눈에 또 다른 표정이 서서히 나타났다. 만족의 표정. 자신의 시간이 이제 거의 눈앞에 다가왔다. 전쟁이 자신이 예상한 것보다 오래 이어지고 있었지만, 할렉의 발톱 덕분에 그리 길게 이어지지는 않을 것이다. 체인질링에는 견줄 수 없는 대용품이었지만, 여전히 꽤 효과적이었다.

갑작스레, 번득이는 칼날이 한편에 보였다. 재빨리 획 몸을 돌리자, 진흙 더미가 튀었다. 두 손을 허리에 올린 채, 류를 마주했다. 류는 이제 코앞에 서 있었다. 류는 짙은 눈썹을 찡그렸다. 찢어진 옷이 피로 흠뻑 젖었다. 그 모습이 사제라기보다는 전사에 훨씬 더 가까워 보였다.

벨라미르는 차분하게 어깨를 으쓱해 보였다.

"감히 날 죽일 수 있을 거라고 생각하나?"

"그래, 다그다의 이름을 걸고 맹세하지. 왜냐하면 난 네가 누군지 정확히 아니까. 그리고 네가 얼마나 빨리 움직일 수 있는지도 알지."

류가 넓적한 칼을 적에게 곧장 겨눈 채 앞으로 나왔다.

"그래? 하지만 그거 알아? 내가 경비병의 심장을 도려낸 걸 네가 보았을 때, 나는 그 경험을 만끽하기 위해 아주 천천히 움직였다는 거?"

류는 계속 앞으로 다가왔다.

벨라미르는 잔혹한 싸움이 벌어지고 있는 전쟁터를 휙 훑어봤다. 이쪽을 보는 사람은 아무도 없었다. 그러니까, 이 멍청한 사제를 안전하게 해치울 수도 있었다. 그래도 만약 누군가 목격하게 된다면…… 음, 목격자 또한 단숨에 죽여 버리면 될 것이다. 게다가, 싸움은 이제 거의 끝나갔다. 그러니 잃을 게 아무것도 없었다.

류가 한 발자국 더 다가가자 벨라미르는 즉각 모습을 바꾸었다. 그러자 세모난 머리 위에 분노로 이글거리는 진홍색 눈동자, 커다란 낫의 칼날처럼 휜 엄니가 불쑥 나타났다. 비늘 덮인 기다란 팔에서 치명적인 발톱이 튀어나왔다. 굽은 단단한 다리, 그리고 거친 발톱의 발가락이 생겨났다. 이제 희생자를 찢어 죽일 준비가 되었다. 체인질링은 펄쩍 뛰어, 류의 칼 바로 위로 달려들었다. 이윽고…….

어디선가 날아온 화살 하나가 가슴 깊이 박혀 진흙 땅바닥에 나뒹굴었다. 체인질링은 발톱을 허공을 향한 채 몸부림치며 괴로워했다. 곧이어 완전히 뻗었다.

류는 깜짝 놀라서 믿을 수 없는 표정으로 꼼짝 않는 시체를 멍하니 바라볼 수밖에 없었다. 마침내, 류가 고개를 들어 쳐다보았다. 화살로 류의 목숨을 구한 궁수가 진흙투성이 바위 바로 뒤에서 나타났다. 류는 숨을 몰아쉬었다. 그 모습은 방금 전에 일어난 일만큼이나 충격적이었다.

"모리곤, 당신이……."

류는 놀라움에 입을 열었다.

"네 목숨을 구했지, 나도 알아."

늙은이는 가까이 다가오며 비늘로 뒤덮인 파충류의 괴물 형체를 살펴보았다. 오랜 시간 자신이 무심코 받들어온 존재. 모리곤은 한쪽 귀 뒤로 백발을 넘겼다. 그 표정에는 분노와 당혹스러움과 혐오가 뒤섞여 있었다.

마침내, 충혈된 눈으로 사제를 바라보며 으르렁거렸다.

"오해는 하지 마. 저놈이 말한 아이디어, 저놈이 우리에게 가르친 규칙. 그건 모두 옳았고 진실이었어."

류는 피 묻은 카타를 흘끗 내려다보았다. 카타의 눈동자는 반쯤 뜬 상태였다.

"체인질링의 모습만큼이나 진실이지."

"비웃지 마, 사제! 내가 저 녀석을 쐈어, 그래, 하지만 나는 네게 화살을 쏘려고 했어. 그런데 저 녀석이 변신했어. 난 두 눈으로 똑똑히 봤어. 그래서…… 목표물을 바꿨을 뿐이야."

모리곤의 목소리가 낮아졌다.

"하지만 어리석게 굴지 마. 나는 예전과 마찬가지로 널 좋아하지 않으니까."

모리곤은 시체를 돌아보며, 체인질링의 그 발톱 달린 손을 발로 툭 차며 욕을 퍼부었다.

"어떻게 저럴 수 있지? 믿었던 우리 모두에게."

"모리곤, 당신에게 이 일이 참기 힘들다는 거 나도 알아. 하지만 이제 나 좀 도와주지 않겠어? 다른 사람들을 이곳으로 데리고 와서 진짜 벨라미르의 모습을 보게 해줘. 그러면 우리는 마침내 이 전쟁을 멈출 수 있을 거야!"

류가 칼을 내리며 부탁했다.

모리곤은 천천히 얼굴을 들었다. 뭐라 설명할 수 없는 감정으로 얼굴이 일그러졌다.

"아니. 벨라미르는, 어쩌면, 가짜였어. 하지만 그 명분은 가짜가 아니야."

모리곤이 선언하듯 말했다.

이 호리호리한 사제는 모리곤을 단호하게 노려보았다.

"확신해?"

모리곤은 눈길을 피했다. 한순간 머뭇거리는 것 같았다. 이윽고, 불쑥, 화살 하나를 꺼내 시위에 메기고 류를 겨누었다.

"이제, 내 눈에서 사라져줘! 내가 마지막으로 해야 할 일을 하기 전에."

류가 미처 뭐라 대답하기 전에, 곱스켄 전사 하나가 류에게 달려들었다. 류는 여전히 매를 꼭 붙든 채, 칼로 곱스켄을 베었다. 다시 한번, 류는 목숨을 내걸고 싸웠다.

모리곤은 류를 전혀 도와주지 않았다. 사실, 지켜보지도 않았다. 한 번 더 발밑에 있는 체인질링의 일그러진 시체를 바라보고 있을 뿐이었다.

조금 떨어진 곳에서, 드루마디안 복장의 누군가가 목숨을 걸고 죽어라 싸우고 있었다. 리니아는 뿔을 내밀고 공격해오는 불 황소를 가까스로 피했다. 황소가 콧구멍을 벌름거리며 다시 공격했다. 다시 한번, 리니

아는 몸을 피하려 했다. 하지만 발이 진흙에 미끄러지고 말았다

리니아는 휘청거리며 땅바닥에 넘어졌다. 이제 희망이 없었다. 황소는 무시무시한 뿔을 내려 죽일 준비를 했다. 피처럼 붉은 뿔이 별빛에 빛났다.

바로 그때, 땅의 요정 한 무리가 리니아의 눈에 들어왔다. 창을 높이 치켜들고 이 사악한 짐승을 공격하려 했다. 하지만 너무 늦었다. 저 창으로 황소를 무찌른다 해도, 황소는 이미 자신을 죽이고 난 뒤가 될 것이다.

황소는 사납게 으르렁거리며 앞으로 달려왔다. 무시무시한 뿔이 리니아에게 곧장 다가왔다. 리니아는 눈을 질끈 감았다. 너무 겁을 먹은 나머지, 죽기 전 마지막 기도를 하지도 못했다.

하지만 리니아는 죽지 않았다. 땅의 요정들의 창이 이 짐승의 가죽을 뚫는 소리가 들려왔다. 황소가 고통스럽게 울어댔다. 이윽고 몸이 철퍼덕 땅바닥에 부딪히는 소리가 들렸다. 황소의 뿔이 리니아의 가슴을 찌르는 느낌은 들지 않았다.

리니아는 눈을 떴다. 리니아가 본 광경은 너무나 끔찍했다. 자신이 곧 죽으리라는 예상만큼이나 끔찍했다. 왜냐하면 리니아는 갑자기 깨달았기 때문이다. 누군가 황소 뿔에 자기 몸을 내던졌다는 것을. 리니아의 목숨을 자신의 목숨과 바꾸었다는 것을…….

페얼린(Fairlyn)

리니아는 라일락 느릅나무 정령 옆으로 기어갔다. 수년 전에 리니아에게 메리스로서의 충성을 맹세했고, 리니아가 모두를 위한 공동체를 떠나 스스로 그 계약을 깨기 전까지 그 맹세를 충실히 지켜왔던 온순한 생명체, 페얼린의 나무둥치 깊숙이 뿔이 박혀 있었다. 페얼린의 커다

란 갈색 눈은 생기 없이 허공을 응시하고 있었다. 리니아는 고통스럽게 움츠러들었다. 다른 나무 정령들처럼, 페얼린은 혼령이 깃든 나무가 죽은 후에도 무한히 살 수 있다는 걸 리니아는 알았다. 하지만 슬픔 때문이든 아니면 싸움에서 얻은 상처 때문이든, 나무 정령 또한 죽을 수 있다는 것도 알았다.

그리고 이제, 너는 슬픔과 상처 때문에 죽어가고 있구나.

리니아는 생각했다.

리니아는 눈을 깜빡여 눈물을 훔쳐내며 페얼린을 바라보았다. 나뭇가지는 툭툭 부러지고 나무둥치는 공격의 위력 때문에 쩍 벌어져 있었다. 나뭇가지 위를 수놓은 심홍색 싹 대부분은 진흙에 덮여 있었다. 목숨이 끝났다는 확실한 표시로, 아무런 향기도 내뿜지 않았다. 이제 주변을 둘러싼 냄새는 오로지 죽음의 악취뿐이었다.

호수 여인이 자신 말고는 다른 누구도 보고 싶어 하지 않는다고 믿었기에 자부심이 무척이나 강했던 리니아는 페얼린의 찢어진 나무둥치 위에 고개를 숙였다. 그리고 흐느꼈다.

그때 뭔가 리니아의 등을 부드럽게 토닥이는 게 느껴졌다. 리니아는 똑바로 앉았다. 자신을 부드럽게 어루만진 나뭇가지가 물러났다. 리니아는 침을 삼켰다. 그것이 그저 한 점 바람이었는지…… 아니면 다른 무엇이었는지 확신이 서지 않았다.

이윽고, 너무 미약해서 확신할 수도 없었지만, 저 멀리 아득하게 라일락 향기를 맡을 수 있었다.

29

유한한 생명체들이 해야 할 일을 하다

이센위 평원에서의 전투는 치열하게 이어졌다. 얼굴, 그리고 옷과 무기에 진흙만큼이나 피도 똑같이 튀었다.

소문이 전쟁터를 가로질러 회오리바람처럼 퍼졌다. 할렉이 끔찍한 무적의 무기를 엄청나게 많이 갖고 있다는 소문이 돌았다. 끔찍한 예언도 돌았다. 시체의 악취 때문에 살점을 뜯어 먹는 구울라카들이 더 많이 싸움터로 몰려들 거라고도 했다. 플레임론이 곧 자신의 동맹을 배반하고 곱스켄 무리에 합류할 거라고도 했다. 하지만 소문의 대부분은 곧 곱스켄의 편으로 올 월등한 세력에 대한 것이었다. 어떤 사람은 그 힘이라는 게 또 다른 곱스켄 군대나 트롤일 거라고 추측한 반면, 대부분은 새로운 세력은 훨씬 더 강력하고 파괴적인 것이라고 믿었다.

어쩌면 용 한 마리일지도 몰랐다. 아니면 용의 무리일지도. 그 지도자는 주술사 쿨위크를 태우고 있을 것이다. 아니면, 최악은, 정령의 장군 리타 고르일지도.

누구도 진실을 알지 못하는 것 같았다. 하지만 새로운 뭔가가 곧 올 거라는 기대는 머드루트의 진흙땅만큼이나 손에 잡힐 듯 분명하게 느껴졌다. 그 결과, 양쪽 무리는 더욱 치열하게 싸웠다. 쿨위크의 병사들은 희망을 품고서. 아발론의 동맹군은 불안에 떨면서…….

그러는 사이, 많은 사람들이 죽어 나갔다. 저주를 퍼붓고 기도를 했다. 류가 칼로 상대를 베는 순간, 리니아는 죽은 친구를 바라보며 흐느꼈다. 그 근처에서 또 다른 누군가가 용감하게 싸웠다. 그런데 그 사람 손에 특이한 무기가 들려 있었다.

악기 류트.

늙은 음유시인은 자신을 에워싼 땅의 요정들을 향해 악기를 서툴게 휘둘렀다. 그러는 내내, 자신의 망토에 걸려 넘어지지 않으려 애를 썼다. (때로는 넘어지고 때로는 넘어지지 않았다.) 류트가 허공에 휙 움직이며 땅의 요정들의 창끝을 스치듯이 지나갈 때면, 깊은 소리가 울려 퍼졌다.

그저 재미있어서인지 아니면 비딱한 모자를 쓰고 턱수염이 옆으로 삐죽 자란 이 기이한 전사를 어떻게 봐야 할지 확신이 서지 않아서인지, 땅의 요정들은 곧장 창을 던지지 않았다. 대신, 가만히 지켜보았다. 땅의 요정들은 자기들끼리 투덜거리며, 휘두르는 류트에서 거리를 두고 떨어져 있으려 했다.

마침내 땅의 요정 하나가 진흙으로 뒤덮인 바위에 기어 올라가 거친 목소리로 명령을 내렸다. 다른 요정들보다 약간 키가 큰 그 요정은 가슴과 팔에 파란색으로 비뚤배뚤 줄무늬 색을 칠했다. 손가락 세 개 달린 손에 낀 빨간색 도자기 반지가 별빛에 빛났다. 그 명령을 듣고, 땅의 요정들은 대화를 멈추고, 다리에 단단히 힘을 주고, 창을 높이 들어 올렸다.

전사들은 음유시인을 향해 무기를 던져 노래를 영원히 끝내려 했다. 그때 화살 하나가 쉥 날아와 땅의 요정 하나를 맞추었다. 그 요정은 뒤로 비틀거리더니 진흙 바닥에 나뒹굴었다. 잠시 뒤, 화살 하나가 또 날아왔다. 허벅지에 화살을 맞은 땅의 요정은 고통스러워 몸을 움츠렸다.

뒤이은 혼란 속에서, 브리오나는 음유시인 위로 뛰어들었다. 브리오나의 헐렁한 요정 옷이 나풀거렸다.

"이리로! 서둘러요, 할아버지."

브리오나가 옷소매를 잡아당기며 소리쳤다.

음유시인의 쭈글쭈글한 얼굴은 감사의 표정으로 빛났다. 음유시인은 류트를 단단히 움켜잡고 그 뒤를 따라갔다.

너무 느렸다. 땅의 요정 지도자가 바위 위에서 발을 쿵쿵 구르며 새로운 명령을 내렸다. 재빨리, 전사 무리가 다시 모여들어 대형을 갖추었다. 이들은 브리오나와 음유시인을 둘러싸고, 자기들끼리 성난 목소리로 지껄여댔다. 다 함께, 창을 들어 올려 던질 준비를 했다.

브리오나는 달아날 방법이 없다는 걸 알기 위해 굳이 주위를 둘러볼 필요도 없었다. 수많은 창이 이들을 노리고 있었다. 녀석들의 지도자를 향해 마지막 한 발을 쏠 수 있다 하더라도, 자신과 음유시인 둘 다 분명 죽음을 맞게 될 거다.

침울하게, 브리오나는 이 노인을 향해 돌아섰다. 하지만 노인의 짙은 눈동자를 보고 깜짝 놀랐다. 그 눈빛에는 자신이 느끼는 절망이 전혀 없었다. 오히려, 너무나도 평화로운 표정으로 브리오나를 바라보았다.

그 순간, 땅의 요정 지도자가 요란하게 소리쳤다. 그건 명령이 아니었다. 분노의 외침이었다. 발아래 진흙으로 뒤덮인 바위가 갑자기 부풀어 올라, 사방으로 퍼져 나갔다.

두 손을 마구 저으며 균형을 유지하려 했지만, 파란 칠을 한 땅의 요정은 뒤로 나자빠지면서 진흙을 튕기며 땅바닥에 나가떨어졌다. 땅의 요정 둘이 달려가 지도자를 끌어냈다. 그사이에, 다른 녀석들은 창을 내동댕이치고 달아나 버렸다.

한편, 바위는 계속 커져만 갔다. 표면에 용암처럼 갈색 거품이 일었다. 바위가 쭉쭉 뻗어가며 점점 커져갔다. 마침내, 브리오나와 음유시인의 키 두 배 정도가 되었을 즈음, 바위에서 가느다란 팔 네 개가 튀어나왔다. 각각의 팔에는 정교한 손가락이 세 개씩 달렸다. 브리오나의 화살통에 담긴 화살만큼이나 긴 손가락이……. 이윽고 비스듬한 어깨 꼭대기에서 둥근 머리가 나타났다. 깊이 박힌 갈색 눈동자가 모두를 내려다보았다.

브리오나는 멍하니 바라보고 있을 수밖에 없었다. 할아버지가 들려준 이야기를 통해, 지금 눈앞에 있는 게 머드메이커라는 걸 알아차렸다. 아발론 전체에서 가장 종잡을 수 없는 생명체. 게다가 가장 마법적인 존재. 구전에 의하면, 멀린이 직접 저 기이한 존재에 경이로운 힘을 불어넣었다고 한다. 머드루트의 진흙으로 새로운 생명체를 만드는 능력을 말이다. 깃털이 모두 무지개색으로 빛나는 새처럼 아름다운 생명체, 아프리쿠아 정글의 코끼리처럼 거대한 생명체 모두 머드메이커가 만들어 낸 작품이었다.

키 큰 갈색 형상이 수많은 팔을 들어 올리며 명령했다.

"어서 달아나, 땅의 요정들! 안 그러면 이센위의 엘로니아가 퍼붓는 분노를 맛보게 될 거다."

땅의 요정 대부분은 으아악 비명을 마구 토해내며 헐레벌떡 달아났다. 오직 지도자만 남았다. 잔뜩 얼굴을 찌푸리고 몸을 덜덜 떨며 창을 들어 올렸다. 하지만 엘로니아가 요란한 소리를 내며 평편한 발 하나를 들어 올려 자신을 향해 한 발 내딛자 지도자는 낑낑 겁먹은 소리를 내며 달아나 버렸다.

머드메이커는 몸을 흔들었다. 이윽고 젊은 요정과 늙은 음유시인을 향해 돌아섰다. 잠시 브리오나를 유심히 살펴보더니, 속삭이듯 쩌렁쩌렁 울리는 소리로 말했다.

"넌 트레시미르의 후손이로군."

브리오나는 침을 꼴깍 삼켰다. 이윽고 고개를 숙여 인사했다. 등의 상처가 고통스러웠다.

"트레시미르의 손녀딸이에요. 제 이름은 브리오나입니다."

엘로니아가 둥근 머리를 까딱 움직였다.

"그렇군. 네 이름은 잃어버린 핀카이라의 고대 언어로 '힘'이라는 뜻이지. 넌 근래 몇 주 동안 네 모든 힘이 필요했겠구나."

브리오나는 몸이 떨렸다. 가까스로 고개를 끄덕였다.

머드메이커의 깊은 눈동자가 음유시인을 향했다. 음유시인을 뚫어지게 쳐다보며, 생각에 잠겨 기다란 손가락을 움직였다. 마치 눈에 보이지 않는 류트를 가볍게 튕기는 것처럼…….

"그리고 당신은 가장 비범한 전사처럼 보이는군."

엘로니아가 알아차렸다.

"음유시인 올레윈(Olewyn)이라고 하오. 영광이오."

음유시인은 모자의 챙을 꽉 쥐었다. 모자 위는 머드메이커가 창조해낸 또 다른 생명체, 스핀플라워(spinflower)의 꽃잎처럼 하늘거렸다. 이윽고, 과장된 몸짓으로, 음유시인은 고개 숙여 인사했다.

그러고는 다시 몸을 일으켜 당당하게 말했다.

"당신을 만나게 되어 영광이오, 이센위의 엘로니아. 또한 머드루트(맬록)를 방문하게 되어 영광이야. 이 끔찍한 싸움의 시기라 할지라도 말이야."

음유시인은 은빛 턱수염을 쓰다듬었다. 턱수염은 별빛에 반짝반짝 빛났다.

"주변의 저 모든 유혈에도 불구하고, 맬록은 멀린의 마법의 씨앗의 진정한 땅으로 남아 있으니까. 여전히 아발론의 일곱 신성한 요소들로 축복받았으니까."

"땅, 생명의 진흙,
공기, 숨 쉴 자유,
불, 빛의 불꽃,
물, 성장의 수액,
생명, 영혼의 결실,
명암, 별과 공간,
신비, 지금 그리고 언제나."

엘로니아는 마치 그 말을 빨아들이기라도 하는 것처럼 천천히 심호흡을 했다.

"모두 다그다와 로리란다의 선물이지."

하지만 브리오나는 이마를 찡그렸다. 낙담한 표정으로 사방에서 벌어지는 전투를 가리키며 물었다.

"지금 우리한테 가장 필요할 때 다그다와 로리란다는 도대체 어디 있는 거죠?"

"그분들은 각자 해야 할 일을 하고 있어. 우리 유한한 생명체들이 해야 할 일을 하는 것처럼."

머드메이커가 손가락을 정교하게 움직여, 수수께끼 같은 모양을 허공에 그렸다.

엘로니아의 풍부한 속삭임이 브리오나의 마음에 가득 차 싸움의 소음이 살짝 물러난 것 같았다. 브리오나는 자신이 해야 할 일을 하고 있을 또 다른 유한한 생명체를 떠올렸다.

스크리, 이 모든 혼란 속에서 당신을 어디서 찾을 수 있는지 알면 정말 좋겠어! 할렉과 싸우는 중이야? 살아 있는 거지?

브리오나는 조용히 불러봤다.

이 두 가지 질문에 대한 대답은, 사실 이렇게 진행되고 있었다.

"이봐, 이 비열한 작은 새야."

할렉이 숨을 헉헉대며 으르렁거렸다. 진흙 바닥에 발을 쿵쿵 구르며, 적 주변을 빙글빙글 맴돌았다.

스크리는 맞은편에 서 있는 덩치 큰 인간을 노려보았다. 목에 걸린 치명적인 발톱은 시간이 지날수록 점점 더 환하게 빛났다. 하지만 그 사악한 광선이 브리오나를 쏘기 전만큼 밝게 빛나지는 않았다. 할렉이 그 발톱을 자신에게 사용하려면 아직 시간이 좀 남아 있을 것 같았다. 하지만 얼마나 남아 있는지는 정확히 알 수 없었다.

스크리는 날개를 흔들어 기운을 차렸다.

"싸움을 너무 오래 끌었어."

스크리가 으르렁거렸다.

"그래, 그렇지. 그러니 이제 내가 끝내주지."

할렉은 바닥에 신음하며 누워 있는 곱스켄의 가슴받이에 넓적한 칼을 쓱 문질러 진흙을 닦아냈다. 천천히, 빙글빙글 돌며 빈틈을 노렸다.

불현듯, 스크리는 왼쪽으로 발걸음을 옮겨, 할렉이 몸을 움직이도록 했다. 그러고는, 날갯짓처럼 재빨리, 다시 오른쪽으로 움직여 할렉이 한

순간 균형을 잃게 만들었다. 독수리 인간 스크리가 휙 돌기에 충분한 시간 동안, 다리 하나를 쭉 뻗었다. 스크리의 발톱이 할렉의 팔뚝을 긁었다. 할렉이 소리치며 칼을 떨어트렸다. 할렉은 비틀거리며 무기를 다시 주우려 했다.

스크리는 지체하지 않고 넓은 날개를 펄럭여 적을 향해 달려들었다. 독수리가 쥐를 향해 달려드는 것처럼……. 하지만 팔을 다쳤어도, 할렉은 놀라운 속도로 다시 기운을 차렸다. 독수리 인간의 그림자가 자신을 향해 덮칠 때, 할렉은 허리춤에서 단검을 재빨리 꺼내 칼날을 위로 내밀었다.

스크리는 비명을 지르며 휘청거리며 뒤로 물러나 땅바닥에 쿵 떨어졌다. 날개에서 피가 솟구치며 은빛 깃털을 적셨다. 질척거리는 흙이 몸에 달라붙어 일어서기가 무척 힘들었다. 마침내 자리에 일어나 앉기도 전에, 할렉의 칼끝이 자신을 곧장 향하고 있는 걸 알아차렸다.

스크리는 부리처럼 생긴 턱을 달각거렸다. 꼼짝없이 잡혔다! 달아나거나 날아가는 건 차치하고 일어설 수조차 없었다.

깜짝 놀랍게도, 할렉은 천천히 무기를 내려놓았다. 스크리는 날개에 흐르는 고통을 무시하고 다리에 힘을 주고 힘겹게 일어섰다. 할렉의 사악한 웃음이 보였다. 그리고 다른 무언가도 보였다. 훨씬 더 불온한 무언가가…….

할렉의 턱 아래 걸려 있는 발톱이 이제 엄청나게 시뻘건 빛으로 빛났다. 스크리는 그게 무엇을 뜻하는지 알았다. 찢어진 날개는 대수로운 문제가 아니었다.

30
마지막 순간

하늘에서의 전투는 시간이 갈수록 나빠졌다. 용감한 불꽃 천사들이 수없이 죽는 모습을 바라보며, 탬윈에게 남아 있던 희망은 희미해져 갔다. 마침내 그 희망은 마법사의 지팡이 별자리의 일곱 개 별처럼 거의 빛을 잃었다. 이제 사후 세계로의 출입구로 열린 그 별들은 하늘의 싸움 위에서 입을 쩍 벌린 채 구멍을 드러내고 있었다. 마치 수많은 상처처럼…….

탬윈은 그 어느 때보다 고통스러웠다. 리타 고르가 불멸의 전사들에게 계속해서 보내는 빈틈없는 명령을 마음으로 들을 수 있었다. 자신과 주인을 이어주는 마법으로 그 명령을 듣는 용들과는 달리, 탬윈은 타고난 힘을 통해 그 소리를 들었다. 그런다고 해도 어쨌거나 달라지는 것은 없었다. 탬윈이 리타 고르의 명령을 들을 때마다, 온 힘을 다해 바질가라드의 기다란 귀를 잡아당겨 불꽃 천사들이 도움을 필요로 하는 곳으로 날아갔다. 하지만 언제나 한발 늦게 도착했다.

"안 돼!"

탬윈은 시커먼 용 한 무리가 귀리온의 전사들을 향해 휙 내려앉으려

한다는 걸 깨닫고 소리쳤다. 귀리온의 부대는 다른 무리의 적과 싸우느라 정신이 없었기 때문에, 또 다른 적의 공격을 알아차리지 못하고 있었다.

탬윈은 바질가라드의 귀에 바싹 붙었다. 바질가라드가 날개 뼈가 꺾이도록 급회전하는 사이, 시커먼 용들이 날카로운 발톱으로 불꽃 천사들의 등을 난도질하고 살점을 도려냈다. 불꽃 천사들이 목숨을 잃었다. 불꽃이 꺼지고, 저 아래 영토로 재가 된 몸이 떨어져 내렸다.

불꽃 천사 둘만 간신히 달아날 수 있었다. 그중 하나는 귀리온이었다. 탬윈은 그 얼굴을 보게 되어서 기뻤다. 여전히 이마에 얹혀 있는 소중한 황금 화관은 불타는 날개의 빛으로 반짝였다. 하지만 (귀리온이 확실히 알고 있던 것처럼) 불꽃 천사들이 더 이상 살아남을 수 없다는 걸 알았다. 그 숫자가 급격하게 줄어들고 있었다.

탬윈은 스스로에게 수백 번도 넘게 물었다, 어떻게 죽지 않는 용의 군대를 물리칠 수 있단 말인가? 이제, 그 단 하나의 목표가 탬윈의 관심을 모두 사로잡았다. 탬윈은 적들을 사후 세계로 통하는 출입구로 몰아넣을 방법을 생각해낼 수가 없었다. 그 출입문을 영원히 닫는 문제는 차치하고 말이다.

"이제 내 말 잘 들어라, 전사들아. 죽을 운명의 저 오합지졸을 끝장내버릴, 저들을 완전히 죽여 버릴 시간이 되었다. 그래서 우리가 침략을 계속할 수 있도록! 내 지시를 잘 듣도록 하라. 내가 마지막 장애물을 없애는 모습을 똑똑히 지켜봐라."

리타 고르가 명령했다. 리타 고르의 생각이 탬윈의 머릿속에 울려 퍼졌다.

바질가라드는 탬윈의 경고가 필요 없었다. 수많은 전투를 통해 무르익은 바질가라드의 감각이 리타 고르가 뒤에서 다가오고 있다는 사실을 알려줬다. 초록 용은 방향을 틀어 재빨리 움직였다. 몸에 올라탄 승객은 가까스로 귀를 꽉 움켜잡고 있었다. 이들이 방향을 튼 그 순간, 리타 고르가 가까이 스쳐 지나갔다. 탬윈이 손을 뻗어 리타 고르의 날개 끝을 강타했다.

시커먼 용은 빛을 잃은 별들이 흔들려 보일 만큼 엄청난 힘으로 포효했다. 이윽고 용은 몸을 휙 돌렸다. 바질가라드 또한 몸을 돌렸다. 분노에 찬 사후 세계의 장군은 바질가라드와 그 위에 타고 있는 오만한 젊은 마법사를 마주했다.

아주 짧은 순간, 두 마리 거대한 용이 허공을 맴돌며 서로를 탐색했다. 리타 고르의 상처 입지 않은 눈에서 불길한 불꽃이 갑자기 이글거렸다. 검은 번갯불을 내뿜기 직전, 리타 고르는 자신의 전사들을 향해 마지막 명령을 내렸다. 같은 순간, 바질가라드는 강력한 날개를 펄럭여 앞으로 돌격했다.

이 싸움을 어떤 식으로든 마침내 끝낼 돌격이라는 걸 탬윈은 확실히 느꼈다.

* * *

"보잘것없는 네 비참한 목숨을 끝장낼 시간이다."

할렉이 스크리를 노려보며 으르렁거렸다.

할렉은 자신의 가장 끔찍한 무기, 빛나는 발톱이 달린 가죽끈을 움켜잡았다. 그 밝은 빛이 할렉의 손가락에 닿자, 손가락에서 피가 뚝뚝 떨어지는 것처럼 보였다. 발톱을 쥔 손에 힘이 들어갔다.

자신이 곧 죽게 되리라는 분명한 사실에도 불구하고, 스크리는 고개를 당당하게 들었다. 노란색 테두리의 커다란 눈이 그 자체의 빛으로 환하게 빛났다.

"왜 머뭇거리지, 할렉? 용기를 잃었나?"

전사의 웃음이 살짝 커졌다.

"용기 문제가 아니야, 이 날짐승아. 선택의 문제야. 아주 어려운 선택이지. 네가 나한테 선택을 강요하는군."

할렉은 발을 들어, 스크리의 찢어진 날개 위로 진흙 덩어리를 찼다.

"그게 뭔데?"

할렉은 만족스럽다는 듯 껄껄 웃었다.

"어느 쪽을 먼저 잘라 버릴까! 네 날개? 아니면 네 대가리?"

31
뜻밖의 재능

탬윈과 스크리가 멀리 떨어진 곳에서 각각 목숨을 걸고 싸우고 있을 때, 엘리는 다른 곳에서 목숨을 걸고 싸우고 있었다. 별은 아니었다. 진흙 평원도 아니었다. 지하 깊숙한 곳이었다. 가장 어두운 영토의 가장 깊은 동굴 속이었다.

쿨위크는 동굴 바위벽에 구부정하게 등을 기대고 있는 엘리를 훑어보며 씩 웃었다. 등 뒤로 물이 똑똑 떨어져 내리며 엘리의 곱슬머리를 적셨다. 하지만 엘리는 신경 쓰지 않았다. 얼굴에는 절망감이 가득했다.

주술사는 창백한 손을 비비며 흡족하게 노려보았다.

"불편을 끼쳐서 어쩌나, 사제! 넌 엄청 힘들게 이곳까지 왔어. 그런데 결국 네 계획에 치명적인 결함이 있다는 걸 알게 되었을 뿐이야."

쿨위크는 어깨 너머를 흘끗 바라보았다. 석조 받침대에 안전하게 놓인 벤젤라노 수정을……. 그러고는 몸을 숙여, 엘리를 향해 자신의 일그러진 얼굴을 바짝 들이댔다. 엘리는 어쩔 수 없이 텅 빈 눈구멍을 볼 수밖에 없었다. 수정에서 고동쳐 나오는 붉은빛이 딱지와 상처에 비쳐, 눈구멍에 구더기가 꿈틀거리는 것처럼 보였다.

"너도 알다시피, 내 수정은 파괴할 수 없어. 음, 절대로 파괴할 수 없지."

쿨위크가 속삭였다.

엘리는 몸서리치며 얼굴을 돌렸다. 주술사의 목소리는 물론이고 이 쓰디쓴 소식을 애써 외면하려 했다. 하지만 무엇보다 최악은 쿨위크의 말이 모두 맞는다는 사실이었다. 엘리의 원정에는 치명적인 결함이 있었다.

이번 여행을 하며 저질렀던 그 모든 실수를 떠올리며 갈색 곱슬머리를 저었다. 호수 여인을 곧장 찾아가라는 사파이어 유니콘의 간청을 무시했다. 리니아의 신전에서 모두를 땅의 요정 무리의 손아귀에 들어가게 했다. 죽음의 몽상가를 두 팔 벌려 환영하는 바람에, 뉴익과 자신 모두 하마터면 죽음으로 몰아넣을 뻔했다. 뭔가 올바른 일을 하려고 했을 때조차도, 그러니까 갈라토를 통해 탬윈을 소리쳐 부른 일처럼, 그 소리 때문에 곱스켄에게 붙잡히고 말았다. 늙은 그리콜로를 죽음으로 몰아넣었다.

그리고 지금, 가장 중요한 임무가 불가능한 일로 되어 버렸어.

엘리는 스스로에게 침울하게 말했다.

어쩌면 이렇게 멍청할 수가 있을까? 벤젤라노 수정의 힘은 별까지 쭉 이어진다고, 절대 파괴할 수 없다고 쿨위크가 말했다.

적어도 나는 파괴할 수 없어.

뉴익은 엘리의 무릎에서 몸을 꼼지락거렸다. 엘리는 충실한 동료, 산봉우리 요정을 내려다보았다. 주술사를 노려보는 뉴익의 피부색이 성난 진홍색으로 떨렸다. 잠시 뒤, 뉴익의 맑은 보라색 눈이 엘리를 향했다. 동시에, 뉴익의 피부가 주황색으로 바뀌었다. 조바심을 드러내는 표시였다. 이윽고 연보라색 잔물결이 일었다. 그건 뉴익의 간결하고 조용한 애정의 표시였다.

엘리는 뉴익의 생각을 추측하며 고개를 끄덕였다.

네가 맞아, 오랜 친구. 스스로를 측은하게 여긴다고 해서 소용이 있겠어? 이제 남은 시간이 정말 얼마 없잖아! 내가 뭔가를 정말 해야 한다면, 지금 당장 해야 해.

엘리는 등을 곧게 펴려 애썼다. 하지만 그런 동작조차도 하나의 도전 같았다. 마치 거대한 돌덩이를 들어 올리는 느낌이었다. 이 깊은 동굴과 섀도루트 표면 사이에 놓인 그 모든 바위처럼 무거웠다.

하지만 내가 뭘 할 수 있을까?

마치 대답이라도 하듯, 쿨위크가 거친 목소리로 자그맣게 다시 말했다.

"넌 이제 날 위해 뭔가를 할 수 있다, 사제. 날 위해 죽어줘야겠다."

"맞아, 쿨위크. 하지만 네가 먼저 죽어줘야겠다."

어떤 목소리가 동굴의 열린 문에서 쩌렁쩌렁 들려왔다.

쿨위크는 즉각 몸을 꼿꼿이 세웠다. 외눈으로 새로운 방문객을 노려보았다. 분노와 놀람의 표정이었다. 엘리와 뉴익과 마찬가지로, 쿨위크 또한 그 사람을 다시 보리라고는 전혀 예상하지 못했기 때문이다.

"데스 마콜."

엘리는 믿기지 않아 숨을 몰아쉬었다. 엘리의 팔에 안긴 뉴익의 피부가 칠흑처럼 시커멓게 변했다.

"날 보고 놀랐나? 내가 죽은 줄 알았겠지? 저기 있는 저 아마추어 마법사와 달리, 내게는 비범한 재능이 한가득 있어."

암살자의 누르스름한 얼굴이 심술궂은 미소로 일그러졌다.

쿨위크는 바짝 긴장하며 창백한 두 손으로 주먹을 움켜쥐었다.

데스 마콜은 부싯돌 같은 회색 눈동자를 주술사에서 떼지 않은 채,

부드럽지만 으스스한 목소리로 이어 말했다.

"너와 네 배신자 작은 요정을 곧 처리하지. 그건 정말 큰 기쁨이 될 거야! 하지만 그전에 내 소중한 친구 쿨위크와 할 일이 좀 있어서 말이야."

데스 마콜은 방 안으로 완전히 모습을 드러냈다. 빨간 수정 빛이 대머리에 그대로 반사되었다. 어릿광대 복장은 찢어지고, 작은 은 종 하나를 제외하고는 모두 사라지고 없었다. 데스 마콜은 아무렇지도 않게 칼날이 숨어 있는 벚나무 지팡이를 흔들며 마치 놀러 온 것처럼 한가로이 안으로 걸어 들어왔다. 하지만 쿨위크한테서 세 걸음 정도 떨어진 곳까지 와서는 걸음을 뚝 멈추어 서더니 지팡이 끝을 돌바닥에 딱 내리쳤다. 그 소리가 동굴의 축축한 벽에 울려 퍼졌다. 아무도 움직이지 않았다.

"쿨위크, 널 보니 정말 반갑군. 아주 오랜만이야."

암살자가 씩 웃으며 말했다.

"너무 오래되니까 짜증이 나는군. 하지만 음, 곧 끝날 거야."

주술사가 거칠게 말했다.

데스 마콜은 공격하는 뱀처럼 재빨리 적을 향해 펄쩍 뛰어들었다. 쿨위크의 가슴을 향해 지팡이를 휙 내밀며 칼날을 뻗었다. 하지만 주술사 또한 재빨리 움직였다. 잽싸게 몸을 돌려 공격을 피하고 손으로 암살자의 손목을 잡았다. 이글거리는 복수의 눈빛으로, 적의 팔을 무지막지하게 찔렀다.

데스 마콜은 고통에 비명을 지르며 무기를 놓쳤다. 지팡이는 돌바닥에 탁 떨어졌다. 하지만 주술사의 예상대로 무릎을 꿇는 대신, 정반대로 움직였다. 허공으로 펄쩍 뛰어, 뒤로 한 바퀴 몸을 돌려 쿨위크의 손아귀에서 벗어났다. 그러면서도, 한 발로 주술사의 머리를 내리쳐 외눈을 공격했다.

이제 쿨위크는 고통에 신음했다. 눈 아래 살갗이 부어오르며 새파랗게 멍들었다. 하지만 암살자가 아픈 팔을 붙잡은 채 바닥에 내려앉아 똑바로 설 때, 쿨위크는 덤벼들었다. 이번에는 주술사의 하얀 손이 데스 마콜의 목을 졸랐다. 쿨위크의 입이 승리감에 부풀어 오르며 일그러졌다. 다음 공격으로 분명 적을 죽일 수 있으리라 확신했다.

바로 그때 데스 마콜이 왼쪽 손목을 까딱 튕기자, 소매에 숨겨둔 또 다른 칼이 툭 튀어나왔다. 적이 무슨 일인지 알아차리기도 전에, '죽음'이라는 이름의 남자는 그 칼로 자신의 목을 조르고 있는 손을 힘껏 베었다. 쿨위크의 손등에서 피가 솟구쳤다. 한때는 아주 완벽하게 손질되어 아무런 상처도 없던 손에서…….

쿨위크는 비명을 질렀다. 고통스러울 뿐만 아니라 두려웠기 때문이었다. 하지만 데스 마콜이 주술사에게 달려들어 넘어트렸을 때 그 비명은 멎었다. 둘은 바위벽에 쿵 부딪히더니, 함께 바닥으로 굴렀다.

둘의 싸움이 시작되자마자, 엘리의 마음은 요동쳤다. 이번이 자신에게 주어진 기회였다! 이런 기회가 두 번 다시 오지 않을 것이다. 하지만 뭘 어떻게 한담? 엘리가 어떻게 그 엄청난 힘을 지닌 벤젤라노 수정을 끝장낼 수 있을까?

엘리는 빛나는 수정을 쳐다보았다. 그러고는 뉴익을 내려다보았다. 뉴익은 이제 주황색으로 빛났다. 엘리는 최선을 다해 정신을 집중했다. 수정에 대해 무엇을 알고 있었지? 정말 아는 게 별로 없었다. 리아조차도 그 수정이 어떻게 작동하는지 알지 못했다. 리아가 할 수 있는 말이라고는 이것뿐이었다.

엘라노가 창조적인 힘을 지닌 것처럼 벤젤라노는 파괴적인 힘을 지니

고 있단다.

엘리는 얼굴을 찡그렸다. 동굴에서의 싸움은 그리 오래 지속되지 않으리라는 걸 알았다. 싸움에 열중한 두 사람을 흘끗 쳐다보았다. 누가 이기든, 재빨리 엘리와 뉴익도 없애려 할 것이다. 그러면 수정을 파괴하겠다는 희망 또한 물거품이 된다.

누가 또 수정에 대해 말해줬더라? 오직 그리콜로뿐이었다. 그리콜로의 현학적인 말은 리아의 말만큼 도움이 되지 못했다. 그리콜로는 이렇게 말했었다.

그 수정은 엘라노와 정반대가 되어야 할 거야. 엘라노가 엄청난 창조의 힘을 지닌다면, 그 수정은 엄청난 파괴의 힘을 지니고 있을 거야.

엘리의 마음은 불처럼 활활 타올랐다. 파괴. 창조. 그 말 안에 뭔가 해답이 숨어 있을까? 하지만 도대체 어떤 해답이 정반대 속에 숨어 있을 수 있을까? 완전한 반대 속에?

엘리는 눈을 떴다. 그래 그거야! 전사 둘이 비명을 지르고 고함치며 바닥에 뒹구는 사이, 엘리는 벌떡 일어섰다. 여전히 한 팔로 뉴익을 안은 채, 석조 받침대에서 고동치는 수정을 향해 달려갔다.

"날 용서해줘."

엘리는 속삭였다. 목에 걸린 잎사귀 부적에 손을 뻗어 리아가 준 수정을 꺼냈다. 즉각, 수정이 환하게 밝아지며, 초록색, 파란색, 하얀색 빛을 동굴 안 가득 내뿜었다. 수정을 감싸던 부적 잎사귀가 바닥으로 뚝 떨어졌다. 엘리는 순수한 엘라노 수정을 벤젤라노 수정 위에 올려놓았다.

즉각, 벤젤라노 수정이 어두워졌다. 바위가 녹는 것처럼 지글지글 끓는 소리가 나기 시작했다. 엘라노 수정 또한 마찬가지였다. 함께 뒤엉켜 석조 받침대 위의 수정들이 탁탁 소리를 냈다. 붉은 광선이 쏟아져 나와, 허공에서 초록색 빛과 파란색 빛이 씨름하는 것처럼 보였다. 기이한 냄새가 피어올랐다. 유황 냄새가 났다. 막 분출하기 직전의 화산의 가스 같았다.

엘리는 눈앞에 펼쳐진 광경을 꼼짝도 하지 않고 지켜보았다. 자신의 수정이 오염된 수정의 힘을 없애는 데 실제로 성공하기를 간절히 바랐다. 유황 냄새가 더 강해졌다. 지글지글 끓는 소리 또한 커져갔다.

"흠, 엘리. 이제 갈 시간이 된 것 같아, 안 그래? 여기가 멋진 곳이기는 하지만, 이렇게 영원히 머물러 있고 싶지는 않거든."

뉴익이 평소처럼 퉁명스레 말했다. 하지만 분명 그 목소리에는 다급함이 묻어 있었다.

엘리는 몸을 떨었다. 싸움에 몰두해 정신없이 땅바닥에서 구르고 있는, 오랫동안 적수였던 두 사람을 흘끗 바라보았다.

"그래, 뉴익. 빨리 여기를 떠나자!"

엘리는 뉴익을 안고 동굴 밖으로 달려갔다. 어둠의 요정들이 아주 오래전에 거칠게 대충 깎아 놓은 터널로 방향을 틀었다. 바닥에 쓰러져 죽은 곱스켄에 하마터면 걸려 넘어질 뻔했다. 그 곱스켄은, 의심의 여지없이, 데스 마콜을 마주치는 실수를 저질렀을 거다. 엘리는 잠시 멈춰서 탁탁 소리 내며 타는 횃불을 낚아채, 터널로 쏜살같이 달려갔다.

엘리는 두 다리가 허락하는 한 힘차게 움직여 뛰어갔다. 터널이 끝나는 층계참에는 곱스켄 세 명이 죽어 있었다. 돌계단 위에도 두 명이 쓰러져 있었다. 워터루트에서 데스 마콜이 용의 동굴에 어떻게 은밀하게 들어왔었는지를 떠올리며, 엘리는 저 곱스켄들이 분명 데스 마콜이 다가오는 소리조차 듣지 못했을 거라 짐작했다.

돌계단 위로 힘차게 달려, 광산에서 점점 더 위로 올라갔다. 허벅지와 장딴지가 끊어질 듯 아팠다. 두 다리가 마구 휘청거렸지만 발걸음을 늦추지 않았다. 엘리는 헉헉거리는 숨소리, 마구 뛰는 심장 소리에 맞추어 달렸다.

하지만 엘리는 조금도 힘들지 않았다. 지금까지 자신이 저지른 수많은 잘못과 달리, 이제 중요한 일 한 가지를 제대로 해냈다는 걸 알았으니까. 어쩌면 자신의 행동이 탬윈 또는 브리오나 또는 이센위의 전투에서 싸우는 사람들에게 어떻게든 도움이 되길 바라는 건 좀 지나친 생각일지도 몰랐다. 그럼에도 불구하고 도울 수 있기를 바랐다.

마침내, 꼭대기 근처에 이르자 광산 갱도에 차가운 바람이 불어왔다. 무척이나 차가워, 땀으로 흠뻑 젖은 피부가 쓰라렸다. 그래도 바로 그 아픔은 엘리에게 살아 있음을, 이제 자유라는 사실을 상기시켰다.

드디어 광산에서 빠져나왔다. 이제 저 아래 동굴에서 쿨위크가 꼼짝 않는 데스 마콜에게서 비틀비틀 일어서며 내지르는 승리의 함성이 들리기에는 너무 멀리 있었다. 주술사가 자신의 소중한 수정이 변한 걸 알아차리고 고통스럽게 흐느끼는 소리를 듣기에는 너무 멀리 있었다. 하지만 발밑 저 깊은 곳에서 묵직하게 들리는 폭발 소리를 듣는 데에는 아무 문제가 없었다.

저 멀리서 천둥과도 같은 소리가 들리고 땅이 마구 흔들렸다. 진동이 점점 커져 서 있을 수조차 없었다. 마침내, 진동이 가라앉자 광산 갱도에서 연기가 피어오르며 유황 냄새가 풍겨왔다. 연기는 허공에 잠시 머물다 이내 사라지며 쿨위크의 끔찍한 수정의 마지막 흔적을 실어 갔다.

엘리는 섀도루트의 어둠 속에서 숨을 헉헉거리며 서 있었다. 한 손에 기름 냄새를 풍기며 활활 타오르는 횃불이 들려 있었다. 엘리는 그 횃불을 높이 들어 올리며 그 빛에 고마움을 느꼈다. 하지만 자신이 여행

내내 줄곧 가지고 다니던 또 다른 빛의 원천이 그리웠다.

"음, 엘리. 이제 우리 어디로 가지?"

뉴익의 연보라색 피부가 횃불 불꽃에 어른거렸다.

엘리는 뉴익에게 장난스러운 미소를 지어 보였다.

"음, 넌 이미 알고 있는 것 같은데, 뉴익? 우리는 빛을 잃어버린 도시로 되돌아갈 거야. 이 횃불이 있는 한 뛰어갈 수 있어. 그러면 빨리 갈 수 있을 거야. 그곳에 도착하면, 무너진 관문을 파내서 그 관문을 통해 이센위 평원으로 가야지. 그게 전쟁이 끝나기 전에 우리가 그곳에 갈 수 있는 유일한 기회야."

뉴익은 그 작은 얼굴을 수상쩍게 찡그렸다.

"관문이 더 이상 작동하지 않으면? 아니, 작동하긴 하는데 우리를 엉뚱한 곳으로 데리고 가면?"

"위험을 감수해야지."

엘리는 어깨를 으쓱해 보이며 횃불에 무겁게 짓눌린 주변 어둠을 응시했다. 이윽고 아주 자그맣게 속삭이며 다시 말했다.

"하지만 더 두려운 건, 전쟁터에서 우리가 보게 될 모습이야."

32
마법의 불

섀도루트의 바위투성이 지하에서 전해오는 진동을 느꼈을 때, 엘리는 오염된 수정이 마침내 파괴되었다는 걸 알았다. 하지만 그 진동이 얼마나 멀리까지 전해질지 알지 못했다. 그 진동이 사랑하는 사람들의 운명에 얼마나 큰 영향을 미칠지 알지 못했다.

그 진동은 사실 아주 멀리에서도 느껴졌다. 진동은 저 높은 곳, 별까지 닿았다.

빛을 잃은 마법사의 지팡이 별 아래에서, 아발론의 위대한 용이 온 힘을 다해 공격했다. 바질가라드는 그 강력한 날개를 저으며, 거대한 몸의 마지막 비늘까지 모조리 다, 리타 고르에 초점을 맞추었다. 초록 용의 마음속에는 희망이라고 묘사할 만한 건 아무것도 없었다. 분노, 용맹, 그리고 자신이 살아가는 세상에 대한 사랑이 진하게 뒤섞여 있었다.

바질가라드는 앞으로 나아갔다. 탬윈은 두 손으로 용의 귀를 꽉 움켜잡았다. 바람이 스쳐 지나가며, 젊은이의 머리카락이 어깨 너머로 흩날렸다. 하나 남은 리타 고르의 눈에 검은 불꽃이 나타났지만, 바질가라드의 눈에는 뭔가 다른 게 빛났다. 바질가라드는 자신이 절대 리타 고르를 죽일 수 없다는 것, 용으로 가장한 장군의 몸에 상처만 입힐 수 있다는 것도 잘 알았다. 또한 이 저돌적인 공격이 자신의 마지막이 될 수 있으리라는 것도 알았다. 하지만 바질가라드는 심장 깊숙이 확신했다. 수 세기에 걸쳐 평생 동안 하늘을 날았던 그 모든 비행은 바로 이 순간을 위한 준비였다는 것을…….

리타 고르는 날개를 활짝 편 채 하늘을 배회했다. 적이 자신을 향해 날아와도, 속임수를 쓰거나 피하지도 않았다. 왜 그래야 하지? 리타 고르는 자신이 승리할 순간이 마침내 다가오고 있다는 걸 확신했다. 멀린의 후손이 올라탄 저 비참한 용의 동작을 모두 예측할 수 있다고 확신한 것처럼.

무엇보다도, 초록 용의 동맹군은 곧 제거될 것이다. 리타 고르가 전사들에게 내린 뛰어난 전략적 명령 덕분에, 침략에 저항하는 불타는 생명체들은 처음보다 숫자가 반 이상 줄었다. 이제 한계점에 이르렀다. 군대에 마지막 명령을 내리면, 불타는 생명체들은 유한한 생명체의 정해진 길로 갈 것이다. 즉, 죽어서 재가 될 것이다.

불가사의한 눈 안에 불꽃이 이글거렸다. 리타 고르가 지금까지 만들어낸 검은 번갯불 중에서 가장 큰 번갯불로 합쳐졌다. 리타 고르는 완벽한 순간을 포착하자마자 그 번갯불을 초록 용의 머리를 향해 곧장 쏠 것이다. 그리고 이내 애송이 마법사를 공격할 것이다.

리타 고르는 다가오는 용을 지켜보며, 하늘에서 영원히 때려눕힐 준비를 했다. 장군의 눈 안에서 번갯불이 커져가며, 마음속에 수많은 생각이 스쳐 지나갔다. 몇 주 전, 이 세상에 들어왔을 때, 리타 고르는 지금 자신 바로 뒤에 매달린 별을 통해 아발론에 들어왔다. 유한한 생명체들이 어리석게도 마법사의 지팡이라고 부르는 별. 리타 고르는 그 별자리를 '장군의 창'이라고 부르는 게 더 정확할 거라고 혼잣말을 했다. 왜냐하면 이곳에서 보낸 짧은 시간 동안, 리타 고르는 치명적인 용으로 변신했으니까. 전사들에게는 자신과 비슷하지만 더 작은 몸을 만들어 줬다. 쿨위크의 수정을 통해 비범한 힘을 지닌 무기를 만들었다. 그리고 이제, 마지막으로, 자신의 유일한 적수를 파괴할 것이다. 그러고 나서 불멸의 창을 아발론의 심장에 던질 것이다.

침에서 거품이 나오며 비늘로 덮인 목을 타고 줄줄 흘러내렸다. 리타 고르는 자신의 위대한 승리를 느낄 수 있었다. 이 순간에 이르기까지 아주 오랜 시간 계획을 짜고 인내했다. 아발론 먼저, 그러고 나서 지구를 차지할 것이다. 그리고 곧, 다른 세상들도 차지할 것이다.

하지만 먼저, 저 성가신 용과 젊은 마법사 그리고 녀석들의 불타는 동맹군을 제거해야만 한다. 리타 고르는 검은 번갯불을 커다랗게 만들어내며 전사들에게 마지막 명령을 내리기 시작했다.

바로 그 순간, 리타 고르의 마음속에 갑작스러운 고통이 느껴졌다. 눈에 보이지 않는 발톱처럼, 뭔가가 자신의 힘의 일부를 낚아챘다. 자신은 물론이고 우주에 구멍이 났다. 리타 고르는 비틀거렸다. 전사들에게 내리던 명령을 갑자기 멈추었다. 한편, 번갯불이 눈 안에서 계속 커지며, 언제든 터져 나올 준비를 했다.

하지만 리타 고르는 번갯불을 생각하고 있지 않았다. 충격을 받고 혼란스러웠다. 그리고 평생 처음으로, 너무나 강력한 감정을 느꼈다. 그 존재에 간담이 서늘했다.

두려움.

리타 고르는 이빨을 뿌드득 갈았다. 어찌나 세게 갈았던지 이빨에 금이 쩍쩍 가며 부러져 나갔다. 뭔가 끔찍한 일이 벌어졌다! 그게 리타 고르가 아는 전부였다. 그게 뭔지, 또는 누가 그런 짓을 했는지 정확히 알 수 없었다. 리타 고르는 자신의 영원한 적, 어리석게도 유한한 세상에 개입하지 않기로 맹세한 다그다를 의심했다. 하지만 아니다. 이건 뭔가 작은 것, 자신이 간과한 것에서 온 게 분명했다. 어쩌면…….

바질가라드가 온 힘을 다해 리타 고르와 쿵 부딪쳤다. 두 마리 용 모두 굉음을 내뱉었다. 뼈가 부러지고, 살점이 찢겨나가고, 초록색과 검은색 비늘이 수없이 우수수 떨어져 나갔다. 그 충돌 직전, 바질가라드는 귀를 뒤로 씰룩 움직여, 탬윈을 부딪히지 않게 떨쳐냈다. 그로부터 잠깐 뒤, 초록 용의 거대한 머리가 리타 고르의 가슴을 곧장 밀고 들어갔다. 거대한 몸이 하늘에서 터지며 별의 영토에 천둥 같은 메아리가 울렸다.

바로 그때 또 다른 폭발이 일었다. 리타 고르의 눈 안에서, 응축된 시커먼 번개가 마침내 모조리 터졌다. 하지만 그 번개를 어디로든 날리려고 하지 않았다. 에너지가 그대로 폭발했다. 번갯불의 그 모든 힘이 장군의 눈 안을 내리쳤다.

리타 고르는 허공에서 뒹굴며 비명을 질러댔다. 이제 완전히 눈이 먼 채, 또한 가슴과 등뼈가 부러져서 비틀거렸다. 어디로든 자신을 이끄는 것은 고사하고, 하늘을 날 수도 없었다. 아래로 곤두박질치는 리타 고르의 가죽 날개가 힘을 잃고 펄럭였다.

바질가라드는 충돌 때문에 어질어질하고 몸 전체가 욱신거렸지만, 여전히 하늘에 떠 있을 수 있었다. 또한 다음에 무슨 일이 있어날지 알 만큼 충분히 또렷하게 생각할 수 있었다. 거대한 몸을 구부려 커다란 꼬리를 휘둘렀다. 꼬리 끝에 달린 단단한 곤봉이 리타 고르의 배를 강타했다. 검은 용은 저 뒤, 어두워진 별의 거대한 구멍 안으로, 사후 세계로 나가떨어졌다.

바질가라드는 날개를 기울여 재빨리 아래로 내려갔다. 두 팔을 허우적거리며, 빠른 속도로 추락하던 탬윈 가까이 다가가 발톱 하나로 젊은이의 배낭끈을 능숙하게 낚아챘다. 갑작스러운 요동에 탬윈은 깜짝 놀라 소리쳤다. 바질가라드는 승객을 거대한 머리에 툭 던져 다시 태웠다.

탬윈은 머리에 쿵 떨어지며, 수많은 비늘이 떨어져 나간 걸 깨달았다. 군데군데 초록 피가 엉겨 붙었다. 부러진 비늘이 사방에서 나부꼈다. 탬윈은 상처를 밟지 않으려 조심조심 다리에 힘을 주고, 횃불과 배낭을 고쳐 멨다. 이윽고 바질가라드의 귀를 다시 잡았다.

"고마워, 친구. 넌 방금 강력한 바질가라드만 할 수 있는 일을 했어."

탬윈이 스쳐 지나가는 바람 소리보다 살짝 큰 목소리로 허공에 대고 말했다. 그러고는 킥 웃으며 덧붙였다.

"아니면 똑똑한 배티 래드만이. 정말 누구도 따라올 수 없는 장난으로 유명하지."

바질가라드는 진심으로 웃었다. 그 소리가 주변으로 울려 퍼졌다. 마치 위대한 나무도 그 유머에 함께 웃어주는 것 같았다.

탬윈은 여전히 귀를 꼭 잡은 채 몸을 앞으로 기울였다. 바질가라드의 이마 너머, 빙글빙글 돌며 별 출입구로 떨어져 나가는 리타 고르의 몸이 검은 얼룩처럼 보였다. 잠시 뒤, 장군은 시커먼 구멍 속으로 완전히 사라졌다.

바로 그때 탬윈은 다른 무언가를 알아차렸다. 어두워진 출입구를 향해 다른 형상들이 움직이고 있었다. 리타 고르의 전사들! 그리고 그 뒤에 불꽃 천사들!

즉각, 탬윈은 깨달았다. 엄청난 폭발이 주인을 내리치고 주인의 명령이 갑자기 멈추자 작은 용들은 방향을 잃고 혼란에 빠졌다. 귀리온의 불꽃 천사들이 즉각 그 변화를 알아차리고 기회를 놓치지 않았다. 수적으로는 훨씬 열세였지만, 불꽃 천사들은 능숙한 목동처럼 날아가, 리타 고르와 같은 목적지를 향해 용 전사들을 그 구멍으로 몰아넣었다.

하지만 얼마나 오래? 리타 고르가 힘을 잃은 몸에서 자신의 정신을 빼내는 데 얼마나 시간이 걸릴까? 그 어느 때보다 분노에 차서 아발론으로 다시 돌아오기까지 얼마나 걸릴까?

그리 오래 걸리지는 않을 거야.

탬윈은 자신에게 필요한 게 뭔지 알았다. 그 방법은 몰랐지만…….

지금이야. 내 기회. 내 순간. 별을 다시 밝혀야만 해! 그러기 위해서는 마법의 불꽃을 만들어내야만 해.

탬윈은 혼잣말을 했다.

탬윈은 어깨 너머로 손을 뻗어 횃불을 꺼냈다. 한 손으로 횃불을 들고, 그 위에 감긴 불에 까맣게 탄 기름 헝겊을 유심히 살펴봤다. 지극히 평범해 보였다. 하지만 페가수스의 심장 속으로 떨어트리기 전까지 내내 지니고 있던 지팡이 또한 똑같이 평범해 보였었다. 탬윈이 잘 알듯이, 그 지팡이는 말로 표현할 수 없는 힘을 품고 있었다. 멀린의 오니알레이.

바질가라드는 탬윈의 목표를 알아차리고 방향을 돌려 별자리의 한가운데 별 가까이로 날아갔다. 한편, 젊은이는 계속해서 횃불을 생각했다. 얼굴에 바람이 스쳤다. 탬윈은 낡은 막대를 들어 올렸다. 막대기 표면에서 아버지의 손자국이 느껴졌다. 그 깊은 곳에서, 뭔가 포착하기 어려운 마법의 부름이 느껴졌다.

불의 마법. 열기와 빛의 마법. 황무지 길잡이로서 자주 밝혔던 불꽃보다 훨씬 더 위대한 무언가가 느껴졌다.

하지만 그 불을 어떻게 살려낸담? 지금, 자신의 세상과 수많은 세상을 구할 기회가 아직 있었다. 탬윈의 이마에 초조함으로 주름이 잡혔다. 이런 종류의 불은 자신이 지금까지 만들어낸 것과는 확연하게 다르다는 걸 알았다.

머나먼 과거의 어느 곳에선가 알 듯 말 듯 목소리가 들려왔다. 그 목소리는 평생 자신을 따라다니던 질문을 하고 있었다.

그 이름은 어둠의 불꽃이라는 뜻일까? 정말 궁금하다. 그가 아발론에 불꽃의 빛을 가져올 것인가…… 아니면 밤의 어둠을 가져올 것인가?

"어느 쪽일까? 이봐, 탬윈! 어느 쪽일까?"

탬윈은 크게 소리쳐 물었다.

머릿속에서 불꽃이 타올라 생각을 모조리 불태웠다. 하지만 그것은 의심과 불확실의 불꽃이었다. 탬윈이 원하는 게 전혀 아니었다. 야영을 하며 수없이 피워낸 불꽃에 대해 자신은 정말이지 무엇을 알고 있었을까? 음식을 익힐 만큼 뜨거웠다는 것. 책을 읽을 만큼 밝았다는 것. 그리고 또한 정반대의 것들로 가득 찼다는 것. 연약하지만 강하고, 쓸모있지만 위험하다는 것.

탬윈은 횃불을 꽉 잡고 집중했다. 하도 세게 잡아서 손가락이 하얗게 변했다. 마법의 불꽃은 야영의 모닥불과 어떻게 다를까?

마법의 불꽃은 그 안에서 불을 붙여야 해.

귀리온은 이렇게 말했었다.

하지만 어디에서 그렇게 할 수 있는 힘을 찾을 수 있지? 필요한 불씨를 어디에서 구할 수 있지?

그때 뭔가 다른 게 떠올랐다. 불꽃 천사가 했던 말…….

탬윈. 네게는 눈에 보이지는 않는 내적 불꽃이 있어. 가장 강력한 불

꽃은 영혼 안에 깃들어 있어.

"영혼 안에."

탬윈은 그 말을 반복했다. 스스로에게, 횃불에게, 마법사의 지팡이의 어두워진 일곱 개 별에게 말했다.

영혼 안에.

즉각 깨달았다. 생각을 안으로 돌려, 자신의 내면 깊숙한 불꽃에서 힘을 끌어냈다. 열정, 희망, 사랑에 불을 피웠다. 아발론의 위대한 나무를 위해, 수많은 경이로움의 세상을 위해, 그 나뭇가지와 연결된 '천 개의 숲' 별자리를 위해, 자신이 사랑하는 그 모든 사람들을 위해. 이들은 헤아릴 수 없는 무수한 방법으로 탬윈을 도왔다. 귀리온. 바질가라드. 용맹한 아하나. 그래, 헤니, 지금 어디에 있는지 모를 스크리, 운명을 창조하라고 다그쳐준 리아. 현명한 공예가 팰리미스트. 부러진 단검을 고쳐준 에손. 심술 사나운 늙다리 뉴익.

그리고 엘리.

탬윈은 그 모든 열정, 그 모든 사랑에 마음을 열고 그 따스한 불꽃을 느꼈다. 그 불꽃은 계속 강해지고 또 강해졌다.

"이제, 내 횃불이여, 타올라라! 아발론을 위해, 우리 모두를 위해 타올라라!"

탬윈이 명령했다.

환한 빛을 내뿜으며 횃불이 타올랐다. 탬윈은 횃불을 얼굴 앞으로 들어 올렸다. 그 열기를 느끼며 타오르는 빛을 지켜보았다. 초록 용이 날갯짓을 할 때마다 바람이 횃불에 닿았다. 하지만 그 불꽃은 결코 흔들리지 않았다.

탬윈은 가운데 있는 별을 향해 돌아서서 그 거대한 테두리를 응시했다. 하늘 전체를 창백하게 비추는 둥근 원. 그것은 어둠의 커다란 우물에 둘러싸여 있었다. 정령들의 세상으로 통하는 출입구. 그 우물보다 더 깊은 어둠은 방금 전에 그 안으로 떨어진 장군의 눈동자밖에 없었다.

젊은 마법사는 심호흡을 하고 내면 깊숙한 곳의 불꽃에 집중했다. 그러고는 마치 어른거리는 자그마한 석탄에 불을 붙이는 것처럼 아주 부드럽게 바람을 불어넣었다.

불씨 하나가 횃불에서 떠올랐다. 별과 비교하면 한참 작았지만, 놀라운 빛으로 빛났다. 탬윈의 호흡이 이끄는 대로 그 불씨는 둥둥 떠가며, 바질가라드의 쭉 뻗은 날개 너머로 춤추듯 나아갔다. 계속해서 날아갔다. 자그마한 한 점 빛이 어두워진 별을 향해 줄곧 나아갔다. 마침내 시커먼 별 한가운데로 사라졌다.

아무 일도 일어나지 않았다. 탬윈은 숨죽인 채 기다렸다. 발아래, 기대에 차 으르렁거리는 바질가라드의 굵은 목소리가 진동했다.

갑작스레, 별이 커다란 소리를 내며 불타올랐다. 무지개 빛깔 불꽃 장막이 둥근 원 전체를 가득 채우며, 빛나는 광선을 내뿜어 하늘을 밝혔다. 이 장면을 바라보는 탬윈의 눈동자가 별처럼 반짝였다. 바질가라드는 날개를 들어 빙글빙글 돌며 축하의 비행을 했다.

출입문이 닫혔다. 리타 고르와 그 전사들은 출입문 반대편으로 사라졌다.

탬윈은 재빨리 같은 동작을 여섯 번 더 반복했다. 마법의 횃불에 조심스럽게 입김을 불어 넣어 빛을 잃은 별자리의 별에 불씨를 내보냈다. 별이 모두 경이로운 불꽃으로 타올랐다. 아발론과 사후 세계 사이의 경계가 마침내 완전히 원래대로 돌아왔다.

탬윈은 만족스럽게 멀린의 지팡이 별자리, 일곱 개의 빛나는 별을 바라보았다. 이 모든 모험이 시작된 그날 밤, 몸을 따뜻하게 하려 똥 더미 속으로 기어들어 갔던 밤 이후로, 탬윈은 그 일곱 개의 별이 모두 밝게 빛나는 모습을 보지 못했다. 그리고 이처럼 가까이서, 이처럼 밝게 빛나는 모습을 결코 본 적이 없었다.

딱 한 번, 저 일곱 개의 별이 다시 환하게 빛나던 적이 있었다. 300년 전이었다. 폭풍의 시대가 끝났을 때. 그 중요한 날, 멀린이 바로 이 용을 타고, 마법사의 지팡이 별자리를 다시 밝혔다.

오늘, 다른 누군가가 똑같은 업적을 이루었다. 훨씬 젊고, 경험도 훨씬 부족하고, 나무를 깎는 것 말고는 기술도 변변하지 못했다. 그 모호한 이름에도 불구하고, 불확실한 운명에도 불구하고, 이 젊은이는 마침내 아주 오래전부터 이어진 불분명한 질문에 대답했다.

아발론에 '불꽃의 빛'을 가져왔다.

33
기도

리타 고르가 갑작스러운 찌를 듯한 고통에 놀랐을 때, 할렉은 다른 사건의 전개에 충격을 받았다. 엘리의 놀라운 업적에 따른 진동이 이센 위의 진흙 평원에까지 이르렀기 때문이다.

"이거 어려운 선택이군. 하지만 내 생각에, 넌 머리가 없으면 훨씬 더 추해 보일 거야. 그러니 머리는 마지막으로 남겨두지."

할렉이 스크리를 뻐기듯 내려다보며 당당하게 말했다. 독수리 인간의 은빛 날개는 이제 진흙에 흠뻑 젖고 피가 마구 튀어 있었다.

할렉은 선웃음을 치며 목에 걸린 가죽 줄에 매달린 발톱을 만지작거렸다. 발톱이 천천히 빙그르르 돌며 새빨간 빛을 강렬히 내뿜었다.

"그래, 새 소년, 네 날개를 먼저 없애주겠어. 날개를 하나씩 하나씩 자르고 나서 네 대가리를 손봐주지."

스크리의 노란색 테두리의 커다란 눈이 자부심에 반짝였다. 스크리는 자신이 꼼짝없이 죽으리라는 걸 알았다. 설상가상, 이 살인자가 브리오나를 해치는 것 또한 막을 수 없을 것이다. 하지만 이 모든 것에도 불구하고, 스크리는 일말의 두려움을 보임으로써 할렉을 더 흡족하게 해주고 싶지는 않았다.

할렉이 한 발 더 가까이 다가왔다. 움직일 때 허리띠에 잔뜩 달린 무기가 서로 부딪쳐 소리가 났다.

"쿨위크는 내가 서둘러 이 싸움을 끝마치기를 원해. 최대한 빨리. 그래서 난 널 죽여야겠어. 그래도 저 귀여운 요정 소녀와 장난칠 시간은 분명 있을 거야. 음, 정말 재미있을 거야."

할렉은 사악하게 낄낄 웃었다.

그 말에 스크리는 화가 치밀어 관자놀이가 마구 뛰었지만, 애써 무시하려 최선을 다했다.

이윽고 할렉이 더 깊이 몸을 숙였다.

"왜 서두르는지 알아? 우리는 리타 고르가 오기를 기다리고 있거든, 그게 이유야."

할렉은 웃으며 이 말을 전하며 희희낙락했다.

스크리는 어쩔 수 없이 몸이 굳어지며 외쳤다.

"리타 고르! 여기에?"

"그래, 날짐승아. 하지만 걱정할 필요는 없어. 넌 그걸 보지 못할 테니까."

할렉은 빛나는 발톱을 천천히 들어 올렸다.

"좋아, 이제, 발톱. 저 녀석의 보잘것없는 작은 날개를 싹둑 잘라 버려."

할렉의 웃음이 커졌다. 할렉이 꽤 오랜 시간 기다려온 순간이었다. 할렉은 이 전쟁에서 수없이 반복했던 것처럼, 생각을 집중했다. 자신이 지금껏 휘둘렀던 가장 야만적인 칼날, 그러니까 빛의 광선이 나타나기를 기다렸다.

아무 일도 일어나지 않았다. 할렉은 발톱을 내려다보았다. 얼굴에서 미소가 싹 사라져 버렸다. 마법의 발톱에서 붉은빛이 갑자기 사라진 것처럼…….

"어……."

할렉이 당황해했다. 하지만 이내 숙련된 전사의 신속함으로 계획을 바꿨다. 얼마 전에 땅바닥에 떨어트린 넓적한 칼에 손을 뻗었다.

하지만 스크리의 움직임이 더 빨랐다. 진흙을 튕기며 펄쩍 뛰어, 상처 입지 않은 날개로 할렉을 내리쳤다. 할렉은 단단한 날개 끝에 목이 맞아 쓰러졌다. 땅의 요정 시체에 발이 걸리는 바람에 축축한 땅바닥을 나뒹굴었다. 무릎을 세우고 비틀비틀 일어설 때, 스크리는 피 묻은 발톱으로 할렉의 얼굴을 할퀴려 했다.

하지만 이번에 할렉이 예상외로 빨리 움직였다. 발톱을 피해 뒤로 물러서더니, 스크리의 다리를 꽉 잡아 비틀어 땅바닥에 내던졌다.

하지만 할렉이 단검에 손을 뻗을 때, 스크리는 능숙하게 몸을 굴려 날개 끝으로 할렉의 머리를 찔렀다. 이 건장한 남자는 뒤로 비틀거렸다. 턱의 상처에서 피가 줄줄 흘러나왔다. 잠시 뒤, 스크리가 할렉에게 뛰어들자 할렉이 손에 쥔 단검을 떨어트렸다. 단검 칼날이 진흙에 처박혀, 손잡이까지 절반이 파묻혀 버렸다.

전사 둘은 땅바닥에 나뒹굴며, 온 힘을 다해 서로 치고받았다. 스크리는 머리로 받고 발톱으로 긁고, 할렉은 주먹질과 발길질을 해댔다. 이들이 마침내 떨어져 상대방 주위를 경계하듯 빙글빙글 돌 때 저주가 마구 쏟아져 나왔다. 이 싸움은 한쪽이 마침내 죽어야 끝날 것이다.

이들의 잔혹한 싸움은 계속되었다. 몇 시간 동안 이어지며, 힘과 재주를 모조리 끌어내 써 버렸다. 한편, 전쟁터의 상황은 변하기 시작했다. 할렉의 무시무시한 발톱의 도움이 없었기에, 또한 충신들을 자극하는 벨라미르가 없었기에, 아발론 동맹군이 승기를 잡았다. 또한 곱스켄

지원군이 올 거라는 소문과 달리 아무런 도움의 손길도 오지 않았기에, 아발론 동맹군은 이제 승리할 수 있을 거라고 믿기 시작했다.

용감한 독수리 종족은 사납지만 멍청한 구울라카들을 하늘에서 쫓아냈다. 드루마디안과 남자와 여자들은 여전히 수적으로 열세였음에도 곱스켄과 땅의 요정들을 인정사정없이 무찔렀다. 드루마디안들은 요정 궁수들과 나란히 싸웠다. 이들의 화살은 목표를 놓치는 법이 거의 없었다.

커다란 나무 정령, 땅딸막한 소인, 온갖 종류의 메리스들이 이 전투에 합류해, 나뭇가지, 도끼, 발굽을 마구 휘둘렀다. 한편, 단호한 표정의 플레임론들은 불타는 창과 타르 덩어리를 마구 던져 적을 공포에 떨게 만들었다.

체인질링이 자신의 대열에 은밀하게 끼어들었다는 새로운 소문이 돌자 인류 우선 운동의 신봉자들은 뿔뿔이 흩어졌다. 요정들은 오거의 얼굴로 날아들어 궁수들이 올 때까지 녀석들을 괴롭혔다. 트롤들은 더 이상 버틸 수 없었다. 이들이 정말로 사납기는 했지만, 거인에게는 상대가 되지 않았기 때문이다. 특히 특별한 거인 하나는 마치 그 몸집을 꽤 오랫동안 잃고 있다가 방금 되찾기라도 한 것처럼 자신의 거대한 몸집을 신나게 움직였다.

관문의 초록 불꽃이 갑자기 탁탁거렸다. 근처에 서 있는 키 큰 머드메이커를 제외하고는 누구도 알아차리지 못했다. 불꽃 밖으로 엘리가 팔에 뉴익을 안은 채 걸어 나왔다. 엘리는 뉴익을 내려다보았다. 뉴익의 피부는 서리가 내린 것처럼 하얗게 변해 있었다. 엘리처럼, 뉴익 또한 여행이 끔찍했다는 걸 보여줬다.

"흠. 누군가를 따라 관문으로 들어가는 건 그렇다 쳐. 하지만 파괴된 관문으로 누군가를 따라 들어가는 건, 흠, 그건 정말 바보짓이야."

뉴익이 엘리와 눈길이 마주치자 말했다.

엘리는 뉴익을 보고 웃음 지었다.

"그래서 네가 내 메리스인 거야. 우리는 서로에게 아주 완벽해."

"그래, 넌 완벽하게 미쳤지."

엘리는 대답하지 않았다. 주위 전쟁터에서 벌어지고 있는 무시무시한 공포가 막 눈에 들어왔기 때문이다. 잘리고 베이고 찔린 시체가 사방에 널브러져 있었다. 그 시체가 곱스켄 또는 땅의 요정, 남자와 여자, 소인 또는 수사슴의 것이든, 잔혹한 현실은 똑같이 남아 있었다. 그 모습을 보고 엘리는 창에 찔린 듯 아팠다. 이곳은 살아 있다기보다는 죽음 그 자체에 더 가까웠다.

친구들 흔적을 찾아 피가 흥건한 땅을 훑어보았다. 하지만 오거 한 쌍을 쫓는 우드루트에서 온 궁수 무리에서도 브리오나의 흔적은 보이지 않았다. 다른 독수리 종족과 함께 이곳에서 만날 수 있으리라 희망을 품었던 스크리의 모습도 보이지 않았다. 이윽고 마침내 류를 발견했다.

류는 끔찍하게 침울한 표정으로, 자신이 방금 쓰러트린 곱스켄 전사의 시체 위에 앉아 있었다. 옆에는 피 묻은 칼이, 무릎 위에는 작은 새 한 마리가 놓여 있었다. 류는 새의 머리를 부드럽게 쓰다듬었다.

"카타!"

엘리가 외쳤다. 엘리는 뉴익을 데리고 얼른 뛰어갔다.

류는 고개를 들고 쳐다보았다. 표정이 어두웠다. 엘리를 보고 놀랐지만, 그걸 드러내지는 않았다. 류의 생각은 온통 자신의 가장 충실한 친구에게 가 있었다. 친구의 마지막 남은 생명 줄이 곧 사라지려 했다.

"내가 카타를 구할 방법이 없어."

류가 시무룩하게 말했다.

엘리는 입술을 꾹 깨물며, 매의 가슴에 난 깊은 상처를 보았다.

"어쩌면 내게 방법이 있을지도 몰라요."

엘리가 대답했다.

엘리는 사방에서 들려오는 전투의 소음과 분노의 외침을 신경도 쓰지 않고 류 옆에 무릎을 꿇고 앉았다. 물통을 꺼내, 상처에 몇 방울 떨어트렸다. 탬윈이 이곳에서 그리 멀지 않은 할라드의 '비밀의 샘'에서 찾은 치유의 물에서 거품이 부글부글 일기 시작했다. 엘리는 카타의 부리를 조심스레 벌리고 그 안에 몇 방울 더 부었다.

상처에서 김이 모락모락 피어올랐다. 벌어진 살점이 아물었다. 찢기고 더러워진 깃털이 평소의 모양과 색을 되찾았다. 한쪽 날개가 파르르 떨리더니, 다른 쪽 날개도 떨렸다. 마침내, 카타가 눈을 떴다. 류는 기쁨을 토해냈다.

매는 기쁨의 울음을 토해냈다. 이윽고 몸을 굴려 일어났다. 류의 무릎에 서서, 잠깐 올려다보더니, 이내 엘리에게 감사의 시선을 돌렸다. 날개를 힘차게 저어 날아올라 평소의 자리, 류의 어깨 위에 내려앉았다.

"고마워. 네가 때맞춰 잘 왔어. 내 기도에 응답했네."

류가 엘리한테 말했다. 류는 머뭇머뭇 팔을 들어 카타의 옆구리를 쓰다듬었다.

엘리는 되살아난 매를 바라보며 대답했다.

"아버지는 늘 말씀하셨어요. 신은 기도를 들어준다고……."

"진정으로 믿는 자의 기도를. 내게도 그렇게 말씀하셨어."

류가 웃으며 말했다.

엘리가 막 말하려 하자, 뉴익이 옷소매를 세게 잡아당겼다.

"네가 또 다른 기도에 대한 답을 보고 싶다면, 저기를 올려다봐."

뉴익의 작은 팔이 하늘을 가리켰다. 뉴익의 피부가 고마움의 파란색으로 바뀌었다.

"마법사의 지팡이! 별들이 다시 빛을 내기 시작하고 있어."

엘리가 큰 소리로 외쳤다.

"믿기지 않아. 이제 막 바뀌었잖아! 내가 마지막으로 별을 봤을 때, 내가 5분 전에 다그다와 로리란다에게 도움을 청했을 때, 별은 여전히 어두웠는데."

류가 외경심에 가득 차 텁수룩한 머리를 들어 올리며 말했다. 그러고는 턱을 긁적였다.

"저 위에서 무슨 일이 있었던 걸까?"

"나도 모르지. 하지만 실수투성이 황무지 길잡이가 큰일을 해낸 게 분명해."

뉴익이 말했다.

엘리는 초롱초롱 빛나는 눈으로 뉴익을 향해 돌아섰다. 뉴익의 피부색은 빛나는 황금색으로 바뀌었다. 분명 놀라움의 표시였다. 하지만 뉴익이 별 때문에 놀랐는지 아니면 탬윈이 그 일을 해냈다는 가능성 때문에 놀랐는지, 엘리는 알 수 없었다.

갑자기 이들 위로 시커먼 그림자가 내려앉았다. 카타가 꽥 소리쳤다. 두려움이라기보다는 놀라움의 외침이었다. 거대한 손 한 쌍이 이들을 마치 블루베리라도 되는 것처럼 쉽사리 들어 올렸다.

엘리, 류, 뉴익, 카타는 모두 찻잔 모양의 손 한가운데에서 펄쩍펄쩍 뛰며, 이들 위의 얼굴을 바라보았다. 엄청나게 거대했다. 코가 코끼리 크기만 했다. 그것도 엄청 커다란 코끼리. 에어루트의 안개 다리를 받치는 구름 실(cloudthread)을 닮은 긴 백발이 커다란 머리에 무성하게 나 있었다.

심이 이들을 내려다보며 환하게 웃고 있었다. 심은 할렉의 발톱에 쓰러진 거인한테 가져온, 버드나무를 엮은 커다란 망토를 입고 있었다. 그 잎사귀 무성한 옷깃 하나가 숲만큼 컸다. 심이 누우면 그 망토는 숲이 우거진 언덕처럼 보일 것이다.

"정말 달콤하고 근사한 일이 내게 일어났어. 확실히, 분명히, 완전히."

심은 산사태만큼이나 커다란 목소리로 쩌렁쩌렁 외쳤다.

34
스타 키퍼

탬윈은 바질가라드 머리 위에 똑바로 섰다. 용의 넓은 초록 날개는 아발론의 가장 높은 곳에서 바람을 타고 있었다. 젊은이는 한 손으로 용의 귀를 잡고, 다른 한 손으로는 마법의 불꽃으로 어른거리는 횃불을 꽉 움켜잡았다. 경이로움, 만족감, 놀라움을 동시에 느끼며, 다시 환하게 빛나는 마법사의 지팡이 일곱 개의 별을 바라보았다.

돌아보지도 않고, 탬윈은 귀리온이 뒤에서 다가오는 걸 알아차렸다. 불꽃 천사의 익숙한 날갯짓이 들리기도 전에, 등 뒤로 그 열기가 느껴졌기 때문이다. 뒤를 돌자 귀리온이 내려앉았다.

불꽃 천사는 날개를 등에 딱 붙인 채 다치지 않은 용의 비늘에 조심조심 발을 올리며 탬윈을 향해 걸어왔다. 두 걸음 정도 앞, 자신의 불꽃이 친구를 태우지 않을 정도로 가까이에서 멈추었다. 잠시 동안, 귀리온은 탬윈과 불타는 횃불을 바라보며 생각에 잠겨 휘파람을 불었다.

"음, 인간 아들, 마침내 네 영혼불꽃을 찾았구나. 이걸 찾아낸 것처럼."

귀리온은 손을 뻗어 불타는 손가락으로 이마 위의 황금 화관을 어루만졌다.

탬윈은 고개를 끄덕였다.

"이렇게 말할게, 뜨거운 석탄을 삼키는 것만큼 고통스러웠어."

귀리온이 껄껄 웃었다. 수액을 잔뜩 품은 나무가 불꽃에 타닥타닥 타는 것 같은 소리였다.

그 소리를 들으니 탬윈은 불꽃 천사의 여동생, 자신의 목숨을 구해준 그 영웅적인 행동이 떠올랐다.

"프라이사 일은 정말 유감이야."

즉각, 귀리온의 불꽃이 희미해졌다.

"네가 해낸 일을 보면 프라이사도 분명 자랑스러울 거야."

"우리가 함께 해낸 일이지. 불꽃 천사들에게 무엇보다도 감사하게 생각해."

탬윈은 살아남은 불꽃 천사들을 향해 손을 흔들었다. 불꽃 천사들은 이제 주위를 빙글빙글 즐겁게 날아다니고 있었다. 문득, 탬윈은 아하나를 떠올렸다. 스타 갤로퍼. 그 넓은 날개로 탬윈을 멀리 이곳까지 데리고 왔다. 그리고 헤니. 헤니는 그 모든 모험 속에서 목숨을 잃을 수 있다는 걸 정말 한순간도 믿지 않았다. 자신의 영혼불꽃이 희미해진 느낌으로 탬윈은 조용히 말했다.

"그리고 아발론을 위해 오늘 기꺼이 목숨을 내놓은 수많은 사람들에게도 감사해."

"그래."

귀리온이 동의했다.

탬윈은 숨을 깊이 쉬고는 선언하듯 말했다.

"덧붙여, 우리의 특별히 위대한 전사 한 명이 없었다면 결코 성공하지 못했을 거야."

탬윈은 바질가라드의 귀에 몸을 기대고 덧붙였다.

"내 주머니 속에서 웅크리고 있던 친구지."

바질가라드가 동의의 뜻으로 으르렁대며 거대한 머리를 흔들었다.

귀리온이 고개를 끄덕였다.

"모두 다 맞는 말이야, 친구. 하지만 별에 다시 불을 밝힌 건 바로 너야."

탬윈은 살짝 웃더니 말했다.

"밝힐 게 하나 더 남았어."

탬윈은 용의 귀에 대고 다시 말했다. 즉각, 바질가라드는 거대한 날개 하나를 들어 올려 방향을 틀었다. 바람이 세차게 불어 귀리온의 불꽃이 더 요란하게 타올랐다. 이들은 이제 하늘의 다른 부분을 마주 보았다. 저 멀리, 시간의 강 옆에 리본처럼 흐르는 빛줄기 근처, 아발론의 마지막 어두운 별 하나가 걸려 있었다. 페가수스의 심장.

탬윈은 숨을 깊이 들이쉬었다. 이윽고 다시 한번 횃불에 바람을 불어넣었다. 빛나는 불씨 하나가 떠올라 마법의 돌풍을 타고 둥둥 떠갔다. 먼지 티끌처럼 작았지만 불을 다시 밝힐 힘을 품고 있다는 사실을 탬윈은 알았다. 마치 작은 씨앗 하나에서 이 온 세상이 태어난 것처럼, 이 불씨가 하늘 구석구석에 새로운 빛을 가져다줄 수 있었다.

아하나, 널 위해서야. 너의 별이 다시 불꽃을 되찾는 모습을 네가 볼 수 있으면 얼마나 좋을까.

탬윈은 불씨가 둥둥 떠가는 모습을 지켜보며 슬프게 생각에 잠겼다.

놀랍게도, 불씨가 갑자기 멈추었다. 여전히 환하게 불타고 있었지만, 마치 한곳에 고정된 작은 별인 것처럼 그곳 하늘에 그대로 매달려 있었다. 탬윈과 귀리온은 당혹스러운 눈길을 주고받았다. 그러는 사이 이들을 태운 바질가라드는 의아하다는 듯 울음을 울었다.

이윽고 더 큰 놀라움이 다가왔다. 마법사의 지팡이 한가운데 별에서, 또 다른 불씨가 두둥실 흘러와 탬윈의 불씨와 합쳐지더니 훨씬 더 밝게 빛났다. 이윽고 다른 별에서도 불씨가 도착했다. 뒤를 이어 또 다른 별에서 불씨가 더해졌다. 점점 더 많은 불씨가 다가왔다. 하늘을 가로질러 수많은 별이 함께 빛나며 각각 자신의 작은 빛을 내뿜었다. 머지않아, 아발론의 위대한 나무의 나뭇가지에 걸린 별이 모두 그곳을 향해 빛을 보탰다.

즉각, 모여든 불씨가 폭발했다. 엄청난 빛이 사방으로 퍼져 나갔다. 하지만 그리 멀리 가지는 않았다. 그 대신에, 새로운 모양으로 모여들더니 하늘 한가운데 밝게 빛나는 이미지 한 쌍이 태어났다.

얼굴.

남자 얼굴 하나랑 여자 얼굴 하나가 하늘에 생겨났다. 시간이 지날수록 얼굴은 점점 더 선명하게, 점점 더 생동감 있게 변했다. 머지않아, 그 얼굴이 탬윈과 친구들을 향했다. 젊은이는 그게 누구 얼굴인지 즉각 알아차렸다.

"다그다와 로리란다."

탬윈은 경이로움을 느끼며 중얼거렸다.

"우리의 이미지야. 우리의 진정한 자아는 아니지. 우리는 유한한 세계에 절대로 들어가지 않겠다고 약속했으니까. 자유 의지를 지닌 생명체들이 자신의 운명을 선택하도록 내버려 두겠다고 약속했으니까."

남자의 빛나는 얼굴이 말했다. 굵직하게 울리는 목소리는 크지 않았다. 마치 다그다가 용의 머리 위 바로 옆자리에 서 있기라도 한 것처럼, 탬윈은 그 목소리를 또렷하게 들을 수 있었다.

"너는 해냈구나, 탬윈, 무척 아름답게 해냈어."

말하는 여인의 얼굴에 미소가 은은히 퍼졌다. 그 감미롭고 풍부한 목소리를 들으니 탬윈은 자신이 좋아하는 높은 산 초원의 졸졸 흐르는 시냇물이 생각났다. 탬윈이 자세를 고쳐 잡자 허리춤의 자그마한 석영 종이 울렸다. 종소리가 시냇물을 따라서 졸졸 흘러갔다.

“우리가 직접 아발론으로 갈 수 없었기에, 너와 네 친구들을 지켜봤다. 하나, 하나 모두 다. 우리는 네가 승리해서 무척이나 기쁘다.”

다그다가 말을 이었다. 빛나는 눈동자에는 고마움이 흠뻑 배어 있었다.

“너한테도 정말로 고맙다, 훌륭한 용.”

로리란다가 애정을 듬뿍 담아 말했다. 바질가라드가 날개를 당당하게 펄럭거리는 동안, 로리란다는 잠시 기다렸다가 덧붙였다.

“너는 진정으로 지금껏 가장 고결한 용이다.”

바질가라드는 살짝 당황한 듯 울어댔다. 이처럼 거대한 짐승한테 이렇게나 자그마한 소리가 나오다니!

“그리고 정말 고맙다, 아야노윈 종족의 귀리온.”

그 말을 듣고, 이 불타는 남자는 완전히 얼어붙은 채 서 있었다. 그 불꽃이 그 어느 때보다 환하게 불타올랐다.

“그건 사실이야. 네 용기와 신념이 있었기에 우리가 지금 네 앞에서 말할 수 있는 거란다. 너희 종족의 예언처럼. 너도 아주 잘 알듯이, 우리의 운명은 불꽃처럼 수많은 모양을 취할 수 있다.”

다그다가 선언했다.

마치 가까이 다가오기라도 하는 것처럼, 로리란다의 얼굴이 살짝 커졌다.

“너는 네 종족에게 빛을 다시 가져왔다, 귀리온. 이제 너와 네 후손들은 또 다른 이야기를 그리게 될 거다. 훨씬 위대하고 밝은 그림을. 네가 사용하는 붓이 활활 타오를 테니까."

영혼불꽃과 함께 귀리온의 입술이 떨렸다.

"제 마음속에 오랫동안 타오르던 질문을 하나 해도 될까요?"

귀리온은 빛나는 얼굴이 고개를 끄덕이는 모습을 보며 머리 위 황금 화관을 더듬었다.

"저는 이 화관이 리더십의 상징 이상이라는 말을 들었습니다. 이것 또한 특별한 힘을 품고 있다고요. 하지만 그게 뭔지 저는 모릅니다."

다그다와 로리란다가 서로를 바라보았다. 이윽고 다그다가 다시 말했다.

"그건 너를 안전하게 사후 세계로 이끌어주는 힘이다."

"정령들의 영토 말씀이신가요?"

귀리온이 믿기지 않아 물었다.

"그렇다. 예전의 오갈라드처럼, 이따금 너는 불타는 일곱 개의 출입구 하나를 통해 우리 세계로 올 필요가 있을 거야. 황금 화관을 쓰고 있으면, 너는 그 여행에서 살아남아 우리를 찾을 수 있을 거다."

다그다가 대답했다. 다그다는 잠시 말을 멈추고, 날개 달린 인간을 빤히 쳐다보았다.

"네가 왜 그래야 하는지 궁금할 거다."

"네, 맞아요."

"네 종족의 새로운 책임이, 별들의 영원한 수호자로 봉사하는 것이기 때문이지. 로리란다가 묘사했던 위대한 이야기. 아발론으로 들어가는 저 불타는 출입구를 모두 지키는 것. 리타 고르가 또다시 너희 세상으로 들어오려는 게 확실해지면, 너희 종족은 아발론 사람들 모두에게 경고해줘야 할 테니까."

귀리온의 얼굴은 저 위의 다그다와 로리란다의 얼굴처럼 환하게 빛났다.

"그뿐만 아니라 리타 고르를 사후 세계로 돌려보내기 위해 최선을 다하겠습니다."

로리란다는 웃었다. 시냇물 소리가 경쾌한 폭포 소리로 바뀌었다.

"그런 태도 때문에 이 새로운 임무에 우리가 너를 선택한 거란다."

"같은 이유로 네게 다른 뭔가를 주기로 선택했단다. 네 종족의 진짜 이름을 말이다."

다그다가 목소리를 낮추며 덧붙였다.

귀리온의 몸이 뒤로 휘청거렸다. 하마터면 바질가라드의 비늘에서 미끄러질 뻔했다. 예언이 실현된다!

"앞으로 너희는 더 이상 아야노윈으로 알려지지 않을 것이다. 너희는 '히 코네단'(Hie Connedan)으로 알려질 것이다. 아발론의 가장 오래된 언어에서 그게 무슨 뜻인지 아느냐?"

다그다가 물었다.

"스타 키퍼. 별들의 수호자."

귀리온이 속삭이듯 대답했다.

탬윈이 고개를 끄덕였다.

"당신한테 딱 맞는 이름이네, 친구."

스타 키퍼 최초의 지도자 귀리온은 아무 말도 하지 못했다. 그저 다그다와 로리란다와 주변의 반짝이는 빛을 바라볼 뿐이었다.

로리란다가 천천히 몸을 돌렸다. 이제 더 이상 탬윈, 귀리온, 바질가라드를 바라보지 않았다. 그 대신에, 마법사의 지팡이 별자리를 이룬 일곱 개 별 중에서 가장 높은 별을 바라보았다. 이윽고 그 별을 향해 조용히 속삭이듯 말했다. 탬윈은 무슨 말인지 하나도 이해하지 못했지만, 그 말에 깊은 마법이 들어 있다는 걸 뼛속 깊이 알아차릴 수 있었다.

갑작스레, 가장 높은 별이 밝게 빛났다. 이윽고 예상치 못한 일이 벌어졌다. 탬윈은 숨이 멎을 듯했다. 별이 커지며 아래로 쭉 내려와, 마침내 그 불꽃이 바로 아래 있는 별의 불꽃과 하나가 되었다. 잠시 뒤, 마법사의 지팡이 별자리는 완전히 바뀌었다. 이제, 일곱 개의 똑같이 환한 별이 한 줄로 서지 않고, 다섯 개의 똑같은 별로 이루어졌다. 그리고 그 꼭대기에 눈에 띄는 휘황찬란한 불꽃 하나가 생겼다.

"횃불. 횃불처럼 보여."

탬윈이 깜짝 놀라 말했다.

"그렇다. 저 횃불은 오랫동안 타오를 거야. 오늘 벌어진 일을 모두 기억하기 위해서. 그리고 이제 저 별자리는, 귀리온의 종족처럼, 새로운 이름을 얻게 될 거야. 지금부터, 저 별자리는 '영원의 불꽃'이라고 부르게 될 테니까."

로리란다가 대답했다.

목소리가 속삭임으로 줄어들며 이렇게 덧붙였다.

"늘 별에 오르기를 꿈꿔왔던 하나의 유한한 인간 때문에 존재하게 되었지."

탬윈은 침을 꿀꺽 삼켰다.

탄생과 번영과 부활의 신 로리란다가 잠시 탬윈을 내려다보았다. 그러고는 이어 말했다.

"네 안에는 빛과 어둠이 모두 존재해. '어둠의 불꽃'이라는 이름이 암시하는 것처럼 말이야. 그 점에서 넌 다른 인간과 다를 바가 없어. 그 두 가지를 조화롭게 잘 다루면 더 큰 지혜가 나온단다, 탬윈. 균형이 중요하단다."

차가운 바람이 하늘에 불어오기라도 한 것처럼 로리란다의 이미지가 흔들렸다.

"너희 세상의 그 끔찍한 시간 동안, 네 종족의 어두운 면이 강력하게 자라났어. 너무나도 강력하게. 그래서 오만과 탐욕이 넘쳐나고, 몇몇 사람들은 자신이 다른 모든 생명체보다 우월하다고 생각했지. 그런 인간들 때문에 이 경이로운 세계를 하나로 묶어주던 연약한 유대가 상당 부분 망가졌어."

로리란다는 슬픔에 찬 한숨을 뱉어냈다.

"지금, 저 아래 이센위 평원에서는 치열한 싸움이 끝나가고 있어. 아발론을 소중히 여기는 군대가 승리를 거두었다고 너희에게 말해줄 수 있어 다행이야. 하지만 그 승리는 끔찍한 대가를 치르고서야 얻었지. 그리고 그런 승리 안에서도 재난, 오만과 탐욕의 씨앗은 뿌리 깊게 남아 있어. 그 씨앗이 다시 한번 무성하게 자라기 위해서는 또 다른 암흑의 계절만 있으면 돼. 인간의 영혼에는 늘 그 씨앗이 존재하니까."

로리란다는 잠시 말을 멈추고 젊은이를 뚫어지게 바라보았다.

"인간이 세상의 균형을 깨기 때문에 이 위험이 끔찍해지는 거야. 다른 종족은 좋든 나쁘든 그걸 해낼 수 없어. 인간이 다른 생명체들과 조화롭게 살 수 있다면, 세상은 기뻐할 거야. 그러지 못하다면, 세상은 고통받게 될 거야. 어쩌면 더 이상 살아남지 못할지도 모르지."

탬윈은 얼굴을 찌푸렸다.

"인간이 이곳에서 살아가는 한 아발론이 언제나 위험에 처할 거라는 뜻인가요?"

"자신들의 어두운 면을 통제하는 법을 배우지 못하는 한……."

로리란다가 덧붙였다.

"그건 불가능할 거예요! 분명 우리는 이 모든 걸 견디지 못했어요. 그러니 그런 일은 또다시 일어날 수 있어요! 너무 많은 사람이 죽임을 당했어요. 너무 많은 꿈이 파괴되었다고요."

탬윈은 낙담해 고개를 절레절레 저었다. 머리카락이 어깨에 스쳤다.

탬윈은 횃불을 꽉 쥐었다.

"당신이 우리 인간들을 모조리 아발론 밖으로 데려갈 수 있으면 좋겠어요! 우리를 다른 곳으로 데리고 가주세요. 마침내 우리 동료 생명체들과 함께 조화롭게 살 수 있도록. 그것이 아발론이 영원히 안전해질 유일한 방법이에요. 이런 일이 다시는 되풀이되지 않을 유일한 방법이에요."

"우리는 그럴 수 없단다."

로리란다가 탬윈에게 부드럽게 상기시켰다.

"저도 알아요, 저도 안다고요! 세상들 사이의 경계, 우리 자신의 길을 우리가 선택할 권리. 그래서 당신과 다그다가 우리를 도와줄 수 없다는 것도요. 멀린조차도 우리를 도와주러 올 수 없잖아요. 하지만 당신이 할 수 없다면 누가 우리를 돕겠어요? 누가 인류를 아발론 밖으로 데려가겠어요?"

다그다와 로리란다 누구도 대답하지 않았다. 하늘만큼이나 광활하고 깊은 침묵이 불멸의 신들에게 떨어졌다. 바질가라드의 살짝 찢어진 날개와 뜯겨 나간 비늘이 바람에 덜거덕거리는 소리 말고는 아무것도 들리지 않았다.

침묵을 깬 건 탬윈이었다. 탬윈은 자신의 질문에 스스로 대답했다. 결연한 결심에 차 이렇게 말했다.

"우리가 직접 하겠어요. 제가 앞장서서 인류를 아발론 밖으로 데리고 가겠어요! 적어도, 노력은 해볼 거예요. 만약 성공한다면, 아직 열려 있는 저 별 출입구를 통해 가겠어요. 지구로 이어지는 출입구로요."

"네가 가고 나면, 우리는 네가 직접 일으킨 저 마법의 불씨를 잘 활용할 거야. 그 불씨는 여전히 우리 안에 타오르고 있으니까. 우리가 그 불씨를 저 별로 보내 불꽃을 다시 타오르게 할게."

로리란다가 말했다.

"출입문을 닫아주세요. 진심으로 바라는 바예요. 아발론을 구하기 위한 유일한 방법은 아발론을 잃지 않는 것이니까요!"

탬윈은 목이 뻣뻣해지며 목이 메었다.

이제 다그다의 얼굴이 하늘에서 좀 더 가까이 다가온 것처럼 보였다. 다그다의 눈이 온화하게 빛났다. 목소리가 무척이나 부드럽게 들렸다. 커다란 팔 하나가 탬윈의 어깨를 감싸는 게 느껴졌다. 그 느낌이 퍽이나 생생했다. 사실, 탬윈의 배낭이 그 대답으로 움직이는 것처럼 보였다. 깨진 엘리의 하프 조각이 흔들렸다.

"어쩌면, 언젠가, 인류가 다시 아발론으로 돌아올지도 모른다. 그건 가능해. 네 종족이 오만과 탐욕을 향한 충동을 길들이는 법을 배운다면 말이다. 그건 무척 힘들 거다. 그렇다고 불가능한 건 아니란다."

젊은이는 다그다를 올려다보았다. 두렵지만 희망을 갈망했다.

"그래서, 탬윈, 출입문이 네 뒤에서 닫히겠지만, 살짝 틈은 열려 있을 거다."

"틈요? 그렇다면 기회는 그리 크지 않군요."

탬윈이 속삭였다.

"불씨만큼 작겠지."

귀리온이 날개를 바스락 움직이며 말했다.

탬윈은 돌아서서 자신의 불타는 친구를 바라보았다. 자신이 본 그 모든 것에 감사했다.

"하지만 이걸 반드시 명심하도록 해라. 이 임무는 반드시 완벽하게 수행되어야 한다. 그렇지 않으면 아무 소용도 없어. 떠나기를 거부하는 인간들, 너를 따라 유한한 지구로 가지 않으려는 자들은 후손을 절대 낳지 못하게 될 거다. 그렇게 해서 아발론에서의 인류의 마지막 흔적은 사라질 거다."

다그다의 목소리가 깊어졌다. 단호하면서도 침울하게 들렸다.

침울하게, 탬윈이 고개를 끄덕였다.

"그렇다면 제가 우리 종족에게 가져갈 메시지는 희망과 더불어 슬픔도 담겨 있겠군요. 획득과 더불어 상실도요. 별에 다시 불을 붙였을지는 몰라도 곧 수많은 사람들의 삶을 어둡게 할 수도 있겠어요. 어쩌면 저는 정말로, 그 무엇보다도, '어둠의 예언'의 아이가 맞는 것 같네요."

로리란다의 빛나는 얼굴이 전보다 더 커지며 가까이 다가왔다.

"아니, 내 소중한 탬윈. 넌 정말이지, 본질적으로, 멀린의 진정한 후계자다. 아발론의 진정한 구원자야. 하지만 네가 성공하기 위해서는 또한 아발론의 종말을 불러일으켜야 해. 세상으로서 또는 이상으로서가 아니라 특정한 장소로서 말이다."

"그래, 우주 전체에서 하나의 장소. 인류와 다른 생명체들이 조화롭게 살아가는 곳."

다그다가 동의했다.

"한동안 존재했던 곳이지. 다시 존재할지도 모르는 곳이고."

로리란다가 부드럽게 속삭였다.

별 너머 어딘가에서 나오는 빛을 받아 로리란다의 눈이 빛났다.

"그래서, 네가 어둠의 예언의 아이라 할지라도, 멀린의 진정한 후계자이기도 한 거야."

그 말과 함께, 로리란다와 다그다의 얼굴이 줄어들기 시작했다. 둘은 점점 더 작아져, 마침내 남은 것이라고는 단 하나의 빛나는 불씨뿐이었다. 불씨는 하늘을 둥둥 떠다녔다. 밝게 빛나는 사랑스러운 한 점이 되었다. 그 불씨는 자신의 임무가 끝날 때까지 그곳에 그대로 있으리라는 걸 탬윈은 알았다.

탬윈은 귀리온을 향했다.

"잘 있어, 친구. 당신이 나를 따라 지구로 갈 수 없다는 걸 나도 알아. 하지만 당신은 언제까지나 나와 함께 있을 거야."

귀리온의 불꽃이 탁탁 타올랐다.

"너도 너 나름대로 스타 키퍼야."

탬윈은 살며시 미소 지었다.

"당신 이야기가 길고 영광스럽기를 바라."

"너도! 그리고 오갈라드의 불꽃으로 우리 다시 만나자."

귀리온은 불타는 날개를 활짝 펴고 날아올랐다. 동시에, 커다란 용은 탬윈을 태우고 집으로 향하는 마지막 여정을 위해 날개를 아래로 기울였다.

35
아발론 밖으로

잠시 뒤, 탬윈과 바질가라드는 이센위 평원 위로 내려왔다. 전쟁에서 살아남은 자들은 거대한 초록 용이 다가오는 모습을 지켜보고는 마지막으로 흩어져 싸우다가 갑자기 행동을 멈추었다. 싸우던 사람들은 그 자리에 얼어붙었다. 땅바닥에 무기를 털썩 떨어트렸다. 시선이 일제히 위를 향했다. 경이로움과 두려움의 외침이 허공에 가득 찼다.

처음, 곱스켄은 시끄러운 소리를 내며 환호했다. 그게 리타 고르라고, 리타 고르가 자신들을 구하기 위해 제때 나타난 것이라고 확신했으니까. 한편, 독수리 종족은 전쟁터 위를 빙글빙글 선회하며 이 새로운 적과 맞서 싸울 준비를 하면서 자기들끼리 소리쳤다. 남아 있는 구울라카들은 다르게 반응했다. 용을 흘끗 쳐다보고는 요란하게 울어대며 이 거대한 날개 달린 포식자로부터 달아나려 했다. 요정과 드루마디안들은 자신들이 이길 수 없으리라는 걸 알면서도 칼과 활을 들어 올려 마지막 싸움을 결연히 준비했다. 하지만 아발론의 기나긴 역사를 제대로 배웠던 몇몇 요정들은 그 용이 '폭풍의 전쟁'의 영웅이자 멀린의 친구, 그 유명한 바질가라드와 닮았다는 걸 알고 감탄했다. 플레임론들은 전사

용 한 마리가 싸움에 합류하기로 결심한 거라고 나름대로 즉각 추측했다. 비록 그 용이 어느 쪽에 합류할 것인지는 누구도 알지 못했지만 말이다.

탬윈과 바질가라드가 전쟁터 밖, 진흙 위에 내려앉았을 때 함성은 점점 커져만 갔다. 곱스켄, 땅의 요정, 오거들은 용의 머리 꼭대기에 인간 하나가 당당하게 서 있는 모습을 바라보며, 이 거대한 짐승이 자신들을 도우러 온 게 아니라는 걸 즉각 알아차렸다. 이들 대부분은 두려움에 떨면서 비명을 질러대며 헐레벌떡 달아났다. 한편, 나머지 녀석들은 무릎을 꿇고 앉아 자비를 빌었다.

동시에, 살아남은 아발론 동맹군은 기쁨에 겨워 함성을 지르며 새로 도착한 일행 주변에 모여들었다. 나이 든 남자부터 여자아이에 이르기까지, 커다란 거인부터 작은 요정에 이르기까지, 모두 탬윈과 바질가라드를 둘러싸고, 좀 더 자세히 보기 위해 서로를 밀쳐댔다. 하지만 거대하고 강력한 용 옆으로 너무 바짝 다가오지는 않았다.

탬윈은 마법의 불꽃으로 타오르는 횃불을 높이 추켜올렸다. 그 아래, 바질가라드 머리와 날개의 비늘이 에메랄드 불꽃처럼 빛났다. 순식간에, 군중은 잠잠해졌다.

탬윈은 자신이 그토록 애타게 찾던 얼굴이 있는지 눈앞의 수많은 얼굴을 훑어보았다. 하지만 엘리의 모습은 어디에도 보이지 않았다. 모험 여행을 갔다가 목숨을 잃었을까? 아니면 이곳에서 멀리 떨어진 곳에 있는 걸까?

“아발론은 구원받았습니다. 이 땅 위에서 모두의 영웅적인 행동이 있었기에 가능했습니다. 또한 하늘에서 내 용감한 친구 바질가라드가 있었기에 가능했고요.”

탬윈이 마침내 당당하게 말했다. 목소리가 전쟁터에 쩌렁쩌렁 울렸다.

거대한 초록 용은 기꺼워하며 콧바람을 씽씽 내뿜었다. 군중은 놀라워하며 중얼중얼 감탄사를 쏟아냈다.

"리타 고르를 사후 세계로 쫓아냈습니다. 불꽃의 출입문은 닫혔어요. 다그다와 로리란다가 마법사의 지팡이 별들을 새로운 모양으로 배치함으로써 이 순간을 축하해줬습니다."

탬윈은 들고 있던 횃불로 새로운 별자리를 가리켰다. 마치 그 횃불이 불타는 나침반이라도 되는 듯……. 놀라 소리치는 군중 너머로 탬윈은 선언했다.

"보십시오! 저 높은 곳에서 커다란 횃불이 아발론을 비추고 있습니다. 신들은 저걸 '영원의 불꽃'이라고 이름 지었어요. 저 별이 우리의 숭고한 열망처럼 환하게 불타기 때문입니다."

잠시, 탬윈의 얼굴에 별빛이 반사되었다. 이윽고 탬윈의 표정이 단호하게 바뀌었다.

"하지만 그렇다고 다 괜찮은 게 아닙니다. 우리가 방금 물리친 골칫거리는 언젠가 다시 돌아올 것입니다. 만약……."

탬윈은 말을 멈추고, 문장을 마무리하는 데 필요한 힘을 끌어 모았다.

"만약 인류가 아발론을 떠나지 않는다면."

깜짝 놀란 청중에게, 탬윈은 비극적인 계시를 설명했다. 별이 사실은 다른 세계들로 가는 출입문이며, 위대한 나무가 그 모든 것과 연결되어 있다는 것을 설명해줬다. 다그다와 로리란다와 나눈 대화를 들려줬다. 큰 약점을 갖게 된 아발론에 대해, 아발론의 수많은 경이로움에 대해, 인간이 선과 악의 균형을 깰 수 있다는 것에 대해, 그리고 이 세상을 떠나기를 거부하는 사람은 누구든 자손을 얻을 수 없다는 쓰라린 약속에 대해 이야기했다. 마지막으로, 미래의 언젠가 인류가 다시 돌아올 수 있을지도 모른다는 희박한 가능성도 내비쳤다.

"그래서, 우리의 경이로운 고향을 구하기 위해서는, 우리 인간이 이곳을 떠나야만 합니다."

탬윈은 결론을 내렸다.

그러고는 용의 커다란 주둥이를 가로지르며 걸어가 민첩하게 아래로 내려갔다. 활활 타오르는 횃불을 든 채, 진흙 땅바닥에 맨발을 내디뎠다. 초조해하는 남자와 여자들의 얼굴을 유심히 살펴보았다. 마침내, 다시 목소리를 높였다.

"우리가 사랑하는 세상을 위해서 누가 나를 따를 건가요?"

잠시 동안, 대답은 고사하고 누구도 움직이지 않았다. 이윽고 목소리 하나가 침묵을 깼다. 탬윈이 그토록 듣고 싶어 하던 바로 그 목소리였다.

"내가 따라갈게."

엘리가 큰 소리로 말했다. 엘리는 플레임론 무리를 뚫고 앞으로 나와 탬윈 옆으로 다가왔다. 속삭이듯, 엘리가 덧붙였다.

"네가 가려는 곳은 어디든."

탬윈은 그저 엘리를 바라볼 뿐이었다. 두 눈이 밝게 빛났다.

"네가 저 위에서 해낸 일은 정말 기적이었어."

엘리가 말했다.

"네가 해낸 일에 비하면 아무것도 아니야, 엘리."

"흠, 너희 두 아마추어는 운이 좋아서 살아남은 것뿐이야."

뉴익이 엘리의 어깨 위에서 투덜거렸다. 말은 그렇게 하면서도 피부는 심홍색 자랑스러운 색으로 물들어갔다.

하지만 탬윈은 엘리를 쳐다보느라 그걸 눈치채지 못했다. 부드럽게, 엘리의 곱슬머리를 쓰다듬었다.

"보고 싶었어."

"나도 보고 싶었어."

엘리는 바질가라드를 흘끗 쳐다보았다. 바질가라드는 거대한 날개를 들어 올려 둘을 등에 태워줬다.

"이 고결한 용은 어디서 온 거지? 어디선가 갑자기 불쑥 나타난 거야?"

"음, 알고 나면 깜짝 놀랄걸. 엄청 놀랄 거야."

탬윈은 돌아서서 용을 향해 눈짓했다. 용의 거대한 초록 눈동자가 대답 대신 눈짓을 했다.

"좋아, 네가 원한다면 수수께끼로 남겨두지. 다행스럽게도, 네가 리타 고르를 물리치는 걸 도우러 저 용이 제때 왔다는 게 중요하니까."

엘리는 고개를 저었다.

"그랬지. 그런데……."

탬윈의 얼굴 표정이 갑자기 침울해졌다. 이윽고 배낭을 앞으로 돌려 열었다.

"네 하프가 산산이 박살 났어."

"산산이 박살 나?"

"그래. 리타 고르의 꼬리가……."

탬윈은 깜짝 놀라 말을 멈추었다. 배낭 안에, 하모나 널빤지가 말짱하게 반짝반짝 빛났기 때문이다. 더욱이, 탬윈이 조각하다 만 울림통이 완성되어 있었다. 팰리미스트한테 받은 줄 또한 모두 연결되어 있었다. 하프가 완성되었다!

순간적으로, 탬윈은 다그다가 자신의 어깨를 감싸던 팔의 느낌을 떠올렸다. 그 순간, 정령의 주인이 악기를 고쳐 완성해준 것이다! 탬윈은 다그다가 악기에 어떤 마법을 더해줬을지 궁금했다. 그러다 문득 깨달았다. 때가 되면 엘리와 함께 그 마법을 찾아내는 기쁨을 누리리라는 것을…….

탬윈은 배낭을 다시 닫았다.

"내가 틀렸던 것 같아. 그러니까, 우리가 처음 만났을 때, 네가 나에 대해 틀렸던 것처럼."

탬윈은 장난스럽게 웃어 보였다.

"아, 나는 틀리지 않았어. 너는 검은 눈동자가 어울려. 두 쪽 모두."

엘리는 탬윈을 툭 찌르며 대답했다.

대답하기도 전에, 또 다른 목소리가 울렸다. 둘은 뒤를 돌았다. 누군가 인파를 뚫고 걸어왔다.

"나도 함께할게."

류가 당당하게 말했다. 호리호리한 사제가 이들을 향해 성큼성큼 걸어올 때, 그 어깨 위에 앉은 은빛 날개 매가 동의한다는 듯 휘파람을 불었다.

더 많은 사람들이 따랐다. 몇몇은 무척 늙고, 몇몇은 무척 젊어 보였다. 수많은 사람들이 전쟁터에서 얻은 상처로 발을 질질 끌거나 피가 묻은 붕대를 감고 있었다. 몇몇 커플이 앞으로 나왔다. 하지만 대부분의 생존자는 짝을 잃었다.

그 대열 끝에 모리곤이 있었다. 그 가느다란 몸집 때문에 사람이라기보다는 바람에 쓰러진 나무처럼 보였지만, 모리곤은 당당하게 걸어왔다. 류 옆에 이르러 충혈된 눈으로 사제를 사납게 노려보았다. 그럼에도 불구하고, 탬윈 일행에 합류했다.

마지막으로, 특히 엘리를 포함해 수많은 사람들이 놀랍게도, 너덜너덜해진 드루마디안 사제 옷을 입은 젊은 여인이 나타났다. 리니아 역시 당당하게 걸으려 노력했다. 사실, 턱을 앞으로 쭉 내민 채 완벽하게 고상해 보이려 최선을 다했다. 하지만 별빛을 받아 초록색으로 반짝이는 바로 그 턱은 전혀 고상해 보이지 않았다. 엘리 근처에 이르자, 리니아는 시선을 회피했다.

처음, 마침내 얌전해진 이 사제의 모습을 보고 엘리는 어쩔 수 없이 흡족할 수밖에 없었다. 하지만 그 만족감은 곧 동정심으로 바뀌었다. 왜냐하면 리니아의 손에서, 심홍색 싹이 핀 작은 나뭇가지를 알아차렸기 때문이었다.

이윽고 또 다른 누군가가 엘리를 향해 걸어왔다. 인간이 아니라 요정이었다. 그 요정의 엄숙한 표정에도 불구하고 우아하고 기품 있게 성큼성큼 걸었다.

"브리오나, 널 보게 되어 정말 기뻐! 나는 혹시 네가……."

엘리가 요정 브리오나의 목을 껴안으며 외쳤다.

"죽었을 거라 생각했다고? 싸움이 벌어지는 동안 내 일부가 죽었지. 그러다 예상치 못하게 삶이 되돌아왔어."

브리오나가 말을 끝마쳤다.

브리오나는 가느다란 손을 엘리의 어깨에 얹었다.

"너와 네 동료들은 분명 아발론을 떠나 슬플 거야. 하지만 여기 남는 우리들 또한 슬프다는 걸 넌 알아야 해. 네가 그리울 거야, 내 멋진 자매님."

엘리는 눈을 깜빡여 눈물을 훔쳐냈다.

탬윈은 브리오나의 어깨를 톡 두드렸다.

"스크리도 여기 있어? 스크리 못 봤어?"

요정은 팔을 내리고 탬윈을 바라보았다.

"여기 있었어. 스크리가 내 목숨을 구해줬어. 하지만 그러고 나서 살인자 할렉과 싸우러 떠났어."

브리오나가 침울하게 말했다. 목소리가 속삭임으로 줄어들었다.

"그 뒤로는 못 봤어."

탬윈은 주변에 모인 사람들을 걱정스러운 표정으로 훑어보았다. 바질가라드 옆에 서서 그 커다란 날개를 경탄스럽게 살펴보는 독수리 종족이 몇 명 눈에 띄었다. 하지만 스크리는 거기에 보이지 않았다. 땅 위든 하늘 위든, 보이는 곳에는 어디에도 없었다.

탬윈의 시선이 당당한 모습의 머드메이커에 닿았다. 의심할 여지없이, 이센위의 엘로니아였다. 갈색 눈동자가 탬윈과 마주쳤다. 엘로니아는 기다란 손가락으로 옆구리를 톡톡 두드렸다. 이윽고 엘로니아의 울리는, 경쾌한 속삭임이 탬윈의 마음속에 대고 직접 말했다.

"넌 진정 메이커로구나. 스톤루트의 탬윈. 우리가 처음 만났을 때 내가 말했던 것처럼 말이야. 하지만 정말이지 넌 믿지 않았지."

네. 나는 준비가 안 되었다고 생각했어요.

탬윈은 마음속으로 대답했다. 이윽고 천천히 숨을 내쉬었다.

지금도 그렇게 느껴요.

"위대한 나무 꼭대기에 오를 준비가 되었었니? 리타 고르를 물리칠 준비는? 별을 다시 밝힐 준비는? 아니, 하지만 넌 해냈어. 넌 내 믿음에 부응했어. 그리고 지금 넌 네 자신을 믿어야 해."

엘로니아가 말했다.

그러고는 허리를 앞으로 숙였다. 탬윈은 그것이 존경의 인사라는 걸 알았다. 탬윈 또한 고개를 숙였다. 그때 그림자 하나가 탬윈 위에 불쑥 나타났다. 탬윈이 고개를 들었다…….

심의 얼굴이 보였다. 엄청 커다란 얼굴. 그 거친 눈동자는 심이 틀림없었다. 덥수룩한 백발, 그리고 여전히 얼굴에 비해서 너무나 커 보이는 코.

"심! 다시 거인이 되었군요."

탬윈이 소리쳤다.

"멋지지 않아? 그리고 내 청력이 돌아왔어, 친구. 분명 내 늙은 귀가 이렇게 커진 걸 고마워해야 해! 지금 나는 거의 뭐든 다 들을 수 있거든. 누군가가 하는 말을."

심이 쩌렁쩌렁 말했다. 그러고는 브리오나를 향해 눈짓했다. 브리오나는 엘리와 마찬가지로 심을 올려다보고 있었다.

"저 작은 조카, 로와나의 부드러운 목소리도."

심은 의기양양하게 가슴을 쿵쿵 두드렸다. 버드나무를 엮어 만든 망토에서 타닥타닥 소리가 들려왔다.

"이제 나는 커졌어, 앞으로는 쭉 큰 상태로 남아 있을 거야."

이윽고 심의 얼굴에 초조한 표정이 역력했다. 거인으로서는 정말 드문 표정이었다. 심은 어깨 너머로 여자 거인 하나를 흘끗 바라보았다. 입이 뭐라 말할 수 없을 정도로 거대했다. 그 여자 거인이 꽤 멀리 떨어져 서 있는 걸 보고, 심은 안도의 한숨을 내쉬었다. 그 바람에 탬윈을 비롯해 다른 사람들이 하마터면 땅바닥에 나뒹굴 뻔했다. 이윽고 심이 덧붙였다. 가능한 부드러운 목소리로.

"내가 본로그한테서 멀찍이 떨어져 있는 한."

그 말을 귀담아듣고 있던 바질가라드는 시끄럽게 큰 소리로 웃음을 토해냈다.

심은 비웃듯 용을 바라보았다. 자신의 크기와 비슷한 이 생명체를 향해 코를 긁적이며 말했다.

"넌 작다는 게 어떤 건지 분명 모를 거야."

용은 더 크게 웃었다. 그 웃음에 근처에 모여 있던 몇몇 사람들이 겁을 잔뜩 집어 먹었다.

마침내, 심이 탬윈을 향해 돌아섰다.

"나, 네가 가는 걸 보게 되어서 유감이야. 정말로, 진짜로, 솔직히. 나는 네가 완전히 미쳤다는 거 알아. 네 할아버지 멀린처럼. 하지만 그렇다 해도, 네가 보고 싶을 거야."

탬윈은 고개를 끄덕여 보였다.

"나도 당신이 보고 싶을 거예요, 심."

바로 그때, 엘리가 탬윈의 팔을 잡았다.

"저기 좀 봐! 누가 오고 있어."

늙은 여자가 이들을 향해 성큼성큼 걸어왔다. 걸음을 옮길 때마다 은빛 곱슬머리가 나부꼈다. 리아. 엮은 덩굴 옷이 아니어도, 정교한 날개를 덮은 툭 튀어나온 두툼한 숄이 아니어도, 탬윈과 엘리는 즉각 리아를 알아차릴 수 있었다. 우아한 발걸음, 웃을 때 펴지는 입가의 잔잔한 주름, 탁월한 지혜의 표정, 이 모든 게 호수 여인임을 말해주고 있었다.

"음, 내 아이들, 너희를 다시 보게 되어 정말로, 정말로 기쁘구나."

리아가 가까이 다가오며 말했다.

리아는 잠시 멈추었다. 자그마한 경쾌한 비행사 한 쌍이 리아의 손목에서 떠올랐다. 반짝반짝 빛나는 생명체들이 리아 곁을 빙그르르 돌더니, 머리카락 속에 자리 잡은 수십 마리와 합류했다. 그 빛에 리아의 곱슬머리가 환하게 빛났다.

리아는 자그마한 친구들이 자리 잡는 모습을 바라보며 말을 이었다.

"너희들은 무척 잘 해냈다, 각자의 방식으로. 탬윈 에오피아, 이 고모할머니가 무척 자랑스럽구나."

그 모든 것에도 불구하고, 탬윈은 웃음 지었다.

"그리고 엘리, 너도 똑같이 잘 해냈어. 내게 딸이 있었다면, 너를 닮은 아이를 바랐을 거야."

리아는 손을 뻗어 젊은 여인의 턱을 부드럽게 어루만지며 속삭였다.

하지만 엘리는 웃지 않았다.

"당신의 수정을…… 제가 그 수정을 파괴할 수밖에 없었어요."

엘리가 주저하며 말했다.

"나도 알아, 얘야. 너는 아발론을 위해 해야 할 일을 했을 뿐이란다."

리아의 청회색 눈동자가 친절함으로 빛났다.

"고맙구나. 수많은 진기한 생명체들이 계속해서 자유롭고 존엄하게 살 수 있을 거야."

엘리는 여전히 웃지 않았다.

"하지만 수정의 힘이 없다면, 당신은…… 죽게 될 거예요."

"그래. 하지만 더 많은 생명체가 살아갈 거야. 새로운 사파이어 유니콘을 포함해서."

리아가 가까이 몸을 숙였다.

엘리는 깜짝 놀랐다.

"새로운 유니콘이라고요? 그렇다면 우리가 할리아의 산봉우리에서 본 사파이어 유니콘은……."

"이미 새끼를 낳았지. 그래, 건강하고 잘생긴 녀석이야! 내가 직접 봤단다. 결국, 그 어린 녀석은 음유시인들이 '그 모든 땅에서 가장 종잡을 수 없는 아름다움'이라고 부르지. 방랑하는 버드나무 정령이 내게 말해줬어. 그 녀석이 엘 우리엔의 숲속 빈터에서 뛰어다니는 모습을 보았다고."

리아의 주름진 얼굴이 은빛 곱슬머리처럼 빛났다.

"그래, 얘야, 네가 해낸 일 덕분에, 아발론은 여전히 가장 사랑스러운 존재 하나를 갖게 되었어. 우리 세계에서 진귀하고 경이로운 그 모든 것을 아우르는 생명체를."

마침내, 엘리는 살짝 웃어 보였다. 하지만 그 웃음에는 슬픔이 묻어 있었다.

"여기 남아서 그 모습을 보았으면 좋겠어요."

"나도 알아. 넌 아발론의 많은 게 그리울 거야. 그리고 이 커다란 상실의 시절 이후에, 나도 마찬가지일 테고."

리아가 부드럽게 대답했다.

엘리는 몸이 뻣뻣하게 굳었다. 왜냐하면 리아가 무슨 말을 하는지 정확히 이해했으니까.

"코에리아! 코에리아가 죽었나요?"

"평온하게. 내가 도착했을 때는, 나도 아무런 도움을 줄 수 없었어. 하지만 우리는 잠시 이야기를 나눴단다. 마지막 순간에도, 코에리아의 위대한 마음속에는 슬픔 대신 사랑이 넘쳐났어."

엘리는 진흙땅을 내려다보았다.

"코에리아가 내게 이걸 줬단다, 엘리. 널 위한 거야."

리아는 두툼한 숄 아래 손을 넣어 작은 꾸러미 하나를 꺼냈다. 거미실크 가운에 윤기가 자르르 흘렀다.

엘리는 고개를 들었다. 깜짝 놀라 입을 가렸다. 대사제의 가운을 절대 모를 수 없었으니까. 천 년 전에 그랜드 엘루사가 직접 짜고, 창시자 엘런과 리아가 입던 실크 가운은 아발론의 수많은 역사를 품고 있었다. 아발론의 아름다움을 품고 있었다.

"저…… 저를 위해서요?"

엘리가 다급하게 말했다.

"그래, 얘야. 너를 위해서. 코에리아는 네가 이걸 가졌으면 했어. 너한테 꼭 전달해달라고 내게 부탁했어."

한쪽에 서 있던 리니아는 입술을 깨물고 고개를 돌렸다.

엘리는 꾸러미를 받아들었다. 무척이나 가볍다는 것을 알고는 깜짝 놀랐다. 엘리의 시선은 다시 한번 리아와 마주쳤다.

"고맙습니다. 두 분 모두에게요."

이윽고 엘리의 이마는 의문으로 주름졌다.

"우줄라는 어떻게 될까요? 코에리아의 긴 백발을 땋을 수 없다면, 우줄라는 어찌할 바를 모를 거예요."

리아는 입꼬리를 말아 올리며 웃음을 띠었다.

"벌집 정령들이 늘 그렇듯이, 분명 바쁘게 보낼 다른 방법을 찾을 거야. 하지만 너랑 나와 마찬가지로, 우줄라는 자기 친구를 끔찍이 보고 싶어 할 거야. 사제들이 자신의 메리스와 헤어질 때 늘 그래왔듯이."

"흠, 감상파로군. 자기 눈물 속에서 목욕하는 걸 즐기나 보지! 내가 분명히 말하는데, 난 아니야. 나는 늘 차가운 산속 시냇물이 더 좋아."

엘리의 어깨 위에 있던 산봉우리 요정이 입을 열었다.

엘리는 뉴익을 향해 천천히 고개를 돌렸다. 뉴익이 무슨 말을 하고 있는지 잘 알았으니까.

"넌 나랑 같이 가지 않을 거지, 그렇지?"

뉴익은 퉁명스레 말하려 노력했지만, 피부색은 부드러운 연보라색을 띠었다.

"네가 가는 곳에는 요정들이 없어. 게다가, 저기 리아 여사는 자기를 돌볼 누군가가 필요하다고."

"네가 나를 문제에 빠지지 않게 해주겠다고?"

리아가 장난스럽게 물었다.

"그건 불가능해. 대부분의 시간 동안 네가 어디에 있는지 알 수만 있다면 그걸로 나는 족해."

뉴익이 톡 쏘아붙였다.

엘리는 뉴익을 어깨에서 내려 가볍게 안아줬다. 뉴익은 버둥거리며 빠져나가려 했다.

"흠, 갈비뼈 조심해, 알았어?"

이윽고, 뉴익의 피부색이 심홍색으로 짙어졌다.

"하지만 이래야 우리가 대부분의 시간 동안 어디에 있는지 네가 알 수 있어. 음, 내 생각에, 너는 이걸 받아야 해."

뉴익은 몸통에 두르고 있던 가죽끈을 꽉 잡더니, 갈라토를 꺼냈다. 이 초록색 보석은 살아 있는 눈처럼 희미하게나마 초롱초롱 빛났다. 뉴익이 엘리에게 갈라토를 조심스레 건넸다.

"이제, 이걸 통해 말하는 기술을 다 익혔으니, 네가 내내 나를 괴롭히지 않았으면 해."

뉴익이 경고하듯 말했다.

리아는, 이 말을 듣고, 깜짝 놀라 눈썹을 치켜떴다.

슬펐지만, 엘리는 뉴익을 보고 환하게 웃었다.

"약속은 못 해, 뉴익."

"흠. 왠지 내가 곧 후회하게 될 것 같네."

엘리가 뉴익을 리아에게 건네며, 산봉우리 요정에게 말했다.

"네 심술궂은 목소리가 그리울 거야."

"나도 이따금 네 심술궂은 목소리가 그리울 거야."

탬윈이 엘리 옆에 서서 숨죽여 말했다.

"스크리의 목소리를 다시 들을 수 있으면 좋으련만. 스크리의 독수리 울음을 한 번 더 들으면 좋겠어."

엄숙하게, 엘리가 고개를 끄덕였다.

"우리는 아발론의 다른 수많은 목소리도 그리울 거야."

탬윈은 길게 한숨을 쉬었다.

"스톤루트의 종소리. 관문에서 불꽃이 타닥타닥 타오르는 소리. 우드루트의 살랑거리는 나뭇잎 소리."

탬윈은 고개를 저었다.

"훌라 헤니의 기괴한 웃음소리조차도 그리울 거야."

"네가 바라는 걸 조심해."

뉴익이 투덜거렸다.

바질가라드는 그렇다는 듯이 콧바람을 내뿜었다. 이윽고, 탬윈이 몸을 돌릴 때, 용은 하늘을 향해 빛나는 눈동자를 굴렸다. 탬윈은 그 시선을 따라갔다. 불현듯, 어쨌거나 스크리를 찾을지도 모른다는 희망이 솟구쳤다.

36
경이로운 영토를 떠나다

탬윈은 놀란 두 눈으로 커다란 은빛 날개를 단 누군가가 하늘에서 솟아오르는 모습을 지켜보았다. 고마운 마음에 심장 박동이 빨라졌다. 그런데 자신이 지켜보는 건 스크리가 아니었다.

날개 달린 거대한 말, 아하나의 목에서 굵은 울음소리가 잔잔한 파도처럼 밀려왔다. 전사자와 부상자가 여기저기 널린 진흙 평원에, 아하나의 울음소리가 울려 퍼졌다. 탬윈 곁에 모여 있던 사람들이 모두 위를 올려다보았다. 사랑하는 이를 잃어 상실한 사람도, 다쳐서 몸이 아픈 사람도 그 승리에 찬 울음소리를 듣고 전율했다. 오랫동안 스타 갤로퍼로 알려진 그 말이 정말 살아 있었으니까.

아하나는 미끄러지듯 우아하게 땅에 내려앉았다. 고개를 흔들어 갈기를 털더니, 날개를 뒤로 접었다. 날개가 꽤나 반짝반짝 빛났기에, 별빛을 담은 깃털처럼 보였다. 이윽고 탬윈을 향해 천천히 걸어왔다. 아하나의 발굽이 진흙에 철퍽철퍽 소리를 냈다. 그처럼 위엄 있는 생명체가 내는 소리치고는 꽤나 우스꽝스러웠다. 이윽고 또 다른 소리가 들려왔다. 훨씬 더 우스꽝스러운 소리였다.

"이히, 호호, 히히히하하."

헤니가 말 등에서 펄쩍 뛰어내리며 낄낄 웃었다. 부대 자루 같은 옷에서 진흙이 마구 튀었지만, 헤니는 신경 쓰지 않았다. 둥근 눈썹을 치켜뜨며 숨 가쁘게 말했다.

"우리 죽을 뻔했어. 몇 번인지 셀 수도 없을 정도로 여러 번! 호호 이히야하, 아까처럼 말을 또 타고 싶을걸."

"난 아니야. 살아 있는 기적에 감사할 줄 알라고! 우리가 수많은 시간이 정지되어 있는 시간의 강으로 떨어지지 않았다면 그리고 로리란다가 직접 와서 내 날개를 치유해주지 않았다면, 넌 지금 그렇게 웃고 있을 수 없을 거야."

이 날개 달린 말이 꼬리로 헤니를 툭 치면서 말했다.

헤니는 고개를 들어 올렸다. 왜 웃지 말아야 하는지 모르는, 정말 당혹스러운 표정이었다.

아하나는 탬윈에게서 몇 발자국 떨어지지 않은 곳에서 걸음을 멈추더니 탬윈을 골똘히 쳐다보았다. 탬윈의 횃불 빛이 진갈색 눈동자에 어른거렸다.

"이제, 애송이, 네 불꽃이 얼마나 환하게 불타는지 난 알겠어. 네가 우리 모두를 구해줬어. 너랑 가장 위대한 용이."

아하나는 몸을 돌려, 탬윈 뒤에서 쉬고 있는 거대한 용을 향해 고개 숙여 인사했다.

"바질가라드, 나는 너를 아주 오래전부터 알아봤어. 내가 탬윈을 구하지 못하고 나서 그 이후에 네가 어떻게 이 젊은이를 살려냈는지 나도 모르겠어. 하지만 이루 말할 수 없이 고마워."

아하나가 당당하게 말했다.

용의 기다란 귀가 떨렸다.

"네가 구하지 못한 게 아니야, 스타 갤로퍼. 넌 용기 있게, 우아하게 네 몫을 해냈어. 네가 없었다면, 난 내 몫을 해내지 못했을 거야."

아하나는 고개를 끄덕이고는 다시 탬윈에게 돌아섰다. 이제 훨씬 더 부드러운 목소리로 말했다.

"로리란다가 내게 말해줬어. 어쩌다가 네가 내 별을 어둡게 남겨뒀는지. 네가 그 출입구를 지나가고 나면, 네 불씨가 그 불꽃을 다시 밝혀줄 거라는 것도. 하지만 네가 이런 결정을 하는 게 얼마나 고통스러운지, 굳이 로리란다가 내게 말해줄 필요는 없었어. 그 정도는 나도 알 수 있으니까."

탬윈의 표정이 더욱 침울해졌다. 탬윈은 주변에 모인 사람들 얼굴을 쭉 훑어보았다. 그중 수많은 얼굴은 다시는 보지 못할 것이다. 탬윈은 자신이 정말로 보고 싶은 또 다른 얼굴들, 특히 스크리의 얼굴을 생각했다. 이윽고 탬윈이 잠긴 목소리로 말했다.

"저 사람들을 떠나는 것, 이곳을 떠나는 것, 정말 마음이 아파."

그 말에 답을 한 건 리아였다. 조용하면서도 깊게 울리는 목소리였다

"나도 이해한다, 얘야. 나 또한 아주 오랜 시간 우리 오빠 멀린과 떨어져 살았으니까. 너무 아파서 내 심장 한쪽이 죽은 것 같기도 해. 하지만 바로 그 죽음은 멀린에 대한 내 사랑을 살아 있게 해준단다."

탬윈은 고개를 저었다.

"이해가 안 돼요."

부드럽게, 리아는 탬윈의 손을 잡았다.

"마음이 아프게 내버려 둬, 얘야. 그래, 몹시 아프게 내버려 둬! 그래야만 네가 잃은 그 모든 진실과 아름다움을 느낄 수 있으니까. 그래야

만 먼 미래에 그 모든 걸 다시 찾기를 바랄 수 있으니까."

탬윈은 머뭇거리며 고개를 끄덕였다.

즉각, 또 다른 문제가 머릿속에 떠올라 시커먼 번갯불의 힘으로 탬윈을 내리쳤다.

"잠깐만요! 내가 어떻게 하면 약속한 대로 인류를 아발론 밖으로 이끌 수 있지요?"

탬윈은 주변에 모인 남자와 여자 모두를 향해 손을 흔들며 가리켰다.

"여기에는 사람들이 무척 많이 있어요. 아하나, 넌 우리 중 몇 명만 태우고 갈 수 있어. 내 훌륭한 용, 너조차도 저렇게 많은 사람을 다 태우고 갈 수는 없잖아. 그리고 다그다와 로리란다는 이곳에서 도움을 줄 수 없어요. 우리를 도와줄 수 있는 다른 누군가를 내가 찾아내지 못하면, 이 계획은 완전 실패하고 말 거예요."

"누구? 나 같은 사람?"

용의 꼬리 뒤에서 쩌렁쩌렁한 목소리가 울려 퍼졌다.

탬윈은 뒤돌아보았다. 건장한 독수리 인간이 성큼성큼 걸어오고 있었다. 인간의 모습에 벌거벗은 가슴을 드러낸 독수리 인간.

"스크리!"

두 형제는 꼭 껴안았다. 포옹을 푼 뒤에도 한참 동안 서로를 마주 보았다. 마침내, 스크리가 말했다.

"너 멋지게 해냈구나, 탬윈. 내 도움을 받았다면 더 멋지게 해낼 수 있었겠지만 말이야."

스크리가 노란빛이 도는 눈동자를 가늘게 떴다.

"당연하지."

탬윈이 활짝 웃으며 대답했다. 탬윈은 저 너머 브리오나를 흘끗 바라보았다. 브리오나의 얼굴이 환하게 빛났다. 그 표정에는 안도감과 더불어, 또 다른 무언가가 묻어 있었다. 이윽고 탬윈은 그 근처에 서 있는 황금빛 눈의 독수리 소년 하나를 알아차렸다. 그 소년은 감탄스러운 표정으로 스크리를 바라보았다. 그 표정에는 용기, 슬픔, 위엄이 뒤섞여 배어 나왔는데, 그 모습을 보니 스크리의 어린 시절 모습이 떠올랐다.

탬윈은 형에게 돌아서며 말했다.

"어디 있었어? 뭔가 아주 중요한 할 일이 분명 있었겠지."

"그랬지, 동생. 나는 그러니까, 내 과거를 처리해야 했어. 고집불통의 종족을 책임져야 했거든. 그리고 그 벌레 같은 할렉을 죽여야 했어. 하지만 그 모든 일을 하며 내내, 널 잊은 적은 한 번도 없어. 네가 떠난 뒤에도 널 결코 잊지 않을 거야."

스크리는 굽은 코를 긁적였다.

탬윈은 얼굴을 찡그렸다.

"그건 걱정하지 않아도 돼, 스크리. 내가 몇 분 전에 한 말을 너도 들은 대로, 내가 가야 한다면, 누군가의 도움이 필요하거든. 우리 둘보다 더 강력한 누군가가 필요하다고."

"그런 사람을 내가 알고 있지."

스크리가 선언하듯 말했다.

"누구?"

"전쟁터에서 내 상처를 치유해준 친구. 만약 그 사람이 없었다면, 나는 분명 피를 흘리며 죽었을 거야."

스크리는 마치 날개를 펴기라도 하는 것처럼 단단한 어깨를 움직였다.

탬윈은 어리둥절해 입술을 꾹 다물었다.

"누구를 말하는 건데?"

"바로 나라네, 친구."

탬윈은 물론 엘리, 리아, 브리오나 그리고 근처에 모여 있는 사람들은 뒤에서 들려오는 목소리를 찾았다.

군중 속에서 늙은 음유시인이 성큼성큼 걸어 나왔다. 엄청난 나이와 머리에 아슬아슬하게 쓴 모자에도 불구하고, 그 남자는 발걸음도 가볍게 그리고 활기차게 걸었다. 이윽고 아하나 옆에서 잠시 멈추어서 등을 가볍게 토닥였다. 그러고는 옆으로 자란 턱수염 한쪽 끝을 만지작거리며 탬윈 기까이 다가왔다. 무성한 눈썹의 눈으로 잠시 동안 젊은이를 유심히 살펴보았다.

"자네를 도우러 왔네."

마침내 선언하듯 말했다. 리아를 흘끗 바라보며 조용히 덧붙였다.

"더불어 내가 여기 있다는 걸 미리 말하지 않은 것도 사과하려고."

리아조차 깜짝 놀랐다. 탬윈이 다그쳐 물었다.

"당신은 누군가요?"

하지만 탬윈의 질문은 그 사람이 누군지 단박에 알아본 바질가라드의 울음과 아하나가 기뻐 히힝 울어대는 소리에 파묻히고 말았다.

늙은 음유시인은 이미 눈앞에서 몸을 바꾸기 시작했다. 더 젊은 사람이 아니라 훨씬, 훨씬 더 늙은 사람으로. 몸에서 빛이 뿜어져 나왔다. 은빛 룬 문자가 여기저기 박힌 감청색 옷으로 바뀌었다. 한편, 턱수염은 더 하얗게 변하고 길어져 허리 아래까지 이르렀다. 이마, 뺨, 손에는 주름이 더 자글자글해지고 한쪽으로 비딱하게 기운 모자는 더 커졌다. 두 눈이 짙어지더니 마침내 까마귀 날개처럼 시커멓게 되었다. 덥수룩한 눈썹만 변하지 않고 그대로였다.

"멀린, 당신이군요."

탬윈이 경탄하며 속삭였다.

"그래. 이런, 이런, 젊은이. 정말 많이 자랐구나! 이제는 자네와 자네 형을 알아보기도 힘들 정도로군."

마법사가 머리를 기운차게 끄덕이며 말했다.

"잠깐만요! 다그다가 당신이 아발론에 다시 돌아오는 걸 금지시킨 걸로 아는데요! 각각의 세계의 독립, 뭐 그런 이유 때문에요."

탬윈이 따져 물었다.

멀린의 짙은 눈이 반짝였다.

"맞아, 다 맞는 말이야. 하지만 우리는 작은 협약을 맺었지. 다그다와 내가 말이야. 아발론이, 그러니까, 대단히 독특한 위험에 처한 이후에. 다그다는 내가 돌아오는 걸 허락해줬어. 그 대신에 내가 절대 간섭하지 않겠다는 약속의 조건을 걸었지. 적어도, 여기저기 잠깐잠깐 손보는 것 이상은 안 된다고."

장난스럽게 멀린은 턱수염을 만지작거렸다.

"나는 결국 어쩔 수 없는 참견쟁이야."

산악 폭풍이 하늘을 채우듯, 멀린의 얼굴에 슬픈 표정이 순식간에 가득 찼다.

"그건 정말 힘들었어, 내 말 믿어, 그 이상으로 개입하지 않는 건 정말, 정말 힘들었어."

멀린은 주변에 널린 시체를 바라보았다. 진흙 들판에 널브러진 뒤틀리고, 찢기고, 생명을 잃은 몸뚱이를…….

다시 탬윈을 돌아보았다. 표정이 살짝 밝아졌다.

"하지만 내가 지금 여기 있으니, 내 힘을 이용해 너희 모두를 유한한 지구로 보낸다 해도 다그다가 반대하지 않으리라는 것은 확신하지."

탬윈은 활짝 웃었다. 엘리가 탬윈의 옆구리를 찔렀다. 탬윈이 물었다.

"그렇다면, 당신은 우리와 함께 가지 않나요?"

"아니. 일단, 나는 이곳 이센위에 오지 않은 사람들을 찾기 위해 시간을 좀 보내고 싶어. 네가 다른 모두에게 준 바로 그 기회를 그 사람들에게도 주려고 해. 그 사람들이 원한다면 지구로 보내려고 한다네. 그러고 나서, 아발론의 숨은 영토를 좀 탐험하고 싶군. 너도 아직 보지 못한 그런 곳을 말이야."

늙은 마법사가 대답했다. 입술이 살짝 일그러졌다.

"그리고 또 하나, 만약 내가 적어도 잠깐만이라도 머무르지 않는다면 내 멋진 여동생은 분명 나를 죽이려 들 거야."

그러고는 리아를 향해 눈을 찡긋해 보였다. 리아는 웃음을 참으려 애쓰고 있었다.

탬윈은 초조한 듯 몸을 움직이며 진흙 바닥에 발을 비벼댔다.

"우리가 떠나기 전에 한 가지 말씀드릴 게 있어요. 당신 지팡이, 강력한 오니알레이. 제가…… 음, 그 지팡이를 잃어버렸어요."

"그래, 물론. 그런 일은 자주 일어나지."

마법사가 밝게 대답했다. 놀랍게도 멀린은 전혀 당황하지 않은 것처럼 보였다.

"아니요. 당신은 이해 못 해요. 제가 리타 고르와 싸우다가 떨어트렸어요."

멀린은 손을 쭉 뻗어 탬윈의 어깨를 잡았다.

"나도 알아, 훌륭한 젊은이. 오니알레이와 나는 수많은 세기를 함께 보냈어. 그래서 우리는 아주 긴밀하게 연결되어 있어. 너무 긴밀해서 아주 오래전부터 어디에 있는지 서로가 알 수 있지."

멀린은 말하면서 몸을 떨었다. 그러자 소매 위의 룬 문자가 빛났다.

"그래서 자네가 지팡이를 떨어트렸다는 사실을 안다네. 그 지팡이는 특정한 별의 살짝 열린 출입구로 떨어진 게 분명해."

탬윈은 숨이 멎을 듯했다.

"페가수스의 심장. 지구로 가는 출입구!"

"맞아, 젊은이. 지팡이는 이제 그곳에 있어. 지구 어딘가에서 자신을 찾아주기를 기다리고 있지. 어쩌면 자네가. 아니면 다른 누군가가. 어쩌면 그 세계의 여자아이 또는 남자아이일 수도 있지."

멀린은 다가와 몸을 숙였다. 턱수염이 탬윈의 턱에 닿았다.

"하지만 누군가 다른 사람이 그 지팡이를 발견하다 해도, 그 사람이 그 힘을 익히는 법을 배우기 위해서는 도움이 필요할 거야. 내 손자보다 누가 더 훌륭한 안내자가 될 수 있겠나?"

멀린은 각각의 단어를 음미하며 덧붙였다.

"자네가 결국 멀린의 진정한 후계자라네."

탬윈은 어깨를 쭉 펴고 섰다. 잠시 아무 말 없이 늙은이를 쳐다보았다. 마침내, 아주 천천히, 멀린이 뒤로 물러났다.

마법사는 한 발 뒤로 물러섰다.

"하지만 자네가 떠나기 전에, 자네와 동료들에게 줄 선물이 있네. 아발론의 노래. 자네가 마지막으로 듣게 될 노래라는 게 안타깝네. 자네 꿈에서만 빼고."

멀린은 팔을 갑작스레 훽 움직여 모자를 벗었다. 음유시인으로서 보내던 시절처럼, 작은 생명체가 머리 위에 앉아 있었다. 눈물방울처럼 생긴, 황금빛이 점점이 박힌 푸른빛 피부의 생명체가 몸을 흔들었다. 그 투명한 옷이 물결처럼 출렁였다. 의미심장한 얼굴에는 여러 복잡한 감정이 드러나 있었다. 승리와 비극, 희망과 갈망, 유머와 슬픔…….

무세오가 흥얼거리기 시작했다. 구르는 듯한 저음의 목소리에는 소리 이상의 감정이 실려 있었다. 멜로디라기보다는 아이디어가 담겨 있었다. 겹겹이 쌓인 웅얼거림이 확장되며, 듣는 모든 이의 뼈마디를 울리게 했다. 잠시 뒤, 멀린은 옷에 손을 넣어 작은 류트를 꺼냈다. 그러고는 노래를 이어갔다.

아발론에 지금 작별을 고하라,
추억만이 따르리라.
그대는 너무나도 많은 계절을 거치며 살았다.
경이로운 영토를 모두 떠난다.
언젠가 돌아온다! 가장 소중한 목표
그 모든 흔들림 너머로 단단하게 지켜라.
안개가 영혼을 북돋우리라,
떠나면 음악이 만들어진다.

신성한 영토들을 모두 기억하라
이미지는 점점 희미해질지라도
고향을 향해 진로를 조정하라
살아 있는 시간은 점점 부족해진다.
종의 땅은 상실을 알린다,
우뚝 솟은 정상들이 어른거린다.
엘 우리엔, 초록 이끼로 뒤덮이고,
꿈이 여전히 가물거리듯 번성하리라.

액체의 무지개 바다가 빛난다,
아름다움은 황홀하리니.
화산 꼭대기 하얀 불꽃은
영원히 솟아오르리라.
그대에게 비옥한 진흙이 떠오를 것이다,
그것이 삶에 기회를 주리라.
에어루트의 안개는
소녀의 영원한 춤을 기억할 것이다.

이윽고 사랑스러운 어둠이 그대를 맞이하리라,
그림자의 끝없는 밤에.
멀린의 나무 가장 높은 영토들
그 높이로 경이로움을 이루리라.
그 나선형 폭포와 비밀 계단은,
두려움 너머로 오르리라,
저 높은 곳의 별들은 영원히 빛나리라,
그 빛으로 그대를 이끌 것이다.

아발론에 이제 작별을 고하라,
추억의 불꽃이 타오른다.
그대는 너무나도 많은 계절을 거치며 살았다.
경이로움이 영원히 향하는 곳에서.
비록 저 멀리 떠돌 운명이라 할지라도,

그대는 영원히 갈망할 것이다

심장의 진정한 고향을 다시 찾기를,

아발론으로 다시 돌아오기를.

노래가 끝났다. 탬윈, 엘리 그리고 나머지 모두가 침묵 속에 서 있었다. 하지만 이들의 마음속에는 무세오의 웅얼거림이 계속 들렸다. 마법사의 마지막 구절이 계속 들려왔다.

아발론으로 다시 돌아오기를.

탬윈은 배낭 가죽끈을 손끝으로 어루만지며 오직 그 노래만 생각했다. 문득 귀리온을 만난 날의 회색 늑대 이빨 자국이 느껴졌다. 까마득한 옛날처럼 느껴졌다! 이제 귀리온은 스타 키퍼의 지도자라는 새로운 정체성을 얻었다. 하지만 탬윈에게, 귀리온은 언제나 불꽃 천사일 것이다. 그리고 무엇보다도, 친구일 것이다.

탬윈은 부드러운 진흙 속에서 발가락을 꼼지락거리며 배낭에 무엇이 또 들어 있는지 생각했다. 너무나도 소중한 많은 선물. 아발론을 떠올리는 너무나도 많은 것들. 엘리의 하프. 그 음악은 그 자체로 멋진 선물이었다. 파란색 굵은 글씨의 아버지의 마지막 편지도 있었다. 늘 서쪽과 별이 있는 곳을 가리키는 특별한 나침반도 있었다. 위대한 나무의 심재에서 가져온 달콤한 물이 조금 담긴 병도 있었다. 그리고 배낭 밑바닥 어딘가에는 다그다의 눈물이 든 강철나무로 만든 작은 병이 있었다. 그것은 멀리까지 볼 수 있는 마법의 시력을 안겨줄 것이다.

탬윈은 고개를 끄덕이며, 이 세계로 돌아오는 여정의 날을 위해 그 마지막 방울을 남겨두기로 결심했다.

그때까지, 너는 황무지 길잡이로서 그저 눈에 보이는 것에만 전적으

로 의지해야 할 거야.

탬윈은 스스로 상기시켰다.

배낭을 들어 올렸다. 그 안에 그렇게나 물건이 많은데도 놀랄 정도로 가벼웠다. 하지만 아발론에 가장 소중한 선물은 그 배낭 안에 들어 있지 않았다.

멀린은 마법사의 모자를 쓰더니 두 팔을 높이 들어 올렸다.

"여행 잘해라, 친구들! 비록 나 없이 가야 하지만, 난 언제까지나 너희와 함께할 거야."

탬윈은 엘리의 손을 잡고 힘을 주었다. 대기가 흔들리기 시작했다. 갑자기 횃불이 더 밝게 타올랐다. 엘리의 갈라토도 더 밝게 빛났다. 발아래에서 별이 폭발하기라도 한 것처럼, 초록색과 파란색 불빛이 주변을 밝혔다. 온 세상이 침묵에 빠졌다. 울려 퍼지는 독수리 인간의 울음소리 말고는…….

눈부신 빛이 강해졌다. 밝게 빛나는 광선이 사방에서 터져 나왔다. 탬윈은 동료들과 함께 마법의 비행으로 이끌리고 있음을 알아차렸다. 아발론의 위대한 나무의 뿌리, 둥치, 나뭇가지 위로……. 하지만 아무것도 볼 수 없었다. 눈에 보이는 거라고는 자신이 들고 있는 횃불뿐이었다.

시간이 지날수록 횃불의 불꽃은 더 환하게 타올랐다. 그것을 보니 탬윈은 또 다른 불꽃이 떠올랐다. 저 높은 곳에서 영원히 타오를 그 불꽃이.

하나의 세상이 사라지고 또 다른 세상이 태어났다. 어둠과 빛이 공존하는 시간, 기적의 순간이었다.

안개로 뒤덮인 핀카이라에서, 오랫동안 기억 속에서 사라졌던 섬 하나가 불쑥 나타났다. 한 무리 아이들이 죽음의 군대를 물리쳤고, 날개를 잃었던 사람들에게 마침내 날개가 다시 생겨났다. 가장 놀라운 기적은 멀린이라는 젊은 마법사가 자신의 진짜 이름을 얻은 것이다. 수많은 세계와 수많은 시간을 사는 위대한 인간, 올로 에오피아. 하지만…… 핀카이라는 구원받는 순간 사라졌다. 정령들의 사후 세계의 일부가 되었다.

그런데 바로 그 순간, 새로운 세상이 나타났다. 멀린이 마법의 거울 속 여정을 통해 구해온 씨앗, 심장처럼 고동치는 씨앗에서 태어난 새로운 세상은 바로 '위대한 나무'였다. 이 새로운 세상은 지구와 천국, 유한한 삶과 무한한 삶, 출렁이는 바다와 영원한 안개 사이를 이어주는 다리처럼 우뚝 섰다.

이 새로운 세상의 풍경은 가늠할 수 없을 만큼 거대하며, 경이로움과 놀라움으로 가득했다. 이곳에 사는 거주민들은 저 높은 곳의 별처럼 널리 퍼져 있었다. 이 새로운 세상은 본질적으로 희망과 비극과 신비가 뒤섞여 있었다.

이곳이 바로 아발론이다.

- 음유시인 윌레니아(Willenia)의 〈아발론의 역사〉 속
잘 알려진 머리글 중에서
'심장처럼 고동치는 씨앗에서 태어나다'로 널리 알려졌다.

0년

멀린이 심장처럼 고동치는 씨앗을 심었다. 그 씨앗에서 '아발론의 위대한 나무'가 탄생했다.

개화의 시대

1년

온갖 생명체가 새로운 세상으로 이주했다. 또한 맬록(머드루트)의 신성한 진흙에서 새로운 생명체가 신비롭게 태어났다. 이렇게 해서 아발론의 개화의 시대가 시작되었다.

1년

사파이어빛 눈동자의 엘런과 딸 리아가 새로운 신념으로 '모두를 위한 공동체'를 세우고 초대 사제가 되었다. 공동체는 살아 있는 생명체가 모두 조화롭게 지낼 수 있도록, 또한 모든 생명을 지탱하며 유지해주는 '위대한 나무'를 보호하도록 노력한다. 새로운 신념은 일곱 가지 신성한 요소에 초점을 맞추었다. 엘런은 이것을 '전체를 이루는 일곱 가지 신성한 요소'라고 불렀다. 이 일곱 가지 요소는 바로 땅, 공기, 불, 물, 생명, 명암, 신비다.

2년

지혜의 신이자 위대한 정령 다그다가 엘런과 리아의 꿈속에 찾아온다. 다그다는 아발론에 일곱 개의 서로 다른 뿌리가 있고, 각각의 뿌리에는 독특한 풍경과 거주민이 있으며, 이들의 새로운 신념은 결국 모든 뿌리-영토로 뻗을 것이라고 알려준다. 다그다의 도움으로, 엘런과 리아 그리고 이들의 초창기 추종자들(거기에 멀린의 오랜 친구 심이 이끄는 몇몇 거인들도 포함해서)은 '잃어버린 핀카이라'로 여행을 떠나, 유명한 '거인의 춤'이 벌어진 곳까지 갔다. 그곳에 놓인 거대한 원형 돌무더기를 아발론으로 함께 옮겨왔다. 신성한 원형 돌무더기는 스톤루트 한가운데 다시 세워져, '모두를 위한 공동체'의 새로운 주거지 중심에 자리한 '위대한 신전'이 되었다.

18년

사람들은 '모두를 위한 공동체'를 '드루마디안'이라고 부르는데, 잃어버린 핀카이라의 드루마 숲을 기리기 위함이다. 드루마디안은 최초의 사제단을 꾸리고, 여기에 한쪽 귀의 류, 트릴링 종족의 마지막 생존자 크웬, 그리고 오거 사냥꾼 카타를 포함시켰다. (오거 사냥꾼 카타가 사제단에 포함되자 많은 사람들이 놀라워했다.)

27년

멀린이 아발론으로 돌아왔다. 아발론의 신비를 탐험하기 위해서 뿐만 아니라, 사슴 여인 할리아와 결혼하기 위해서였다. 둘은 올라나브람(스톤루트) 높은 산봉우리, 반짝이는 별 아래에서 결혼식을 올렸다. 이 지역은 일곱 뿌리-영토에서 아발론의 나무둥치 아래쪽이 보이는 유일한 곳이다. (나무둥치는 '일렁이는 바다'에서도 보이지만, 이 기이한 바다는 위대한 나무의 뿌리-영토에 포함되지 않는다.) 멀린은 일곱 뿌리-영토에서 가장 높은 이곳 산꼭대기를 할리아의 산봉우리라고 이름 지었는데, 둘은 이곳에서 충실과 사랑을 맹세했다.

협곡 독수리가 하늘 높이 솟아오르며 결혼식의 시작을 알렸다. 아주 오래전 핀카이라에서 열린 '대표자 회의' 이후 가장 다양한 생명체가 이 결혼식에 참석했다. 다그다의 은혜로, 정령 셋 또한 결혼식에 올 수 있었다. 용감한 매, 트러블은 멀린의 어깨에 앉고, 현명한 음유시인 카이르프레는 결혼식이 진행되는 내내 엘런 곁에 서 있었다. 할리아의 오빠, 사슴 종족 에르먼 또한 결혼식을 지켜봤다. 소인 여왕 우르날다, 그랜드 엘루사로 알려진 거대한 흰 거미, 어릿광대 붐벨리, 거인 심, 겁나 러블리한 밸리맥, 용 귀니아와 불을 뿜는 새끼 용들도 결혼식에 참석했다. 결혼식은 모두를 위한 공동체의 설립자 엘런과 리아, 한쪽 귀의 류와 트릴링 종족 크웬 사제가 함께 진행했다. (오거 사냥꾼 카타도 초대를 받았지만 결혼식에 참석하는 대신 오거와의 싸움을 선택했다.) 전설에 따르면, 위대한 정령 다그다와 로리란다 또한 직접 결혼식에 와서 신혼부부에게 영원한 축복을 내렸다고 한다.

27년

멀린과 할리아의 아들 크리스탈루스 에오피아가 태어났다. 수년간 축하가 이어졌다. 특히 장난치기 좋아하는 훌라와 요정들이 많은 축하를 보냈다. 거인 심이 입맞춤해주려다 하마터면 깔아뭉갤 뻔했지만, 크리스탈루스는 살아남아 건강한 아이로 자랐다. 마법사의 능력은 종종 세대를 건너뛰기에 크리스탈루스는 마법을 쓸 수 없었지만, 마법사의 피를 이어받아서 오랜 시간을 살 수 있었다. 크리스탈루스는 어릴 때부터 탐험을 무척 좋아했다. 사슴처럼 빠르고 우아하게 움직이지는 못했지만, 엄마를 닮아 달리기를 좋아했다.

33년

퍼거스라는 젊은이가 스톤루트와 우드루트를 연결하는 신비로운 '험준한 길'을 발견했다. 전설에 따르면, 퍼거스는 기이한 흰색 암사슴을 따라 높은 봉우리로 가다 이 길을 발견했다고 한다. 그 암사슴은 무척이나 신비롭게 나타났기에, 어쩌면 탄생과 번영과 부활의 신 로리란다였을지도 모른다. 전설에 따르면, 이 길은 오직 한쪽 방향으로만 이어진다고 한다. 하지만 그게 어느 방향인지, 왜 한쪽 방향으로만 이어지는지는 아무도 모른다. 이 길을 찾았다는 여행자도 몇 명 없고, 찾았다는 주장 또한 믿을 만한 게 못 되었다. 그래서 대부분 사람들은 이 길이 실제 존재하는지에 대해서 의문을 품는다.

37년

엘런이 숨을 거뒀다. 엘런은 유한한 삶에 감사하고, 사랑하는 음유시인 카이르프레를 정령들의 사후 세계에서 마침내 다시 만날 수 있다는 사실에 매우 흡족해했다. 위대한 정령 다그다가 커다란 수사슴의 모습으로 아발론으로 직접 와서 엘런을 사후 세계로 인도했다.

리아가 '모두를 위한 공동체'의 대사제 자리를 물려받는다.

51년

숲의 요정 세렐라가 마법의 관문을 통해 일곱 영토를 여행하는 방법을 알아낸다. 세렐라는 숲의 요정 초대 여왕이 되고, 오랜 시간에 걸쳐 이 위험한 여행 방법에 관해 많은 걸 배웠다.

세렐라는 이렇게 말했다.

"관문을 찾는 건 무척 어려운 여행법이야. 하지만 죽기에는 무척이나 쉬운 방법이지."

세렐라는 워터루트로 가는 원정대를 여러 차례 이끌다 마침내 물의 요정 식민지 '크르 세렐라'를 세웠다. 하지만 섀도루트로 떠난 첫 번째 원정이 완전한 재앙으로 끝나면서 목숨을 잃는다.

130년

우드루트 위쪽 지역에서 끔찍한 마름병이 퍼지기 시작해, 닥치는 대로 생명을 앗아갔다. 리아는 이 마름병이 사악한 정령 리타 고르 짓이라 생각하고 멀린에게 도움을 요청한다.

131년

마름병이 퍼지며 우드루트 숲속 나무를 비롯해 수많은 생명체들이 죽어간다. 멀린은 리아와 리아의 믿음직한 동료 사제 '한쪽 귀의 류'를 데리고 경이로운 여정에 나선다. 멀린만 아는 관문을 통해 위대한 나무 깊숙한 곳으로 들어간다. 이들은 그곳에서 새하얀 마법의 물이 가득한 호수를 발견한다. 이 호수 물은 워터루트 위쪽, 크리스틸리아의 하얀 간헐천으로 흘러들어 프리즘 골짜기에서 일곱 빛깔 띠로 갈라진다. 이렇게 수없이 많은 영토로 흐르며 그곳에 물과 색깔을 가져다준다. 멀린은 호수의 하얀 물에는 엘라노가 농축되어 있어 마법의 힘을 지닌다는 사실을 리아와 류에게 알려준다.

엘라노는 아발론에서 가장 강력하며 종잡을 수 없는 마법의 물질이다. 위대한 나무의 뿌리 안에서 수액으로 이루어졌는데, 일곱 개의 신성한 요소를 모두 결합한다. 멀린의 말에 따르면, 엘라노는 "이 세상에 생명을 주는 진정한 힘"이다.

멀린은 이 호수에서 지팡이의 도움을 받아 작은 엘라노 수정을 얻는다. (이 지팡이의 이름은 '오니알레이'인데, 옛 핀카이라 언어로 '은혜의 정령'이라는 뜻이다.) 그러고 나서 리아와 류와 함께 우드루트로 돌아와 마름병이 시작된 곳에 그 수정을 내려놓는다. 엘라노의 힘 덕분에, 마름병은 점점 약해지다 마침내 사라졌다. 이렇게 우드루트 숲은 치유되었다.

132년

대사제 리아가 추종자들에게 위대한 나무의 생명을 불어넣어 주는 정수, 엘라노를 소개한다. 얼마 뒤, 한쪽 귀의 류가 걸작 〈시클로 아발론(Cyclo Avalon)〉을 내놓았다. 이 책에는 일곱 가지 신성한 요소, 나무속 관문, 엘라노에 관한 구전 등이 총망라되어 있기에 아발론 전역에서 드루마디안 사람들을 위한 지침서가 되었다.

192년

할리아가 조상의 땅이자 전설 속 장소, 카펫 카에로츨란을 마지막으로 다녀온 뒤 숨을 거둔다. 멀린은 슬픔에 빠져 험준한 스톤루트 산악지대 높은 곳으로 올라가 몇 달 동안 동생 리아를 포함해 누구와도 말하지 않는다.

193년

멀린이 마침내 산에서 내려왔다. 그런데 그건 아발론을 떠나기 위해서였다. 멀린은 아발론을 떠나 다른 세상에서 새로운 도전에 선념하겠다고 친구들에게 말한다. 유한한 지구의 브리타니아에서 아서라는 이름의 젊은이를 가르쳐야 한다는 것이다. 멀린은 구체적인 이야기는 하지 않은 채, 지구와 아발론의 운명은 서로 엉켜 있다고만 넌지시 말했다.

237년

이제 뛰어난 탐험가가 된 크리스탈루스가 워터루트에 에오피아 지도 제작자 학교를 세웠다. 학교 상징으로 '원 안의 별'을 선택하는데, 그건 시간과 공간을 도약하는 마법을 의미했다.

폭풍의 시대

284년

어느 날 갑자기, 아발론에서 가장 눈에 띄는 별자리 '마법사의 지팡이'가 빛을 잃었다. 이 별자리의 일곱 개 별이 하나씩 하나씩 사라졌다. 마법사와 지팡이가 진정한 힘을 얻었던 '멀린의 전설적인 일곱 노래'를 상징하는 별자리가 3주 만에 완전히 사라졌다. 별 관찰자들은 이 현상이 아발론의 불길한 미래에 대한 예고라며 입을 모아 말했다.

이렇게 해서 폭풍의 시대가 시작되었다.

284년

파이어루트에서 소인과 용 사이에 전쟁이 벌어졌다. 이 전쟁은 '불꽃이 이는 보석'이 있는 지하 동굴을 둘러싼 분쟁에서 시작되었다. 이 두 종족은 보석을 보호하고 채취하는 데 수 세기 동안 서로 협력해왔지만, 이런 협력 관계가 마침내 금이 가고 말았다. 숙련된 소인들은 보석을 신성하게 여겼기에 오랜 시간에 걸쳐 신중하게 채취하고 싶어 했다. 반면, 용(그리고 동맹군 플레임론)은 보석을 통해 얻을 수 있는 그 모든 부와 권력을 당장 이용하고 싶어 했다. 싸움이 점점 격렬해지자 평화를 사랑하던 일부 요정까지 포함해 다른 종족까지 이 싸움에 휘말리게 되었다. 소인, 요정과 인간 대부분, 거인, 독수리 종족이 한편을 이루고, 용, 플레임론, 어둠의 요정, 욕심 많은 인간들, 곱스켄이 다른 한편을 이루었다. 그사이, 오거와 트롤들은 이 혼란을 틈타 약탈을 일삼았다. 이처럼 갈등이 번지는 와중에 공기 요정, 머드메이커, 몇몇 무세오만 중립을 지켰다. 훌라는 그저 이 모든 흥분을 즐겼다.

300년

전쟁이 점점 심해져서 아발론의 일곱 영토 전역으로 번져갔다. 드루마디안 원로들은 '폭풍의 전쟁'의 본질을 논의했다. 이 전쟁은 아발론에만 국한된 문제인가? 아니면 정령들의 큰 싸움으로 이어지는 하나의 수단에 불과한 걸까? 잔인한 리타 고르는 모든 세상을 지배하려는 야망을 품고, 로리란다와 다그다 동맹은 사람들이 스스로 자유롭게 선택하기를 바란다.

하지만 아발론의 시민들 대부분에게 있어 이런 논의는 의미가 없었다. 이들에게 폭풍의 전쟁은 그저 투쟁과 고난과 슬픔의 시간일 뿐이었다.

413년

리아는 서로 전쟁을 일삼는 아발론 사람들의 잔인함, 모두를 위한 공동체의 교리가 점점 경직되어가는 데 깊은 환멸을 느끼고 대사제 직을 내려놓았다. 아발론의 외딴곳으로 떠난 리아의 소식을 아는 사람은 아무도 없다. 리아가 유한한 지구로 가서 멀린과 만났을 거라 말하는 이들도 있고, 그저 혼자 떠돌다 생을 마감했을 거라 말하는 이들도 있다.

421년

머드메이커 할라드가 땅의 요정 무리로부터 공격을 받아 큰 부상을 입었다. 어린 할라드는 안전한 곳을 찾아 거품이 이는 샘 가장자리로 기어갔다. 그런데 기적처럼 상처가 나았다. 할라드의 '비밀의 샘'은 이야기와 노래에서 유명해졌지만, 그 위치는 철저히 은폐되어 오직 머드메이커들만 알고 있다.

472년

물 용의 최고 지도자 벤데짓이 평화를 주장했다. 하지만 첫 번째 조약을 맺기 전날 밤, 몇몇 용이 반란을 일으켰다. 뒤이은 끔찍한 전투에서 벤데짓은 목숨을 잃는다. 전쟁은 다시 격렬해졌다.

498년

이른 봄, 나무에 막 꽃이 필 무렵, 플레임론과 용 군대가 스톤루트를 공격했다. 이렇게 시작된 '메마른 봄 전투'에서 수많은 마을이 파괴되고, 수많은 사람들이 목숨을 잃는다. 드루마디안의 위대한 신전마저 불길에 휩싸인다. 드루마디안 사람들은 주볼다와 세 딸이 이끄는 산악 지대 거인들의 도움으로 침략자들을 겨우 물리칠 수 있었다. 전투가 한창일 때, 멀린의 오랜 친구 심이 주볼다의 큰 딸, 본로그 마운틴 마우스를 구해준다. (심은 우연히 본로그를 공격하는 녀석들을 깔아뭉갰다.) 그런데 본로그가 감사의 표시로 입을 맞추려 하자, 심은 깜짝 놀라 비명을 지르며 산악 지대로 달아나 버렸다. 수치심을 느낀 본로그 마운틴 마우스는 심을 벌주려 했지만 찾지 못했다. 심은 그 뒤로 몇 년 동안 숨어 지냈다.

545년

신비에 싸인 마법사 '호수 여인'이 우드루트의 가장 깊은 숲속에 처음 모습을 드러냈다. 호수 여인은 평화를 요청한다. 경쾌한 비행사라는 날개 달린 작은 생명체가 일곱 영토 전역에 이 요청을 전하지만, 아무도 귀담아듣지 않는다.

693년

위대한 마법사 멀린이 브리타니아에서 마침내 돌아왔다. 멀린은 '끝없는 불의 전투'를 이끌어, 어둠의 요정과 불 용 동맹군을 물리친다. 플레임론은 마지못해 항복한다. 패배를 눈치챈 곱스켄은 일곱 영토 곳곳으로 뿔뿔이 달아난다.

드디어 아발론에 평화가 찾아온다.

성숙의 시대

693년

호수 여인이 만든 '일렁이는 바다 조약'에 땅의 요정, 오거, 트롤, 곱스켄, 체인질링, 죽음의 몽상가를 제외한 모든 종족의 대표들이 서명한다.

이렇게 해서 폭풍의 시대가 공식적으로 끝나고 성숙의 시대가 시작되었다.

694년

멀린이 아발론으로 다시는 돌아오지 않을 거라는 말을 남기고 또다시 사라진다. 멀린은 새로운 마법사가 나타나지 않는 한 (물론, 그 가능성은 무척 낮은데), 아발론의 다양한 사람들은 스스로 정의와 평화를 추구해야 할 거라고 진지하게 선언한다. 마지막으로 이별을 하며, 바질가라드라는 위대한 용의 도움을 받아 별까지 가서 '마법사의 지팡이' 일곱 개 별을 마법처럼 다시 밝혀준다. (이 별자리의 파괴는 끔찍한 폭풍의 시대를 예고했었다.) 마침내, 홀로사르의 나뭇가지 영토에서 '시간의 강'으로 들어가 유한한 지구로 떠난다.

694년

멀린이 떠난 뒤 얼마 지나지 않아 호수 여인이 섬뜩한 예언을 한다. 이것은 '어둠의 예언'으로 널리 알려지는데, 그 내용은 이렇다.

아발론의 별이 모두 서서히 어두워지다 마침내 일 년 내내 완전히 그 빛을 감추게 될 것이다. 바로 그해에 태어난 아이가 인간과 비인간, 유한한 생명과 무한한 생명의 모든 생명체가 함께 공유하는 유일무이한 세계, 아발론의 종말을 가져올 것이다. 멀린의 진정한 후계자만이 아발론을 구할 것이다.

하지만 호수 여인은 마법사의 후계자가 누구인지, 또는 그 아이가 어둠의 예언 속 아이를 어떻게 물리칠 수 있는지에 대해서는 아무 말도 하지 않는다. 그래서 사람들은 궁금했다.

어둠의 예언 속 아이는 누굴까? 멀린의 진정한 후계자는 누굴까?

700년

섀도루트의 영원한 어둠 속에서 새로운 도시가 생겨났다. 디아나라, 빛의 도시. 전설에 따르면, 별에서 온 사람들이 이 도시를 지었다고 한다. 아야노윈 또는 불꽃 천사라는 이 사람들의 몸에서는 불꽃이 활활 타오른다고 한다. 이들이 섀도루트에 횃불과 모닥불 불빛을 가져왔다. 거기에 또 하나의 빛도 가져왔는데, 그건 바로 아주 먼 땅에서 온 '이야기'였다.

702년

에어루트에 사는 위대한 건축가 공기 요정, '르 펜 플레이스'가 자신의 가장 야망적이고 실용적인 프로젝트를 완성했다. 즉, 에어루트와 머드루트 사이 안개 자욱한 곳에 구름 실로 짠 밧줄로 다리를 만들었다. 이윽고, 사람들은 이곳을 '안개 다리'라고 부르기 시작했다. 공기 요정 외에 이 다리를 처음 건넌 건 호수 여인과 산봉우리 요정 뉴익이었다.

717년

크리스탈루스는 마법사의 피를 물려받았기에 유달리 오랫동안 살았다. 이미 아발론의 뿌리-영토 곳곳을 수없이 탐험했는데, 이제 위대한 나무의 심재까지 다녀온 최초의 인물이 되었다. 위대한 나무의 심재 안에서, 크리스탈루스는 일곱 영토 어느 곳이든 갈 수 있는 단 하나의 관문을 찾아낸다. 하지만 위대한 나무의 위쪽으로 갈 수 있는 방법은 찾지 못했다. 언젠가 다시 돌아와 위쪽 지역으로 여행할 수 있는 방법을 찾아내리라, 별까지 여행하리라 다짐한다.

842년

우드루트 외딴 곳에서, 늙은 스승 한완 벨라미르가 농업과 공예에 대한 새로우면서도 과감한 아이디어로 명성을 얻는다. 새로운 아이디어는 생산적인 농업은 물론이고 마을 사람들에게 보다 안락한 삶과 여유를 안겨줬다. 이제 사람들은 벨라미르를 '올로 벨라미르'라 부르기 시작한다. 아발론이 탄생하고 멀린이 올로 에오피아라 불린 뒤로 이렇게 열렬한 지지를 받은 사람은 처음이었다. 벨라미르는 이런 칭찬을 겸손하게 물리쳤지만, 벨라미르가 이끄는 '번영 아카데미'는 날로 번창한다.

894년

섀도루트에서 어둠의 요정 사이에 내전이 터진다. 싸움이 끝났을 때,

어둠의 요정 대부분은 목숨을 잃었다. (모두 죽은 건 아니었다.) 빛의 도시는 파괴되고, 다른 영토로 이어진 섀도루트의 유일한 관문은 막혔다. 이곳에서 무슨 일이 있었는지는 무세오만 제대로 알고 있을 뿐, 수수께끼로 남아 있다.

900년

벨라미르의 가르침은 계속 퍼져간다. 숲의 요정을 비롯한 많은 종족들은 아발론에서 인간이 '특별한 역할'을 해야 한다는 벨라미르의 이론에 분개하지만, 벨라미르를 지지하는 인간은 점점 더 늘어난다. 벨라미르의 추종자들이 늘어나면서, 벨라미르의 명성은 다른 영토까지 널리 퍼진다.

985년

어둠의 예언대로, 아발론의 별들이 점점 어두워진다. 이렇게 해서 모두가 두려워하던 '어둠의 해'가 시작된다. 이 해에 태어난 아이가 어둠의 예언 속 아이가 될지도 모른다는 두려움에, 플레임론의 근거지 파이어루트를 제외한 모든 영토에서 출산이 금지된다. 소인과 물 용의 경우처럼, 이 해에 태어난 아이를 모두 죽여 버리는 사태까지 벌어졌다. 아발론 일곱 영토에서 드루마디안 추종자들은 멀린의 진정한 후계자와 그 무시무시한 아이를 찾아다닌다.

985년

널리 퍼진 어둠 속에서도, 크리스탈루스는 탐험을 계속 이어가 플레임론 영토로 갔다. 그런데 그곳에서는 외부인, 특히 인간의 피를 이어받은 사람은 결코 환영받지 못한다. 크리스탈루스 일행이 그곳에 도착하자마자 공격을 받고, 생존자들은 붙잡혔다. 다행히 크리스탈루스는 정체 모를 친구의 도움으로 간신히 탈출할 수 있었다. (플레임론 공주 할로

나가 크리스탈루스를 구해줬다고 믿는 이들이 있다. 반면, 독수리 여인이 도와준 거라고 주장하는 이들도 있다.) 크리스탈루스는 '어둠의 예언'의 위험을 무시하고, 자신을 구해준 사람과 결혼해 아이를 얻었다. 하지만 아이가 태어나자마자 엄마와 아이는 감쪽같이 사라지고 만다.

987년

아내와 아이를 잃은 슬픔에 빠진 크리스탈루스는 지금껏 가장 야심찬 탐험 여행에 나선다. 즉, 위대한 나무의 나무둥치와 나뭇가지로 올라가는 길을 찾으러 떠난 것이다. 하지만 크리스탈루스의 진짜 목표는 이보다 훨씬 더 위험한 것이라고 믿는 사람들이 있다. 즉, 아발론의 별이 품고 있는 커다란 수수께끼를 풀기 위함이었다. 아니면, 그저 슬픔에서 도망친 것이었을까? 목표가 무엇이든, 크리스탈루스는 성공하지 못하고 이 탐험 여행 중에 어디선가 죽고 만다. 오랜 삶, 수많은 탐험은 마침내 종지부를 찍는다.

1002년

어둠의 해에서 17년이 지났다. 일곱 영토 전역에서 여러 문제가 생겨났다. 인간과 다른 생명체 사이에 싸움이 벌어졌다. 스톤루트, 워터루트, 우드루트 위쪽 지역이 극심한 가뭄에 시달리고 기이하게 잿빛으로 물들어갔다. 구울라카라는 투명에 가까운 살인마 새들이 공격해왔다. 악이 점점 퍼지고 있다는 막연한 느낌이 강해졌다. 이 모든 게 어둠의 예언 속 그 끔찍한 아이가 살아서 힘을 얻고 있는 증거라고 사람들은 받아들였다. 사람들은 멀린의 진정한 후계자 또는 오랫동안 떠나 있던 마법사가 직접 나타나 아발론을 구원해주기를 공공연히 빌었다.

1002년

연말이 되어 가뭄이 더 심해지고 '마법사의 지팡이' 별자리의 별이 하나둘 꺼지기 시작한다. 이런 일은 지금까지 딱 한 번, '어둠의 해'에 일어난 적이 있었다. 아발론 284년 '폭풍의 시대'가 시작된 바로 그해였다. 왜 이런 일이 일어났는지, 어떻게 하면 막을 수 있는지, 아무도 몰랐다. 하지만 사람들은 마법사의 지팡이가 사라진다는 건 '아발론의 종말'을 의미하는 것뿐이라며 두려워했다.

아발론의 수많은 생명
등장인물과 장소 안내

〈등장인물 목차〉

경쾌한 비행사(Light flyers)

곱스켄(Gobsken)

구울라카(Ghoulacas)

귀리온(Gwion)

그랜드 엘루사(Grand Elusa)

그리콜로(Grikkolo)

뉴익(Nuic)

다그다(Dagda)

데스 마콜(Death Macoll)

드루마링(Drumalings)

로리란다(Lorilanda)

류(Lleu)

리니아(Llynia)

리아(Rhia)

리타 고르(Rhita Gawr)

마나나운(Mananaum)

멀린(Merlins)

모리곤(Morrigon)

몰키(Maulkee)

무세오(Museo)

바질가라드(Basilgarrad)

배티 래드(Batty Lad)

벨라미르(Belamir)

본로그 마운틴 마우스(Bonlog Mountain-Mouth)

브리오나(Brionna)

세렐라(Serella)

스크리(Scree)

심(Shim)

아르크 카야(Arc-kaya)

아바사(Arbassa)

아야노윈(Ayanowyn)

아하나(Ahearna)

에단(Edan)

에손(Ethaun)

에일린(Aileen)

엘런(Ellen)

엘로니아(Aelonnia)

엘리(Elli)

오갈라드(Ogallad)

오거 사냥꾼 카타(Babd Catha, the Ogres' Bane)

오니알레이(Ohnyalei)

올레윈(Olewyn)

우줄라(Uzzula)

카타(Catha)

커윈(Kerwin)

코에리아(Coerria)

쿠타이카(Cuttayka)

쿨위크(Kulwych)

퀘나이카(Quenaykhha)

크리스탈루스(Krystallus)

탬윈(Tamwyn)

툴친느(Tulchinne)

트레시미르(Tressimir)

팰리미스트(Palimyst)

페얼린(Fairlyn)

프라이사(Fraitha)

하골(Hagol)

한쪽 귀의 류(Lleu of the One Ear)

할라드(Halaad)

할렉(Harlech)

할리아(Hallia)

헤니(Henni)

호수 여인(Lady of the Lake)

호킨(Hawkeen)

〈장소 안내 목차〉

거인의 춤

관문

나선형 폭포

머드루트(맬록)

멀린의 옹이구멍

섀도루트(라스트라엘)

스톤루트(올라나브람)

시간의 강

아발론(아발론의 위대한 나무)

아발론의 별

에어루트(이 스윌라나)

우드루트(엘 우리엔)

워터루트(브린칠라)

정령들의 사후 세계(사후 세계)

중간 영토

지구

파이어루트(라나윈)

핀카이라(잃어버린 핀카이라)

홀로사르

〈등장인물〉

경쾌한 비행사(Light flyers)

아발론에서 보기 드문 자그마한 몸집의 빛나는 생명체. 머드메이커가 잃어버린 핀카이라에서 온 경쾌한 비행사들을 본떠서 만들었다. 이들의 주름진 날개는 방을 환히 밝힐 만큼 밝게 황금빛으로 고동친다. 경쾌한 비행사 열두 명이 호수 여인 곁을 늘 따라다니고, 이따금 그 머리 위에 앉아 있다는 소문이 자자했다.

곱스켄(Gobsken)

끔찍할 정도로 잔인하고 화를 무척 잘 내는 건장한 생명체. 무엇보다도, 곱스켄은 두려움, 욕망, 탐욕에 반응한다. 이런 특질 때문에 아주 선한 전사가 되기도 하고 아주 나쁜 동료가 되기도 한다. 늘 예의라고는 조금도 없지만, 때때로 끈기 있고 현명하게 행동하기도 한다. 그래서 주술사 쿨위크와 쿨위크가 모시는 주인, 정령의 장군 리타 고르에게는 이상적인 동맹군이다.

곱스켄은 섀도루트의 깊숙한 지하 동굴에서 쿨위크를 위해 일한다. 회녹색 피부에 눈이 단추 구멍만 하다. 손가락 세 개 달린 손은 주먹을 쥐거나 칼날이 넓적한 칼 손잡이를 거머쥐었을 때 가장 편안하다.

구울라카(Ghoulacas)

날개 달린 짐승. 주술사 쿨위크가 구울라카를 단 하나의 목적을 위해 길렀는데, 바로 적을 무자비하게 죽이는 것이다. 똑똑하지는 않지만 무척 위험하다. 잃어버린 핀카이라에서 마법을 삼키는 크리릭스가 두려움의 대상이었던 것처럼, 아발론 전역에서 두려움의 대상이다. 거대한 새의 날개와 몸통은 투명에 가깝다. 그래서 피에 물든 발톱과 굽은 부리가 더 도드라진다. 울음소리는 무척 우렁차고 끔찍해서 먹잇감의 심장을 얼어붙게 만들 정도다. 쿨위크에 대한 구울라카의 충성은 분노에 대한 두려움에서 나오는 것이기 때문에, 이들이 더 큰 두려움에 직면해서 쿨위크를 버릴 가능성은 늘 있었다. 그렇더라도, 이 살인마들은 야만적인 전사로서 죽을 때까지 싸운다.

귀리온(Gwion)

아야노윈(불꽃 천사) 종족. 귀리온은 날개 달린 사람이다. 진갈색 털북숭이 피부는 불에 그슬린 나무껍질을 닮았다. 눈 또한 짙은 갈색이다. 생각하고 있을 때는 나지막하게 부는 휘파람처럼 종잡을 수 없는 소리를 낸다. 여동생 프라이사와 아내 툴친느와 마찬가지로 머리카락이 하나도 없다. 탬윈은 귀리온을 만났을 때, 그러니까 둘이서 거대한 흰개미에 맞서 목숨을 걸고 싸웠을 때, 귀리온의 뜨거운 몸을 보고 열 때문에 곧 죽을 거라고 생각했다. 하지만 당시 귀리온은 과열되지 않았다. 오히려 평소보다 너무 차가웠다.

아야노윈 종족은 아주 먼 곳에서 땅으로 떨어졌다. 위대한 지도자 오갈라드가 이들을 별에서부터 아발론으로 이끌었을 때, 이들의 주황색 영혼불꽃이 아주 약해져서 더 이상 불타오르지 않았다. 이제 까맣게 탄 석탄을 닮은, 날지 못하는 생명체가 되었다.

왜 이런 일이 일어났을까? 탐욕과 편협함이 그 원인이었다. 귀리온은 이렇게 설명했다.

"우리는 우리 스스로에게 말했어. 오직 우리만 무엇이 옳고 선한지 알고 있다고. 동시에, 우리는 위대한 나무를 우리 땅, 우리 소유물이라고 생각하기 시작했지. 우리가 원하는 대로 개발하고 사용할 수 있는 곳으로 말이야. 우리는 점점 낭비하고, 파괴하고, 근시안적이 되어갔어. 숲을 태워 땅을 갈고, 짐승들을 길렀어. 공기가 오염되고 강이 더러워져도 신경 쓰지 않았지. 그러고는 다른 숲으로 가서 똑같이 했어. 계속 반복해서 말이야."

귀리온은 자기 종족의 현명하고 영광스러운 시절로 돌아가고 싶어 했다. 자신들이 쇠락하기 전으로 말이다. 그 시절은 '위대한 빛의 시대'로 알려졌는데, 중간 영토의 동굴과 터널에 있는 이야기 그림에 잘 드러나 있다. 또한 귀리온은 자신의 피부에 불꽃이 다시 일기를 갈망했다. 어린 시절, 불붙은 뜨거운 석탄을 집어삼켜 영혼불꽃이 다시 밝아지기를 시도했었다. 그러다 미각을 잃고 말았지만 그 뒤로도 밝게 불타고 싶은 열망을 잃은 적이 한시도 없었다.

그랜드 엘루사(Grand Elusa)

거대한 흰 거미. 잃어버린 핀카이라의 안개 자욱한 언덕에 살았다. 힘이 셀 뿐만 아니라 식욕도 왕성하다. 젊은 멀린을 몇 차례 중요한 순간에 마주했지만, 아발론 사람들은 사파이어빛 눈동자의 엘런을 위해 그랜드 엘루사가 직접 만들어준 반짝이는 실크 가운으로 이 거미를 기억한다. 그

가운은 모두를 위한 공동체의 대사제가 입는 전통 복장이 되었다. 엘런의 딸 리아(리아논)와 코에리아가 그 옷을 입었지만, 어쩌면, 엘리(엘리리아나)라는 이름의 3등급 젊은 수습 사제보다 그 화려하고 우아한 디자인의 옷을 사랑한 사람은 아마도 없을 것이다.

그리콜로(Grikkolo)

어둠의 요정. 어둠의 요정 사이에서 벌어진 잔혹한 내전에서 살아남은 생존자 중 한 명. 섀도루트에 있는 '빛을 잃어버린 도시'의 오래된 도서관 폐허에 숨어 지낸다. 호리호리하고 강인한 그리콜로는 숲의 요정(브리오나 같은)을 닮았지만, 암탉이 낳은 알만큼이나 큰 은회색 눈으로 어둠 속에서도 아주 잘 볼 수 있다. 등이 엄청나게 굽고, 백발은 고사리 밭만큼 빽빽하다.

공부를 많이 했기에 무척 학구적이고 박식하게 말한다. 엘리와 뉴익에게 직접 설명한 것처럼, 그리콜로는 늘 음식이 아니라 정보(지식)에 굶주렸다. 그래서 애초에 도서관에 오게 된 것이다. 꽤 오랫동안 혼자 살았지만, 도서관을 가득 채운 수많은 책을 벗 삼아 지냈기에 외롭다고 느낀 적이 결코 없었다. 하지만 그리콜로 또한 자기 도서관 밖의 세상을 크게 걱정한다. 그래서 스스로를 겁쟁이라고 생각하기는 하지만, 엘리의 원정을 돕기 위해 무척이나 용감한 행동을 결심한다.

뉴익(Nuic)

산봉우리 요정. 올라나브람(스톤루트)의 높은 봉우리에서 온 뉴익은 엘리의 어깨에 올라탈 정도로 아주 작다. 하지만 퉁명스럽고 무뚝뚝한 태도에 깊은 애정이 숨어 있는 것처럼, 작은 몸집에 거대한 지혜와 경험이 숨어 있다. 여느 산봉우리 요정처럼, 빛나는 은빛 실의 그물을 만들어 낼 수 있는데, 그것은 낙하산 역할을 해서 절벽 아래로 둥둥 떠내려갈 수 있다. 하지만 뉴익이 가장 좋아하는 기분 전환은 정적인 것이다. 즉, 뉴익은 상쾌한 산속 개울 안에서 느긋하게 즐기는 목욕을 가장 좋아한다. 능숙한 약초 채집가로서, 때때로 채식주의자 음식과 약초 치료제를 찾아다닌다. 산봉우리 요정은 (거인과 마찬가지로) 천 년 이상 살 수 있다고 알려져 있지만, 뉴익이 정확히 얼마나 오래 살았는지는 수수께끼로 남아 있다. 산봉우리 요정보다 더 오래 살 수 있는 유한한 생명체는 마법사뿐이다. 그래서 뉴익이 엘리의 메리스가 되기 아주 오래전에, 호수 여인의 친구였다는 사실은 전혀 놀랍지 않다.

맑은 보라색 눈과 초록색 머리카락이 인상적이기는 하지만, 가장 눈에 띄는 색은 피부에 나타난다. 뉴익의 피부는 수많은 색으로 변하며 다양한 감정을 드러낸다. 오렌지색은 조바심을, 회색은 침울하거나 진지함을, 빨간색은 분노를, 노란색은 배고픔을, 흐릿한 파란색은 만족감을, 진보라색은 자부심을 나타낸다. 흰색과 황금색은 아주 드물게 나타나기 때문에, 엘리가 그 색을 보면 퍽 놀라곤 한다. 서리가 내려앉은 것 같은 흰색은 두려움을, 빛나는 황금색은 놀람을 나타낸다. 더불어, 엘리가 발견한 것처럼, 한 가지 더 희귀하게 나타나는 색이 있는데, 바로 연보라색으로 순수한 애정을 나타낸다.

다그다(Dagda)

깊이 공경받는 다그다는 뛰어난 지식과 지혜의 신이다. 탄생과 번영과 부활의 신 로리란다와 함께 정령들의 사후 세계를 다스린다. 이들이 평화와 평온의 열매를 맛본 것처럼, 자신들의 적, 리타 고르를 억누르기 위해

늘 열심히 일한다. 리타 고르는 모든 세계를 정복하고 싶어 안달이 나 있다.

음유시인들은 젊은 마법사 멀린이 사후 세계의 다그다를 한 번 찾아간 일을 노래한다. 반쯤 덮인 영혼의 나무에서 위대한 정령은 한쪽 팔에 상처를 입은 노인의 모습으로 나타났다. 하지만 연약한 외모에도 불구하고, 다그다의 갈색 눈동자는 별이 가득한 하늘만큼이나 밝아 보였다. 멀린과 이야기하는 동안, 안개 조각을 가지고 놀며, 손가락을 한 번 쓱 움직이거나 그저 흘끗 바라보면서 안개로 매듭을 묶었다가 풀었다. 다그다가 단순히 안개 모양을 바꾸는 것 그 이상을 하고 있다는 걸 멀린은 느꼈다. 또한 신이 유한한 세계의 운명에 직접 개입하지 않으리라는 것을 알게 되었다. 왜냐하면 다그다는 유한한 생명체들이 자신의 미래를 선택하고, 자신의 운명을 만들어 나가는 게 중요하다고 굳게 믿었기 때문이다.

그래서 그렇게 멀린이 처음 방문하고 나서 천 년 이상이 지난 뒤, 아발론의 운명이 달린 중요한 싸움에서, 다그다는 직접 개입하고 싶은 유혹을 억눌렀던 것이다. 대신, 유한한 생명체들, 특히 젊은이 둘의 용기, 인내, 지혜에 의존하기로 선택했다. 탬윈이라는 이름의 황무지 길잡이와 엘리라는 이름의 수습 사제가 바로 이들이다. 여기에 외톨이 독수리 종족 스크리, 용감한 요정 브리오나, 퉁명스러운 산봉우리 요정 뉴익, 감당하기 어려운 장난꾸러기 훌라 헤니, 현명한 공예가 팰리미스트, 날개 달린 말 아하나, 충직한 드루마디안 사제 류, 크기가 줄어든 거인 심, 늙은 용 바질가라드가 합류했다.

데스 마콜(Death Macoll)

변장의 달인. 아발론에서 가장 위험한 암살자. 주술사 쿨위크가 데스 마콜에게 임무를 하나 떠맡겼다. 인간임에도, 데스 마콜은 체인질링처럼 극적으로 외모를 바꿀 수 있는 능력이 있다. 한순간, 허리가 꾸부정한 노파로 나타났다가, 다음 순간 작은 은빛 종을 옷에 주렁주렁 달고 거드름을 피우는 어릿광대가 되어 딸랑딸랑 종소리를 내며 돌아다닐 수도 있다. 이 밖에도 수많은 모습으로 변장할 수 있다. 데스 마콜의 원래 모습은 창백한 얼굴에 아무 감정 없는 회색 눈의 대머리 남자다.

변장술과 더불어, 누군가를 죽이기 직전에 느끼는 완선한 힘의 쾌감을 즐긴다. 그런 기쁨을 음미하고, 때로는 먹잇감의 죽음을 미룸으로써 그 느낌을 극대화시킨다. 젊은 시절 건강이 나빠졌을 때 부모는 자취를 감추었다. 그 시기, 데스 마콜은 강력한 힘을 갈망했다. 이제, 희생자에게 자신의 숨겨진 칼날을 밀어 넣을 때마다 자신의 힘을 즐긴다.

데스 마콜과 쿨위크는 사이가 좋지 않다. 서로 자신들 이익이 될 때면 이따금 함께 일했다. 하지만 데스 마콜이 젊은 사제 엘리를 사냥하도록 고용되었을 때, 오랜 관계는 변하게 되었다. 이제 이들의 목표는 단순히 누군가를 제거하는 게 아니라, 그 과정에서 엄청난 권력을 얻는 것이 되었다. 이 둘이 서로 나눠 갖고 싶어 하지 않는 권력을…….

드루마링(Drumalings)

나무를 닮은 기이한 생명체. 탬윈은 멀린의 옹이구멍에서 이 신기한 생명체를 처음 마주했다. 그러고 나서 나뭇가지 영토, 홀로사르에서 다시 만난다. 보통 사람보다 몸통이 두 배나 크고, 나무처럼 거친 피부는 비바람을 맞아 울퉁불퉁하다. 수많은 팔다리에는 무성한 풀이 자라났다. 울퉁불퉁한 몸통 한가운데에 얼굴이 있고, 얼굴에는 들쭉날쭉한 구멍 같은 입, 옹이 두 개처럼 생긴 코, 수직으로 찢어진 외눈이 달렸다. 잔가지처럼 크고 좁은 눈은 결코 깜빡이는 법이 없다. 드루마링은 말이 아니라 감정으로 생각하는데, 그 감정은 이따금 두려움과 포악한 분노로 바뀌기도 한다.

로리란다(Lorilanda)

탄생과 번영과 부활의 신. 다그다와 힘을 합쳐 평화를 지켰으며, 아발론의 수많은 사람들로부터 둘 다 똑같이 존경을 받았다. 로리란다와 다그다는 정령들의 사후 세계를 함께 다스린다. 이들은 평화의 시간을 무척 선호한다. 하지만 적, 리타 고르를 억제하는 데 많은 시간을 들여야 한다. 정령의 장군은 사후 세계는 물론이고 다른 세계들을 지배하고 싶은 열망으로 똘똘 뭉쳤기 때문이다.

아발론 초창기에, 로리란다는 우아한 암사슴의 모습으로 자주 나타나곤 했다. 아발론 33년, 퍼거스라는 이름의 젊은이가 스톤루트와 우드루트를 연결하는 유일한 통로(관문을 제외하고)를 찾도록 용기를 북돋아주었다. 엘리와 탬윈이 거의 천 년 뒤에 바로 그 통로를 따라갈 때 로리란다가 그 모습을 지켜보고 있었을지도 모른다.

류(Lleu)

큰 키에 빼빼 마른 사제. 날카로운 눈매, 두껍고 짙은 눈썹이 특징이다. 언제나 메리스 카타와 함께 다닌다. 카타는 은빛 날개의 매로, 류의 어깨에 즐겨 앉는다. 류는 드루마디안 거주지에서 지낼 때, 엘리의 아버지와 절친한 사이였다. 그리고 이제 대사제 코에리아와 무척 가까운 사이다. 류는 드루마디안 원칙에 따르기보다는 자신의 개인적 야망에 따라 행동하는 리니아 사제에게 큰 의혹을 품는다. 류의 할아버지, 한쪽 귀의 류는 아발론 초창기 엘런의 원년(최초) 제자였다. 또한 드루마디안의 유명한 서적 〈시클로 아발론〉의 저자이기도 하다.

리니아(Llynia)

드루마디안의 '선택받은 자'가 되었다. 자연스럽게 대사제가 될 사람이라는 뜻이다. 하지만 리니아의 오만과 야망은 '모두를 위한 공동체'의 기본 원칙을 지키겠다는 약속을 뛰어넘었다. 리아(리아논) 이후 가장 젊은 '선택받은 자'였을 뿐만 아니라, 미래를 보는 환영(幻影) 능력을 지녔다. 리니아에게 이따금 막연하게 환영이 나타나기는 했지만, 이것은 유명해지기에 또한 정치적 야욕에서 유리해지기에 충분한 능력이었다. 리니아가 스스로에게 자주 말한 것처럼, 자신이 최고의 권력자 자리에 오르기 위해서라면 필요한 무슨 수단을 다 쓰겠다고 결심했다. 모두를 위한 공동체에 다시 한번 영광을 가져올 수 있다는 순수한 신념을 지녔기 때문이다.

대사제 코리에아는 리니아에게 다른 사제들처럼 소박한 녹갈색 옷을 입으라고, 겸손해지라고 충고했다. 하지만 리니아는 자신이 곧 성공할 것이라 확신했다. 턱에 특이한 초록색 세모 모양의 표식이 생긴 이후에도 자신의 우월성을 굳게 믿었다. 뜻밖에도 호수 여인이 자신을 냉대한 이후에도, 그리고 자신의 메리스 페얼린이 마침내 자신을 거부한 이후에도 변함이 없었다. 그 이후, 현명한 스승 올로 벨라미르가 리니아의 뛰어난 덕을 높이 사, 리니아를 '예언자'라고 선언했다.

리아(Rhia)

리아논이라고도 불린다. 어린 시절, 리아는 큰 변화를 겪었다. 갓난아이 때, 잃어버린 핀카이라의 드루마 숲에서 실종되었다. 아바사라는 이름의 커다란 참나무의 보호 아래 나무, 강, 돌의 언어를 말하는 법은 물론이고 귀 기울여 듣는 게 얼마나 중요한지도 배웠다. 열두 살이 되어 잃어버린 오빠를 만났다. 그 뒤로 거인의 춤에 오빠와 함께했다. 그리고 결국 오빠를 도와 리타 고르를 자신들의 세상에서 쫓아냈다. 리아는 또한 오빠에게 멀린이라는 새로운 이름도 지어줬다. 앞으로 두 사람이 함께 겪을 모험에서, 리아는 멀린에게 더 중요한 것을 주는데, 그것은 멀린으로 하여금 수많은 세계에 영감을 줄 일종의 지혜가 된다.

리아는 엄마 엘런과 함께 '모두를 위한 공동체'를 세워 아발론 사람들을 이끌었다. 모두를 위한 공동체(그곳 사제들은 드루마디안이라고 불렸는데, 드루마 숲을 기리며 지은 이름이다.)는 두 가지 기본적인 원칙을 바탕으로 세워졌다. 첫 번째 원칙은 모든 살아 있는 생명체는 서로 존중하며 조화롭게 함께 살아야 한다는 것, 두 번째 원칙은 사람들은 온갖 생명을 품어주는 위대한 나무의 보호를 위해 노력해야 한다는 것이다. 엘런이 죽고 나서 리아가 대사제가 되었다. 아발론 131년에 멀린과 한쪽 귀의 류와 함께 위대한 나무 깊숙한 곳으로 여행을 하고 난 뒤, 리아는 생명을 주는 무한한 힘의 원천, 엘라노를 추종자들에게 내놓았다.

'폭풍의 전쟁'을 겪으며, 리아는 드루마디안 사람들의 엄숙함에 환멸을 느낀다. 결국, 공동체를 자신의 정신적 뿌리로 되돌리는 데 실패하고, 대사제직을 내려놓고 가까운 친구들의 슬픔을 뒤로 한 채 홀연히 떠났다. 리아가 어떻게 되었는지는 미스터리로 남았다. 충실한 메리스, 뉴익이라는 이름의 산봉우리 요정조차도 리아가 어디로 갔는지 알지 못했다. 어쩌면 유한한 지구로 여행을 떠나 멀린과 합류했을지도 모른다.

어쩌면 아무도 모르게 아발론을 떠돌아다니며 혼자 쓸쓸히 죽었을지도 모른다. 아니, 아발론 어딘가에 살아 있을지도 모른다.

리타 고르(Rhita Gawr)

정령의 영토에 사는 막강한 장군. 사후 세계의 지배를 놓고 다그다와 로리란다와 끊임없이 싸운다. 하지만 그것은 리타 고르의 야망에 비하면 아무것도 아니다. 리타 고르의 진정한 야망은 모든 세계의 구성을 갈기갈기 찢어 버리고 자신의 계획대로 다시 엮는 것이다. 유한한 세상을 통제하는 것이 리타 고르의 야망이다. 그래서 모든 세계를 이어주는 다리, 아발론이 리타 고르의 가장 소중한 정복 목표가 되었다.

이미 리타 고르는 중요한 발걸음을 내디뎠다. 바로 주술사 쿨위크의 충성을 이끌어낸 것이다. 쿨위크는 순수한 수정 벤젤라노에 무한한 파괴의 힘을 불어넣기 위한 원재료를 얻는 일을 하고 있다. 한편, 리타 고르는 사후 세계에서 아발론으로 이어지는 출입구를 재빨리 열고 있다. 그 출입구를 통해 장군과 불멸의 전사들로 이루어진 군대가 아발론으로 쳐들어갈 것이다. 머지않아, 리타 고르는 아발론에서 엄청난 힘을 지닌 용의 모습으로 나타날 것이다. 그러고 나면, 분명 승리를 거머쥐리라고 믿어 의심치 않는다. 누구도 리타 고르를 막을 수 없을 테니까. 분명 탬윈은 막지 못할 것이다. 리타 고르는 탬윈을 멀린의 어설픈 자손이라고 생각하기 때문이다.

마나나운(Mananaum)

아야노윈(불꽃 천사)의 마지막 예언자. 위대한 나무의 나무둥치 속, 거꾸로 흐르는 나선형 폭포 근처에 자리 잡은 마을에 살았다. 탬윈이 귀리온의 종족이 사는 마을에 도착하기 얼마 전에 죽었다. 불꽃 천사 종족의 영혼불꽃은 거의 꺼질 만큼 희미해졌는데, 이런 비극에도 불구하고 마나나운은 희망의 예언을 남기고 떠났다. 불꽃 천사들이 언젠가 날개에 힘이 생기고 찬란한 불꽃을 되찾을 거라고, 아주 오래전 오갈라드의 시절에 떠나온 별로 다시 날아갈 거라고 예언했다. 또한 위대한 정령 다그다의 환대를 받을 것이며, 마침내 '진짜 이름'을 얻게 될 거라고도 했다. 그렇게 되면 아야노윈은 새로운 이야기를 쓰게 될 것이다.

멀린(Merlins)

아주 오래전, 소년 하나가 외딴 바위투성이 해안에 떠밀려왔다. 바다는 그 소년에게서 모든 것을 빼앗아갔다. 죽음의 문턱에서 기억을 잃었다. 자신이 누군지 전혀 알지 못했다. 이름조차 알지 못했다. 처음 눈을 뜨고 바위투성이 해안, 그리고 머리 위에서 요란스레 울어대는 갈매기를 보았을 때, 이 소년이 살아남아 마법사가 되리라고는 누구도 알지 못했다. 하지만 사실, 모든 시대를 통틀어 가장 위대한 마법사가 되어 수많은 사람들로부터 존경받는 사람이 될 것이다. 왜냐하면 그 소년이 자라서 카멜롯의 현명한 마법사, 아서왕의 스승, 아발론이 될 운명을 지닌 마법의 씨앗을 심는 멀린이 될 테니 말이다.

잃어버린 젊은 시절 동안, 멀린은 많은 것을 얻고 또한 많은 것을 잃었다. 소중한 친구 리아, 트러블이라는 이름의 매, 거인 심과 함께 '거인의 춤'을 목격했다. 일곱 노래의 수수께끼를 풀어 핀카이라 사람들의 잃어버린 날개를 되찾았으며, 할리아 덕분에 사슴처럼 우아하고 빠르게 달리는 법을 배웠다. 또한 현명하고 평화로운 정령 다그다, 정령의 장군 리타 고르도 만났다. 마침내, 어머니 엘런, 아버지 스탕마르, 스승 음유시인

카이르프레를 만나게 되었다. 또한 고군분투하며 힘겹게 '시각'과 '통찰력'의 차이를 깨달았다. 이 과정을 통해 멀린은 자신 안에 어둠과 빛이 동시에 존재한다는 사실을 발견했다. 젊음과 늙음, 남자와 여자, 유한과 무한 등 서로 반대처럼 보이는 다른 자질도 알아차렸다. 마침내, 자신의 진짜 이름을 얻었다. 올로 에오피아. '수많은 세계, 수많은 시간의 위대한 인간'이라는 뜻. 그것은 다그다가 아발론의 탄생의 순간에 멀린에게 들려준 이름이다. 왜냐하면 우주가 완벽한 것처럼 진정으로 완벽한 존재이기 때문이다.

이렇게 해서 핀카이라 섬에서의 멀린의 모험은 끝나고, 이제 아발론이라는 새로운 세상에서의 모험이 시작되었다.

모리곤(Morrigon)

벨라미르의 제자. 무척이나 기운이 넘쳐서 스승 벨라미르에게 실질적으로 헌신을 했다. 또한 무척이나 야비해서 벨라미르의 인류 우선 운동이 폭력적인 행동으로 변질되게 꼬드겼다. 반지빠른 하관과 덥수룩한 백발의 노인이지만, 활쏘기에 뛰어나다. 그런데 브리오나의 호기심을 자극한 건 모리곤의 활쏘기 솜씨가 아니었다. 아니, 바로 모리곤의 눈이다. 눈이 충혈되어 어색하게 분홍빛을 띠는데, 체인질링 표식일 수도 있다.

몰키(Maulkee)

파이어루트의 배신자 브람 카이에 부족의 지도자 퀘나이카에게, 몰키는 가장 전도유망한 부하다. 하지만 몰키가 치유자 아르크 카야를 살해하는 장면을 목격한 독수리 인간 스크리에게, 몰키는 그저 잔인한 전사에 불과하다. 몰키는 단단한 근육질에 어깨가 넓으며, 거만하게 웃을 때 입이 자주 일그러진다. 싸움의 기술에 능숙할 뿐만 아니라 싸움 자체도 즐긴다.

무세오(Museo)

눈물방울 모양의 투명한 생명체. 음유시인 올레윈이 한쪽으로 비딱하게 쓴 모자 안에 몸을 숨기고 있다가 마침내 노래할 시간이 되면 모습을 드러낸다. 무세오의 구르는 듯한 고음을 넘나드는 흥얼거림은 그 노래를 듣는 청중의 넋을 잃게 한다. 이 풍부한 콧노래에는 수많은 감정이 깃들어 있어, 듣는 사람들에게 무척이나 큰 감명을 준다. 무세오의 목에서 나오는 음계는 무척이나 깊다.

파란색 또는 초록색으로 몸을 바꿀 수 있기는 하지만, 피부는 늘 황금빛을 띤다. 무세오는 섀도루트에서 태어났지만 보기 드물다. 수 세기 전에, 영원한 밤의 영토에서 쫓겨났기 때문이다. 그 이후, 자신이 선택한 음유시인과 함께 아발론의 다른 뿌리-영토들을 방황했다. 언제나 눈에 띄는 대로 집을 찾아다니며, 잊을 수 없는 집을 노래했다.

바질가라드(Basilgarrad)

수많은 음유시인과 역사가들이 바질가라드를 아발론에 살았던 가장 위대한 용으로 기린다. 바질가라드는 '폭풍의 전쟁'에서 용감하게 싸웠는데, 이 싸움은 살아 있는 전설이 되었다. 오랜 시간에 걸친 전쟁에서 요정, 인간, 독수리 종족의 편에 섰기에 동료 용들의 분노를 샀다.

커다란 몸집은 물론 뛰어난 기지로 전사로서의 비범한 능력을 유감없이 드러냈다. 때로는 한 번에 용 두세 마리를 물리치기도 했다. 이윽고, 마법사 멀린의 둘도 없는 친구가 되어, 마법사를 태우고 위험한 영토를 모조리 누비고 다녔다.

어쩌면 바질가라드가 승리를 거둔 가장 유명한 싸움은 발톱으로 허공을 후려친 싸움이 아니었을지도 모른다. 적의 동굴로 곧장 날아 들어가, 불 용들에게 싸움을 당장 그만두지 않으면 모조리 다 죽여 버리겠다고 당당하게 선언했는데, 그 명성이 너무나 자자했기에 그날 열 마리 이상이 한꺼번에 항복했다.

바질가라드는 우드루트 서쪽 해안 출신의 초록 용으로, 불을 내뿜을 수 없다. 하지만 단단한 비늘이 불 용들이 내뿜는 불꽃에서 든든한 보호막이 되어줬다. 또한 엄청나게 넓은 날개 덕분에 하늘에서 재빠르게 날아갈 수 있었다. 무엇보다 꼬리가 가장 강력한 무기였다. 꼬리는 거대한 몸보다 더 길게 뻗어 있고, 그 꼬리 끝에는 굵고 단단한 곤봉이 달려 있었다. "바질가라드의 꼬리처럼 잔인한"이라는 말이 전해지는데, 이건 다 그럴 만한 이유가 있다.

바질가라드는 폭풍의 전쟁이 끝나고 멀린을 태우고 별까지 올라갔다. 그래서 멀린은 '마법사의 지팡이'라는 어두워진 별자리에 다시 불을 밝힐 수 있었다. 그런데 그 여행이 끝나고 나서 바질가라드는 수수께끼처럼 사라졌다. 수많은 사람들이 바질가라드가 어디로 갔는지를 두고 이런저런 이야기를 하지만, 누구도 확실히 알 수 없었다. 그 대답은 용의 눈동자에 비친 기이한 초록색 빛에 숨어 있을지도 모른다.

배티 래드(Batty Lad)

탬윈은 수없이 많은 여행을 하면서도 이처럼 땅딸막하고 기묘하고 괴상한 생명체를 결코 본 적이 없었다. 시든 잎사귀처럼 쭈글쭈글한 날개의 박쥐를 닮은 외모 때문에 배티 래드라는 이름을 얻었다. (그 이름 자체가 박쥐를 닮은 아이라는 뜻이다.) 하지만 빛나는 초록색 눈동자 뒤에는 수수께끼 같은 뭔가가 숨어 있었다. 탬윈은 그게 뭔지 알 수 없었지만, 이 생명체와 함께 있으면 절로 웃음이 터져 나왔다. 어쩌면 얼굴이 작아 보이게 하는 컵처럼 생긴 귀 때문일지도 모른다. 아니면 유별나게 하늘을 나는 동작이라든가 특이한 말버릇 때문인지도 모른다. 아니면 또 다른 신비한 뭔가가 있을지도 모른다.

벨라미르(Belamir)

소박한 정원사로, 정원 일을 즐긴다. 거친 손에는 흙이 잔뜩 묻어 있다. 소매가 넓은 소박한 회색 옷을 즐겨 입는데, 옷에는 정원 도구를 위한 고리와 주머니가 잔뜩 달렸다. 목에 마늘 구근 목걸이를 달고 다니고, 땅을 파느라 엄지손가락 손톱 하나가 부러졌다.

그런데 이런 외모와 달리, 벨라미르는 단순한 정원사가 아니다. 쩌렁쩌렁 울리는 굵은 목소리의 카리스마 넘치는 스승으로서, 선진 농사 기술을 가르친다. 하지만 결과적으로 우드루트의 '번영의 마을'을 파괴로 이끈다. 그곳은 풍성한 정착지로, 주변 숲으로 둘러싸여 있었다. 하지만 벨라미르의 가르침은 농사일에 그치지 않았다. 자연의 '선의의 수호자'로서의 인간의 '특별한 역할'에 대한 벨라미르의 신념은 인간이 다른 생명체들을 '지배'하는 게 정당하다는 이론으로 이어졌다. 그리고 이런 이론은 결국 '인류 우선 운동'을 낳고, 이 운동은 점차 독선적이고 공격적으로 변했다. 인류 우선 운동은 '모두를 위한 공동체'의 기본 원칙 즉, 살아 있는 생명체들 간의 조화와 상호 존중을 노골적으로 멸시하기에 이르렀다. 또한 인간이 다른 생명체들을 폭력적으로 공격하도록 부추겼다.

요정을 비롯해 다른 생명체들은 벨라미르를 비난했지만, 인간 추종자들은 계속 늘어났다. 그 결과 명예의 표현인 '올로'라는 이름이 붙어 올로 벨라미르로 불리게 되었다. 사실, '올로 에오피아'로 불린 멀린 이후 그 누구도 그렇게 공경받은 적은 없었다. ('올로 에오피아'는 '수많은 세계, 수많은 시간의 위대한 인간'이라는 뜻이다.) 하지만 벨라미르 자신은 그런 관심을 비웃었다. 스스로를 '겸손한 정원사'라 즐겨 불렀다.

본로그 마운틴 마우스(Bonlog Mountain-Mouth)

거인 마법사 주볼다의 첫째 딸. 본로그는 난폭한 기질과 끊임없이 침을 질질 흘리는 커다란 입 때문에 아주 오랫동안 두려움의 대상이었다. 아발론 498년의 '메마른 봄 전투'에서 거인 심이 본로그의 목숨을 구해줬다. 심은 우연히 본로그를 공격하는 녀석들 위로 쓰러졌을 뿐인데, 본로그는 너무나 고마워 심에게 입맞춤으로 감사의 뜻을 전하려 했다. 하지만 침이 뚝뚝 떨어지는 오므린 입술을 보자마자 심은 너무나 두려워 비명을 지르며 산악 지대로 숨어 버렸다. 수치심을 느낀 본로그는 뒤쫓아 갔지만, 심을 잡지 못하자 심에게 끔찍한 저주를 퍼부었다. 어찌 된 영문인지, 거인 심은 점점 작아지더니 마침내 소인만 한 크기로 줄어들었다. 하지만 이런 불운도 본로그의 분노를 없애지는 못했다. 본로그는 계속해서 심을 쫓고 있다. 지금까지도…….

브리오나(Brionna)

숲의 요정. 숲의 요정 사이에서 존경받는 역사가 트레시미르의 손녀. 아발론의 다양한 종족의 언어, 관습 그리고 이야기를 배우며 자랐다. 트레시미르와 함께 섀도루트(그곳에서 요정들이 '어둠의 죽음'이라고 부르는 병에 걸려 죽을 뻔했다.)를 비롯해 많은 영토를 여행했다. 여느 요정들처럼, 브리오나는 모든 생명을 소중히 여기라는 가르침을 받고 자랐다. 이 때문에 노예로 끌려가 주술사 쿨위크를 도울 것인지 아니면 사랑하는 할아버지가 죽는 모습을 지켜볼 것인지 선택하라는 압박을 받았을 때 끔찍한 딜레마에 빠진다.

요정 소녀 브리오나는 호리호리한 몸에 강인하고 능숙한 궁수로, 탄력성이 좋은 삼나무로 만든 긴 활을 지니고 다닌다. 타고난 미인으로, 꿀색 머리카락을 길게 땋고 다닌다. 그리고 까칠하다. 독설가에 가깝다. 진초록 눈동자가 분노로 이글거릴 때면, 가까이에 있는 사람은 누구나 조심해야 한다. 그런데 스크리는 그 교훈을 늦게 얻었다.

또한 단단한 나무껍질로 만든 헐렁한 옷을 즐겨 입는다. 녹갈색 옷을 입으면 숲에서 사람들 눈에 잘 띄지 않는다. 이따금 꼼짝 않고 앉거나 서서 삼림 지대 영토의 수많은 경이로움을 감상하며 즐거운 순간을 갖는다. 하지만 너무나도 커다란 슬픔의 시간을 경험했다. 노예 주인의 채찍질로 생긴 상처보다 그 기억이 훨씬 더 고통스럽다.

세렐라(Serella)

우드루트(엘 우리엔)의 '끊임없이 흐르는 강' 상류에 사는 요정. 요정 세렐라는 어릴 때부터 탐험에 대한 강한 호기심을 드러냈다. 두 살 때, 여름 내내 비룡 가족을 관찰하면서 비룡의 습관을 익히며 보냈다. 일곱 살 때는 작은 뗏목을 만들어 보급품을 잔뜩 싣고 강을 타고 내려가며 한 달 동안 모험을 했다. 부모는 세렐라의 실종에 무척 걱정했지만, 마침내 아무 탈 없이 무사히 돌아오자, 딸이 놀라운 용기와 적응력을 보여줬다는 걸 알게 되었다. 부모는 딸이 또다시 모험을 떠나겠다고 하자 더 이상 말리지 않고 황야 여행, 지도 제작, 다양한 언어로 의사소통하는 법을 가르쳐줬다. 딸에 대한 이런 부모의 믿음은 충분히 증명되었다. 아발론 51년에 세렐라는 우드루트 동쪽에 있는 마법의 관문을 발견했으니까.

시간이 흘러, 관문을 찾는 위험한 기술을 익혀, 유한한 생명체로서는 최초로 위대한 나무 안쪽 통로를 통해 여행하고 살아남았다. 또한 리더십도 탁월해서 숲의 요정들 사이에서 수많은 추종자를 모았다. 숲의 요정들은 세렐라를 여왕으로 추대했다. 관문을 통해 여행하는 기술을 완벽하게 익힌 뒤, 워터루트를 포함해 아발론 곳곳으로 탐험대를 이끌었다.

워터루트로의 여행은 워터루트 무지개 바다 근처에 요정들의 첫 식민지 '크르 세렐라'를 건설하는 것으로 절정에 이르렀다. 이렇게 해서 '물의 요정의 공동체'가 탄생했다. 물의 요정들은 세렐라를 기리며 또한 자신들의 뿌리에 대한 기억으로 '초록 숲에 둘러싸인 무지갯빛 파도'를 상징으로 삼았다.

세렐라는 관문을 통한 여행을 계속했다. 관문을 찾는 일이 얼마나 위험한지 잘 알고 있었지만 더욱더 대담해졌다. 마침내, 섀도루트의 미지의 영토로 가는 탐험대를 꾸렸다. 세렐라를 포함해 용감한 요정 아홉 명이 출발했지만 아무도 돌아오지 못했다. 관문에서 길을 잃었는지, '어둠의 죽음'에 목숨을 잃었는지, 또는 다른 길에서 죽었는지, 아무도 모른다.

스크리(Scree)

용맹하고 결단력 있는 독수리 종족. 스크리는 누구보다 용맹하고 결단력이 있었지만, 마음속 깊은 곳에서는 자신의 능력과 삶의 진정한 목표에 대해 늘 회의를 품고 괴로워한다. 파이어루트의 불타는 절벽 둥지에서 태어났는데, 어머니의 손길을 아주 잠깐만 느꼈을 뿐이다. 주술사 쿨위크가 멀린의 진정한 후계자를 찾기 위해 고용한 사람들한테 어머니가 죽임을 당했기 때문이다. 그 끔찍했던 밤, 스크리는 너무 어려서 자기 뜻대로 독수리의 모습으로 변신할 수 없었다. 하지만 자신과 탬윈의 목숨을 구해준 불가사의한 노인과의 대화 한마디 한마디를 다 기억한다. 그 뒤로 그 노인이 어둠의 예언에 대해, 아발론의 미래에 대해 그리고 귀중한 멀린의 지팡이에 대해 자신에게 해준 말을 이따금 떠올린다.

인간의 모습을 하고 있을 때면, 굽은 코와 뾰족한 발톱이 돋보인다. 모든 독수리 종족의 특징이다. 그뿐만 아니라 노란색 테두리의 커다란 눈으로 저 멀리까지 놀라울 정도로 또렷하게 볼 수 있다. 독수리의 모습으로 변신하면, 적을 향해 재빨리 내려앉아 능숙한 검객이 칼날을 휘두르는 것처럼 발톱을 휘두른다. 이 날개 달린 전사는 아래로 내려앉을 때면 날카롭게 울부짖는다. 반은 독수리고 반은 인간의 울음소리에 대부분의 사람들은 달아나 숨어 버린다. 그런데 요정 소녀 브리오나는 달랐다. 브리오나는 스크리가 자신을 향해 달려들 때 꼼짝 않고 있었을 뿐만 아니라, 활을 쏘아 하늘에서 스크리를 떨어트렸다.

스크리는 자신이 보호하겠다고 약속한 지팡이에 희미하게 새겨 있는 룬 문자를 읽는 것만큼이나 자신의 미래를 읽기 힘들었다. 자신의 길을 찾기 위해, 또한 자신이 '동생'이라고 부르는 인간을 돕기 위해, 우선 자신의 과거에 대한 진실을 알아내야만 한다. 그러고 나서 발톱의 상처보다 깊은 상처를 치유하는 법을 배워야만 한다.

심(Shim)

아발론에서 오랫동안 살아온 유한한 생명체 중 하나. 나중에 멀린이 된 젊은이와 아주 가까운 친구가 되었다. 그 잃어버린 시간에서, 심은 멀린이 끔찍한 슈라우디드 성을 파괴하게 도와줬다. 또한 거인의 춤이라고 알려진 싸움에서 사악한 장군 리타 고르를 물리치는 데 일조했다. 원래 소인보다도 작았지만, 마침내 거인으로서의 완전한 크기로 자라는 비밀을 찾아냈다. 그래서 심이 가장 좋아하는 표현을 빌리자면, '가장 높은 나무보다 더 크게' 자랐다.

그 뒤에도 멀린과 함께하는 심의 모험은 계속되었다. 핀카이라 사람들이 잃어버린 날개를 되찾고, 아발론이 탄생한 뒤에도 한참 동안이나 이어졌다. 거인 심은 음유시인들의 이야기와 노래에서 유명해졌을 뿐만 아니라 동료 거인들 사이에서도 영웅이 되었다. 심은 누구에게나 존경받았다.

그러다 모든 게 변했다. 아발론 498년 '메마른 봄 전투'에서 심은 우연히 또 다른 거인의 목숨을 구해주게 된다. 거인 마법사 주볼다의 첫째 딸, 본로그 마운틴 마우스를 공격하던 전사들 위에 쓰러졌다. 본로그는 심에게 입을 맞추며 감사의 뜻을 표하려 했다. 하지만 침을 뚝뚝 흘리는 거대한 입을 보자마자, 심은 두려움에 비명을 지르며 산악 지대로 달아나 버렸다. 모욕을 당한 본로그는 사납게 그 뒤를 쫓아가, 수년 동안 심을 찾아 헤맸지만 성공하지 못했다.

심은 본로그 마운틴 마우스를 피하기는 했지만, 새로운 불운을 마주했다. 영문도 모른 채, 끊임없이 몸집이 줄어들었다. 마침내 숨어 있던 산속에서 모습을 드러냈을 때, 심은 다시 한번 소인 크기로 줄어들었다. 자신이 '완전히 줄어들었다'며 비참하게 통곡했다. 비록 볼록한 코는 그대로였지만, 이제 심을 알아보는 사람은 거의 없었다. 심은 백발의 늙은 소인처럼 보인다. 소리도 제대로 듣지 못하고, 무슨 말을 하는지도 제대로 알아먹을 수 없다. "확실히, 분명히, 완전히."

아르크 카야(Arc-kaya)

회색 머리의 독수리 여인. 스톤루트의 이예 칼라크야 부족의 일원으로, 리타 고르 때문에 치명적인 파편에 맞아 큰 부상을 입은 스크리를 치유해줬다. 강렬한 노란색 눈동자에도 불구하고, 아르크 카야의 마음은 무척이나 친절하다. 스크리는 몸이 회복되는 동안 아르크 카야를 지켜보며, 이 여인이 얼마나 친절한지를 알게 되었다. 또한 아옐이라는 이름의 아들을 잃었다는 사실도 알게 되었다. 아옐은 인간이 쏜 화살이 자기 어머니를 향해 날아오자 몸을 던졌다고 했다. 아르크 카야는 아들의 죽음을 자기 탓으로 돌리며, 아들이 아직 살아 있어서 자기 부족의 오랜 축복을 따를 수 있기를 간절히 바랐다. "높이 날아라, 맘껏 달려라."

아바사(Arbassa)

잃어버린 핀카이라의 드루마 숲 깊숙이에 아바사라는 커다란 참나무 한 그루가 자랐다. 엄청나게 경이로운 마법의 이 나무는 젊은 리아의 보금자리이자 수호자가 되었다. 한참 지난 뒤, 이 나무와 그 주변 숲에 대한 아련한 기억 때문에, 엘런이 모두를 위한 공동체를 건설한 뒤 그곳 사제들을 드루마디안이라고 불렀다. 그리고 비슷한 이유로, 호수 여인의 신비에 싸인 집을 새로운 아바사라 불렀다.

아야노윈(Ayanowyn)

불꽃 천사로 불린다. 불꽃 천사들은 위대한 나무의 나무둥치 깊숙한 곳, 중간 영토라고 부르는 곳에 산다. 위를 향해 거꾸로 흐르는 나선형 폭포 근처 동굴과 터널에 거주하며, 아발론에서의 삶을 전하는 눈부신 벽화를 그렸다. 거기에는 진정으로 영광스러운 이야기가 있다. 수 세기 전, 아야노윈 사람들이 위대한 나무의 뿌리를 향해 섀도루트 영토로 여행하다 '별이 떨어진 도시', 디아나라를 발견했다. (오늘날에는 '빛을 잃어버린 도시'라고 불렀다.) 그런데 이들의 이야기는 비극으로 끝났다. 불꽃 천사 귀리온이 탬윈에게 설명한 것처럼, 이들은 '위대한 빛의 시대' 이후에 끔찍하게 쇠퇴했다. 이들의 시든 모습이 이 쇠퇴를 여실히 증명한다. 건강했을 때, 날개 달린 몸에는 영혼불꽃이 주황색으로 밝게 빛났다. 하지만 지금은 몸과 영혼이 병들어 더 이상 날 수 없다. 이제 까맣게 탄 석탄을 닮았다.

귀리온 종족의 마지막 예언자, 늙은 여인 마나나운은 언젠가 불꽃 천사들이 지혜와 영광을 되찾을 거라고 예언했다. 날개의 힘과 영혼불꽃의 명성을 되찾게 될 거라고, 그렇게 되면 이들이 아주 오래전, 이야기 벽화가 시작되기 전에 떠나온 별로 다시 날아갈 거라고 했다. 또한 위대한 정령 다그다의 환영을 받을 것이고, 그렇게 되면 새로운 이야기를 쓰게 될 것이고, 마침내 '진짜 이름'을 얻게 될 것이라고도 했다. 하지만 귀리온은 그 예언을 허황된 생각이라고 치부했다. 자신의 종족이 너무 멀리 떨어져 나왔다고, 자신들이 다시 날아오를 것이라는 희망은 바람에 실려 온 불꽃에 불과하다고 확신했다. 하지만 어떻게 될지 아무도 모른다.

아하나(Ahearna)

스타 갤로퍼. 전설로 전해지는 '저 높은 곳의 위대한 말' 아하나는 거대한 날개와 강력한 다리로 하늘을 날며 힘차게 울어댄다. 날개의 은백색 깃털은 마치 별빛으로 만든 것처럼 밝게 빛난다. 마법사 멀린이 아발론 694년에 아발론을 떠났을 때 아하나를 타고 갔다. 그 시간 이후, 아하나는 '페가수스의 심장'으로 알려진 별 주위를 끊임없이 날아다녔다. 그 이유는 오직 자신과 멀린만 아는 비밀이다.

에단(Edan)

숲의 요정. 엘 우리엔 숲에서 뛰어난 사냥꾼으로 유명하다. 브리오나가 어린 시절에 일찌감치 배웠듯이, 그 성질머리로도 유명하다. (그 이름은 요정의 언어로, '불같은 기분'이라는 뜻이다.) 하지만 브리오나와 마찬가지로, 아발론과 요정의 생활 방식이 진정으로 위협받지 않는 한, 전쟁에 참여하지 않을 것이다.

에손(Ethaun)

건장한 근육질 몸의 대장장이. 사람이라기보다는 우뚝 선 곰처럼 보인다. 근육질 두 팔은 풀무질을 하고 연장을 만드느라 나무뿌리처럼 울퉁불퉁하다. 가슴은 넓고 단단하다. 하지만 험상궂은 외모와 달리, 회색 턱수염에 이가 듬성듬성 빠진 입으로 짓는 웃음에는 친근한 심성이 드러난다. 에손은 "내 발톱을 간질여봐." 같은 표현을 좋아한다. 파이프 담배를 빼금거리며 이야기를 즐겨 들려준다.

에손에게는 모두에게 들려줄 매력적인 이야기가 무궁무진하다. 탬윈이 위대한 나무의 나무둥치 높은 곳, 멀린의 옹이구멍에서 에손을 만났을 때 알게 된 것처럼, 대장장이는 탬윈의 아버지 크리스탈루스와 함께 별을 향한 운명적인 탐사 여행을 떠났었다. 에손이 설명한 대로, 그 여행을 통해 그 유명한 탐험가에 대해 많은 걸 알게 되었다. 하지만 마법의 횃불이 지닌 비밀도 알게 되었을까? 크리스탈루스가 결국 어떻게 되었는지 알고 있을까? 이 질문에 대한 대답은 어쩌면 너무 고통스러울 뿐만 아니라 모호할지도 모른다.

에일린(Aileen)

요정 숙녀. 에일린은 브리오나의 절친이다. 브리오나처럼, 엘 우리엔의 가장 깊은 숲속, 호수 여인의 은신처라고 알려진 곳 근처, 동쪽 우드루트에서 자랐다. 여덟 그루 거대한 느릅나무의 나뭇가지 위에 지은 정착지 꼭대기 나무집에 살았다. 조각가로서 비범한 재능이 있어서, 목공 장인이 되는 길을 잘 밟아 나가고 있다. 하지만 브리오나와의 우정에서 중요한 것은 개암차를 끓이는 에일린의 기술이다.

엘런(Ellen of the Sapphire Eyes)

엘런의 삶은 여러 세계를 걸쳐 이어졌다. 유한한 지구, 잃어버린 핀카이라 그리고 아발론. 지구에서는 크르 베드위드라는 이름의 누추한 마을에 살면서 한때 브랜웬으로 불리기도 했다. 핀카이라에서는 사파이어빛 눈동자의 엘런이라고 알려졌다. 그리고 아발론에서는 '모두를 위한 공동체'의 설립자 엘런이 되었다. 엘런은 여러 세계의 다양한 특질을 모두 포용했다. 어쩌면 그래서 아주 다른 두 사람을 사랑할 수 있었을지도 모른다. 친절한 시인 카이르프레와 잔인한 왕 스탕마르를.

이와 비슷하게, 엘런의 정신적 신념은 각기 다른 신념의 다양성과 연결되었다. 드루이드, 기독교인, 유대인의 지혜를 한데 묶어, 뛰어난 치유자이자 음유시인이 되었다. 특히 그리스 신화를 좋아했다. 갈릴리 출신의 또 다른 치유자에 대한 이야기를 좋아한 것처럼, 모세 또는 그리스 여신 아테나에 대해 이야기하기를 좋아했다. 엘런은 가장 현명한 사람들의 존경을 한 몸에 받았다. 그리고 가장 편협한 사람한테 욕을 먹었다. 사실, 엘런의 아들, 젊은 멀린은, 자신의 첫 번째 마법의 힘을 불러내 디나티우스가 끌고 다니는 어린 불량배들한테 화형당할 뻔한 엘런을 구해줬다. 멀린이 가까스로 엘런의 목숨을 구했지만, 멀린은 끔찍한 화상을 입고 그 때문에 영원히 앞을 보지 못하게 되었다. 이윽고, 엘런의 도움으로, 멀린은 완전히 다른 방식으로 보는 법을 배웠다. 마법사에게 딱 맞는 방식으로 말이다. 멀린은 눈이 아니라 마음으로 볼 수 있게 되었다.

나중에, 멀린이 땅에 심은 마법의 씨앗으로 아발론이라는 새로운 세상이 태어났을 때, 엘런과 엘런의 딸 리아는 새로운 정신적 질서를 만들어 수많은 사람들을 인도했다. '모두를 위한 공동체'는 살아 있는 모든 생명체들 사이에서 멋진 조화를 이루려고, 모든 생명을 지지하고 유지하는 '위대한 나무'를 보호하려고 노력했다. 이렇게 해서 사파이어빛 눈동자의 엘런은 설립자 엘런이 되었다. 엘런의 새로운 신념은 일곱 가지 신성한 요소들 위에 건설되었다. 땅, 공기, 불, 물, 생명, 명암, 신비. 이것이 다 함께 하나를 이루었다. 자신의 신념에 터전을 마련하기 위해, 엘런과 그 추종자들(리아, 한쪽 귀의 류, 카타를 포함해서)은 **스톤루트**에 거주지를 건설했다. 거주지 한가운데에는 위대한 신전이 자리 잡았다. 그 신전은 사실, 잃어버린 핀카이라에서 가져온 원형 돌무더기로, 거인의 춤이라고 알려졌다.

아발론 37년, 엘런의 유한한 삶의 끝에, 위대한 정령 다그다가 엘런에 대한 존경의 표시로 사후 세계로 가는 길을 인도해줬다. 그곳에서 엘런은 마침내 자신의 삶에서 가장 소중한 사랑, 음유시인 카이르프레와 재회하게 된다.

엘로니아(Aelonnia)

이세위 평원의 머드메이커. 머드메이커는 아발론에서 가장 신비하고 마법적인 생명체다. 엘로니아는 머드루트(맬록)에 있는 관문의 수호자다. 그 관문은 할라드의 '비밀의 샘' 근처에 있다. 엘로니아는 사람들에게 모습을 거의 드러내지 않는다. 보통, 여행자들이 관문을 통해 도착하면 엘로니아와 동료 머드메이커들은 진흙 덮인 바위로 변장을 한다. 그러다 탬윈과 엘리를 위해 그렇게 했던 것처럼, 평소의 크기로 돌아오면 성인 남자보다 두 배나 커진다. 커다란 눈에, 갈색 몸에 가느다란 손 네 개가 달리고, 손에는 길고 정교한 손가락이 각각 세 개씩 달려 있다.

엘로니아의 속삭이는 목소리는 말이라기보다는 음악처럼 들린다. 엘로니아에게는 마법을 최고로 활용하는 지혜가 가득하다. 왜냐하면 아발론 초기에, 멀린이 머드메이커들에게 엘라노가 풍부한 흙으로 살아 있는 생명체를 만드는 엄청난 능력을 줬기 때문이다. 그 뒤로 머드메이커들은 이 능력을 신중하게 사용해, 아프리쿠아의 거대 코끼리에서부터 자그마한 경쾌한 비행사에 이르기까지 다양한 생명체에 숨을 불어넣었다. (경쾌한 비행사들은 호수 여인이 가는 곳마다 따라다녔다.) 엘로니아는 탬윈에게 이렇게 설명했다.

"무언가를 만들기 위해서, 우리에게는 열 가지가 필요해. 일곱 개의 신성한 요소, 이것을 결합하는 진흙, 우리가 일을 할 수 있는 시간, 그리고 한 가지 더. 그건 바로 멀린의 마법이지."

엘리(Elli)

엘리는 '어둠의 해'가 시작된 이듬해에 머드루트에서 태어났다. 쾌활하고 재치 있는 아이로, 부모와 함께 머드루트를 떠돌아다녔다. 아버지는 드루마디안 사제로, 하프를 연주했다. 어머니는 약초 치유자로 아프리쿠아 정글의 식물이 지닌 치유의 능력에 대한 지식이 풍부했다. 그런데, 열 번째 생일 직전에 엘리의 삶은 갈가리 찢겼다. 땅의 요정들이 부모님을 죽이고 엘리를 노예로 끌고 간 것이다. 6년이라는 가혹한 시간 동안, 어두운 땅의 요정 지하 동굴에 갇혀 아버지의 하프를 연주하며 근근이 살아남았다. 마침내, 몇 차례 실패한 끝에 가까스로 탈출에 성공할 수 있었다. 아버지한테서 '모두를 위한 공동체'에 대해 들었기에, 엘리는 드루마디안 거주지로 가서 아발론을 창시한 정신적 지도자, 엘런과 리아의 삶을 배웠다. (그런데 수수께끼 같은 우연의 일치로, 뉴익이라는 이름의 늙은 산봉우리 요정이 엘리와 같은 때에 거주지에 도착한다.)

맡은 의무를 그냥 넘겨 버리고 싶어 하고, 위대한 신전(그 기원은 거인의 춤에 이른다.)에서 조용히 명상하려고 공식적인 기도를 건너뛰려 했음에도, 엘리는 3등급 수습 사제가 되었다. 한편, 뉴익은 엘리의 충실한 메리스가 되었지만, 자신의 과거에 대해서는 밝히고 싶어 하지 않았다.

어린 시절의 상처와 노예로 지낸 트라우마에도 불구하고, 엘리의 웃음은 들종다리의 노래만큼이나 경쾌했다. 요정 정원만큼이나 풍성한 갈색 곱슬머리가 얼굴을 감싸, 녹갈색 눈을 돋보이게 해줬다. 자신이 언젠가 할라드의 '비밀의 샘'에서 길어온 마법의 치유 물이 든 물통을 지니게 되리라는 건 알지 못했지만, 그것보다 훨씬 더 귀중한 아버지의 하프를 늘 지니고 다녔다. 그러다 탬윈을 만나게 된다.

'모두를 위한 공동체'의 대사제 코에리아를 만난 첫날부터, 엘리는 나이 든 대사제를 우러러보았다. 코에리아의 영혼은 사랑스럽고, 우아하고, 독특해 보였다. 코에리아가 입고 있는, 거미 실크로 짠 희미하게 빛나는 가운만큼이나……. 엘리는 그 가운을 남몰래 동경했다. 자신은 그처럼 아름다운 유산을 결코 물려받을 수 없다고 생각했지만 말이다. 어쩌면 그래서 엘리가 모두를 위한 공동체와 아발론의 미래에 아주 특별한 역할을 맡게 될 거라고 코에리아가 예언했을 때, 그처럼 깜짝 놀랐던 건지도 모른다.

오갈라드(Ogallad)

아야노윈(불꽃 천사) 최초의 위대한 지도자. 아주 오래전, 위대한 정령 다그다가 직접 선물한 겨우살이 황금 화관을 쓰고 불꽃 천사들을 이끌고 별에서 내려왔다. 이야기 그림으로 이 종족의 삶을 기록하기 한참 전이었다. 오갈라드는 불꽃 천사들을 이끌고 위대한 나무 아발론의 중간 영토로 내려와 지혜와 영광의 시대를 이끌었다. (이때를 '위대한 빛의 시대'라 부른다.) 오늘날, 귀리온, 프라이사, 툴친느, 마나나운 등 수많은 불꽃 천사들의 마음속에서 오갈라드의 기억이 환하게 타오르고 있다. 그 기억은 언젠가 위대한 빛이 되살아나리라는 작은 희망의 불씨를 일으킨다.

오거 사냥꾼 카타(Babd Catha, the Ogres' Bane)

아발론의 오거들은 싸움터에서 카타보다 더 사나운 적을 만난 적이 없다. 스톤루트에 살던 어린 소녀였을 때, 카타는 오거의 습격으로 부모님과 가족을 잃었다. 자신 또한 다리를 크게 다쳐 늘 절름거리며 다녔지만, 이런 비극이 다시 일어나지 않기 위해서라면 무슨 짓이든 하겠다고 맹세했다. 열 살이 되었을 때, 숙련된 칼싸움꾼이 되었다. 그리고 바로 그해에 오거와 처음 싸웠다. 적을 곧장 죽이지는 못했지만, 그 오거는 겁을 잔뜩 집어먹고 올라나브람(스톤루트)의 높은 산꼭대기를 향해 달아났다. 카타를 돋보이게 만든 건 잔인함뿐만이 아니라 고집 때문이었다. 오거를 1,000킬로미터 이상 쫓아가 마침내 잡아죽인 뒤, 그 머리카락을 잘라 셔츠에 매달았다. 이렇게 머리카락을 달고 다니는 것은 평생 동안 승리에 대한 소박한 전통이 되었다.

열세 살 때에는 인간이 사는 마을을 습격한 오거 스무 명 이상을 쓰러트렸다. 칼날이 넓적한 칼을 주로 사용했지만, 도끼, 곤봉, 창을 휘두르는 기술도 완벽했다. 열여섯 살 생일에는 셔츠 하나를 만들고도 남을 만큼 머리댕기를 충분히 모았다.

카타가 엘런의 추종자로서 '모두를 위한 공동체'에 합류하자 많은 사람들이 깜짝 놀랐다. 이듬해 봄, 아발론 18년에, 카타는 최초 사제단의 일원이 되었다. 평생 동안 엘런, 리아, 멀린의 친구로 남았다. 멀린과 할리아의 결혼식에도 초대받았지만, 결혼식에 참석하는 대신 라나윈(파이어루트)에서 오거들과의 싸움을 선택했다.

카타는 161살의 나이로 평온하게 숨을 거뒀다. 오거의 털로 짠 셔츠 수집품은 모두 에오피아 지도 제작자 학교에 남겼다.

오니알레이(Ohnyalei)

멀린의 지팡이. 멀린의 지팡이는 원래 잃어버린 핀카이라의 드루마 숲에 있는 마법의 솔송나무에서 왔다. 그 뒤로 줄곧, 심지어 수 세기가 지난 이후에도 달콤하면서도 톡 쏘는 솔송나무 향을 품고 있었다. 멀린과 함께 모험하며, 투아하의 도움으로 지팡이는 일곱 개의 룬 문자를 얻었다. 그 룬 문자는 마법의 일곱 노래를 상징하는 것으로, 마법사가 익혀야 하는 가장 위대한 이데아였다. 룬 문자의 상징은 다음과 같다. 나비는 변화를, 하늘을 솟구치는 매 한 쌍은 결속을, 금이 간 돌은 보호를, 칼은 이름을, 원 안에 든 별은 도약을, 용의 꼬리는 제거를, 눈은 시각을 나타낸다. 지팡이가 핀카이라에 있는 동안에 룬 문자는 으스스한 푸른 빛으로 빛났다. 그 뒤 아발론에서는 초록빛으로 바뀌었다.

지팡이는 멀린 곁을 떠난 적이 거의 없었을 뿐만 아니라 그 자체의 놀라운 힘과 지혜를 얻었다. 그래서 멀린은 이 지팡이를 오니알레이라고 부르기로 했다. 그 말은 핀카이라의 옛 언어로 '은혜의 정령'이라는 뜻이다. 멀린은 지팡이의 지혜와 은혜를 믿고 스크리라는 이름의 독수리 소년에게 지팡이를 맡겼다. 멀린과 아발론의 진정한 후계자의 운명을 떼어놓을 수 없었기 때문이다.

올레윈(Olewyn)

음유시인. 이 기이한, 늙은 음유시인은 정말 예상치 못한 장소에 불쑥 나타나곤 한다. 기괴할 뿐만 아니라 우스꽝스러워 보이기도 하다. 턱수염은 옆으로 삐죽 자라 있고, 한쪽으로 비딱하게 쓴 모자에는 무세오가 숨어 있다. 짙은 눈은 무척 젊어 보이면서 또한 무척 늙어 보이기도 한다. 하지만 이런 외모, 특이한 행동, 경쾌한 발걸음에도 불구하고, 진지한 뭔가가 있다. 올레윈이라는 이름은 전설적인 인어 여인 올웬을 닮았다. 자신의 종족과 조상의 땅을 떠나 잃어버린 핀카이라의 투아하와 결혼했다. (올웬은 멀린의 할머니다.) 하지만 이름의 유사성은 어쩌면 단순한 우연일지도 모른다. 누구도 제대로 설명할 수 없다. 음유시인의 정체에 대한 것처럼…….

우줄라(Uzzula)

벌집 정령. 대사제 코에리아의 헌신적인 메리스. 자주색 날개의 벌을 닮았다. 종종 코에리아의 머리 주위를 윙윙 날아다니며, 코에리아의 긴 백발을 땋느라 분주하다.

카타(Catha)

은빛 날개의 매. '한쪽 귀의 류'의 증손자이자 드루마디안 사제, 류의 메리스다. 충직하고 용감하고 대범하다. 아주 오래전 멀린과 친구가 된 쇠황조롱이 트러블과 그 기백이 무척 닮았다. 전설적인 '오거 사냥꾼 카타'에서 이름을 따왔다.

커윈(Kerwin)

독수리 종족. 스톤루트(올라나브람)의 티에르나윈 부족의 지도자로, 수많은 전투에서 명예롭게 싸워 독수리 종족 전사로서의 위대한 능력을 입증해 보였다. 그러니 이센위 전투가 벌어지기 전에 진행된 평화 협상에서 아발론 동맹군의 대표 중 하나로 커윈이 선택받은 것도 당연하다. 갈색 피부, 빛나는 눈동자, 검은 줄무늬 독수리 깃털의 커윈은 명예를 소중하게 여기는 잔인한 전사였다.

코에리아(Coerria)

모두를 위한 공동체의 대사제. 젊은 여인이었지만, 나이에 비해 현명해서 드루마디안 연장자들에게 충격을 줬다. 무척이나 차분해서 동료 사제들은 코에리아를 '고요한 섬'(Quiet Island)이라고 부른다. 이제, 200살 가까이 되어 몸이 허약해졌지만, 그 지혜와 차분함은 그 어느 때보다 더 도드라졌다.

사랑하는 드루마디안 거주지의 땅과 정원을 걸어 다닐 때에도, 우줄라라는 이름의 벌집 정령 메리스가 코에리아의 긴 백발을 끊임없이 곧게 펴고 땋아준다. 코에리아가 걸어 다닐 때면 거미 실크로 짠 우아한 가운이 반짝거린다. 하지만 그 눈동자보다 더 밝게 빛나지는 못한다. 눈동자는 고산 지대의 호수처럼 푸르다. 그 오랜 세월에도 불구하고 감각이 예민하다. 3등급 수습 사제 엘리의 잠재력을 재빨리 알아차린 것처럼, 리니아의 개인적인 야망을 잘 알고 있다.

쿠타이카(Cuttayka)

독수리 종족. 부족 최고 파수꾼의 자리를 차지하기 위해 전사로서의 자신의 기량을 증명해야 했다. 또한 파이어루트에 사는 브람 카이에 부족의 무자비한 지도자 퀘나이카에 대한 충성도 증명해야 했다. 쿠타이카는 이 두 가지를 여러 차례 증명해 보였다. 가슴의 수많은 상처가 이것들을 잘 드러낸다. 하지만 다부진 턱의 이 우람한 독수리 인간은 결국 퀘나이카가 아니라 자신의 부족에 충성할 것을 맹세한다.

쿨위크(Kulwych)

주술사. 워터루트 북쪽 끝, 하이 브린칠라의 프리즘 골짜기 돌벽의 어두운 그림자 속에서 서성인다. 망토를 입은 이 주술사의 창백한 손을 제외하고는 아무것도 볼 수 없다. (그래서 '하얀 손'이라고도 부른다.) 손톱은 굽었고, 매끄러운 피부에는 굳은살 하나 없다. 나머지는 감추어져 있다. 하지만 창자를 꺼내 읽고 버린 시체, 포로로 잡혀 삶이 무너진 생명체들을 보면 쿨위크가 어떤 인간인지 쉽게 드러난다. 포로들은 협곡을 가로지르는 엄청난 댐을 만들도록 내몰렸다. 왜 댐을 만드는지는 쿨위크 자신과 쿨위크의 주인만 알고 있다. 쿨위크의 주인은 정령의 영토의 장군, 리타 고르다.

협곡에 바람이 세차게 불 때면, 망토 모자를 머리에 꾹 눌러 쓰고 다닌다. 자신에게 반대하는 생명체들을 싫어하는 것만큼이나 바람을 몹시 싫어하는 듯했다. 마침내, 탬윈이 쿨위크의 모자를 벗겼을 때, 주술사의 얼굴은 살아 있는 사람의 것이 아니었다. 한때 귀였을 툭 튀어나온 곳에서부터 턱까지 들쭉날쭉 상처가 사선으로 나 있고, 코는 짓뭉개져 있었다. 오른쪽 눈이 있어야 할 곳에는 그저 휑한 구멍 하나만 남아 있고, 거기에는 딱지와 팅팅 부은 혈관만 있었다. 불에 타 버린 입은 입술 없는 커다란 상처에 불과했다.

누가 이런 추한 꼴을 안겼을까? 쿨위크에 따르면, 그건 바로 멀린이었다. 폭풍의 전쟁의 한가운데에서, 쿨위크의 살고자 하는 의지 덕분에 가까스로 살아남을 수 있었다. 하지만 수 세기 동안 엄청난 고통을 안고 살았다. 그 시간 내내, 멀린과 멀린이 사랑하는 아발론을 상대로 최후의 복수를 꿈꿨다.

퀘나이카(Quenaykhha)

파이어루트의 화산 땅에 사는 브람 카이에 부족의 무자비한 지도자. 추종자들에게는 '퀸'으로 알려졌다. 퀘나이카가 통치하던 시절, 브람 카이에 부족은 살아남기 위해 도둑질과 살인을 일삼으며 힘겨운 시간을 보내야 했다. 독수리 종족의 오랜 전통인 명예를 버리고, 이 배신자 집단은 다른 부족을 공격하며 약탈하기 시작했다. 속도와 발톱을 이용해 싸우지 않고 묵직한 나무 활과 화살을 사용했다. 이들의 검은색 날개와 빨간색 다리 밴드를 보는 것만으로도 다른 독수리 종족 사람들은 공포에 질려 비명을 지르며 달아났다. 퀘나이카가 리타 고르 밑에서 일하는 주술사 쿨위크와 동맹을 맺었다는 사실을 알게 되면 이 비명은 더욱 커질 것이다.

그런데 퀘나이카의 다른 면을 알고 있는 사람이 딱 한 명 있었다. 그건 바로 독수리 인간 스크리다. 스크리는 아주 오래전에 퀘나이카를 만났는데, 그때 이 영토에서 피는 유일한 꽃, 파이어 블룸을 보며 기뻐했었다. 아니, 혹시 그것이 스크리를 유혹에 빠트리려는 책략이었을까? 스크리는 사실이 무엇인지 확신이 서지 않았지만, 브람 카이에의 극악무도한 행동을 멈추기 위해서라면 무엇이든 해야겠다고 결심했다. 그래서 스크리는 이들의 외딴 둥지로 여행을 떠나, 퀘나이카의 리더십에 대항했다. 하지만 그곳에서 기다리고 있을 놀라움과 시련을 알지 못했다.

크리스탈루스(Krystallus)

마법사 멀린과 사슴 여인 할리아의 아들로, 아발론 27년에 태어났다. 거인 심이 입 맞추려 할 때 자칫 짓뭉개질 뻔했지만 기적처럼 살아남았다. 사슴처럼 우아하게 달리는 엄마의 능력을 물려받지는 못했지만, 탐험에 대한 강력한 열정을 보여줬다. 마법사 혈통 덕분에 특별히 긴 생명의 축복을 받아, 아발론의 수많은 머나먼 지역으로 탐험하는 최초의 인간이 되었다. 위대한 나무의 나무둥치 안 깊숙한 곳, 위대한 나무의 심재도 탐험했다. 수많은 탐험 동안, 관문을 찾아서 여행하는 데 상당한 전문적 기술을 발전시켰다. 또한 워터루트에 지도 제작자 학교를 세우고, 원 안에 든 별을 상징으로 선택했는데, 그것은 장소와 시간 사이를 마법의 힘으로 이동하는 도약을 의미했다.

어둠의 해에, 크리스탈루스는 파이어루트로 여행을 떠났다. 플레임론의 공격을 받았지만 뒤이어 플레임론 공주 할로나 덕분에 살아남았다. 위험한 어둠의 예언에도 불구하고, 둘은 결혼해서 아이를 얻었다. 하지만 할로나가 출산하자마자, 이 가족은 잔인한 공격을 받았다. 크리스탈루스는 가까스로 탈출할 수 있었지만, 아내와 아들 탬윈이 목숨을 잃었다고 생각했다.

슬픔에 싸인 크리스탈루스는 평생 가장 갈망하던 여행에 나섰다. 별로 가는 비밀 통로를 찾는 것. 하지만 자신은 물론이고 탐험에 함께했던 사람들 모두 돌아오지 못했다. 아발론의 가장 높은 영토로 가는 루트에 대해 크리스탈루스가 어떤 단서를 남겼는지 아무도 몰랐다. 멀린한테서 선물로 받은 마법의 횃불이 어떻게 되었는지도 아무도 몰랐다. 크리스탈루스가 죽지 않고 살아 있는 한, 횃불은 꺼지지 않고 타오를 것이다. 이 모든 것으로 볼 때 별로 가는 여행 어딘가에서 이 위대한 탐험가가 죽었으리라는 건 확실하다.

탬윈(Tamwyn)

탬윈(탬윈 에오피아)은 아발론 985년(무시무시한 '어둠의 해')에 파이어루트에서 태어났다. 플레임론 공주 할로나와 유명한 탐험가 크리스탈루스의 아들이다. 탬윈이라는 이름은 플레임론 언어로 '어둠의 불꽃'을 의미한다. 탬윈은 자신의 진짜 운명이 무엇인지, 어둠인지 빛인지 늘 궁금했다. 탬윈이 태어나자마자, 피가 섞인 종족에 대한 편견에 사로잡힌 플레임론들이 이 가족을 공격했다. 크리스탈루스는 무사히 도망쳤지만 부인과 아이는 죽었을 거라고 믿었다. 슬픔에 잠긴 크리스탈루스는 자신의 오랜 삶에서 가장 위험한 탐험에 나섰다. 즉, 별에 이르는 길을 찾는 원정. 한편, 할로나와 탬윈은 화산 땅으로 숨어들었다. 불가사의한 노인을 만나고, 고아가 된 독수리 소년 스크리와 탬윈은 형제처럼 지낸다. 그러던 중 할로나는 구울라카의 공격에 목숨을 잃는다. 탬윈은 열 살의 나이에 돌연히 관문을 통해 스토루트로 여행을 떠났다. 7년 동안 잃어버린 형을 찾아다니며, 황무지 길잡이이자 노동자로 일했다. 늘 자신의 나이를 비밀에 부쳤는데, 그건 어둠의 예언에서 말하는 아이일지도 모른다는 사람들 사이에 만연한 두려움 때문이었다.

탬윈은 꽤 서툴고, 때로는 불운한 시간을 겪었지만, 여전히 별까지 이르는 여행을 꿈꾸며 마치 빛나는 들판이라도 되는 것처럼 별 사이를 달리고 싶었다. 언제부터인지 모르지만, 달리기를 무척 좋아했다. 때때로, 사슴처럼 우아하고 빠르게 달렸다. 그러다 마침내 신비에 싸인 호수 여인을 만나게 된다. 이 재능이 자신의 할머니, 할리아가 준 선물이라는 걸 까마득히 몰랐다. (할리아는 잃어버린 핀카이라의 사슴 여인으로, 아발론 초창기에 마법사 멀린과 결혼했다.) 그때도 자신이 멀린의 진정한 후계자가 아니라 어둠의 예언에서 말한 아이일지도 모른다고 의심을 품었다.

검은 머리카락을 길게 늘어트린 탬윈은 눈동자 또한 검은 빛이었다. 언제나 맨발로 돌아다녔다. 어깨에는 단출한 배낭을 걸쳐 멨다. 허리에는 작은 석영 종이 달려 있었는데, 그 부드러운 소리는 위안이 된다. 그 종소리를 듣고 있으면 '종의 땅'이 떠오르기 때문이다. 또한 오래된 단검을 하나 가지고 다니는데, 주로 나무를 깎는 데 사용한다. 농부의 들판에서 파 올린 단검은 사실 '땅의 선물'이었다. (그 기원은 놀랍게도 리타 고르와 연결되어 있다.) 주머니 안에 철광석 한 쌍과 마른 풀 부싯깃을 넣어 다니는데, 그것으로 황야에서 모닥불을 피운다. 그렇게 불을 피우는 것은 늘 쉬웠지만, '마법의 불꽃'을 만드는 기술은 쉽지 않다. 정말이지 탬윈은 마법의 불꽃을 피워 절체절명 위기에 빠진 아발론을 구할 수 있을까?

툴친느(Tulchinne)

아야노윈(불꽃 천사) 종족. 38년 동안 귀리온의 아내였다. 귀리온과 귀리온의 여동생 프라이사와 마찬가지로 머리카락이 없고 날개도 힘을 잃어 날지 못한다. 영혼불꽃이 약해서 몸을 따뜻하게 유지하기 위해 빨간색 질긴 덩굴로 만든 묵직한 숄을 걸친다.

툴친느는 요리를 좋아하지만, 남편 귀리온은 요리 실력이 형편없다. (이건 어쩌면 귀리온이 어린 시절에 입을 심하게 데어 미각을 거의 잃었기 때문일지도 모른다.) 반대로, 귀리온은 때때로 휘파람을 불어 아내를 즐겁게 해주지만, 툴친느는 그 기술을 익히려는 노력을 포기했다.

툴친느는 이렇게 고백한다.

"내가 휘파람을 불려고 노력할 때마다, 작은 새들이 우리 문간 층계에 떨어져 죽어."

탬윈은 어쩌면 이런 조합이 이들의 결혼 생활에 도움을 줬을지도 모른다고 생각한다. 마치 둘은 서로 잘 짜 맞춘 조각품처럼 상대방의 부족한 부분을 채워준다.

트레시미르(Tressimir)

숲의 요정. 역사가. 숲에서 꼼짝 않고 있는 능력이 있고 진초록 눈동자와 뾰족한 귀를 닮은 손녀 브리오나와 유대가 깊다. 초록색 풀을 엮어 만든 옷에서는 때때로 레몬밤 향이 나는데, 레몬밤은 아픈 관절을 치료하는 데 쓰인다.

요정들 사이에서는 트레시미르가 엘 우리엔의 숲에 자라는 나무들의 이름을 모두 알고 있고, 또한 나무가 계절을 나는 모습, 소리, 경험을 모두 묘사할 수 있다고 전해진다. 트레시미르는 자신이 죽으면 '엘나 레브람'으로 알려진 늙은 너도밤나무 아래 묻히고 싶다고 손녀 브리오나에게 말했다. ('엘나 레브람'이라는 이름은 '깊은 뿌리, 긴 기억'이라는 뜻이다.) 트레시미르는 자신이 은빛 꽃, 월계수 뿌리, 영구화 잎사귀로 엮은 수의를 겹겹이 입고 있는 모습을 상상했다. 그리고 자신의 삶이 요정들이 근처 강에 띄우는 송진 밀랍으로 만든 초의 불꽃처럼 빛나는 것으로 보이기를 희망했다. 아주 작지만, 저 위의 어두운 가지에 빛을 밝힐 수 있는 그런 불꽃으로…….

팰리미스트(Palimyst)

탈리온 종족. 나뭇가지-영토 홀로사르에 사는 가장 진기한 생명체다. (홀로사르라는 이름은 탈리온 종족 말로 '가장 낮은 영토'라는 뜻이다. 위대한 나무의 높은 나뭇가지를 탐험했지만, 저 아래 뿌리-영토의 존재를 알지 못했기에 이런 이름이 생겼다.) 탬윈이 처음 팰리미스트를 만났을 때, 이 생명체가 자신에게 기이하게 보였던 것처럼 자신 또한 기이하게 보였으리라는 사실을 깨달았다. 팰리미스트는 탬윈보다 두 배나 컸다. 근육질 팔 두 개, 털북숭이 굽은 등, 나무뿌리처럼 두꺼운 다리 하나가 있다. 뛰어난 공예가로, 손재주가 좋다. 양손에 각각 일곱 개의 길고 정교한 손가락이 달렸다.

팰리미스트는 총명한 눈으로 탬윈을 보고 영웅으로서의 자질과 희망을 곧장 알아차리고, 전설적인 하늘 천막의 솔기, 시간의 강에 대해 들려준다.

팰리미스트는 공예가이자 수집가로서, 직접 만든 천막에서 살고 있다. 그 천막 안에 자신이 엮고, 깎고, 조각한 물건을 전시해놓았는데, 그 다양한 물건들은 모두 한 가지 근본적인 특징을 공유했다. 즉, 모두 무한한 자연에서 얻은 재료를 유한한 생명체의 손으로 만든 것이다. 팰리미스트는 이렇게 설명했다.

"그 물건들은 자연의 아름다움 그리고 손길의 아름다움을 같이 품고 있어."

탬윈은 팰리미스트 종족의 기이하고 조용한 춤을 목격한다. 이들은 다 함께 손을 꼭 잡고 둥글게 서서 껑충껑충 뛰며 고개 숙여 인사한다. 커다란 몸집을 하나의 다리로 균형을 잡아 움직여야 했지만, 흘러가는 구름처럼 유연했기에 춤은 무척이나 대조적이었다.

페얼린(Fairlyn)

라일락 느릅나무 정령. 리니아의 메리스가 되기 위해 우드루트에서 그 경이로운 향기로 유명한 페얼린 숲을 떠났다. 소중한 고향을 떠나는 건 정말 위대한 사랑의 행동이었다. 페얼린의 나뭇가지에는 잎사귀가 하나도 없다. 오직 심홍색 작은 싹이 줄줄이 달려 있을 뿐이다. 하지만 그 작은 싹은 기분에 따라 다양한 향기를 뿜어냈다. 방금 딴 장미 꽃잎 향이 난다면 아주 괜찮다. 하지만 방금 짓이긴 뼈 향이 난다면 조심할 것.

페얼린은 감미롭고 향기로운 목욕을 준비하는 데 특별한 재능이 있다. 수많은 팔로 액체, 가루, 반죽을 섞고 저으면서도 짙은 갈색 눈동자로 주변에 혹시 위험이 도사리고 있지는 않은지 살펴본다. 화가 나거나 조바심이 나지 않을 때에는 자신의 향기를 즐기는 요정들의 목록을 작성한다. 여느 나무 정령들처럼, 페얼린은 무한한 삶을 누릴 수 있다. 하지만 슬픔이나 끔찍한 상처로 인해 죽을 수도 있다.

프라이사(Fraitha)

아야노원(불꽃 천사) 종족 귀리온의 여동생. 여느 불꽃 천사들과 마찬가지로 머리카락이 없고 날개도 힘을 잃어 날지 못한다. 프라이사의 영혼불꽃은 너무 약하게 타오르기에 더 이상 불꽃을 일으키지 못한다. 그렇다 할지라도, 탬윈이 발견한 것처럼, 자기 종족에 대한 희망과 엄청난 용기를 여전히 품고 있다. 귀리온의 아내 툴친느와 마찬가지로, 단단한 빨간색 덩굴로 만든 묵직한 숄을 걸친다. 프라이사가 연주하는 황색 플루트는 소리가 깊게 울려 퍼진다. 그 소리를 들으면 나선형 폭포의 음악이 떠오른다.

하골(Hagol)

물 용의 최고 지도자. 아주 오래전에 브린칠라(워터루트) 무지개 바다 한가운데에 동굴을 만들었다. 폭풍의 전쟁에서 평화를 위해 싸운 용감한 최고 지도자 벤데짓의 직계 후손으로, 하골 또한 평화를 원한다. 또한 배움이 깊고 여러 언어에 능숙하다. 하지만 무척 위험할 수도 있다. (엘리가 깨달은 것처럼.) 여느 물 용과 마찬가지로, 화가 나면 파란색 얼음을 내뿜는다. 그리고 대부분의 물 용처럼, 아름답고 강력한 힘이 있는 보석과 수정을 탐낸다. 사실, 하골에게는 특별한 능력이 있다. 아무리 멀리 있다 할지라도 수정의 위치와 그 마법의 힘을 알아차릴 수 있다.

하골은 늘 황금빛 산호로 만든 보석 박힌 왕관을 쓰고, 흑진주 수천 개를 해초에 매단 커다란 귀고리를 달고 있다. 그래서 고개를 돌릴 때마다 짤랑짤랑 소리가 난다. 또한 커다란 주둥이는 보석 박힌 조개로 장식되어 있다. 하골의 사나운 초록 눈은 무척 예리하고, 귀는 요정 배의 돛만큼 큼지막했다. 여느 물 용처럼, 커다란 몸통에는 빙하의 파란색부터 짙은 보라색에 이르기까지 다양한 색의 비늘이 덮여 있다. 동굴 한가운데에서 말할 때면, 그 목소리는 폭포처럼 쩌렁쩌렁 울려 퍼진다. 너무 크게 울려서 동굴 천장을 장식해놓은 불가사리가 부하들 위로 비처럼 우수수 쏟아지곤 한다.

한쪽 귀의 류(Lleu of the One Ear)

멀린이 뿌린 마법의 씨앗에서 아발론이라는 새로운 세상이 싹트고 난 뒤, 한쪽 귀의 류는 엘런과 리아를 따라 '모두를 위한 공동체'를 만드는 데 힘썼다. 트릴링 종족의 마지막 생존자 크웬, 오거 사냥꾼 카타와 함께 엘런의 최초(원년) 사제 중 하나가 되었다. 한쪽 귀의 류는 아발론 131년에 리아와 멀린과 함께 위대한 나무 안쪽으로의 기이한 여행을 했다. 이 여행을 통해 드루마디안 사람들은 생명을 주는 나무의 수액이자 불가해한 힘의 원천 '엘라노'를 발견한다. 이 경험을 바탕으로 자신의 역작 〈시클로 아발론〉을 썼다. 그 책에는 엘라노의 역할뿐만 아니라 일곱 신성한 요소들과 아발론 전역에 있는 관문에 대한 자세한 묘사가 나와 있다. 수 세기 동안, 이 책은 모든 드루마디안 사람들에게 최고의 서적으로 남았다.

할라드(Halaad)

머드루트(맬록)의 머드메이커. 어린 시절, 땅의 요정들한테 잔인한 공격을 받았을 때 할라드는 건잡을 수 없는 자기 종족의 생존 방식을 익혔다. 할라드는 크게 상처를 입고 엘라노가 풍부한 평원의 진흙에서 솟아나는 샘 옆으로 기어들어 갔다. 이 마법의 물 덕분에 즉각 상처가 아물었다.

아발론 421년, 할라드의 '비밀의 샘'이 발견되었다. 이 샘은 아발론 전역의 음유시인들의 이야기와 노래에서 아주 오랫동안 명성이 자자했지만, 그 정확한 위치는 머드메이커들 사이에서 비밀로 통했다. 처음 발견된 뒤 수 세기 동안, 머드메이커를 제외하고는 오직 둘만 그 샘을 찾을 수 있었다. 한 명은 바로 위대한 마법사 멀린이고, 나머지 한 명은 이 센위의 엘로니아가 '메이커'라고 부른 젊은이 탬윈이었다.

할렉(Harlech)

두려움을 모르는 거구의 전사. 허리띠에 칼날이 넓적한 칼 하나, 양날 칼 하나, 단검 두 자루를 주렁주렁 매달고 다닌다. 이따금 도끼도 차고 다니기도 한다. 할렉이 두려워하는 건 딱 하나밖에 없다. 주인, 주술사 쿨위크의 분노가 바로 그것이다. 턱에는 깊은 상처가 하나 있는데, 치명적인 구울라카의 공격으로 입은 것이다. 그리고 싸움에서 자신을 이긴 유일한 사람, 독수리 인간 스크리에게 특별히 증오를 품고 있다.

할리아(Hallia)

사랑스러운 젊은 사슴 여인. 잃어버린 핀카이라의 사슴 종족 출신이다. 사랑하던 오빠가 목숨을 잃은 그해, 평생 가장 가까운 동반자가 될 남자, 멀린을 만났다. 할리아는 멀린에게 사슴처럼 달리는 법, 귀가 아니라 뼈로 듣는 법을 가르쳐줬다. 또한 이야기를 짓는 사슴 종족의 전통, 카펫 카에로츨란이라고 하는 이야기의 태피스트리에 대한 진실도 들려줬다. 무엇보다도, 할리아는 멀린에게 사랑을 알려줬다. 결국 아발론 27년에 할리아와 멀린은 결혼을 하게 된다. 둘은 일곱 영토에서 가장 높은 봉우리 꼭대기에서 결혼식을 올렸는데, 젊은 마법사는 그 봉우리를 할리아의 산봉우리라고 이름 지었다. 그해 늦게, 아들 크리스탈루스가 태어났다. 한참 지난 뒤 크리스탈루스는 아들을 얻게 되는데, 그 아이는 할리아 덕분에 사슴처럼 빠르고 우아하게 달릴 수 있었다.

호수 여인(Lady of the Lake)

모든 영토를 통틀어 가장 공경받으면서도 두려움의 대상이다. 호수 여인은 처음 아발론의 우드루트 가장 깊은 숲에서 모습을 보였다. 어디서 왔는지, 또는 어찌하여 그렇게 강력한 힘을 얻게 되었는지, 누구도 모른다. 어디에 사는지, 그 정확한 위치조차도 확인된 적이 없었다. 호수 여인을 찾아 나선 수많은 용감한 영혼들 중에서, 돌아온 사람은 극히 드물었다.

어떤 사람들은 호수 여인이 모양을 바꾸는 주술사라고 믿는다. 탄생과 번영과 부활의 신 로리란다의 화신이라고 주장하는 사람도 있다. 새로운 아바사라고 부르는 나무에 사는 노파에 불과하다고 주장하는 사람도 있다. 주위에는 늘 빛나는 경쾌한 비행사들이 둘러싸고 있으며, 리버탕 열매를 즐겨 먹는다. 호수 여인이 진정 누구이든, 호수 여인은 마법의 동굴을 둘러싸고 일렁이는 안개만큼이나 짙은 수수께끼에 둘러싸여 있다.

헤니(Henni)

홀라. 크기는 탬원의 절반밖에 안되지만 장난치는 능력은 두 배 이상이다. 조심성이라고는 눈곱만큼도 없다. 유머 감각도 없다. 위엄이라고는 눈 씻고 찾아봐도 없다. 기본적으로 아무런 센스도 없다. 헤니에게 삶은 그저 놀이에 불과해서 장난이 너무나 즐겁기만 하다. 위험은 아무 문제도 되지 않는다. 헤니는 탬원을 만난 지 얼마 안 되어 이렇게 말했다.

"나는 죽음의 덫이 너무 좋아."

다른 훌라와 마찬가지로, 헤니는 손이 무척 크다. (나무에 오르거나 열매를 던지는 데 꽤 쓸모 있다.) 은색 눈은 둥근 눈썹에 둘러싸여 있다. 탬원의 어설픈 모습을 보면 크게 웃음을 터트린다. 그리고 귀에 거슬리는 소리를 낸다.

"이히 이히 후후히히 하하하."

그 소리는 숲 끝에서 다른 끝까지 들릴 정도다. 종족의 관습에 따라, 헤니는 간소하게 옷을 입는다. 자루처럼 헐렁한 옷을 입고 빨간 헤드밴드만 두른다. 허리춤에는 고무줄 새총을 달고 다닌다.

그런데 그런 헤니가 점차 변할지도 모른다. 조심성 있게 행동하며, 다른 사람을 걱정하는 모습을 실제로 보여주기까지 한다. 그리고 목숨이 (자신의 목숨을 포함해서) 얼마나 소중한지 깨달은 것처럼 보일지도 모른다. 하지만 이런 변화는 계속되지 않을 것 같다. 적어도 지금, 이 모든 건 탬원에게 열매를 던지거나 탬원을 나선형 폭포로 밀어 넣을 때만큼 기쁨이 크지 않기 때문이다.

호킨(Hawkeen)

황금빛 눈의 독수리 소년. 스톤루트의 이예 칼라크야 부족 고향 마을이 공격당한 뒤 살아남은 얼마 안 되는 생존자 중 한 명이었다. 공격자들이 할리아의 산봉우리 옆 외딴 곳에 지은 부족의 둥지에 내려왔을 때, 어린 호킨은 목숨을 걸고 싸웠지만 싸움은 순식간에 끝나고 수많은 사망자를 낳았다. 마을의 치유자인 아르크 카야와 호킨의 어머니도 가슴에 화살이 관통해 목숨을 잃었다. 부족의 무덤에서, 독수리 소년은 어머니를 추억하며 노래를 불렀다. 그 노래는 아이의 애처로운 외침과 독수리의 울부짖는 외침이 뒤섞여 있었다. "오 어머니, 나의 배여, 높은 곳의 나의 선박이여! 당신은 보이지 않는 곳으로, 두려움 너머로 흘러갔습니다. 더 이상 흘릴 눈물이 없을 만큼 당신이 그립습니다."

노래를 마친 호킨의 시선은 독수리 인간 스크리와 마주쳤다. 스크리 또한 자신의 어머니를 살인자의 화살에 잃었었다. 호킨은 스크리의 힘 안에서 한자락 희망을 발견했다. 스크리는 독수리 소년에게서 자신의 어린 시절을 발견했다. 호킨의 표정에 분노와 결의가 뒤섞여 있다는 걸 알았다. 호킨과 스크리 사이의 유대는 점점 커져서 이센위 전투에서 함께 힘을 합쳐 싸울 것이다.

〈장소 안내〉

거인의 춤

잃어버린 핀카이라의 '어둠의 언덕'에서 격렬하게 벌어진 싸움. 이 싸움으로 마침내 슈라우디드 성이 파괴되고 스탕마르의 무자비한 통치가 종말을 고한다. 또한 이 싸움 덕분에 핀카이라에 평화가 찾아왔다. 트러블이라는 이름의 매가 보여준 용기 덕분에 정령의 장군 리타 고르를 사후 세계로 쫓아냈기 때문이다. 수 세기가 지난 뒤에도, 음유시인들은 트러블의 희생, 젊은 멀린과 리아의 영웅적 행동, 그리고 심이라는 작은 녀석의 예상치 못한 용기를 노래했다. 심은 친구들의 목숨을 구하기 위해 '죽음의 가마솥'으로 스스로 뛰어드는 용기를 발휘했다. 그렇게 함으로써, 핀카이라의 가장 신비한 예언을 완수하고 자신 또한 마침내 거인으로 변신했다. 이로써 "크기란 뼈의 크기만을 의미하는 게 아니다."는 그랜드 엘루사의 통찰력이 옳다는 게 증명되었다.

이 싸움을 통해 핀카이라는 구원받고 잃어버린 보물들을 찾았으며, 젊은 마법사는 기억을 되찾았다. 젊은 마법사는 멀린이라는 이름을 얻었는데, 자신의 모든 걸 내던진 쇠황조롱이 매를 기억하기 위한 것이었다. 슈라우디드 성의 폐허 또한 새로운 이름을 얻었다. 거대한 원형 돌무더기는 거인의 오래된 언어로 '에스토나헨지', 그러니까 '거인의 춤'으로 알려지게 되었다. 시간이 흘러, 위대한 정령 다그다가 엘런의 추종자들을 도와 이 돌무더기를 아발론의 새로운 세상 스톤루트에 옮겨주어, '모두를 위한 공동체'의 거주지 중심에 자리 잡은 위대한 신전이 되었다. 천 년 뒤, 그 원형 돌무더기 안에서 엘리라는 이름의 젊은 수습 사제가 자주 명상에 잠기곤 한다.

관문

아발론 51년, 숲의 요정 세렐라가 관문을 처음 발견했다. 마법의 관문은 뿌리-영토 아발론 전역으로 가는 아주 빠르긴 해도 매우 위험한 여행 방법이었다. 관문은 각양각색의 모습으로 각기 다른 환경에서 나타나지만, 언제나 타오르는 초록색 불꽃으로 일렁이는 게 특징이다. 여행자는 관문 입구에서 불꽃 뒤에 무엇이 있는지 흘끗 볼 수 있다. 고동치는 빛의 강은 여행자를 일곱 영토 어디든 데리고 갈 수 있다. (단, 최근에는 섀도루트는 예외다. 어둠의 요정들이 내전을 벌이는 동안 그곳의 유일한 관문을 파괴했기 때문이다.) 또한 관문은 뿌리-영토도 아니고 나뭇가지-영토도 아닌, 신비롭게 '일렁이는 바다'로 데려가기도 하고 나무둥치 깊숙한 곳, '위대한 나무의 심재'까지 데려가기도 한다.

관문을 통해 여행하기 위해서는 엄청난 집중이 필요하다. 왜냐하면 관문은 여행자들을 마법적으로 해체해, 위대한 나무의 가장 깊숙한 혈관을 통해 실어 나르고, 이윽고 목적지에 도착해서는 다시 조립하기 때문이다. 정신을 똑바로 차리지 않으면 엉뚱한 곳에 도착할지도 모른다. 또는 운이 없으면, 완전히 해체되어 나무의 엘라노 속으로 녹아들지도 모른다. 또한 몇몇 관문은 그 자체의 마음을 지니고 있기라도 한 듯, 여행자의 목적지를 제멋대로 선택한다. 이 모든 것 때문에 관문을 통한 여행은 무척 어렵고 위험한 기술이다. 세렐라는 "관문을 찾는 건 여행하는 데 매우 어려운 방법이지만, 죽기에는 아주 쉬운 방법이다."라고 말했다.

나선형 폭포

위대한 나무의 나무둥치 안 깊숙한 곳에 있는 경이로운 장소. 세 개의 폭포로 이루어졌다. 하나는 물로 이루어져 높이 소용돌이치며 올라가 저 아래 나무뿌리와 저 위 별들을 연결해준다. 또 하나는 빛으로 이루어져 끊임없이 아래로 흐른다. 나머지 하나는, 탬윈이 발견한 것처럼, 음악으로 이루어졌다. 음악은 하프처럼 울리며 뿔처럼 충만하고 종소리처럼 감미롭게 차오른다.

머드루트(맬록)

머드루트 남쪽의 갈색 평원은 대부분 진흙이 끝없이 펼쳐져 있기에, 황량하고 생명이 없는 것처럼 보인다. 하지만 이 진흙에는 신성한 엘라노가 풍부해, 진귀하고 놀라운 생명을 가져다준다. 이 지역에 사는 종잡을 수 없는 머드메이커 중에는 이센위의 엘로니아도 있다. 머드메이커들은 아주 오랫동안 마법의 힘을 이용해서, 진흙으로 거대한 코끼리부터 아주 작은 경쾌한 비행사에 이르기까지 다양한 생명체를 새로 만들어냈다. 엘라노의 치유의 마법이 풍부한 할라드의 '비밀의 샘'이 이센위 평원으로 흘러들지만, 이 근처는 위험하고 잔인한 것들이 많다. 땅의 요정들이 지하 터널에 살기 때문이다. 머드루트 북쪽, 아프리쿠아의 울창한 정글 안에 초록의 땅이 있다. 여기에도 놀라운 아름다움과 함께 엄청난 위험이 도사리고 있다. 그리 멀지 않은 곳에 늪지 유령이 출몰하기 때문이다. 어쩌면 아발론에서 머드루트만큼 극적으로 대조적인 곳은 없을지도 모른다. 그래서 새로운 생명으로 넘쳐나는 이 영토가 이센위 전투의 끔찍한 학살 장소가 되었던 건지도 모르겠다.

멀린의 옹이구멍

아야노윈 종족의 귀리온은 탬윈에게 이곳을 '별에 이르는 창문'이라고 알려줬다. "이곳은 위대한 나무의 나무둥치로 가는 입구다. 이곳에서는 엘라노가 아니라 별이 빛의 원천이다."라는 귀리온의 설명처럼, 옹이구멍은 중간 영토의 별을 향한 가장 높은 지점에 있다. 이곳은 위대한 나무의 나무둥치에서 툭 튀어나와 있기에, 사람들은 저 아래 뿌리-영토에서 또는 저 위 나뭇가지에서 이곳까지 걸어갈 수 있다. 가장 놀라운 건, 이곳에서는 누구나 위대한 나무의 나뭇가지를, 그리고 나뭇가지 너머에 있는 그 모든 것을 쉽게 볼 수 있다는 사실이다. 탬윈이 마침내 멀린의 옹이구멍에 도착하면, 탬윈 또한 그 모든 걸 직접 볼 것이다. 더불어, 자신이 발견하리라고 예상하지 못한 것들도 보게 될 것이다.

섀도루트(라스트라엘)

영원한 밤의 영토. 새벽이 없다. 별도 없다. 섀도루트에서는 자그마한 빛도 무척이나 진기한 현상이다. 관점에 따라 진심으로 소중히 여기거나 또는 아예 얕잡아 보기도 한다. 하지만 늙은 요정 그리콜로가 서둘러 말하듯이, 지속적인 어둠 속에도 놀랍게도 비옥함과 척박함이 있다. 이 영토에서 태어난 무세오는 비통한 음악으로 듣는 이에게 커다란 감동을 불러일으킨다. 불에 탈 때 불꽃을 일으키지 않으면서도 엄청난 열기를 뿜어내는 식물도 이곳에서 자란다. 메아리 골짜기에서는 자그마한 발소리 하나도 군대의 행군 소리처럼, 빗방울 소리 하나도 끝없는 폭포 소리처럼 크게 들린다. 이 영원한 밤의 영토에도 빛의 도시 '디아나라'가 잠시 번영을 누린 적이 있었다. 그 도시에는 머나먼 영토에서 온 음악과 이야기가 넘쳐났었다. 도시는 번성하며 어둠에 빛을 더해줬다. 그러다 마침내 또 다른 형태의 어둠이 내려앉았다. 그것은 바로 옹졸함과 두려움이었다.

스톤루트(올라나브람)

일곱 뿌리-영토 중에서 스톤루트의 별빛이 가장 밝다. 왜 그런지 그 이유를 아무도 알지 못한다. 스톤루트의 바위들이 계절마다 색이 바뀌는 이유를 아무도 모르는 것처럼……. 북쪽의 높은 산봉우리 중에는 할리아의 산봉우리도 있는데, 이곳은 일곱 뿌리-영토에서 가장 높은 산으로, 여행자는 이곳에서 아발론 나무둥치의 가장 아래쪽을 볼 수 있다. 스톤루트의 농장에는 어디든 종이 달려 있다. 헛간 문, 풍향계, 맥주통, 옷에도. 그래서 이 농장은 때때로 '종의 땅'이라고 불린다. 스톤루트의 드루마디안 거주지 한가운데에는 '모두를 위한 공동체'의 위대한 신전이 있다. 음유시인들은 신전의 돌이 잃어버린 핀카이라의 '거인의 춤'이라고 부르는 그 유명한 원형 돌무더기에서 가져온 것이라고 노래한다.

시간의 강

하늘의 희미한 빛줄기, 시간의 강은 오직 홀로사르 또는 나뭇가지-영토 높은 곳에서만 볼 수 있다. 어둠에서 빛나는 틈, 또는 옷감의 솔기처럼, 시간의 강은 별들의 영토를 흐른다. 탈리온 종족의 언어로 시간의 강은 '하늘 천막의 솔기'라는 뜻이다.

탈리온 종족 공예가 팰리미스트가 탬윈에게 설명한 것처럼, 시간의 강은 실제로 시간의 절반을, 그러니까 과거와 미래를 나눈다. 그러면서도 시간의 강에서는 시간이 늘 현재로 고정되어 있다. 이 때문에 시간의 강에 들어가는 사람은 누구나 별까지 먼 거리를 여행하면서도 현재 시간에 머물러 있을 수 있다. 만약 아발론이 실제로 다른 모든 세계들 사이에 존재하는 곳이라면, 그렇게 각각의 세계를 연결하는 것이라면, 시간의 강은 이 세계들을 아주 놀라운 방식으로 연결해줄 것이다. 따라서 현재의 순간을 결코 떠나지 않으면서도 우주의 어떤 곳이든 갈 수 있다.

아발론(아발론의 위대한 나무)

아주 오래전, 젊은 마법사 멀린이 핀카이라의 안개 자욱한 섬에 씨앗을 심었다. 심장처럼 고동치는 씨앗을……. 멀린은 마법의 거울을 여행하며 그 씨앗을 얻었지만, 그 씨앗이 무엇이 될지는 알지 못했다. 이윽고, 씨앗은 형용할 수 없을 정도로 크고 경이로운 나무로 자랐고, 그로 인해 새로운 세상이 태어났다. 아발론이라는 위대한 나무가 바로 그것이다.

아발론은 다른 세계들 사이에 존재하는 세상이다. 유한한 생명과 무한한 생명 사이를 잇는 다리다. 무한한 경이로움이 넘쳐나는 곳으로, 끝없이 다양한 생명체와 장소가 있다. 또한 아발론은 인간을 비롯한 수많은 생명체가 조화를 이루며 함께 사는 세상이다. 하지만 마침내 탐욕과 오만이 걷잡을 수 없이 강해졌다. 이윽고, 저 높은 곳의 별이 하나둘씩 사라지기 시작하더니 하늘이 어두워지고, 위대한 나무의 미래 또한 어두워졌다. 아발론이 구원을 받을 수 있을지 아닐지, 그것은 아무도 예견할 수 없다.

아발론의 별

아발론의 별은 진정 무엇일까? 그 질문은 아발론의 남녀노소 모두에게 수수께끼였다. 많은 사람들은, 젊은 황무지 길잡이 탬윈처럼, 때때로 별을 올려다보며 자기가 좋아하는 별자리 모양을 추적했다. 페가수스는 높이 솟구친다. 트위스티드 트리(Twisted Tree)는 나뭇가지를 끝없이 쭉쭉 뻗어 올라간다. 미스터리(Mysteries)는 라벤더의 파란빛으로 신비롭게 빛난다. 그리고 마법사의 지팡이는 멀린이 불을 밝힌 뒤로 수 세기 동안 환하게 빛났다.

그런데 느닷없이, 마법사의 지팡이 일곱 개의 별이 다시 한번 어두워지기 시작했다. 탬윈과 사람들이 어안이 벙벙한 채 지켜보는 동안 별빛이 하나씩 사라졌다. 수 세기 동안, 사람들은 하루의 끝자락에 별들이 왜 희미해지는지, 왜 매일 아침 다시 밝아지는지, 그 이유를 궁금해했었다. 하지만 이제, 사람들은 저 하늘의 별과 그 별빛을 받는 이 세상이 궁극적으로 살아남을 수 있을지 간절히 알고 싶었다.

에어루트(이 스윌라나)

이곳은 영원히 뻗어 있는 구름 풍경과 더불어 시작과 끝도 없이 잊을 수 없는 음악을 연주하는, 보이지 않는 투명한 하프의 영토이다. 안개 여인들은 땅에서 신성한 춤을 추고, 요정들은 구름 정원을 가꾼다. '실마논의 공기 폭포'는 끝없이 쏟아져 내린다. 3세기 전에 공기 요정 건축가 '르 펜 플레이스'가 디자인한 안개 다리를 가로질러, '환영의 장막'이 이미지를 불러낸다. 거기서 북쪽으로 그리 멀지 않는 곳에, 하프랜드의 안개로 엮어 만든 줄이 여행자의 깊숙한 감정에 반응하는데, 귀에 거슬리는 소리, 조화로운 소리, 또는 이 둘이 서로 갈등하는 뒤섞인 소리를 연주한다. 또한 이곳에는 '구름 나무'의 유령 같은 숲이 자라는데, 꽁꽁 언 안개를 닮은 나무의 껍질은 눈에 거의 보이지 않는다. 날개 달린 생명체 수백 마리가 이 영토를 날아다니거나 '새들의 섬'에서 쉰다. 하지만 새들의 노래는 공기 자체의 소리만큼 달콤하지도 경쾌하지도 않다.

우드루트(엘 우리엔)

엘 우리엔(우드루트)의 숲속에는 온갖 나무들이 자라며, 초원과 고요한 빈터가 있다. (엘 우리엔이라는 이름은 숲의 요정의 언어로 '가장 깊은 숲'이라는 뜻이다.) 여행자들은 이곳에서 바람이 불 때마다 리드미컬하게 울려 퍼지는 마법의 하모나 나무를 찾을 수 있다. 연보라색 느릅나무는 감각적인 수많은 향기를 뿜는다. 진귀한 소모라 나무는 나뭇가지마다 각기 다른 열매가 자란다. 이 영토에서 가장 유명한 것은 '엘나 레브람'이다. (그 이름은 '깊은 뿌리, 긴 기억'이라는 뜻이다.) 무척 늙은 너도밤나무로, 요정들은 그 옆에 가장 존경하는 음유시인과 학자들을 묻었다. 이 숲은 정교한 나무집에 사는 숲의 요정을 비롯해 안개 요정, 이끼 요정, 스타플라워 요정 등 수많은 요정들의 고향이다. 또한 배, 귤, 체리, 자두, 아몬드, 라콘 열매 (그 맛은, 마법사 멀린이 언젠가 말했듯이, '햇살로 빚은 물' 같다.) 등 셀 수 없을 정도로 많은 먹을거리의 고장이기도 하다. 우드루트는 유명한 정원사이자 스승인 벨라미르가 선택한 영토이다. 벨라미르는 벽으로 둘러싸인 '번영의 마을'에 살았다. 빽빽한 숲속 동쪽 어딘가에는 벨라미르만큼이나 유명하지만 훨씬 더 신비에 싸인 인물, 호수 여인이 살았다.

워터루트(브린칠라)

이곳은 물의 영토로, 위대한 나무의 저 깊은 곳에서부터 졸졸 흘러나오는 실개천은 순수한 엘라노로 반짝반짝 빛난다. 강물은 경쾌한 파문을 일으키며 '무지개 바다'로 흘러간다. 간헐천의 요란한 천둥소리에서부터 '물보라 바다'의 율동적인 폭포 소리에 이르기까지, 어느 곳에서나 물소리가 들린다. 수많은 음유시인들은 크리스틸리아 협곡, 협곡을 물로 가득 채우는 흰 간헐천을 칭송하는 발라드를 불렀다. 새하얀 물이 저 아래 프리즘 골짜기에 닿으면서 일곱 빛깔 띠로 갈라지는 모습, 그리고 남쪽으로 흐르며 영토 구석구석으로 색을 실어 나른 뒤 마침내 무지개 바다에 이르는 물의 운명도 찬양했다. 무엇보다 이 물의 자유, 영속성, 무한한 힘을 찬양했다.

워터루트에는 심장 박동보다도 짧은 생을 사는 거품물고기에서부터 사나운 물 용에 이르기까지 다양한 생명체가 산다. 물 용은 화가 나면 파란색 얼음을 마구 쏟아낸다. 이 영토에서는 나무조차도 물처럼 부드럽다. 브란웨나(Branwenna) 나무는 너무나 부드러워서 껍질이 벗겨지며 수액이 쏟아져 나오기도 한다.

정령들의 사후 세계(사후 세계)

사후 세계는 지혜의 신 다그다, 탄생과 번영과 부활의 신 로리란다, 전쟁과 정복의 신 리타 고르 같은 불멸의 정령들의 고향이다. 죽을 운명의 인간이 사후 세계로 여행하는 건 쉽지 않다. 특히 소년 멀린처럼 아주 어린 사람이 여행한다는 건 불가능에 가깝다. 하지만 멀린은 일곱 노래를 찾아가는 여정에서 정말로 사후 세계로 갔다. 자신이 가장 사랑하는 두 사람, 어머니 엘런과 여동생 리아의 목숨을 구하기 위해 '사후 세계의 계단통'이라 부르는 비밀 통로를 찾아냈다. 밀린은 〈일곱 개의 노래〉에 정령들의 신비한 영토에 대해 이렇게 묘사했다.

이 계단통의 안개를 보니 핀카이라의 해안을 둘러싸고 있던 안개가 떠올랐다. 그 자체의 신비로운 리듬과 패턴을 지니는 살아 있는 존재처럼 경계나 장벽도 없었다. 엘런은 올림포스 산, 얼 위드바 또는 핀카이라와 같은 중간 장소에 대해서 가끔씩 이야기해줬다. 우리가 사는 세상도 아니고 그렇다고 사후 세계도 아닌 장소, 진정으로 그 중간에 놓인 장소. 그곳과 마찬가지로 이 안개는 공기도 아니고 물도 아니지만, 둘 모두라 할 수 있었다…………

안개 속으로 더 깊이 들어가며 사후 세계의 계단통에 더 가까이 다가가는 동안 나는 도대체 그곳이 어떤 세상일지 생각해보았다. 만약 핀카이라가 정말 다리라면, 다리는 어디로 이어져 있을까? 그곳에 정령들이 살고 있다는 것 정도는 나도 알았다. 다그다와 리타 고르와 같은 강력한 정령들. 하지만 용감한 내 친구 트러블과 같은 정령들도 그곳에 살고 있을까? 그 모두가 같은 땅을 공유하고 있을까? 아니면 다른 곳에 살고 있을까?

뾰족한 계단은 끝없이 굽이치며 아래로 이어졌다. 이곳에서는 낮과 밤이 아무런 차이도 없을지 모른다는 생각에 나는 깜짝 놀랐다. 해가 지거나 뜨지도 않고, 머리 위로 달이 항해하지도 않는다면, 시간을 예측하기 어려울 것이다. 어쩌면 시간이라는 것 또는 내가 시간이라고 부르는 것조차 없을지도 몰랐다. 엘런이 시간의 두 종류에 대해 해줬던 말이 희미하게 기억났다. 역사적인 시간은 일직선으로 흐르고, 그곳에는 죽을 운명의 존재들이 살아간다. 그리고 신성한 시간은 순환하며 흘러간다. 사후 세계는 신성한 시간의 장소일까? 만약 그렇다면, 그곳에서

시간이란 그 자체로 순환한다는 뜻일까? 이 뾰족한 계단처럼 빙글빙글 돌아간다는 뜻일까?

계단통을 따라 더 깊이 들어가니, 안개 속에서 무언가가 달라지기 시작했다. 입구에서처럼 계단통 가까이에 떠다니지 않고, 안개는 멀리 떨어져 수시로 변하는 주머니 같은 것 안으로 들어갔다. 머지않아 주머니는 방으로 변하고, 방은 움푹 파인 곳으로 넓어졌다. 아래로 발걸음을 옮길 때마다 안개가 자욱한 전망은 넓어졌다. 마침내 나는 엄청나게 다양하고 끊임없이 변하는 풍경 한가운데 서 있었다.

안개의 풍경.

가느다란 흔적과 굽이치는 언덕, 넓은 공간과 날카로운 뾰족탑 속에서 안개는 빙글빙글 휘젓고 돌아다녔다. 어느 지점에서 협곡이 나타났다. 그곳은 구름 같은 지형 속으로 꺾이고, 내가 상상할 수 있는 것 이상으로 깊이 뻗어 있었다. 또 어느 지점에서는 산이 보였다. 저 멀리 우뚝 솟아 높게 또는 낮게, 아니 동시에 높고 낮게 움직였다. 안개 자욱한 계곡, 언덕, 절벽, 동굴이 보였다. 확실하지는 않았지만, 뭔가가 점점이 뿌려져 웅크리고 걷고 떠다녔다. 그리고 이 모든 것 사이로, 안개가 구불구불 굽이치며 항상 변하면서도 항상 그 모습 그대로를 유지했다…………

불안감이 엄습해왔다. 날 감싸고 있는 게 안개가 아니라는 느낌. 그것은 공기나 물로 만들어진 물질적인 게 아니라 뭔가 다른 것, 빛이나 생각이나 느낌으로 만들어진 것이라는………… 이 안개는 그것이 감추고 있는 것 이상을 드러내 보였다. 이것의 진짜 본성을 조금이라도 이해하려면 수많은 시간이 필요할 것이다.

그렇다, 이곳은 사후 세계다! 변화하고 배회하는 세상이 켜켜이 쌓인 곳. 나는 계단 위에서 끝없이 더 깊이 나아갈 수 있었다. 소용돌이 속을

끝없이 움직여 나아갈 수 있었다. 아니면 안개 그 자체 속으로 끝없이 여행할 수 있었다. 영원히. 무한하게. 끊임없이.

중간 영토

아야노윈 종족(불꽃 천사)이 위대한 나무의 나무둥치 안쪽 풍경(경관)을 일컫는 명칭. 이 영토 한가운데로 나선형 폭포가 흐른다. 이 폭포에는 위로 흐르는 물, 아래로 움직이는 빛, 밖으로 흐르는 음악이 서로 조화를 이룬다. 물에 깎이고, 흰개미에 갉아 먹히고, 엘라노의 작용으로 생긴 터널이 폭포에서부터 수없이 뻗어 있다. 생명을 주는 엘라노 수액은 중간 영토에 빛을 가져다줘 그곳 터널과 동굴을 은은하게 밝힌다. 터널마다 눈부신 벽화로 장식되어 있는데, 이 벽화는 아야노윈의 이야기 화가들이 그렸다. 또한 위대한 나무의 기억을 지닌 형형색색의 고리도 있다. 별을 향한 높은 곳에는 비밀 계단이 있어, '멀린의 옹이구멍'(별에 이르는 창문)으로 이어진다. 그 가장 높은 지점에 이르면, 위대한 나무의 나뭇가지와 그 너머 아발론의 별들이 보인다.

지구

인간의 고향 지구는 뚜렷하고도 미묘한 대조의 세계다. 지구에는 끔찍한 추악함뿐만 아니라 숭고한 아름다움도 있다. 또한 유한한 특징과 무한한 특징을 모두 함께 지니고 있다. 지구는 인간 기억의 짧은 파장과 지질학적인 시간의 긴 파장을 모두 알고 있다. 지구에는 전쟁, 빈곤, 파괴와 더불어 경이로운 자연, 삶의 다양성, 인간 영혼의 사랑스러움을 드러낸다. 역사를 통틀어, 인간의 창의성, 동정, 관용, 용기, 지혜의 자질은 인간 본성의 어두운 측면들, 그러니까 오만, 탐욕, 편협, 무지, 적대감과 투쟁해왔다. 결국, 지구의 운명은 자유 의지를 통해 스스로 미래를 결정하고, 자신의 운명을 개척하는 인간의 능력에 달려 있다.

이 모든 방식을 통해 볼 때, 지구는 어쩌면 핀카이라와 아발론이라는 세상과 크게 다르지 않을지도 모른다. 유한한 생명과 무한한 생명, 육체적인 것과 정신적인 것 사이에 존재하는 세상 말이다. 그리고 이런 세상들의 운명은 놀라운 방식으로 서로 연결되어 있을 수도 있다. 어쩌면 그래서 모든 시대를 통틀어 가장 위대한 마법사 멀린이 지구를 자신의 고향으로 삼은 것인지도 모른다. 수많은 문제에도 불구하고, 지구는 최고의 희망을 드높이는 장소로 남아 있기 때문이다.

파이어루트(라나윈)

파이어루트는 불타는 산등성이와 검게 그을린 바위, 분출하는 화산과 유황 연기 자욱한 땅이다. 이 영토의 대부분은 빨간색 아니면 주황색이다. 물도 철이 녹슨 빛을 띤다. 섬유질이 단단해 불을 견디는 강철나무가 계곡에 빼곡하게 자란다. 화산 땅 산등성이 위에는 파이어 플랜트가 자라는데, 손 모양이 마치 나그네의 발을 움켜잡으려는 귀신처럼 보인다. 노련한 여행자들은 파이어루트의 불타는 따끈따끈한 벌꿀을 귀하게 여긴다. (하지만 여행자들은 죽어라 벌은 피하려 든다. 벌침에 한 번 쏘이면 불붙은 석탄처럼 화끈거리기 때문이다.) 이 거친 땅에도 독특한 야생 생명체들이 살고 있다. 도롱뇽은 불구멍에서 빈둥거리기를 좋아하고, 황소는 불 용을 경계하며 불에 그슬린 언덕을 돌아다닌다. 까맣게 타 버린 이 땅에도 작은 주황색 꽃이 피어난다. 이곳에 사는 플레임론 종족은 항상 그런 건 아니지만 이따금 자신의 고향처럼 무척 화끈하고 격렬하다. 이들은 또한 근면하고 창의적이다. 전쟁 무기를 만들어내는 기술이 특별하다. 대부분의 플레임론은 아발론 전역의 수많은 사람들에게 영감을 주는 지혜와 부활의 위대한 정령, 다그다와 로리란다를 숭배하지 않는다. 대신, 분노에 찬 사악한 정령 리타 고르를 숭배한다. 리타 고르를 전쟁의 신으로서가 아니라, 창조의 힘으로 바라본다.

핀카이라(잃어버린 핀카이라)

핀카이라 섬은, 아발론과 마찬가지로, 세계들 사이에 존재하는 세상이다. 유한하기도 하고, 무한하기도 한 핀카이라는 젊은 마법사 멀린의 첫 번째 진정한 고향이었다. 그리고 멀린이 잃어버린 시간 동안 살았던 곳이기도 하다. 또한 핀카이라는 아발론 최초의 수많은 시민들의 고향이기도 했다. 사파이어빛 눈동자의 엘런, 리아, 한쪽 귀의 류 그리고 거인 심…….

핀카이라에는 수많은 경이로움, 그리고 무척이나 아름답고 놀라운 생명체와 장소가 있다. 드루마 숲은 마법의 거미 그랜드 엘루사와 오래된 참나무 아바사의 고향이다. 아바사는 리아의 어린 시절 보금자리가 되어줬다. 안개 자욱한 이야기 실로 짠 전설적인 카펫 카에로츨란은 연기 자욱한 절벽 근처에 있다. 거인의 태초의 고향, 바리갈 또한 여기에 터를 닦았다. 음유시인의 마을은 사랑스러운 시인 카이르프레가 자주 글을 쓰던 곳이다. 핀카이라의 북쪽 해안에는 신비에 싸인 사후 세계의 계단통이 숨어 있는데, 이곳은 정령의 영토로 가는 통로이다. 유령의 늪에는 공포와 더불어 수많은 보물이 가득하다. 핀카이라에서 가장 경이로운 장소는 이 세계 사람들이 자신의 잃어버린 날개를 되찾는 순간에 모습을 드러낼 것이다. 즉, 젊은 멀린이 마법의 씨앗을 심은 곳. 멀린이 마법의 씨앗을 땅속에 살며시 넣는 순간, 씨앗은 심장처럼 고동쳤다. 이렇게 해서 또 다른 세계, 아발론의 위대한 나무가 탄생했다.

홀로사르

위대한 나무의 가장 낮은 나뭇가지. 홀로사르라는 이름은 탈리온 종족의 언어로 '가장 낮은 영토'라는 뜻이다. 탈리온 종족은 저 아래에 뿌리-영토가 있다는 걸 몰랐기 때문에 자신들의 거주지를 '가장 낮은 곳'이라고 생각했다. (그래서 탈리온 종족의 공예가 팰리미스트가 뿌리-영토에서 온 탬윈을 처음 만났을 때 깜짝 놀랐던 것이다.) 홀로사르 내부, 위대한 나무의 둥치 가장 가까운 지역에는 좁은 계곡들이 길게 줄지어 있고, 계곡은 바위투성이 갈색 산등성이로 나뉘어져 있다. 이와는 대조적으로, 홀로사르 바깥쪽에는 셀 수 없을 정도로 많은 호수가 점점이 박혀 있다. 호수는 무척이나 투명해서 별의 이미지가 확대되어 보인다. 또한 호수는 프리즘 역할을 하기에 '별빛 팔레트'라고도 불린다.

이 영토에는 탈리온 종족이 살았다. 등이 굽은 거대한 생명체인데, 다리 하나로 엄청나게 우아하고 유연하게 움직인다. 드루마링 종족 또한 이곳에 사는데, 이곳을 여행하는 사람들을 종종 위험에 빠트린다. 하늘을 날아다니는 형형색색 새의 날개깃은 별빛으로 빛난다. 땅 위에는 기묘한 곤충들이 날아다닌다.

-11권 끝-

멀린11 영원의 불꽃

1판 1쇄 인쇄 2021년 8월 10일
1판 1쇄 발행 2021년 8월 20일

지은이 | 토머스 A. 배런
펴낸이 | 김영곤
펴낸곳 | (주)북이십일 아르테

키즈융합부문 이사 | 신정숙
융합사업2본부 본부장 | 이득재
웹콘텐츠팀 | 장현주 김가람
교정교열 | 쟁이랩_JANGYLAP
해외기획팀 | 정영주 이윤경
영업마케팅 본부장 | 김창훈
영업팀 | 허소윤 윤송 이광호
마케팅팀 | 정유진 김현아 진승빈
제작팀 | 이영민 권경민

출판등록 | 2000년 5월 6일 제406-2003-061호
주소 | (우 10881) 경기도 파주시 회동길 201(문발동)
대표전화 | 031-955-2100 **팩스** | 031-955-2151
이메일 | book21@book21.co.kr

(주)북이십일 경계를 허무는 콘텐츠 리더

아르테팝 채널에서 도서 정보와 다양한 영상자료, 이벤트를 만나세요!
페이스북 facebook.com/21artepop　트위터 twitter.com/21artepop
인스타그램 instagram.com/21artepop　홈페이지 artepop.book21.com

ISBN 978-89-509-9616-1 04840
책값은 뒤표지에 있습니다.